KB124714

기다리고 있습니다

니토리 고이치 장편소설
이소담 옮김

변두리
화과자점
구리마루당

4

* 이 도서의 국립중앙도서관 출판예정도서목록(CIP)은 서지정보유통지원시스템 홈페이지(http://seoji.nl.go.kr)와 국가자료공동목록시스템(http://www.nl.go.kr/kolisnet)에서 이용하실 수 있습니다.
(CIP제어번호: CIP2016016899)

OMACHISHITEMASU SHITAMACHIWAGASHIKURIMARUDOU 4
©KOICHI NITORI 2015
Edited by ASCII MEDIA WORKS
First published in Japan in 2015 by KADOKAWA CORPORATION, Tokyo.
Korean translation rights arranged with KADOKAWA CORPORATION, Tokyo, through KCC.

이 책은 (주)한국저작권센터(KCC)를 통한 저작권자와의 독점계약으로 (주)은행나무 출판사에서 출간되었습니다.

기다리고 있습니다

변두리
화과자점
구리마루당 4

니토리 고이치 장편소설

이소담 옮김

은행나무

차례

일러두기

• 본문의 주는 모두 옮긴이의 주입니다.

프롤로그

도쿄 아사쿠사.

변두리 동네 사람들이 바쁘게 오가는 오렌지 거리 어딘가에 고즈넉하니 자리한 화과자점이 있다.

다갈색 포렴에 달필로 적힌 가게 이름은 '과자점 구리마루당'.

메이지 시대* 때부터 4대째 이어오는 노포로, 소규모 찻집도 겸한다.

안으로 들어가면 진열장에 정갈하게 놓인 각양각색의 화과자가 당신을 반긴다.

소박하면서도 다양한 형태와 고급스러운 색감을 보면 당신의 입가에도 분명 미소가 지어질 것이다.

---

* 1868년 1월 3일부터 1912년 7월 30일까지 메이지 일왕이 통치한 시대.

그런데 이 가게의 상품은 그것만이 아니다.

이따금 예상하지 못했던 것이 들어올 때가 있다.

당신은 이 가게에서 마음이 따뜻해지는 행복한 한때를 보낼 수도 있고 놀라운 사건과 만날 수도 있다.

제1장

물양갱

아사쿠사 거리는 아직 잠들어 있다.

이른 아침의 차분한 공기 속에서 아침노을이 동쪽 하늘을 불타는 붉은색으로 물들였다. 그 강렬한 붉음이 시시각각 주황색으로 바뀌어, 밝아지기 시작한 하늘색과 뒤섞이는 광경을 구리타 진은 긴장한 표정으로 바라보았다.

구리타는 늠름하고 날카로운 용모가 특징인 청년이다.

한때 불량했던 시기도 있었으나 지금은 솜씨 좋은 화과자 장인이자 등 뒤에 우뚝 선 화과자 가게 겸 찻집인 구리마루당의 4대째 대들보이다.

아직 가게 문을 열기 전이어서 정면 출입문은 닫혀 있지만, 구리마루당은 물론이고 화과자 가게에서 일하는 장인은 원래 아침이 이르다.

구리타도 보통 새벽 5시를 전후해 일어나 그날 할 작업과 일정을 확인하고, 아침에 만들어 그날 안에 먹는 화과자인 아침 나마가시* 준비를 시작한다.

단, 오늘 아침은 평소보다 더 일찍 일어났다.

이른 새벽의 맑은 공기를 마시며 냉정하게 생각할 문제가 있었다. 본업을 시작하기 앞서 어젯밤에 겪은 경악할 사건을 정리해두고 싶었다.

5월도 벌써 중순.

오늘은 산자마쓰리 축제**가 끝난 다음 날인 월요일이다.

새벽녘의 찬 기운은 끓어오르는 머리를 식혀주었다. 진지하게 사색에 잠길 때면 구리타의 기름한 눈은 한층 더 날카로워진다. 밀리터리 계열의 헐렁한 여름용 셔츠를 입고, 애교라곤 없는 표정을 짓고 가게 앞에 우뚝 서서 묵묵히 생각에 잠겨 있던 구리타는 자기도 모르게 감정을 입 밖으로 흘려보냈다.

"아오이 씨……."

구리타는 주먹을 움켜쥐었다. 어젯밤부터 머릿속이 아오이로 가득했다. "무슨 일이 있어도 내가……" 하고 혼잣말을 중

---

* 주로 팥소를 넣어 찐 물기 있고 무른 생과자. 수분 함량이 40퍼센트 이상이다.
** 매년 5월 셋째 주 금, 토, 일요일에 열리는 아사쿠사 신사의 제사.

얼거린 순간, 갑자기 저 멀리서 발랄한 목소리가 들렸다.

"구우리이 씨!"

고개를 돌리니 덴보인 거리 쪽에서 나카노조가 달려오고 있었다.

연예인의 손바닥 도장으로 유명한 아사쿠사 공회당의 '스타의 광장' 옆을 지나쳐 한 손을 활기차게 흔들면서 오렌지 거리를 달려오는 나카노조는 중학교를 졸업하고 구리마루당에 제자로 들어온, 구리타보다 어린 화과자 장인이다.

무사태평하고 경박하지만 믿음직한 동료이자 남동생 같은 존재였다.

"······벌써 시간이 이렇게 됐나."

새까만 머리카락을 대충 쓸어 넘기면서 구리타가 마음을 다잡는 사이에 나카노조가 코앞까지 다가왔다.

"좋은 아침이에요, 구리 씨!"

숨을 헐떡이며 인사하는 나카노조에게 구리타는 "으음" 하고 고개를 끄덕이고 말했다.

"그나저나 아침부터 왜 이리 기운이 넘쳐. 산책하는 사람이나 개가 놀라잖아."

"저는 개보다 기운이 넘치니까요! 사실 덴보인 거리 골목을 돌 때까지만 해도 졸려서 몽롱했어요. 그런데 구리 씨의 얼굴을 보니까 감동해서 흥분했지 뭐예요."

"흥분? 무슨 일이라도 있어?"

그렇게 묻자 나카노조는 눈을 찡긋하며 웃더니 엉뚱한 소리를 했다.

"그러니까 구리 씨……. 참지 못하신 거죠?"

"뭐를?"

이해하지 못해 눈썹을 올리는 구리타에게 나카노조는 의기양양하게 콧방울을 벌름거리며 말했다.

"아무렴, 이해해요. 갑자기 누군가가 보고 싶어질 때가 있으니까요. 저도 가끔 고향에 있는 가족들이 미칠 듯이 보고 싶을 때가 있어요. 오늘 구리 씨는 저를 빨리 만나고 싶은 마음을 참지 못해서 기다리고 또 기다리다가 이렇게 가게 앞에 서서 줄곧……."

"그럴 리가 있겠냐!"

"……역시?"

장난기 가득한 얼굴로 혀를 내미는 나카노조에게 구리타는 퉁명스럽게 명령했다.

"잠꼬대는 잘 때나 하라고. 그보다 얼른 옷 갈아입어. 일 시작할 거다."

"네에."

활기차게 뒷문으로 뛰어가는 나카노조의 뒷모습을 바라보며 구리타는 한숨을 쉬었다.

……알고 저러는지 모르고 저러는지, 아무튼 나카노조 덕분에 기분이 나아졌다. 어깨에 지나치게 힘이 들어가면 본업에도 지장을 주니까 지금은 일단 아오이의 일을 잊기로 했다.

그렇게 자신을 다독이며 구리마루당으로 들어가는 구리타였지만, 속마음과 달리 어젯밤에 본 아오이의 창백한 표정이 도저히 머릿속에서 떠나지 않았다.

호조 아오이. 그녀는 투명감 넘치는 상냥한 외모와 윤기 흐르는 흑발이 인상적이고 산뜻한 분위기를 풍기는 미인이다.

전국 여기저기에 지점을 두었고 파리와 뉴욕에도 거점이 있는 일본 최대 화과자 업체 아카사카 호오당의 사장 영애이며 예전에는 화과자 장인이었다.

그런 화려한 신분을 최근 들어 알게 되었지만, 그런 것과 관계없이 아오이는 구리타에게 특별한 존재였다.

아버지의 팥소 맛을 재현하지 못해 고민하던 구리타를 도와준 일을 계기로 아오이가 종종 구리마루당을 찾아와주어 둘은 같이 시간을 공유했다. 구리타가 감사 인사라는 형태로 아사쿠사 관광 안내를 도맡으면서 인연이 시작되었다.

센소지, 아사쿠사 연예홀, 오에도 스테이지.

이 밖에도 아오이는 신상품을 개발하기 위한 상담에 응해주기도 했고 별사탕 제조 공장에 같이 가기도 했다.

모두 구리타에게는 가슴 설레는 순간들이어서 어느 순간부터 자연스럽게 아오이에게 끌렸다.

친구 아사바 료가 부채질을 해준 덕택에 산자마쓰리 밤에 감정을 전하려고 했는데…….

축제가 끝나고 구리타가 고백하려는 타이밍에 충격적인 사건이 벌어졌다.

구리마루당 앞에 멈춰 선 구리타와 아오이를 가로등 아래에서 누군가가 지켜보고 있었고, 그 사람을 목격한 아오이의 얼굴이 창백해졌다.

훔쳐보던 범인은 지저분하고 너덜너덜한 옷을 입은 십대 후반의 정체 모를 청년이었다. 하는 행동도 그렇고 귀기 서린 표정도 그렇고 절대 정상적인 사람이 아니었다.

구리타는 그를 쫓아가 붙잡으려고 했으나 놓치고 말았다.

"……제 손의 상처…… 도가시 씨가……. 그, 그 사람이 죽은 것도…… 사실은 도가시 씨의……."

아오이는 굉장히 충격을 받았는지 처음엔 제대로 말도 못하다가 더듬더듬 설명해주었다.

그 남자의 이름은 도가시, 전직 호오당의 화과자 장인이고 10년에 한 명 나올 법한 천재라는 소리를 들었다고 한다. 꽤 오랫동안 행방불명이었는데 지금 다시 모습을 드러냈고, 무슨 까닭인지 구리타와 아오이를 지켜보고 있었다.

아오이의 손목에 있는 오랜 상처는 그놈의 소행이었나? 죽었다는 그 사람은 누구지?

의문부호만 가득한 상황이지만 구리타의 안에 일찍이 없던 강렬한 욕구가 차올랐다.

"걱정하지 마."

아오이를 안심시키고 싶은 마음에 자기도 모르게 충동적으로 말했다.

"자세한 사정은 잘 모르겠지만 나한테 맡겨. 상대가 어디서 뭐 하는 놈인지 알 게 뭐야. 그 녀석은 내가 반드시 어떻게든 할게."

"……네!"

아오이는 걱정을 끼치지 않으려는 억지웃음이 아니라 구리타를 향한 깊은 신뢰가 엿보이는 웃음을 지으며 고개를 끄덕였다.

구리타는 가게 문을 닫은 밤의 구리마루당에 아오이를 초대했다.

아무도 없는 찻집에서 차와 과자를 먹으며 한동안 잡담을 나눴다. 아오이가 어느 정도 침착해졌을 때를 기다려 구리타는 신중히 말을 꺼냈다.

"아오이 씨, 아까 그놈…… 도가시라고?"

"도가시 슌…… 씨요."

"그놈하고 무슨 일이 있었어?"

한쪽은 호오당의 사장 영애이고 한쪽은 전직 종업원이다. 아오이는 화과자 장인이기도 했으니까 제과 작업을 하다가 어떤 문제라도 생겼을까? 아니면 해고를 당한 원한?

대답을 기다렸지만 어지간히 복잡한 사정이 있는지 아오이는 입술만 꾹 깨물고 있었다.

거의 되찾을 뻔한 밝은 공기가 다시 무거워졌다. 항상 명랑하고 총명한 아오이가 처음으로 보여주는 고뇌 어린 모습에 구리타는 가슴이 아팠다.

"……아니야, 말하고 싶지 않으면 무리해서 말하지 않아도 돼. 그래도 아까 그건 명백한 스토커 행위니까. 내가 경찰에 연락해서……."

그 순간, 아오이가 튕기듯이 등을 펴며 격렬하게 고개를 저었다.

"안 돼요, 그러지 마세요!"

"아오이 씨?"

"부탁이에요! 도가시 씨를…… 더는 자극하지 말아주세요."

구리타는 무슨 말을 해야 할지 몰랐다.

아오이는 얌전한 성격이지만 그 이상으로 화과자를 사랑한다. 그렇지 않다면 그런 폭넓은 지식과 견식을 갖추지 못하였으리라.

아오이가 이렇게까지 고민하는 것은 화과자와 관련해 복잡한 사정이 있어서가 아닐까.

미간을 찌푸리는 구리타에게 아오이는 괴로워하면서도 더듬더듬 설명해주었다.

"도가시 씨가…… 저를 다치게 한 건 사실이에요. 그렇지만 사정이 있었어요. 도가시 씨와 죽은 그 사람에게는……."

죽은 그 사람?

다시 등장한 그 말이 마음에 걸렸는데 구리타가 묻기 전에 아오이가 알쏭달쏭한 말을 했다.

"……나쁜 사람이 아니라곤 할 수 없어요. 그래도 도가시 씨가 앞으로 저한테 위해를 가할 일은 절대 없어요."

"뭐? 그렇지만 그놈은……."

"정말로 괜찮아요."

창백하게 질렸으면서도 아오이가 워낙 단호하게 말해서 더 캐묻기 망설여졌다. 평소 온화한 아오이지만 이럴 때는 양보하지 않는다는 것을 구리타는 잘 알고 있다.

그렇지만 무슨 뜻인지 도무지 모르겠다.

어색한 침묵 속에서 납득하지 못하겠다는 기분이 표정으로 나타났나 보다. 아오이가 구리타의 얼굴을 조심스럽게 살피더니 무언가 결심한 것처럼 심호흡했다.

"저기…… 구리타 씨. 다음 휴일에 시간 있으세요?"

"가게 휴일에? 응, 목요일은 아직 아무 일정도 없어."

"다행이다. 그러면 저기…… 같이 가주셨으면 하는 곳이 있어요. ……죄송해요. 좀 멀어서 번거로우실지도 몰라요."

갑작스러운 부탁에 구리타는 조금 당황하면서 물었다.

"멀다니 어딘데?"

"사이타마 현의…… 어느 곳이에요."

"뭐야. 사이타마라면 별로 안 머네. 그런데 왜?"

그러자 아오이는 잠시 주저하며 사이를 두었다가 구리타를 정면으로 바라보았다.

"그곳에서 전부 다 말씀드릴게요. 지금까지 말하지 않은 것을 전부."

그 순간 구리타는 입을 다물었고 아오이는 긴 속눈썹을 살짝 내리깔았다.

"……죄송해요. 그곳이 아니면 도저히 말할 수 없어서…….
번거로우시겠지만 저도 그때까지 마음의 준비를 해둘게요."

"응, 알았어."

가냘픈 어깨가 딱딱하게 굳어져서 말하는 아오이에게 구리타는 천천히 고개를 끄덕여주었다.

"무리하지 않아도 돼. 아오이 씨가 미안하다고 할 이유는 하나도 없고. 말해달라고 부탁한 건 나니까, 어디든 같이 갈게."

"구리타 씨……."

괴로운 기억일수록 남에게 쉽게 밝힐 수 없는 법이다. 부모님을 불의의 사고로 잃은 이래 지금도 종종 후회하는 구리타는 누구보다도 그 사실을 잘 안다.

그리고 아오이가 자기 입으로 자세한 과거를 말해주는 그 순간…… 지금 이 담백한 관계가 새로운 단계로 나아갈 것을 구리타는 막연하게나마 직감했다.

"목요일에 그 장소로 갈 때까지 나는 이제 이 이야기를 꺼내지 않을게. 그러니까…… 너무 내 위주인 것 같다만 그때까지 이 일은 미뤄두기로 하자. 가능하면 평상시의 아오이 씨로 있어줬으면 해."

어떤 의미에서 자기중심적인 요구가 아닐까? 조금 망설이면서도 구리타가 말하자 아오이는 가슴을 꾹 누르고 살짝 떨리는 긴 숨을 내쉬면서 고개를 끄덕였다.

"네……."

"응."

"고마워요…… 구리타 씨."

안심이 되었는지 창백했던 아오이의 얼굴에서 긴장이 풀려 건강한 혈기가 돌았다. 평소와 똑같다곤 할 수 없어도 밝은 표정이었다.

그런 아오이를 바라보니 갑자기 가슴 저 안쪽에서 뜨거운 무언가가 솟구치는 것 같아 구리타는 무뚝뚝한 표정으로 머리카락을 헤집었다.

*

그렇다고 신경이 안 쓰일 리 없었다.

다음 날 정오를 조금 지난 시간, 나카노조에게 작업장을 맡기고 단골 카페에 쉬러 간 구리타는 카운터 자리에 앉아 커피가 담긴 컵을 바라보며 중얼거렸다.

"……진짜 모르겠다."

일하는 중에는 여유가 없지만 가게를 떠나면 아오이의 일만 머릿속에 떠올랐다.

아오이는 도가시 슌을 '나쁜 사람이 아니라곤 할 수 없어요' 라고 했다.

그 말은 아오이 나름대로 온당하게 한 표현일 테니 객관적으로 해석하면 나쁜 사람이라는 소리일 것이다. 어둠 속에서 잠깐 봤을 뿐이지만 그가 위험한 인간이라는 것쯤은 또렷하게 전해졌다.

그런데도 '도가시 씨가 앞으로 저한테 위해를 가할 일은 절대 없어요'라니, 대체 무슨 뜻이지?

안심시키기 위한 말이 아니라 확신으로 가득한 말투였기에 더욱 마음에 걸렸다.

게다가 죽은 그 사람이란 누구지……?

이 이야기를 언급하지 않겠다고 한 이상, 목요일이 될 때까지 아오이에게 물어볼 수는 없다.

검지로 테이블을 두드리며 구리타가 커피의 새까만 표면을 바라보면서 생각에 잠겨 있자, 카운터 너머의 마스터가 가까이 다가왔다.

"어이 어이, 구리타. 무서운 얼굴로 뭘 그렇게 생각하는지 모르겠다만 커피는 따뜻할 때 마셔라. 모처럼 내가 따라준 사랑이 식어버리잖아."

"하? 뭘 따랐다고?"

"커피."

놀리는 말투로 천연덕스럽게 대꾸한 마스터는 V자 형태의 카페 앞치마가 잘 어울리고 사회 경험이 풍부한 삼십대 남성이다.

손님 접대에 능숙하고 인맥이 넓은 사람으로, 구리타와는 예전부터 알고 지내는 사이여서 지금도 이래저래 잘 돌봐준다. 조금 경박한 태도를 보이지만 구리타가 지금까지 무사히 가게를 꾸릴 수 있었던 것은 마스터가 적절하게 제공해준 도움의 영향도 컸다.

그러고 보면 구리마루당을 찾는 손님의 발길이 줄어드는 것을 걱정해 아오이를 소개해준 장본인도 마스터였다.

한 박자 늦게 그 사실이 무엇을 의미하는지 깨닫고 구리타는 물었다.

"어이……. 마스터는 처음부터 알고 있었지? 아오이 씨의 집안 사정."

마스터는 순간 당황했는지 묘한 표정을 지었다.

"그래……. 너도 아오이 양과 거기까지 마음을 터놓게 되었구나."

"으음."

구리타는 뚱한 표정으로 말을 이었다.

"그보다 마스터의 인맥은 대체 얼마나 넓은 거야. 어떻게 그런 사람하고 알고 지내?"

"하하하."

"얼버무리지 말고."

마스터는 웃음을 멈추고 컵을 닦으면서 가볍게 헛기침을 하고 대답해주었다.

"사실은 아오이 양이 아니라 그 친척이랑 아는 사이야. 내 인맥이라기보다는 이 가게 덕분이지. 여긴 이케나미 쇼타로* 선생을 비롯해 수많은 저명인이 사랑한 오래된 카페잖아. 다방면에 애호가가 있어."

"……그런 흐름이군."

구리마루당도 노포인 점은 공통되지만 구리타도 구리타의 아버지도 인맥을 만들려고 열심인 유형은 아니었다.

조금은 마스터를 본받아야겠다고 생각하며 구리타는 이야기를 본론으로 돌렸다.

"어쨌든 그러네. 처음에 '화과자의 아가씨'라고 소개했을 때는 댁이 늘 지껄이는 농담이라고 생각했는데 틀림없는 사실을 말한 거였어."

---

* 池波正太郎(1923~1990). 일본 전후 시대를 대표하는 시대소설·역사소설 작가로, 미식가·영화평론가로도 유명하다.

"아오이 양이 가능하면 정체를 밝히고 싶지 않다고 했으니까. 내 나름대로 위트를 발휘했지."

"뭐가 위트야. 어쨌거나 실제로 일본 제일의 화과자 업체 딸이니까 맞는 말이네."

만약 처음부터 아오이가 아카사카 호오당의 사장 영애인 줄 알았다면 구리타는 순순히 가르침을 받지 않았을 것이다. 괜한 고집을 부려 전부 자기 힘으로 해결하려다가 더 심각한 상황에 몰렸을 가능성이 컸다.

물론 아오이는 아오이의 사정이 있어서 정체를 숨긴 것이지만 결과적으로 구리타에게도 긍정적인 방향으로 작용했다.

원래 고집이 센 성격이 아오이 덕분에 최근 들어 조금 둥글둥글해지기도 했다.

그러니 이번에는 이쪽이 나설 차례이다. 전부 다 털어놓아도 가슴이 아프지 않도록 아오이가 떠안은 정신적인 부담을 조금이라도 덜어주고 싶었다.

내면의 패기가 겉으로 드러났는지, 마스터가 미심쩍은 표정으로 쳐다보며 질문했다.

"구리타, 혹시 무슨 일 있었냐?"

"아아. 아오이 씨의 과거, 조금이지만 들었어. ……불명확한 부분도 많지만 도가시 슌이라는 놈이 손을 다치게 한 것 같아."

"너, 거기까지 들었어?"

놀라서 눈을 크게 뜨는 마스터에게 고개를 끄덕이고, 구리타는 입술을 깨물며 혼잣말을 했다.

"그 스토커 자식."

이제 와서 후회해도 늦었지만 도가시 슌을 놓친 것이 분해서 견딜 수 없었다. 구리타가 카운터 위에서 주먹을 꽉 움켜쥐는데, 마스터가 문득 나직한 말투로 중얼거렸다.

"그렇지만 아오이 양이니까. 도가시보다 마스미 군 때문에 더 힘들겠지."

"마스미……?"

"마스미 신이치."

구리타는 말없이 미간을 찡그렸다.

또 누구지. 갑자기 들어본 적 없는 이름이 튀어나왔다.

아니, 정말 들어본 적이 없나……? 이름 같기도 한 마스미라는 성을 왠지 들어본 적이 있는 것 같았다. 그런데 생각이 나지 않았다.

"아아, 마스미 신이치 군은 아오이 양과 사이가 좋았던 청년이야. 그도 호오당의 실력 있는 화과자 장인이었어. 아오이 양과 마스미 군은 누가 봐도 정말 이상적으로 잘 어울리는 한 쌍이었는데……."

마스터의 그런 설명을 듣는 순간, 구리타의 시야가 빙그르르 흔들리며 얼굴에서 핏기가 싹 가셨다.

아오이 씨에게 애인이 있었나? 그게 마스미 신이치?

아니다, 그런 말은 하지 않았다. 진정해야 한다. 구리타가 동요하고 있는데 마스터가 갑자기 입을 꾹 다물었다.

구리타는 의아한 표정으로 재촉했다.

"왜 그래, 마스터?"

"이런, 나도 모르게……. 미안하다, 구리타. 더는 말 못 해."

"어, 어이? 여기까지 말해놓고 말을 못 한다니 무슨 소리야. 끝까지 다 말하라고. 장난 아니게 신경 쓰이거든!"

"아니, 지금 발언은 전적으로 내 실수야. 미안하지만 못 들은 셈으로 쳐줬으면 한다."

단호하게 거부하는 말에 구리타는 자기도 모르게 카운터 자리에서 벌떡 일어났다.

"사람 열 받게 하네, 마스터. 놀리는 것도 정도껏……."

"정말 미안하다. 놀리는 건 아니야. 나도 아사쿠사 남자니까 지켜야 할 도리는 지켜야 한다고. 당사자인 아오이 양이 아직 마음의 준비가 덜 되어서 너한테 가르쳐주지 않았다면 나도 내 입으로 절대 말 못 해."

"……읏."

"이해하지? 이건 아오이 양과 너를 위한 일이기도 해."

그러고 보면 마스터는 처음부터 일관되게 그런 태도여서 설득력이 있었다.

언짢아하며 자리에 도로 앉는 구리타에게 마스터는 면목 없다는 듯이 눈썹을 모으고 씁쓸하게 웃었다.

"걱정하지 마. 언젠가 아오이 양도 네게 전부 말해줄 거야."

구리타는 "휴우" 하고 탄식하며 떨떠름하게 납득했다.

……도가시 슌과 마스미 신이치. 이 두 남자의 존재가 아오이의 과거와 크게 관계된 모양이지만, 일단은 여기까지 안 것만으로도 다행이다.

갑자기 등 뒤에서 목소리가 들렸다.

"저기…… 실례합니다."

돌아보니 헐렁헐렁한 폴로셔츠를 입은 청년이 서 있었다.

나이는 스무 살 전후로 얼굴에도 복장에도 특별한 특징이 없어서 어디에서나 볼 법한 아주 일반적인 청년이었다. 그는 긴장한 것처럼 눈동자를 굴려 마스터와 구리타를 번갈아 살피고 입을 열었다.

"저기, 여기 마스터는 어느 분이시죠? 오늘 약속한 사람입니다만."

"아아, 그럼 자네가 소문의 그?"

실제로 만난 것은 처음인지 마스터가 몸을 불쑥 내밀어 차근차근 살피자, 청년은 약간 흔들리는 시선으로 이름을 댔다.

"시라사기 아쓰시입니다."

가볍게 고개를 숙여 인사하고 그는 말했다.

"오늘은 구리마루당의 물양갱을 먹으러 왔습니다. 잘 부탁합니다!"

"이쪽이 구리마루당의 주인이야. 어이, 구리타. 인사, 인사해야지!"

마스터가 재촉해서 구리타도 마찬가지로 고개를 숙였다.

"……처음 뵙겠습니다, 구리타 진입니다. 저야말로 잘 부탁합니다."

그랬다. 구리타는 현실로 돌아왔다.

아오이만 생각하느라 깜박했는데 오늘은 이쪽이 본론이었다. 마스터의 소개를 받아 구리마루당에 새로운 손님을 안내하기로 했다.

*

어제저녁 무렵에 생긴 일이다. 마스터가 가게로 전화를 걸었다.

"여어, 구리타! 내일 낮에 잠깐 시간 좀 낼 수 있냐?"

"갑자기 뭐야. 무슨 용건인데."

"사실은 그럭저럭 유명한 찻집의 후계자인 도련님이 내일 아사쿠사에 온다지 뭐냐. 일본 차에 잘 어울리고 맛도 좋은 여름 과자를 발굴해 오라고 부모님께 명령을 받았다나 봐. 물양갱을 노린다고 해."

수화기 너머로 들려오는 마스터 특유의 시치미 뚝 뗀 표현을 구리타는 즉시 이렇게 해석했다.

찻집, 다시 말해 일본 차 전문점이라면 시즈오카나 교토에 있는 오래된 가게가 유명하지만 당연히 도쿄 도내에도 여러 곳 있다. 그런 가게를 운영하는 부모님이 아들에게 좋아하는 과자인 물양갱을 사 오라고 심부름을 시켰다는 소리이리라.

요즘은 날씨도 꽤 따뜻해졌다. 감칠맛과 떫은맛이 풍부하고 진한 일본 차와 청량감 넘치는 물양갱의 조합으로 조금 일찍 여름 기분을 맛보려는 심정은 충분히 이해한다.

"그래서? 나보고 뭐 어쩌라고?"

"그 찻집 도련님한테 아사쿠사의 물양갱이라면 구리마루당이 최고라고 입에 침이 마를 정도로 추천해뒀거든. 솜씨를 발휘해서 네 자신작을 먹여줘."

"어이 어이, 근처에 고구마 양갱 노포가 있잖아? 과장도 정도껏 하라고."

"내 주관을 말했을 뿐이고 고구마 양갱과 물양갱은 다른 거 잖아. 그리고 잘만 되면 구리마루당의 단골이 될지도 모르고."

아하. 구리타는 깨달았다.

전보다는 나아졌지만 아직 시원시원한 기세를 탔다고 할 수 는 없는 구리마루당의 매출을 걱정해서 마스터는 종종 새로운 손님을 소개해주었다. 아마 이번에도 그런 손님인 모양이다.

지금 상황에서 마스터의 친절함이 성과로 연결되었다고 하 긴 어렵지만 마음이 고마웠다. 구리타는 어설프게나마 고마움 을 표현하고 그 요청을 받아들였다.

"여깁니다, 시라사기 씨. 들어오세요."

"생각보다 가깝네요. 과자점 구리마루당……이라."

구리타는 정면 출입문을 열어 찻집의 후계자 아들, 시라사 기 아쓰시를 안으로 안내했다.

평일 낮에 구리마루당의 찻집은 파리를 날릴 때가 많은데, 오늘도 안타깝지만 역시나 손님이 없었다. ……창가 탁자에 앉은 한 사람을 제외하면.

"아, 구리타 씨. 안녕하세요."

"아오이 씨!"

구리타를 보고 활발하게 한 손을 흔드는 사람은 다름 아닌 아오이였다. 오늘은 우아한 시폰 블라우스 위에 카디건을 걸치고 색감이 아름다운 스커트를 입었다.

구리타가 시라사기를 까맣게 잊어버리고 잰걸음으로 다가가 물었다.

"무슨 일 있어?"

"아니요, 딱히 없는데요."

힘을 쑥 빠지게 하는 대답이 돌아와 구리타는 멀뚱거렸다. 아오이가 발랄하게 말했다.

"헤헤, 갑자기 단 게 먹고 싶어서요. 평소처럼 맛있는 과자를 먹으면서 구리타 씨의 관록 넘치는 얼굴을 보고 싶었다고나 할까요."

"그래…… 그렇다면 다행이고."

도가시 슌 사건으로 아오이가 괴로워할지 모른다는 생각에 걱정되었으나 지금은 그 이야기를 꺼내지 않기로 했다.

억지로 기운을 내는 것처럼 보이긴 해도 아오이는 명랑하게 행동해주었다.

평상시의 아오이로 있어달라는 구리타의 요청대로 평소처럼 활기찬 얼굴을 보여주러 와준 것이다. 다정한 마음 씀씀이에 가슴이 따뜻해졌다.

동시에 조금이나마 아오이의 과거를 안 지금은 그녀의 시원 시원한 천진난만함이 억지로 꾸며낸 것처럼 느껴져서 솔직히 괴롭기도 했다.

하지만 그렇기에 오히려 자신도 아오이처럼 아무렇지 않게 행동하고 싶었다.

"……그런데 내 얼굴, 그다지 관록은 없지 않아?"

"네?"

"오히려 달콤한 쪽이지. 화과자 장인이니까."

구리타가 팔짱을 끼며 대답하는데, 갑자기 포렴을 헤치고 앞치마 차림의 아카기 시호가 작업장에서 튀어나왔다.

"어휴, 무슨 소리를 하는 거야, 구리. 너 진짜 말뜻을 모르는 구나."

"뭐야, 시호 씨. 느닷없이?"

"관록이 넘친다는 말은 칭찬이야. 외모가 차분하고 분위기 있다는 뜻이라고."

"응?"

얼굴을 빤히 맞대고 그런 소리를 하다니…… 하고 얼굴이 붉어진 구리타 앞에서 깔깔 웃는 시호는 아사쿠사에서 태어나고 자란 기가 센 여성 점원이다.

이십대 후반인데 내면은 훨씬 어리다. 접객 능력이 정평이 난 시호는 화과자 판매 업무를 담당하는 구리마루당의 실질적인 얼굴이다.

"어쨌거나 어서 오세요, 손님! 사양하지 말고 이쪽으로 앉으세요!"

"아, 예에."

시호가 기운차게 시라사기를 자리로 안내한 덕분에 현실로 돌아온 구리타는 아오이를 바라보았다.

"아오이 씨, 지금부터 손님에게 물양갱을 접대할 건데 괜찮다면 같이 먹겠어?"

"어, 그래도 괜찮아요?"

"많이 만들어뒀거든. 맛을 좀 봐줘. 먹고 싶은 만큼 마음껏 먹어도 돼."

"기쁘다! 그럼 감사히 먹겠어요. 그래도 저는 소식파니까 몇 개씩이나 먹진 않겠지만요."

"그렇게 많이 먹진 못하니까요."

갑자기 시라사기가 이렇게 말하며 끼어드는 바람에 아오이는 "네? 네에……" 하고 낯을 가리며 대답했다. 그런 둘을 시호가 능숙하게 다루는 모습을 곁눈질하며, 구리타는 조리용 하얀 가운을 걸치고 작업장으로 들어갔다.

포렴을 헤치면 제과 도구가 가득한 장인의 공간이 나타난다. 구리타가 선 쪽의 벽에 업무용 제떡기, 그 옆에 찜기, 저 안쪽에는 싱크대가 있다.

실내 중앙에 세월이 느껴지는 작업대 앞에서 나카노조가 삼각주걱을 한 손에 들고 네리키리*를 만드는 연습을 하다가 번쩍 고개를 들어 구리타를 반겨주었다.

"어서 오세요, 구리 씨! 이 꽃 조형 어때요?"

"그럭저럭……. 아니다, 꽃잎 형태를 조금 더 매끈하게 하는 게 좋아. 화과자는 추상으로 자연을 표현하니까. 진짜 꽃처럼 사실적으로 구부리지 않아도 돼."

"재현도가 너무 높았나 보네요."

화과자는 계절을 앞서간다. 7월에 이리야에서 열리는 여름의 풍물시 나팔꽃 축제를 염두에 두었는지 나카노조는 나팔꽃 네리키리를 연습하고 있었다.

구리타는 나카노조의 옆을 지나 업무용 냉장고 문을 열고 물양갱이 든 용기, 양갱주라고도 불리는 스테인리스 틀을 꺼내 작업대에 올렸다.

---

* 착색한 팥소 안에 규히 등을 넣어 반죽한 것을 세공해 다양한 모양을 만드는 화과자. 주로 사계절의 풍물을 표현한다. 규히는 찹쌀가루에 설탕이나 물엿 등을 넣고 반죽하여 얇은 떡처럼 만드는 화과자로, 다른 화과자를 만들 때 재료로도 쓰인다.

맑은 먹색에 거품 하나 없는 물양갱 표면은 단단한 아름다움을 지님과 동시에 탱탱하고 싱싱해 보였다.

구리타는 틀 바닥을 들어 올려 물양갱을 꺼내고 사각형의 과자용 식칼로 잘라 형태가 무너지지 않도록 살포시 네모난 접시에 담았다.

과자를 먹을 때 쓰는 요지를 나란히 올려 뜨거운 차와 함께 손님에게 가져갔다.

"와, 맛있겠어요! 잘 씹어서 먹어야지, 물양갱!"

찻집에 돌아오자마자 고전적인 다자레**를 들은 구리타의 무릎에서 힘이 쑥 빠졌다.

"……아오이 씨. 지금 그 말 일부러 노리고 한 거지?"

"아, 아닌데요. 그냥 애드리브예요."

아오이는 바로 옆 탁자에 시라사기가 있는데도 꽤 자연스러운 태도였다. 근처에서 쾌활하게 웃고 있는 시호 덕분인지 애드리브를 할 정도로 이 자리에 익숙해진 모양이다.

구리타가 물양갱과 차를 올린 쟁반을 두 사람 앞에 놓자, 시

** 동음이의어나 유사한 발음의 단어를 늘어놓는 말장난. 이 경우, 일본어로 '잘 씹다'의 발음이 '요쿠카무', '양갱'의 발음이 '요우칸'으로 비슷해서 말장난이 성립한다.

라사기가 감탄해서 중얼거렸다.

"헤에……. 단면이 정말 깨끗하네요. 그런데도 물기가 가득하고 윤기가 흘러요."

"드셔보시죠."

"그럼 잘 먹겠습니다."

구리타의 권유를 받은 시라사기는 접시 위에 놓인 직육면체를 어설픈 솜씨로 잘라 입에 넣었다.

그 순간, 지금까지 어딘지 담백한 느낌이었던 태도가 격변했다. 입을 우물거릴 때마다 표정이 차츰차츰 부드러워지더니, 마침내 물양갱을 꿀꺽 삼킨 시라사기는 싱글벙글 웃으며 구리타를 올려다보았다.

"으으음……!"

행복에 겨워 눈을 감으며 입술을 날름 핥았다.

"굉장히 산뜻하군요! 아니, 녹아요, 녹아! 입에 살짝 넣었을 뿐인데 금세 물처럼 부드럽게 무너지고 목을 넘어가는 느낌도 상쾌해! 정말 부들부들해요."

눈썹까지 축 늘어뜨리며 감탄한 시라사기는 반짝이는 물양갱을 이번에는 좀 더 크게 잘라 입에 넣었다.

몇 차례 씹어 삼키더니 입술 사이로 "흐음" 하고 짧게 감탄하며 잔뜩 들떠 말했다.

"아아, 입이 달고 시원합니다. 차갑고 탱탱하고, 물 흐르듯이 녹는 게······."

잘라서 가르는 시간도 아깝다는 듯이 시라사기는 연달아 물양갱을 먹었다.

"뭐랄까······. 투명감이 넘친다고 할까요. 팥의 풍미가 확실히 느껴지는 동시에 수분기가 풍부하고 부드러워서 먹으면 먹을수록 자꾸만 더 먹고 싶어지는 맛이네요!"

시라사기는 눈 깜짝할 사이에 물양갱을 다 먹어치우고 뭔가 하고 싶은 말이 있다는 표정으로 묵묵히 구리타를 바라보았다.

"더 있습니다."

구리타가 미처 말을 다 끝내기도 전에 시라사기가 즉각 대답했다.

"부탁합니다!"

"아오이 씨는······."

"저는 아직 괜찮아요."

옆 탁자에 앉은 아오이는 물양갱을 자그맣게 잘라 조금씩 먹으며 행복하다는 듯이 눈을 가늘게 떴다.

"입에 서서히 번지는 차갑고 부드러운 팥소의 단맛······. 정말 맛있어요. 이런 건 아까우니까 천천히 먹어야죠."

"응······. 그래."

소중하게 맛을 봐준다고 생각하니 가슴이 내심 뛰었으나 지금은 일하는 중이다. 구리타는 평소처럼 무뚝뚝한 표정을 짓고, 시라사기에게 낼 추가분을 가지러 작업장으로 돌아갔다.

　여간 마음에 들었는지 시라사기는 보는 사람이 질릴 정도로 잘 먹었다.
　추가분도 순식간에 해치우고 기운차게 빈 접시를 내밀었다. 세 접시째였다.
　"으아, 엄청 단 과자라고 생각했는데 실제로는 전혀 다르네요. 이거라면 얼마든지 먹을 수 있겠어요! 역시 화과자는 가게에서 먹는 게 최고야……."
　기분 탓일까? 옆 탁자에서 아오이가 몸을 꼼지락거렸는데 시라사기는 전혀 몰랐다.
　"이거 봐요, 얼마나 부드러우면 주걱이 쑥쑥 들어가네요. 게다가 입에 넣으면 퍼지는 산뜻하고 투명한 팥소의 단맛! 뜨거운 엽차하고도 상성이 발군이에요."
　그렇게 말하며 뜨거운 차를 홀짝이고 만족스럽게 숨을 내쉬는 시라사기 옆에서 아오이가 더더욱 어쩔 줄 모르며 몸을 흔들었다.
　근질근질 좀이 쑤시는 모양이다. 이유를 금방 알아차린 구리타는 침착하게 말을 걸었다.

"참지 않아도 돼, 아오이 씨."

"무슨 말씀이세요?"

"화과자 지식 말이야, 말하고 싶은 거지?"

눈을 휘둥그렇게 뜨고 조금 과장스럽게 놀라는 아오이를 바라보며 구리타는 가볍게 재촉했다.

"괜찮아. 지금 이거 심각한 상황이 아니니까. 손님을 배려하는 거겠지만 참지 않아도 괜찮아. 솔직히 그게 없으면 나도 좀 부족하거든."

"그런가요?"

"응, 왠지 몸이 익숙해졌다고 해야 하나. 어쨌든 설명을 들으면 손님도 기뻐하실 거야. 해버려."

"아아, 그런가요……."

아오이는 기뻐하며 수줍게 웃더니 이내 질풍처럼 벌떡 일어났다.

"구리타 씨께서 그렇게 말씀하신다면 기합을 넣어 말해보겠어요."

방관하고 있던 시라사기가 놀라서 슬쩍 몸을 뒤로 뺐다. 지금까지 우아하게 물양갱을 먹던 아오이가 갑자기 다른 사람처럼 발랄하게 이야기를 시작했기 때문이다.

"네, 물양갱이란 원래 그렇게 단 과자가 아니랍니다."

미소를 지으며 검지를 가볍게 흔들고 아오이가 말했다.

"그 이유를 말씀드리면……. 아, 그 전에 기초가 되는 양갱부터 설명할게요. 원래 양갱은 중국에서 전해진 음식인데요, 초기에는 찐양갱이었고 이후에 우무를 건조한 한천이 발명되어 연양갱이 만들어지면서 이쪽이 주류가 되었어요. 굳이 밤양갱을 예로 들 것도 없이 찐양갱도 아주 맛있는데요, 일반적으로 양갱이라고 하면 보통 한천을 사용한 연양갱을 가리킨다고 생각해주세요."

거기까지 거슬러 올라가서 말할 생각인가. 구리타는 조금 당황했다.

"물양갱은 그 연양갱에서 파생한 것으로 기본 재료는 같아요. 제과법도 거의 비슷하답니다."

녹인 한천에 팥소와 설탕을 넣고 바싹 졸여서 수분을 날린 것이 연양갱이다.

이때 졸이지 않고 풍부한 수분을 유지한 상태로 부드럽게 굳힌 것이 물양갱이다.

따라서 양갱과 물양갱의 차이는 한마디로 함유된 수분량의 차이이다.

물양갱은 수분을 잔뜩 머금은 만큼 다른 재료의 비율이 낮아지므로 결과적으로 팥소나 설탕의 단맛이 억제된다고 아오이는 설명했다.

"그런 이유로 '물양갱은 엄청 달다'라는 전제는 원래 있을 수 없어요. 수분기 풍부한 식감과 산뜻하고 연한 단맛이 물양갱만의 매력이니까요."

아하. 구리타는 깨달았다.

단순히 지식을 선보이는 줄 알았는데 아오이는 은근슬쩍 시라사기에게 알려주고 있었다.

조금 전에는 그가 한 말의 오류를 수정해주고 싶어서 근질근질했던 모양이다.

"참고로 양갱을 먹을 때 사용하는 이 도구는 '주걱'이 아니라 흑문자라고 해요."

"네?"

놀라는 시라사기에게 구리타가 옆에서 알려주었다.

"흑문자 요지. 과자를 먹을 때 쓰는 이쑤시개라고 할까요."

"맞아요. 숟가락이랑 포크로 화과자를 먹으면 아무래도 분위기가 좀 떨어지니까요. 흑문자는 녹나무의 일종인 나무 이름이에요. 나무껍질에 있는 까만 얼룩점이 꼭 문자처럼 보여서 흑문자라는 이름을 붙였다고 하는데요, 냄새를 맡아보면 나무의 기분 좋은 향이 은은하게 나요."

고급 이쑤시개의 대명사여서 구리마루당에서는 예전부터 흑문자 요지를 사용한다.

아오이의 박학다식한 지식을 들은 시라사기는 과연 놀란 표정이었다.

"하아아. 여러분, 본업이 본업이다 보니 자세히 아시네요. 그보다 한 개 더……."

"그럼 본론으로 돌아가죠! 지금은 여름의 풍물시로 완전히 정착한 물양갱이지만……."

지금까지 서론이었나 보다. 아오이는 아직 멀었다는 듯이 다시 지식을 늘어놓기 시작했다.

"원래는 여름이 아니라 겨울에 먹는 화과자였어요. 원래 물양갱은 오세치 요리*였답니다."

"오세치? 물양갱이 겨울의……?"

어지간히 놀랐는지 시라사기의 눈이 동그래졌다.

"네. 전국적으로 예전에는 오세치 요리의 과자로서 겨울에 만들었어요. 물양갱은 연양갱과 비교해서 당도가 낮고 수분도 많아서 상하기 쉬우니까요……. 싱싱하고 맛있지만 원래 보존

* 일본의 설날 음식. 연말에 미리 검은콩조림, 멸치조림, 연근조림, 다시마, 도미 등의 음식을 준비해서 찬합에 담아 신년을 축하하며 가족이나 손님과 함께 먹는다.

기간이 짧은 과자예요. 그러니까 냉장 기술이 발달하지 않았던 시절에는 추운 겨울에만 먹을 수 있었죠. 예전에는 단맛이 귀중해서 양갱도 고급품이었으니까 설날에 진수성찬을 먹는다는 의미도 있었겠죠."

구리타는 묵묵히 고개를 끄덕였다.

지금 내놓은 물양갱은 팥 본래의 풍미를 살리기 위해 보존료 등의 첨가물을 사용하지 않았고 재가열 가공도 하지 않았다.

옛날 그대로의 제과법으로 만들어 상하기 쉬운 과자이다. 그래서 맛있다.

컵에 담아 파는 시판 물양갱과는 전혀 다르다.

"냉장고가 한 가정에 한 대씩 보급된 시기는 쇼와**부터죠. 물양갱은 그 시기에 차갑고 달콤한 여름 풍물시가 되었어요. 그런데 말이죠, 겨울에 먹는 풍습은 지금도 일부 지역에 남아 있어요. 예를 들어 후쿠이 현에서는 물양갱이 지금도 엄연히 겨울에 먹는 과자예요. 왜일까요? 여러 가설이 있는데요, 저는 뎃치라고 불리는 고용살이 수습생들이 선물로 가져왔다는 가설을 밀고 싶어요."

구리타가 지식을 선보여달라고 부탁한 덕분인지 오늘 아오

** 1926년 12월 25일부터 1989년 1월 7일까지 쇼와 일왕이 통치한 시기.

이는 평소보다 훨씬 청산유수였다.

"고용살이 수습생은 주인집에 머무르면서 일하죠. 다이쇼 시대*, 후쿠이 현에서 가까운 교토로 고용살이하러 간 뎃치 수습생들은 정월에 고향으로 돌아오면서 양갱을 선물로 샀어요. 당시 고급품인 양갱을 가족과 함께 먹으려고 물로 엷게 해서 양을 늘린 것이 물양갱의 기원이라는 추측이죠."

"참고로요" 하며 아오이가 검지를 세웠다.

"간사이 지방에서는 한천이 아니라 밀가루를 사용한 찐양갱 형태의 뎃치양갱이 주류였는데, 이것도 본질은 물양갱과 마찬가지로 귀향하는 수습생이 들고 가는 선물…… 즉, 고급 양갱을 조금이라도 싸게 대량으로 손에 넣어 가족 모두와 함께 먹으려는 욕구의 표현이라고 추측된대요. 일본인은 옛날부터 이런 다정한 마음 씀씀이가 있었으니까요."

아오이의 설명이 너무 자세한 탓에 시라사기는 도무지 따라오지 못하고 넋을 잃었다.

옆에 선 시호도 비슷한 상태였는데 아오이는 점점 더 흥이 오르는지 눈을 반짝이며 주저하지도 않고 말했다.

"이렇게 해서 겨울, 정월, 수습생의 귀향, 물양갱으로 이어지

---

* 1912년 7월 30일부터 1926년 12월 25일까지 다이쇼 일왕이 통치한 시기.

는데요. 이런 흐름을 이해하면 미각적인 면에서도 역시 첨가물을 사용하지 않은 옛날 그대로의 제과법이 기쁘죠. 오래 보존하진 못해요. 물양갱 애호가로 유명한 소설가 무코다 구니코 씨도 《잠든 술잔》이라는 수필에서 이렇게 말씀하셨어요. '물양갱은 에도 토박이들의 돈과 같답니다. 하룻밤을 넘기면 안 되지요'**라고요. 무코다 씨의 물양갱 사랑을 느낄 수 있죠. 저도 같은 생각이어서요, 물양갱은 신선하면 할수록……."

재미있는 이야기였다. 그러나 누군가 멈추지 않으면 이 지식이 무한대로 이어지지 않을까?

정신을 차린 구리타는 서둘러 만류했다.

"만끽했어! 화과자 지식들 충분히 만끽했으니까!"

"네?"

"만끽하다 못해 손님도 넋을 잃었으니까! 응? 오늘은 그 정도로!"

"죄, 죄송해요!"

얼른 입을 막은 아오이는 부끄러워하며 얼굴을 붉혔다.

"저, 그게, 구리타 씨가 즐거우셨으면 해서."

** '에도 토박이는 그날 번 돈을 그날 써버린다'라는 일본 속담이 있다. 에도 사람들의 시원시원하고 호방한 기질을 뜻한다.

"아, 아아……. 그야 물론 나는 화과자 장인이니까 무진장 즐거웠어."

고개를 돌리자, 손님인 시라사기는 어안이 벙벙해 굳어 있었다. 시호도 마찬가지였다.

가게 안에 쓴웃음이 섞인 침묵이 흘렀다.

자, 이 상황을 어떻게 수습할까. 구리타가 머리를 굴리는데 의외로 시라사기가 제일 먼저 정신을 차렸다.

"……잘 먹었습니다."

흑문자를 빈 접시에 내려놓고 시라사기는 양손을 합장하듯 모았다. 그렇게 분위기가 원래대로 돌아왔다.

도중에 한 접시를 더 먹고 싶어 했던 시라사기지만 이제 만족했을 것이다. 세 접시나 먹어치웠고 오늘 목적은 충분히 완수한 셈이니…….

구리타가 만족스럽게 팔짱을 끼자, 시호가 생글생글 웃으며 말했다.

"헤헤, 먹어서 맛있고 알아서 재미있는 것이 화과자의 매력이니까요! 그래서 어땠어요, 시라사기 씨. 우리 물양갱, 마음에 드셨나요?"

그런데 시라사기는 갑자기 시선을 내리깔고 고개를 저었다.

"……그다지."

"음?"

뜻밖의 대답에 구리타는 귀를 의심했는데, 시라사기가 이상하게 가라앉은 표정으로 말했다.

"미안하지만 마음에 들었다고 하긴 어렵겠습니다……. 까놓고 말해서 입에 맞지 않았습니다. 이게 솔직한 감상이에요."

구리타는 당황했다. 그렇게 더 달라고 졸라댔으면서 맛이 없었다고?

어디에서나 흔히 볼 법한 눈앞의 평범한 청년이 갑자기 이해 불가능한 존재로 보였다. 곤혹스러운 속마음을 감추고 최대한 냉정하게 구리타는 물었다.

"어디가 어떻게 입에 안 맞으셨지요?"

"글쎄요, 특별히 어디라고 하긴 어려운데. 굳이 말하면…… 전부?"

먹으면서 보인 태도와 정반대로 물양갱을 전면적으로 부정하는 발언에 구리타는 충격을 받았다. 그때, 아오이가 도저히 못 참겠다는 듯이 끼어들었다.

"저기, 그 말씀은 좀 앞뒤가 안 맞지 않나요? 계속 추가해서 드신 이유는 당연히 맛있으니까 아닌가요?"

"뭐……. 그야 추가를 하긴 했죠. 그래도 저는 단 한 번도 맛있다고 말하지 않았습니다만."

"네?"

그랬었나? 아오이가 고개를 갸웃거리는 사이에 이번에는 시호가 덤벼들었다.

"이봐요! 말했는지 안 했는지는 기억 못 하겠는데 그래도 당신, 대놓고 기분이 좋았잖아. 누가 봐도 맛있게 먹었다고!"

"그렇게 보였을 뿐이잖아요? 어쨌든 나는 이 물양갱, 싫단 말입니다!"

처음에는 말을 꺼내기 어려워하며 머뭇거렸으나, 가는 말이 고와야 오는 말이 곱다고 시라사기는 짜증을 내며 단호하게 말했다. 보여준 행동과 일관성은 없어도 그의 발언 자체에 문제는 없었다. 구리마루당의 물양갱이 마음에 들지 않았다는 감상을 절대로 철회할 마음이 없어 보였다.

솔직히 충격이었지만 구리타는 자제심을 총동원해 시라사기에게 물었다.

"풍미, 싱싱함, 식감…… 그게 전부 맞지 않았다. 그래서 우리 물양갱이 싫다. 그런 말씀이십니까?"

"아아, 네."

"그럼 참고삼아 묻겠습니다. 당신 입에 맞는 물양갱은 구체적으로 어떤 겁니까?"

시라사기는 순간 꽁무니를 빼는 것처럼 몸을 움츠렸다. 대충 둘러대서 넘어갈 사안이 아님을 구리타의 기백에서 느꼈는지, 시라사기는 신중한 표정으로 생각하다가 낮은 목소리로 웅얼웅얼 말했다.

"……호오당."

"뭐요?"

"아카사카 호오당의 물양갱요. 거긴 일본에서 제일 유명한 가게잖아요. 유명한 까닭은 모두가 맛있다고 평가하기 때문이죠. 나도 그에 동감해요."

설마 비교 대상으로 그 이름이 나올 줄이야.

기시감과 같은 불가사의한 충격에 휩싸여 구리타는 할 말을 잃었다.

눈앞에 선 미인이 호오당의 딸일 줄은 꿈에도 모를 시라사기를 바라보며 아오이가 아름다운 눈썹을 모으고 물었다.

"……둘 다 미묘한 차이 아닌가요?"

"미묘해도 나는 안다고요."

시라사기는 고집스럽게 대답했다.

"변두리 구멍가게나 마찬가지인 과자점이 아무리 노력해도 호오당의 물양갱을 이길 리가 없죠. 그렇게 됐으니 미안하지만 여러분, 나는 이쯤에서 물러갑니다!"

시라사기는 도망치듯이 잰걸음으로 가게를 나갔다.

*

아카사카 호오당은 누구나 아는 일본 최대 규모의 화과자 업체이다.

구리마루당보다 역사가 길어서 무로마치 시대* 때 교토에서 창업했다. 당시 왕인 고요제이 천황에게 인정받아 교토 왕궁에 출입하는 어용상인이 되면서 어지간한 사람은 다 알 정도로 실적을 올렸다고 한다.

1869년 도쿄 천도에 맞춰 본점을 도쿄로 옮긴 후, 백화점에 진출해 적극적으로 판로를 확장했다.

지금까지 황실에 바쳤던 고급품을 서민들도 쉽게 손에 넣을 수 있도록 염가 판매를 시작해 지명도를 높여 업계 최고의 브랜드를 구축했다.

지금은 일본 국내는 물론이고 외국에도 거점을 둔 거대 기업이 된 호오당이지만 본점 지하에는 아직도 메이지 시대의 모던한 분위기가 풍기는 찻집이 있다.

그곳에서는 호오당에서도 손꼽히는 장인이 만드는 화과자를 먹을 수 있다. 어린 시절에 구리타도 아버지와 함께 가본

* 아시카가막부가 정권을 잡은 1336년부터 1573년까지 약 240년간.

52

적이 있다.

오래전, 어느 여름날의 추억…….

"자, 뭐든 좋아하는 걸 먹으렴, 진."

호오당 본점의 찻집 탁자에 마주 앉은 아버지 가즈키가 당시 초등학생이었던 구리타에게 메뉴판을 내밀었다.

"……아버지는 뭐 먹어?"

"여기 과자는 다 맛있어. 그래도 여름이라면 물양갱이지."

"그럼 나도 그거!"

그날은 구리마루당의 휴일이었다.

가끔은 어디든 좋으니 놀러 가자고 졸랐던 구리타를 아버지 가즈키는 에도 성에 데려가주었다. 옛 에도 성, 일반적인 호칭은 고쿄인데 문과 돌담, 천수대 등이 남아 있어서 성이라고 우기면 성이다.

부지를 한 바퀴 둘러본 후, 바깥 해자 옆을 산책하다가 배가 고파진 아버지와 아들은 아카사카미쓰케 근처의 호오당 본점에 들어왔다.

주문하고 얼마 지나지 않아 물양갱 2인분이 나왔다.

구리마루당의 물양갱보다 약간 크기가 작아서 구리타는 솔직히 김이 샜다.

그러나 칭찬하는 일이 드문 아버지가 맛있다고 말할 정도이니 방심하기에 이르다. 어린 구리타는 제법 진지한 표정을 짓고 호오당의 물양갱을 입으로 가져갔다.

물양갱을 살짝 깨문 순간, 깜짝 놀랐다.

구리마루당의 물양갱과는 하나부터 열까지 다 달랐다.

전체적으로 점성이 높고 수분량이 적어서 씹으면 끈적끈적했다.

그만큼 팥소의 단맛과 팥의 향기도 농후했으나 절대 텁텁하지 않았다. 팥소의 밀도는 높지만 서늘한 청량감이 골고루 퍼져 노포의 품격이 가득 느껴지는 물양갱이었다.

말없이 진지하게 먹는 구리타에게 아버지 가즈키가 물었다.

"어떠냐. 맛있지, 진?"

"응⋯⋯. 이 물양갱, 정말 맛있어."

"그거 잘됐구나."

씨익 웃고 자신도 먹기 시작한 가즈키에게 구리타는 "그래도" 하고 정색하고 말했다.

"역시 나는⋯⋯ 우리 물양갱이 더 좋아. 이것도 맛있긴 해. 그래도 부드럽고 상쾌한 구리마루당의 물양갱이 최고야. 정말로 그렇게 생각해."

"⋯⋯그러니."

담백하게 고개를 끄덕이고 묵묵히 물양갱을 먹는 가즈키의 뺨은 조금이지만 부드럽게 풀어져 웃고 있었다.

*

……설마 지금 와서 그 호오당의 물양갱과 비교될 줄이야.

쓸쓸한 기분으로 먼 과거의 기억에서 빠져나왔다. 현실로 돌아온 구리타는 머리카락을 헤집으며 소리 없이 숨을 내쉬었다.

어렸을 때의 경험이지만 아버지와 함께한 기억과 연결된 덕분에 그 맛을 또렷하게 기억한다.

그때 호오당보다 우리 물양갱이 맛있다고 주장한 것은 진심이었다. 구리마루당의 부드럽고 싱싱한 맛을 좋아하고 지금도 그 생각은 변함없다.

그러나 아오이를 앞에 두고 소리 높여 그렇게 주장하기는 꺼려졌다.

애초에 사람의 맛 취향은 제각각이다. 달고 농후하고 끈적끈적한 물양갱이 시라사기의 입에 맞는다면 어쩔 수 없다.

그렇지만 그의 말투는 취향 문제와는 전혀 달랐다.

"흠, 저 시라사기 씨라는 분, 마지막에는 맛의 감상을 완전히 브랜드 가치로 바꿔서 말씀하셨어요."

시라사기가 떠난 뒤, 가라앉은 분위기를 띄우려고 아오이가 입을 열었다.

"그런 건 촌스러워요. 자기가 느낀 감상을 말하면 될 텐데."

뺨을 부풀리며 드물게 화를 내는 아오이를 보며 구리타의 입가도 조금은 누그러졌다.

"이제 됐어, 아오이 씨. 살다 보면 이런 일도 있고 저런 일도 있지. 차라도 마시고 화를 진정시켜."

"……구리타 씨가 그렇게 말씀하신다면."

아오이는 심호흡을 하며 어깨에서 힘을 빼고 양손으로 우아하게 찻잔을 들어 차를 마셨다.

맛있게 마시고 입에서 찻잔을 뗐을 때, 아오이의 표정에선 이미 험악한 기색이 사라졌다.

"와아…… 맛있어라! 역시 차는 기분을 안정시켜주네요."

"이건 테아닌이 많으니까."

"줄기차니까요."

"그럼, 그럼" 하고 구리타는 고개를 끄덕였다. 옆에서 고개를 갸웃거리는 시호를 보고 아오이가 설명했다.

"테아닌은 차에 함유된 감칠맛 성분의 하나인데요, 임상 시험에 따르면 긴장을 완화해주는 효과와 스트레스를 억제해주는 효과가 있다고 해요."

차에도 다양한 종류가 있는데, 녹차라는 큰 카테고리 안에는 엽차, 말차, 현미차, 옥로, 줄기차 등이 포함된다.

　줄기차는 그중에서도 비교적 마이너한 존재로, 엽차를 제조할 때 남는 줄기 부분을 주로 사용한다.

　테아닌이 찻잎보다 두 배나 많은 이유는 줄기가 거의 광합성을 하지 않기 때문이다.

　광합성을 통해 테아닌이 카테킨 성분으로 바뀌면서 떨떠름한 맛이 나는데, 이 과정이 없으면 결과적으로 순한 맛이 난다. 향이 좋고 맛이 깔끔한 줄기차는 마시기 편하다.

　"구리마루당의 물양갱이 내는 담백한 단맛과 잘 어울리도록 일부러 깔끔한 줄기차를 선택하시다니 역시 구리타 씨예요! 자연스럽고 순수하게 손님을 대접하려는 마음이 느껴졌어요."

　"오오, 고마워."

　"그렇지만요."

　갑자기 아오이가 진지한 표정으로 말했다.

　"대접하려는 마음도 좋지만, 아까 그분은 도대체 누구였죠?"

　"응?"

　"어라, 아오이. 설마 그런 것도 모르고 지식을 선보인 거야?"

　시호의 말에 아오이가 고개를 끄덕였다. 구리타는 힘이 쭉 빠졌다.

　그러다가 자신들도 마찬가지임을 깨달았다. 생각해보면 시라사기 아쓰시에 관한 중요한 정보를 아무것도 듣지 못했다.

마스터의 이야기로는 '그럭저럭 유명한 찻집의 후계자인 도련님'이라고 하는데, 어느 일본 차 전문점일까. 게다가 이곳까지 온 경위나 물양갱의 용도도 아예 물어보지 못했다.

어느 정도 허물이 없어진 단계에서 물어볼 예정이었는데 시라사기의 왕성한 식욕에 놀라고 아오이의 어마어마한 지식에 압도되어 질문할 기회를 놓쳤다.

"하하, 그렇군요······. 그렇게 된 거였군요."

구리타에게 사정을 들은 아오이는 관자놀이에 손가락을 대고 잠깐 생각에 잠겼다가 이상한 소리를 했다.

"왠지 전부 다 수상한데요, 그 사람."

갑자기 무슨 말인가 싶어 눈을 크게 뜬 구리타에게 아오이는 차분하게 설명했다.

"한 번이라면 넘어갔을 거짓말도 두 번이나 겹치면 좀 이상하죠. 뿐만 아니라 그 사람의 행동은 전체적으로 다 너무 이상했어요."

"거짓말······? 무슨 소리야, 아오이 씨?"

"아까 그 사람, 좋아한다고 말했지만 호오당의 물양갱을 먹어보지 않았어요."

"어?"

예상을 벗어난 발언에 구리타는 당황했지만 아마 사실일 것이다. 화과자에 관한 아오이의 통찰력은 일반인의 수준을 넘어서서 특별하니까.

　　"시라사기가 거짓말을 했다고……? 그런데 어떻게 알았지?"

　　"아아, 문제를 해결할 실마리가 전부 모였으니까요."

　　시라사기의 발언은 앞뒤가 안 맞았다. 그가 원래 화과자점에 다니지 않는 사람임은 처음부터 명백했다고 아오이가 발랄하게 말했다.

　　'실제로는 전혀 다르네요. 이거라면 얼마든지 먹을 수 있겠어요! 역시 화과자는 가게에서 먹는 게 최고야……'라고 한 그의 발언도 그렇고, 흑문자 요지가 무엇인지 몰랐으니 애초에 화과자 자체에 그다지 흥미가 없을 것이다.

　　그런 시라사기가 구리마루당의 맛을 부정하기 위해서 호오당의 물양갱을 예시로 끌고 왔기에 아오이는 은근슬쩍 속을 떠보았다.

　　'……둘 다 미묘한 차이 아닌가요?'

　　'미묘해도 나는 안다고요.'

　　절대 미묘할 리가 없다. 말로 명확하게 표현할 수 있을 정도로 맛이 완전히 다르다.

구리마루당의 물양갱은 수분량이 많아 부드럽고 상쾌하며 담백한 맛이다.

호오당의 물양갱은 수분량이 적고 점성이 높아 단맛이 농후하고 진득하다.

"그러니까 그 사람은 '미묘'라는 말에 낚여서 원래부터 먹어본 적이 없다는 사실을 들킨 거죠. 게다가 거짓말은 이것 하나만이 아니에요. 아마 그 사람의 집은 찻집을 운영하지도 않을걸요."

"뭐……?"

"왜냐하면 구리타 씨가 줄기차에 담은 대접하려는 마음을 전혀 깨닫지 못했으니까요."

세 접시째의 물양갱을 먹으며 시라사기는 이렇게 말했다.

'산뜻하고 투명한 팥소의 단맛! 뜨거운 엽차하고도 상성이 발군이에요.'

그러고 보니 일본 차 전문점의 아들이 엽차와 줄기차를 구별하지 못하는 것은 부자연스럽다.

즉, 그는 처음부터 온몸을 거짓말로 뒤덮고 접촉해온 셈이라고 아오이는 설명했다.

"진짜냐……. 젠장, 성실함이 장점인 화과자점을 갖고 놀았다 이거지."

"그 사람, 대체 누굴까요?"

정체와 목적이 너무 궁금했다. 지금 당장 캐물어야겠다.

*

그 후, 구리타와 아오이는 구리마루당을 나와 서둘러 단골 카페로 향했다.

시라사기를 소개한 사람이 마스터였으니 그라면 정체를 알고 있을 테니까.

조금 전에 벌어진 이해 못 할 사건의 설명을 들은 마스터는 당황했는지 이마를 꾹 눌렀다.

"설마 그런 녀석일 줄이야……. 이거 폐를 끼쳐서 미안하다, 구리타."

"그건 괜찮아."

"변명은 아니지만 나도 실제로 처음 만나는 거였거든. 그리고 어제 너무 늦게 자서 판단력이 흐려졌어."

"그거 완전 변명이잖아! 늦게 잤든 아니든 내가 알 게 뭐야.

그보다! 그 시라사기 아쓰시는 대체 누구야?"

"시라사기류의 종갓집 장남."

무심하게 마스터가 대답하자 옆에 선 아오이가 "네엣?" 하고 경악했다.

왜 그러나 싶어서 구리타는 마스터에게 물었다.

"……그게 뭔데?"

"유서 깊은 다도의 유파, 시라사기류의 차기 가주(家主)야. 언젠가 시라사기류 다도의 정점에 군림할 녀석이니 말 그대로 도련님이지."

구리타는 경악해서 절규했다. 지극히 평범한 청년으로 보인 시라사기 아쓰시가 사실은 다도 세계의 엘리트였나 보다.

"잠깐만, 찻집이 아니라 다도가였어! 사람 헷갈리게 하지 말라고!"

"미안, 미안하다니까. 어쨌든 차는 차니까 이 마스터, 나도 모르게 장난을 치고 싶어져서."

순간적으로 살의가 솟구쳤지만 구리타는 심호흡을 하며 가라앉혔다.

인맥이 넓은 마스터의 이야기를 들어보니, 얼마 전에 시라사기 아쓰시의 어머니가 카페를 방문했는데 대화를 나누다가 친해졌다고 한다.

이번 사건은 원래 모친에게 부탁을 받아서 시작된 것으로, 차기 가주인 아들의 수행과 맛있는 화과자 발굴을 겸한 일이었다.

이 계절에 먹는 여름 과자라면 역시 물양갱이다. 차와 잘 어울리는 맛있는 과자를 집과 멀리 떨어진 공간에서 자력으로 찾아내면 차와 일맥상통하는 어떤 감성을 연마할 수 있으리라고 시라사기 아쓰시의 어머니는 생각했다.

그런 노림수가 참으로 이해하기 어려운 결말로 이어지고 말았는데…….

"으음, 잘 모르겠어요……. 시라사기류의 차기 가주가 그런 거짓말을 하다니, 게다가 차에 관해서도 전혀 모르다니요. 무슨 사정이라도 있는 걸까요?"

사람 좋은 아오이가 걱정하는 옆에서 구리타는 뭔가 의심스러운 냄새를 맡았다.

어쨌거나 이번 사건을 이대로 내버려두면 앞으로 계속 마음에 걸릴 것이다. 시라사기에게 진의를 캐묻지 않는 한 납득도 안 가거니와 이쪽에게는 물어볼 권리가 있다.

"마스터, 그 녀석의 연락처를 가르쳐줘."

구리타의 요구에 묵묵히 고개를 끄덕인 마스터는 스마트폰을 꺼냈다.

*

"와아…… 과거로 시간 여행을 온 것 같아요. 전원의 풍치가 느껴져요!"

"뭐라고 하더라, 이런 걸. 스키야 양식이라고 하던가?"

"네, 이 문은 스키야 양식의 스키야 문이네요."

스키야란 간단히 말해 다실이란 뜻이므로 스키야 양식은 다실풍 건물을 말한다.

문 안쪽에 보이는 합각 단층건물이 전부 다 다실풍 건축이어서 일본의 단아한 정서가 감돌았다.

이곳은 다카다노바바에 있는 시라사기류의 본부. 종갓집 저택의 문 앞이다.

문기둥에 '시라사기류 다도 사범'이라고 달필로 적힌 낡은 문패가 있었다.

여기까지 오면서 인터넷으로 대충 조사해보니, 시라사기류는 센 리큐*의 수제자인 시라사기 소큐가 창시한 전통 깊은 유파라고 한다.

---

* 千利休(1522~1591). 다도의 명인으로 그 당시 유행하던 화려하고 경직된 다도와 다른 독자적인 다도 '와비차'를 완성했다. 와비차는 검소하고 한적한 다도 양식이다.

리큐와 마찬가지로 와비사비 정신**을 중시하는데, 시라사기 류의 특색은 다도를 할 때의 행동거지에 있다. 세련되고 아름다운 동작이 손님을 매료한다고 한다.

그러나 이런 선전 문구를 얼마나 신용할 수 있을지 지금은 솔직히 의심스러웠다.

조금 전에 구리타는 마스터에게서 시라사기 아쓰시의 전화번호를 받았다. 그러나 아무리 걸어도 연결이 되지 않았다. 아마 전원을 꺼둔 모양이다.

화가 치민 구리타와 아오이는 직접 시라사기의 집으로 찾아가기로 했는데…….

"뭐, 문만 계속 노려본다고 해결이 되지 않으니 들어갈까."

"그래요. 들어가요."

관계자 이외에 출입 금지라는 표시가 있긴 했지만 경비원처럼 보이는 사람은 없었다.

구리타와 아오이는 문을 지났다. 부지 내에는 단층건물이 군데군데 있었다.

가까이에 있는 안내도를 보니 시라사기 가문 사람들이 사는 본채는 부지 저 안쪽인 것 같았다.

** 일본의 미의식. 꾸밈없고 수수하고 정적인 것을 뜻한다.

지금 있는 위치에서 조금 들어가면 사무소와 접수처가 있다고 하니 그곳에서 시라사기 아쓰시를 불러달라고 하면 될 것이다.

포석을 따라 그림처럼 아름다운 일본 정원을 바라보며 구리타와 아오이는 걸었다.

"와아, 아름다워요……. 이런 별장에서 다도 모임을 열면 정말 즐겁겠어요."

아오이가 무사태평한 소리를 해서 조금은 긴장하고 있던 구리타 역시 힘이 빠졌다.

"아오이 씨도 다도에 소양이 있어?"

"네, 어려서 조금 배웠어요. 거의 다 잊어버렸지만 과자를 먹는 방법은 지금도 기억해요."

"아하. 뭐, 다도라고 하면 말차와 화과자지."

"입을 화과자로 잔뜩 달게 해놓으면 말차의 맛이 돋보여서 맛이 아주 좋아요."

그런 대화를 나누며 구리타와 아오이는 부지 안으로 더 깊숙이 들어갔다. 전통 의상인 기모노를 갖춰 입은 문하생으로 보이는 남녀와 때때로 스쳐 지났으나, 그들은 인사만 할 뿐이지 딱히 야단을 치진 않았다.

한참 걷는데 맞은편에서 작업복을 입은 자그마한 체구의 노인이 걸어왔다.

"……도련님!"

갑자기 그렇게 외치며 작업복 노인이 종종걸음으로 다가와서 구리타는 당황했는데, 다행히 그는 그대로 옆을 스쳐 지나갔다.

뒤를 돌아보니 구리타보다 15미터쯤 뒤에 기모노를 입은 새까만 머리의 청년이 있었다. 작업복 노인은 청년 앞에 멈춰서 고개를 조아렸다.

"도련님, 일찍 돌아오셨군요! 어떠셨습니까, 아사쿠사의 가게는?"

"그렇게 부르지 말라고 했을 텐데."

"송구합니다, 아쓰시 님. 그런데 그 여름 과자는 어떻게 되었나요?"

작업복 노인이 다시 묻자, 까만 머리의 청년은 양손을 벌리며 경박하게 웃었다.

"흥, 완전히 형편없더군. 구리마루당인지 뭔지 모르겠지만 싸구려 같은 맛이어서 고작해야 삼류더라고. 솔직히 시간 낭비였어."

"그러셨군요? 그것참 안타깝습니다……."

"딱히. 변두리에 처박힌 화과자점 따위는 고작해야 그 정도

일 테니까. 나는 애초에 내키지 않았어. 어머니가 부탁하셨으니까 어쩔 수 없이 갔을 뿐이고. 무엇보다 나는 다도에 흥미가 없어."

기모노 청년은 비열하게 웃었다. 그런 그를 멀리서 바라보며 구리타는 일단 사태를 파악하려고 애를 썼다.

……미루어 짐작하건대 저 작업복 노인은 시중을 드는 사람일 테고, 대화하는 상대가 시라사기 아쓰시인 모양이다. 시라사기류의 종갓집 장남이니까 '도련님'이라고 부르겠지.

그러나 시라사기 아쓰시의 용모는 아까 구리마루당에서 물양갱을 먹은 인물과 전혀 달랐다.

키가 크고 마른 체구에 조금 긴 까만 머리. 이목구비가 섬세하고 피부는 새하얀 청년이었다.

연회색 기모노 위에 짙은 감색 겉옷을 걸쳤다. 얼핏 보기에 구리타와 비슷한 이십대 전후로 보였는데, 그렇게 어린 나이에 전통 의상이 저리도 잘 어울리는 사람은 드물 것이다.

한 번 보면 절대 잊지 못할 사람이다. 변장이 아니라 완전히 다른 사람이다.

그럼 대체 어떻게 된 거지? 이 괴리에 어떤 의미가 있는지 도저히 모르겠다.

구리타가 고민하고 있는데 옆에서 아오이가 조용히 중얼거렸다.

"대역……."

그 말을 듣고서 구리타도 깨달았다.

"……그렇군. 나는 물론이고 마스터와도 첫 대면인 것을 이용했어."

그러지 않았다면 이 행위는 성립할 수 없었다.

어머니로부터 맛있는 여름 과자, 새로운 물양갱을 발굴하라는 명령을 받은 시라사기 아쓰시는 마스터의 소개를 통해 구리마루당에 방문하기로 했다.

그러나 그는 애초에 마음이 내키지 않았다. 또 '무엇보다 나는 다도에 흥미가 없으니까'라는 이유로 자신을 대신할 대역을 보내 시라사기 아쓰시라고 이름을 대라고 시켰다.

그렇다면 가짜 시라사기가 보인 기묘한 태도도 이해할 수 있었다.

수수께끼 따위가 아니다. 그들은 애초에 이쪽을 우습게 본 것이다.

끓어오르는 분노를 느끼며 구리타는 그들에게 다가가 차분히 말을 걸었다.

"어이, 댁이 진짜 시라사기 아쓰시 씨?"

"누구신지?"

갑자기 말을 걸어서 그는 놀란 것 같았으나 금방 사태를 파악했나 보다.

"아아…… 그래. 그렇게 됐군."

전혀 동요하지 않고 수긍한 그는 구리타를 뻔뻔하게 바라보았다.

"그래, 내가 시라사기 아쓰시. 나보고 진짜냐고 묻는 것으로 보아 네가 그 화과자점의 사람인가."

"아아. 성실한 일솜씨로 정평이 난 구리마루당의 4대째 주인인 구리타 진이다. 그런데…… 시라사기류라고 했나? 그쪽은 참 돼먹지 못한 유파인가 보군. 모처럼 정성껏 대접하려고 했는데 그런 자리에 대역을 보내나, 보통?"

"……시라사기류는 관계없어."

고개를 획 돌리고 중얼거린 시라사기는 계산해서 만든 듯한 아름다운 미소를 구리타에게 지어 보였다.

"내가 개인적으로 아르바이트생을 고용했을 뿐이야. 아사쿠사까지 가긴 귀찮으니까."

"귀찮다고……?"

"이런 거 단순히 싫어하거든. 그러니까 대학에서 한가해 보이는 놈한테 부탁했지."

단정하고 갸름한 얼굴에 비꼬는 웃음을 잔뜩 지으며 시라사기는 예상했던 그대로의 이야기를 해주었다.

구리마루당에 온 사람은 시라사기의 부탁을 받은 아르바이트 대리인으로, 물양갱을 대충 맛본 뒤에 최종적으로 맛이 별로라고 깎아내리기로 미리 협의했다.

입에 왜 안 맞는지 이유를 물어볼 때의 변명으로 호오당의 이름을 대라고 알려준 것도 시라사기였다.

"아아, 도련님…… 어떻게 그런 행동을."

옆에 선 작업복 노인이 황망하게 얼굴을 감싸더니 더는 말을 잇지 못했다.

"……왜 호오당이었지?"

미간을 찡그리며 구리타가 묻자 시라사기는 지극히 당연하게 대답했다.

"그걸 말해야 아나? 양갱이라면 아카사카 호오당이 제일 유명하니까. 업계의 초대형 네임밸류 앞에서는 변두리에 있는 소규모 화과자점 따위야 꼬리를 내릴 수밖에 없지."

"네놈……"

완전히 화가 나서 자기도 모르게 주먹을 움켜쥔 구리타에게서 한 걸음 물러나며 시라사기가 쏘아붙였다.

"고작해야 구멍가게 수준인 화과자점은 아무 가치도 없어. 할아버지한테 물려받은 성격 탓에 나는 시간 낭비가 끔찍하게 싫거든. 일부러 지명도 낮은 가게에 찾아가다니 그런 어리석은 짓을 왜 하겠어?"

"이 철면피!"

마른하늘에 갑자기 목소리가 울렸다. 구리타가 놀라서 눈을 휘둥그렇게 떴다. 아오이가 가련한 어깨를 들썩이며 성큼성큼 나서더니 시라사기의 말을 막았다.

"그 사고방식은 완전히 틀렸어요, 시라사기 씨! 남을 접대하는 마음을 중요하게 여기는 다인이 남의 마음을 무시하면 어쩌자는 거죠! 본말이 전도됐잖아요!"

아오이가 무섭게 성을 냈다. 낯을 가리는 그녀지만 지금은 낯가림조차 잊을 정도로 화가 났다.

"나는…… 다인 따위가 아니야."

"다인이 아니라도 인간으로서 틀렸어요! 무엇보다 구리마루당은 구멍가게 수준이 아니라고요. 오늘 구리타 씨가 얼마나 정성을 다해 물양갱을 만들었는데!"

대역 시라사기를 내세우고 호오당 이름을 들먹였으며 구리마루당을 우롱한 것이 전부 합쳐져서 지금 아오이의 분노로 연결되었다.

앞으로 불쑥 나서 위협하는 아오이 때문에 시라사기는 주춤주춤 몸을 빼며 구리타에게 물었다.

"어, 어이……. 이 미인은 누구지? 왜 이리 귀엽게 화를 내는 건데?"

"이름은 아오이 씨. 귀엽지만 화를 내는 이유는 네놈 가슴에 물어보시지."

구리타는 냉담하게 대꾸하고 얼른 앞으로 나서 아오이를 진정시켰다.

"아오이 씨, 이제 됐어. 괜찮으니까."

"네?"

"그쯤이면 충분해. 나머지는 내가 처리할 테니까."

아오이가 눈을 깜빡이다가 화들짝 정신을 차렸다. 그런 아오이의 귀에 대고 구리타는 무뚝뚝하게 속삭였다.

"……고마워."

분노에 휩쓸리지 않고 자제할 수 있는 것은 그녀 덕분이다. 아니꼬운 놈에게 직접 보복하기 전에 자신을 위해 진심으로 화를 내는 사람이 있어서 기뻤다.

"에…… 어, 저, 저도 모르게."

구리타의 만류에 아오이는 부끄럽다고 중얼거리다가 새빨갛게 달아올라서는 평소의 낯가림을 되찾아 뒤늦게 허둥거렸다. 시라사기와 작업복 노인은 불가사의한 존재를 마주한 것처럼 어리둥절한 상태였다.

아오이는 한동안 거동이 수상했으나 갑자기 뭔가 떠올린 것처럼 번쩍 고개를 들었다.

"그런데 그 말씀은, 구리타 씨! 지금 처리라고! 설마 시라사기 씨가 두 번 다시 다완을 들지 못하도록……."

"안 해. 그런 짓을 하면 내가 나쁜 놈이 되잖아. 그리고 아오이 씨, 화과자 장인이 이 상황에서 결말을 내는 방법이라면 딱 하나뿐이잖아?"

"그렇군요!"

양손을 부드럽게 맞잡는 아오이에게 미소를 지어 보이고, 구리타는 시라사기에게 고개를 돌려 선언했다.

"……시라사기, 변두리의 구멍가게에 올 마음이 없다면 직접 가지고 오마."

"뭐?"

"가게가 소규모인 것은 사실이지만 내 아버지는 물론이고 아버지의 아버지가 소중하게 지켜온 맛을 업신여긴다면 가만히 있을 수 없지. 네임밸류 신앙에 물든 그 불쌍한 감성을 우리 가게의 물양갱으로 정화해주마."

"괜찮은데……. 너, 재미있어."

시라사기는 눈을 가늘게 뜨고 구리타를 빤히 바라보며 전혀 동요하지 않고 피식 웃었다.

74

*

　도전 선언을 한 이상 여유를 부릴 수 없다. 시라사기류의 본가를 잰걸음으로 빠져나온 구리타와 아오이는 아사쿠사로 귀환했다.

　기세등등하게 구리마루당 안으로 들어갔는데, 뜻밖의 광경이 둘을 맞아주었다.

　"도대체…… 폐를 끼치는 것도 정도가 있어. 두 번 다시 그런 짓은 하지 마, 알겠어?"

　"잘못했습니다!"

　구리타가 어리둥절해진 이유는 가게 찻집에서 팔짱을 끼고 선 시호가 탁자에 앉은 손님에게 설교를 하고 있었기 때문이다. 손님이라고 해도 처음에 시라사기 아쓰시라고 이름을 대고 가게에 온 그 청년이었다.

　"뭐야, 대역 시라사기 아쓰시잖아……. 네놈, 뻔뻔하게 여긴 왜 돌아왔어?"

　"아, 가와가미입니다."

　"흥, 가와가미인지 가와시모인지 내 알 바 아니고! 대체 뭐가 어떻게 된 거야?"

　시호에게 고개를 돌리자, 그녀는 짧게 탄식하며 씁쓸하게 웃었다.

"그게, 너희가 나가고 얼마 지나지 않아서 이 녀석이 사과하러 왔어. 그렇게까지 나쁜 놈은 아니었나 봐."

시호의 뒤를 이어 가와가미도 면목 없다는 듯이 뒤통수를 긁적였다.

"사실은요. 아까 아쓰시에게서 연락을 받았어요. ……전부 다 들켰죠?"

"아아, 사정은 다 들었어."

"정말 잘못했습니다. 그렇게 맛있는 물양갱을 얻어먹었는데."

가와가미는 미안해하며 축 처져서는 설명했다.

"그 녀석, 돈을 잘 주니까 아르바이트 꼬임에 넘어가고 말았어요……. 뭐, 제 생각이 짧았다고 하면 할 말이 없지만요. 그래도 오늘 먹은 물양갱이 지금까지 먹은 것 중에 제일 맛있던 것은 사실입니다. 이 말만큼은 꼭 하고 싶었어요……. 정말 폐를 끼쳤습니다."

가와가미는 한동안 사죄를 늘어놓았다.

구리타는 한숨을 쉰 뒤, 천천히 고개를 젓고 말했다.

"……뭐, 다 끝난 일을 계속 질질 끌 수도 없으니까. 반성한다면 됐어. 그보다 지금부터 좀 바빠서."

"무슨 일이 있으신가요?"

의아해하며 고개를 갸웃거리는 가와가미와 시호에게 구리타는 대수롭지 않은 일이라고 퉁명스럽게 대답하려고 했다. 그런데 그보다 앞서 아오이가 뺨을 발그스름하게 붉히고 의기양양하게 말했다.

"전쟁이에요! 서로 자존심을 맞부딪치는 남자들의 뜨거운 로망……! 구리타 씨는 시라사기 씨에게 물양갱이라는 형태로 자신의 영혼을 밀어붙이려고 하세요."

구리타는 물론이고 가와가미까지 절규했으나 아오이 안에서 이 상황은 그런 구도로 해석되었나 보다. 참 정열적인 시각이었다.

어쨌거나 손님은 시호에게 맡기고, 구리타와 아오이는 제과용 가운을 입고 작업장으로 들어갔다.

네리키리 연습에 질렸는지 나카노조가 스테인리스 작업대에 팔꿈치를 올리고 넋을 놓고 있다가 "어라?" 하고 이쪽을 바라보며 물었다.

"구리 씨? 아오이 씨까지 가운을 입고, 무슨 일이세요?"

"조금 사정이 있어서. 지금부터 다시 한 번 물양갱을 만들 거야."

"저는 그걸 지켜보려고 해요."

놀라는 나카노조에게 아오이가 경위를 설명하는 동안에 구리타는 벽 근처에 놓아둔 볼을 살펴 물에 담가둔 막대 한천의 상태를 확인했다.

순도가 높은 나가노산 막대 한천은 딱 적당하게 부드러웠다. 다른 화과자를 만들려고 여분으로 준비해둔 것이지만 지금이 사용할 때였다.

"그렇지만 한천 이전에 먼저 으깬 팥소를 만들어야지."

"어, 구리타 씨. 팥소부터 다시 만드시게요?"

조금 놀라서 물어보는 아오이에게 구리타는 무뚝뚝하게 대답했다.

"음……. 시간은 걸리지만 이것도 일종의 다짐이랄까."

으깬 팥소는 물론이고 오늘 아침에 만든 물양갱 자체가 아직 남았지만, 시라사기에게 당당하게 선언한 이상 미리 만들어놓은 과자를 사용하는 것은 납득할 수 없었다. 자기 고집이지만 오로지 그를 위해서 처음부터 만든 것을 먹이지 않는 한 승부라고 할 수 없다.

"그렇군요……."

아오이는 왠지 모르게 기뻐하며 부드럽게 웃었다.

아오이와 나카노조가 지켜보는 가운데 구리타는 일을 시작했다.

바닥이 반구형이어서 잘 눋지 않아 애용하는 마루조코 냄비에 물을 잔뜩 붓고, 미리 물에 불려두어 반지르르한 팥을 넣고 강불에 삶았다.

팥은 꽃이 핀 후의 성숙기인 가을철에 기후가 선선하고 볕을 받는 시간이 짧으면 타닌이 줄어들어 떫은맛이 약해진다. 도카치산인 이 팥은 구리마루당 물양갱의 담백한 단맛에 최고로 잘 어울린다.

곧 끓기 시작한 냄비에 구리타는 능숙하게 물을 부어 끓는 물의 온도가 60도 전후가 되도록 조정했다.

열기가 어느 한쪽에 치우치지 않고 균등하게 전해지도록 진득하게 끓여야 한다. 이따금 팥을 건져 껍질에 주름이 어느 정도 잡혔는지, 잘 부풀었는지, 배가 터지지 않았는지 확인했다.

수십 분쯤 끓이자 팥 특유의 향긋한 향이 작업장을 가득 채웠고 삶은 물이 투명한 포도주색으로 바뀌었다.

팥이 처음보다 두 배 이상이나 되는 크기로 볼록하게 팽창했다.

"구리타 씨, 슬슬……."

"응, 알아."

아오이의 말에 가볍게 고개를 끄덕이고 구리타는 떫은맛을 제거해주는 시부키리 작업을 시작했다. 국물을 전부 버리고 팥을 소쿠리에 옮겨 물로 적당히 씻었다.

시부키리를 하지 않으면 팥에 떫은맛 성분이 남는데, 너무 많이 하면 떫은맛과 함께 감칠맛도 사라진다……고 아오이에게 지적을 받았던 과거가 새삼스럽게 그리웠다.

시부키리를 마친 구리타는 다시 물을 부어 팥을 삶기 시작했다.

한소끔 끓인 후, 팥이 국물 안에서 살짝 튀어 오를 정도의 물을 유지하며 약불에 끓였다.

손가락으로 팥을 쥐면 살짝 뭉개질 정도로 부드럽게 삶아진 것을 확인한 구리타는 불을 제일 약하게 줄였다.

이대로 두어 한동안 뜸을 들이면 팥의 풍미가 균일하게 퍼진다.

"뜸을 들이는 동안에는 딱히 할 일이 없죠. 제가 이야기라도 할까요?"

타고난 상냥함을 발휘해 아오이가 선뜻 대답하기 어려운 친절한 제안을 했다. 선불리 부탁했다가 자칫 넘쳐흐르는 기합이 송두리째 뽑힐 정도의 강의를 들어야 할지도 모른다.

"아니…… 지금은 그만둘래. 다음에 부탁할게."

"그래요? 그럼 다음 기회에."

이후 구리타와 아오이와 나카노조는 작업장에서 한동안 충전하는 시간을 가졌다.

어느 정도 뜸을 들인 후, 구리타는 팥을 전부 소쿠리에 건졌다. 소쿠리 아래에 볼을 받쳤다.

위에서 물을 조금씩 뿌리며 전용 나무 주걱으로 팥을 꾹꾹 짓눌러 아래에 받친 볼에 껍질이 벗겨진 팥과 물을 받았다.

팥의 속을 껍질에서 분리하는 것이 목적인 작업이다.

구리타는 볼에 받아진 '오', 다시 말해 물과 함께 으깨고 뭉갠 팥을 체로 거르고 다시 똑같이 물을 부어 얇은 껍질이 전부 벗겨질 때까지 정성껏 으깼다.

잠시 후, 오가 볼 아래로 가라앉아 탁한 웃물과 아름답게 분리되었다.

그 웃물을 버리고 또 새롭게 물을 붓고…… 이 작업을 몇 차례 반복하고 마지막으로 남은 오를 짜서 수분을 없애자 드디어 촉촉한 생팥소가 완성되었다.

"와, 이제 팥소를 익히는 일만 남았네요! 진짜 흥분되는데요? 설탕은 역시 싸라기설탕인가요?"

"응. 우리는 예전부터 싸라기설탕만 쓰니까."

싸라기설탕은 자당을 결정화한 고순도 설탕으로, 일반적인 설탕인 상백당보다 담백한 단맛이 특징이다. 산뜻함이 장점인 물양갱과 특히 잘 어울린다.

마지막 작업을 위해 구리타는 생팥소와 싸라기설탕과 소량의 물을 냄비에 넣고 강불로 익히며 바닥에 눋지 않도록 저었다. 하얀 김이 모락모락 피어올랐다. 익숙하다곤 해도 당연히 땀이 나는 열기 속에서 호쾌하게 나무 국자를 젓고 또 저었다.

마침내 전체가 완벽하게 뒤섞이며 물기가 사라졌다.

반지르르 윤기가 흐르고 아름다운 구리마루당의 으깬 팥소가 완성되었다.

"와아…… 냄새가 정말 좋아요! 역시 구리타 씨, 더(The) 화과자 장인! 정말 좋은 구경을 했어요!"

"더……는 뭐야? 아무튼 이제 식히기만 하면 돼. 나카노조, 손 좀 빌려줘."

"그 말씀을 계속 기다렸다고요!"

땀을 닦는 구리타 앞에서 나카노조가 완성한 으깬 팥소를 용기 위에 조금씩 나눴다.

이렇게 물양갱을 구성하는 가장 중요한 요소가 만들어졌다. 으깬 팥소가 식기를 기다리는 동안 구리타와 아오이와 나카노조는 잠깐 쉬기로 했다.

저녁을 먹은 뒤, 구리타와 아오이는 만반의 준비를 하고 작업장으로 돌아와 다시 물양갱을 만들기 시작했다.

요소를 이제 다 갖췄으니 조합하면 끝이다.

"이른바 최후의 한 수네요."

"아아, 으깬 팥소를 물양갱으로 만들 거야."

구리타는 준비해둔 막대 한천을 볼에서 건져 물과 함께 냄비에 넣고 부글부글 끓을 때까지 가열했다.

한천이 완전히 녹은 시기에 맞춰, 만들어둔 으깬 팥소와 설탕을 넣고 나무 국자로 천천히 섞으며 졸였다.

적절하게 섞여서 약간 되직해졌을 때 구리타는 불을 껐다. 이제 냉수를 받은 커다란 볼에 냄비까지 통째로 넣고 열기를 식히며 전체가 균일하게 어우러지게 하면 된다.

아직 액체 상태의 걸쭉한 물양갱을 전용 상자에 부은 시점에 기분 좋은 만족감이 온몸을 빼곡히 채웠다. 이제 상온에서 응고되기를 기다리면 된다.

"후우."

한숨을 쉬고 구리타는 시계를 보았다.

"오늘은 아무래도 너무 늦었으니까 시라사기에게는 내일 가져가야겠어."

"그렇죠. 그래도 이 물양갱이라면 틀림없이 괜찮아요. 만드는 과정을 보기만 해도 얼마나 맛이 좋을지 확실히 알겠더라고요. 그 정도로 완벽한 솜씨였어요!"

"응……."

제과에 한해서는 감정이 흔들리지 않는 구리타도 화과자의 아가씨에게 칭찬받으면 당연히 기뻤다. 얼른 시라사기에게 먹여서 그 녀석의 고정관념을 깨뜨리고 싶었다.

누가 먼저라고 할 것도 없이 구리타와 아오이는 마주 보고 고개를 끄덕였다.

*

다음 날, 상자에 담은 물양갱을 들고 구리타와 아오이는 다시 시라사기류 종가의 저택으로 향했다.

스키야 문을 지나 포석을 따라 걸어 접수처로 향하는 도중에 근처 단층건물에서 나온 기모노 차림의 여성과 눈이 마주쳤다. 여성이 말을 걸었다.

"……그쪽 분들은 못 보던 얼굴인데?"

구리타는 순간 어떻게 대답해야 할지 몰라 당황했다. 사십 대 정도로 보이는 여성은 등을 쭉 펴고 선 모습이 우아해서 위엄이 넘쳤다. 혹시 문제가 생겼다간 곤란해질 것 같았다.

그러자 아오이가 나서서 활기차게 인사했다.

"안녕하세요! 아, 처음 뵙겠습니다."

긴장한 아오이가 허둥지둥 건넨 인사에 기분이 누그러졌는지 기모노 여성이 후후 웃으며 다정한 표정을 지었다.

"그렇게 긴장하지 않아도 괜찮아요. 우리 집은 항간에서 말하는 것처럼 어려운 곳이 절대 아니니까. 그런데 여러분은 오늘 견학하러 오셨나요?"

구리타가 한 걸음 앞으로 나서며 대답했다.

"아니요, 저희는 시라사기 아쓰시를 만나러 왔습니다. 어디로 가야 만날 수 있을까요?"

"아쓰시를?"

"사실은 먹을 것을 좀 가지고 와서."

기모노 여성은 아무 말 없이 눈을 깜박이다가 구리타가 안은 상자를 바라보더니 "어머, 기뻐라" 하고 화사하게 웃음을 터뜨렸다.

"그 아이가 집에 친구를 부르다니, 여태 처음 있는 일이야! 미리 말해줬으면 환영할 준비를 했을 텐데……. 정말이지, 그 아이는!"

"예, 저기?"

뭔가 착각한 모양이다. 구리타가 상황을 설명하려는데, 갑자기 기모노 여성 뒤쪽의 단층건물 출입문이 활짝 열리더니 미간에 잔뜩 주름을 잡은 시라사기 아쓰시가 나타났다.

"……만날 약속을 한 건 사실이야. 하지만 친구라는 단어에는 어폐가 있어."

"얘도 참, 아쓰시! 모처럼 와준 친구한테 그게 무슨 소리니."

"사정이 좀 복잡해. 어머니는 참견하지 마세요."

쌀쌀맞은 소리를 들은 기모노 여성…… 분위기로 짐작해 아쓰시의 어머니는 어쩔 수 없다는 듯이 입을 다물었다.

"뭐야, 너 뒤늦은 반항기냐? 그 나이 먹고 부모님께 그게 무슨 말버릇이야."

구리타가 쏘아붙이자, 시라사기 아쓰시는 기모노 소매에 손을 찔러 넣고 안에서 팔짱을 끼더니 질색하며 대꾸했다.

"이래 보여도 시라사기류는 유서 깊고 고고한 유파거든. 너 같은 하찮은 인간과 교류를 맺었다가는 간판이 더러워져."

"뭐야?"

"됐으니까 따라와."

아무래도 어머니가 있으면 불편한지 시라사기는 조금 짜증스러운 태도로 재촉했다.

그의 뒤를 따라 구리타와 아오이는 부지의 동쪽 좀 먼 곳에 있는 목조 단층건물로 들어갔다.

실내가 좁고 낡아서 서늘하고 조용했다. 인기척은 느껴지지 않았다.

걸을 때마다 나무판이 삐걱삐걱 울리는 복도를 걷던 도중에 시라사기가 멈춰 서더니 벽 쪽에 붙은 도구 선반에서 무언가를 집어 구리타에게 던졌다.

"뭐야?"

뭔가 싶어 한 손으로 받아 보니 하얀색 양말이었다.

뭐 하자는 것인지 몰라서 구리타가 콧잔등에 주름을 잡자, 시라사기는 비꼬는 말투로 설명했다.

"어차피 안 가지고 왔을 거 아니야? 지금 신은 양말을 벗고 그걸로 갈아 신어. 나는 아무래도 상관없지만 다인들은 그런 거에 민감하거든. 아, 거기 아가씨는……."

"저는 지참했으니까 괜찮아요."

산뜻한 대답에 시라사기가 눈썹을 살짝 들어 올리자, 아오이는 가방에서 봉지에 담긴 하얀 양말을 꺼내 복도에서 민첩하게 갈아 신었다.

"얼른요, 구리타 씨도요. 다실에 들어가기 전에는 하얀 양말로 갈아 신는 게 규칙이에요."

"흐응……."

다도는 잘 모르지만 아오이가 그렇게 말한다면 그렇겠지. 구리타도 재빨리 갈아 신었다.

"다실에서는 다다미에 도구를 직접 놓잖아요? 그러니까 밖에서 달고 온 먼지를 전부 털어서 발을 깨끗하게 한 뒤에 들어

간다는 의미예요."

"그렇군."

그때, 구리타의 머릿속에 갑자기 무언가가 번득였다. 지금까지 시라사기가 보여주었던 행동의 축적 속에서 막연하게나마 어떤 것이 보였다.

그렇군, 그러니까 이 녀석은…….

아직 가설에 불과하지만 상황에 따라서 비장의 카드가 될지도 모른다.

고개를 돌려보니 시라사기는 다실 앞에서 바닥에 무릎을 꿇고 있었다. 왼손에서 오른손으로 부드럽게 이동하는 유려한 동작으로 미닫이를 연 뒤, 시라사기는 여전히 비꼬는 말투로 말했다.

"……그쪽 아가씨는 다소 소양이 있나 본데 공교롭게도 나는 다도 따위에는 전혀 관심 없거든. 당연히 차를 끓일 생각도 없어."

……조금만 더 이 녀석의 태도를 살펴보자. 비장의 카드는 아직 선보이지 않기로 했다.

구리타는 묵묵히 생각하며 아오이와 함께 다다미 여섯 장 크기의 다실로 들어가 바르게 앉았다.

가져온 물양갱 상자를 열어 식칼로 신중히 잘랐다. 직방체 물양갱을 네모난 접시에 담아 요지를 곁들여 시라사기와 아오이에게 내밀었다.

"자."

"고맙습니다. 원래 다다미 위에 종이를 깔고 그 위에서 과자를 먹어야 작법에 맞지만 오늘은 다도회가 아니니까 그냥 이대로."

예의 바르게 정좌하고 앉아 아오이는 접시를 손에 들었다.

맞은편의 시라사기가 오른손으로 옆에서부터 접시를 부드럽게 끌어와 다다미의 테두리 안에 다시 놓았다. 아마 몸에 밴 작법일 것이다. 그는 조용히 입을 열었다.

"……과자를 받잡겠습니다."

달고 깔끔한 향기가 서서히 다실을 채웠다. 시라사기는 넋을 잃을 만큼 우아한 손길로 요지를 들고 물양갱을 잘라 입에 넣었다.

"……음!"

그 순간, 지금껏 점잔을 빼던 시라사기의 얼굴에 놀라움이 서렸다.

아무 말 없이 몇 입을 연속해서 먹은 시라사기는 두 눈을 감고 중얼거렸다.

"뭐야, 이거……."

후우 숨을 내쉬고 그는 눈을 떴다.

"맛있는데!"

구리타는 옆자리에서 부드럽게 웃는 아오이와 흐뭇한 시선을 나눴다.

"부드러우면서 탱탱하니 탄력이 넘치고 단맛은 황홀하게 녹아내리면서 담백해. 촉촉하고 굉장히 고급스러운 풍미인데 왠지 그립고 소박한 맛도 느껴져. 정말 고품격 물양갱이야……"

황홀하게 중얼거린 시라사기는 살짝 상기된 얼굴로 구리타를 바라보았다.

"이 물양갱을 정말로 네가 만들었다고?"

"그래."

믿을 수 없다는 표정으로 시라사기는 고개를 젓더니 이번에는 물양갱을 조금 더 크게 잘라 요지까지 먹을 기세로 단숨에 입에 물었다.

혀 위에서 녹아내리는 단맛에 상응하는 것처럼 그의 단정한 얼굴도 녹아내렸다.

곧 도저히 못 참겠다는 듯이 얼굴을 찡그리며 물양갱을 삼킨 시라사기는 "좋은데……!" 하고 외쳤다.

"으음, 정말 맛이 좋아요. 오늘은 한층 더 청량한 맛이에요."

아오이도 요지를 한 손에 들고 행복하게 웃으며 물양갱을 즐겼다.

"팥의 단맛이 아주 부드럽게 퍼지는데, 목으로 넘어갈 때는 전부 다 눈처럼 녹아 사라져요……. 천연 재료이기에 만들 수 있는 순수한 맛이 바로 이런 걸까요? 이 청량감은 오직 구리마루당만이 낼 수 있는 맛이에요."

"청량감이라……. 그 말이 맞아."

아오이의 말에 고개를 끄덕이며 시라사기도 말을 보탰다.

"싱싱하고 상쾌하고 뭐랄까, 마치 얼음이 물로 바뀌는 과정을 모방한 것도 같아."

"아주 세심하게 다루지 않으면 무너질 정도니까요. 탱글탱글하니 시원하고 정말 섬세한 이 물양갱은 손수 만드신 구리타 씨가 얼마나 섬세한 분인지 증명해줘요."

시라사기와 아오이는 맛있게 물양갱을 먹었다.

마침내 전부 깨끗하게 먹어치운 시라사기는 만족스럽게 숨을 내쉬며 접시를 다다미에 내려놓았다.

"그럼 시라사기. 변두리 화과자점의 물양갱 맛은 어땠지?"

구리타가 묻자 그는 약간 몽롱한 말투로 대답했다.

"……나쁘지 않았어."

"그러냐."

"아니, 솔직히 말하지. 맛있었어. 내가 얕봤다는 것을 솔직하게 인정하겠어."

구리마루당의 물양갱은 대대로 지켜온 전통의 맛이다. 시라사기가 감탄하는 것도 당연하다고 생각하며 구리타는 승리했다는 뿌듯함을 가슴 가득 느꼈다.

그런데 시라사기는 갑자기 묘한 표정을 짓더니 예상치 못한 발언을 했다.

"그렇지만…… 역시 호오당의 물양갱이 더 위야."

"뭐?"

갑자기 손바닥을 뒤집는 태도에 구리타는 미간을 찌푸렸다.

"이제 와서 무슨 소리야? 비겁하잖아. 조금 전까지 맛있다고 연발하며 먹었으면서."

"물론 네 가게의 맛도 나쁘지는 않아……. 그렇지만 호오당의 맛과 비교하면 절대적으로 부족해. 이건 홧김에 하는 소리가 아니라 엄연히 내가 느낀 감상이야. 나는 호오당의 맛이 순수하게 더 좋고 맛있다고 생각해."

절대적으로 부족하다고?

뺨을 얻어맞은 것 같은 충격을 느끼며 구리타는 그 말을 가슴속에서 곱씹었다.

인정하기 싫다고 괜한 억지를 부리지 말라고 소리치고 싶었으나, 시라사기의 태도에서는 일관적인 진실미가 느껴졌다.

화과자 장인으로서 무시할 수 없었다.

"아…… 그렇구나. 그런 거였군요. 좀 더 빨리 깨달았어야 하는데."

아오이가 갑작스레 머리를 감싸 안아서 구리타는 고개를 들었다.

"아오이 씨?"

"죄송해요, 구리타 씨. 이건 그거예요. 구리마루당과 호오당, 어느 쪽의 물양갱이 맛있고 말고의 이야기가 아니라……. 시라사기 씨가 단맛을 지나치게 선호하시는 거예요."

"단맛을 선호한다고?"

예상을 벗어난 가설에 구리타는 당황했는데, 아오이는 확신에 찬 태도로 진지하게 설명했다.

"싱싱하면서 차가운 구리마루당의 맛과 비교하면 호오당의 물양갱은 훨씬 달고 끈적끈적하죠. 시라사기 씨는 그렇게 달콤한 물양갱을 좋아하시는 거예요. 다도에서 먹는 과자는 차과자라고 하는데, 애초에 말차를 맛있게 마시기 위한 것이니까……."

"아!"

구리타는 전에 들었던 아오이의 말을 불현듯 떠올렸다.

'입을 화과자로 잔뜩 달게 해놓으면 말차의 맛이 돋보여서 맛이 아주 좋아요.'

시라사기는 어려서부터 다도를 해왔기에 말차의 떫은맛을 돋보이게 해주는 아주 단 과자를 주로 먹었다.

그렇다면 단맛에 집착하는 것도 이해가 간다. 떫고 진한 말차에 곁들이는 친구로는 단맛이 풍부한 호오당의 물양갱이 잘 어울린다.

"엄밀히 말해서 차 과자는 크게 '오모가시'와 '히가시'로 나뉘어요. 달콤한 오모가시는 진한 차를 마시기 전에, 마른 과자인 히가시는 묽은 차를 마시기 전에 먹는데요. 차 과자는 차의 맛과 조화를 이루는 것이 제일 중요하니까……."

아오이가 무슨 말을 하려는지 깨달은 구리타가 다음 말을 받았다.

"물양갱은 진한 차를 마시기 전에 먹는 오모가시……. 진한 차와 잘 어울리는 단맛이 강한 물양갱에 익숙하니까 우리 물양갱은 절대적으로 부족하다는 거군."

씁쓸함을 느끼며 구리타가 신음하자, 시라사기는 까만 머리카락을 뒤로 넘기며 말했다.

"딱히 나만 그런 건 아니야. 이 세상에는 아찔할 정도의 단

맛을 좋아하는 사람이 많아. 혀가 녹아내릴 정도로 농후한 단
맛 말이야. 사람들이 화과자에 요구하는 것은 최종적으로 그
런 거 아니겠어?"

시라사기는 우쭐해서는 말했다.

"무엇보다 물양갱이라고 하면 호오당이지. 그 든든하고 무
게감 있는 단맛과 비교하면 구리마루당의 맛은 완전히 역부족
이라고! 그게 간판의 크기와도 연결되는 거야!"

역습할 생각인지, 그가 신나게 목소리를 높여 구리타의 얼
굴을 창백해지게 했다.

"너도, 네 가게도 그럭저럭 열심히 실력을 닦아왔겠지만⋯⋯
그래봤자 코끼리 앞에 맞선 개미에 불과하다고!"

"⋯⋯윽!"

시라사기의 지적은 구리타의 가슴을 깊이 후벼 팠다. 어떻
게든 가게를 꾸리며 세상 돌아가는 사정을 조금은 알게 되었
기에 요점에서 완전히 빗나간 트집이라고 받아칠 수 없었다.

그렇지만⋯⋯. 구리타는 이를 악물었다.

물론 일리가 있는 말일지 모르나 권위를 맹신하는 거만한
말투를 참을 수 없었다. 비록 작다 하더라도 의지와 자긍심이
있는 묵직한 간판이다. 구리마루당의 4대째로서 이대로 물러
설 수 없었다.

구리타는 아까 떠올린 비장의 카드를 드디어 꺼냈다.

"……그러는 네놈이야말로 처음부터 졌잖아, 시라사기."

"무슨 소리야?"

어리둥절해서 눈을 가늘게 뜨는 시라사기를 매섭게 노려보며 구리타는 "불쌍한 놈" 하고 외쳤다.

"처음부터 위화감을 느꼈어. 네가 우리 가게에 대역을 보낸 동기……. 아사쿠사에 가기 귀찮다느니 변두리에 있는 가게 따위는 별 볼 일 없다느니 말했지? 그리고 시간 낭비가 싫다고 했겠다."

"그랬다만?"

"그 동기가 거짓말이었어."

그 순간, 시라사기의 단정한 얼굴이 눈에 띄게 굳어졌다.

"무, 무슨 근거로!"

목소리까지 뒤집히는 시라사기를 바라보며 구리타는 역시 예상이 맞았다고 생각했다. 반쯤 넘겨짚었지만 이제 가설은 가장 강력한 도발의 카드로 바뀌었다.

구리타는 계속 말했다.

"근거고 뭐고, 어머니에게 부탁받은 심부름이었잖아? 가기 싫었으면 그냥 거절하면 그만이야. 아무리 생각해도 대역을 사용하는 편이 오히려 네가 그토록 싫어하는 시간 낭비잖아.

그런데 왜 그런 짓을 했지?"

어머니와 시라사기가 대화를 나누는 모습을 보면 부모에게 절대 거역하지 못하는 분위기는 아니었다. 오히려 반항적으로 보였다.

그렇다면 답은 명백했다. 시라사기가 거역하지 못하는 것은 그가 무의식적으로 혹은 의식적으로 등에 짊어지고 따르는 것. 바로 시라사기류 종가의 일원이라는 입장이다.

'시라사기류는 유서 깊고 고고한 유파거든. 너 같은 하찮은 인간과 교류를 맺었다가는 간판이 더러워져.'

이런 말이나 몸에 습관처럼 밴 다실에서의 세련된 작법이 그의 내면에 숨은 본질을 보여주었다.

부모에게 반항하는 태도를 보일 순 있어도 넓게 보면 절대 시라사기류의 간판을 거절하지 못하는 연약한 차기 가주…….

그의 종잡을 수 없는 울적함의 근원이 바로 거기에 있음을 구리타는 꿰뚫어 보았다.

"그러니까 네임밸류에 매달리는 사람은 너 자신이란 소리지. 시라사기류의 간판에서 멀어지지 못하지만 종가의 후계자라는 그 이름에 짓눌리는 현실을 너도 자각하고 있어. 가문의 권위를 믿고 으스대는 거야 편하겠지만 언젠가 물려받아야 하는 이름이 무겁지. 불쌍하군. 그런 감정들 사이에 끼어서 매일 우울했겠어. 그러니까 괜히 골통이 난 것처럼 다도에 관심이 없다는 소리나 하고…….”

“닥쳐!”

갑자기 시라사기가 얼굴을 싹 바꾸고 무시무시한 목소리로 외쳤다.

분노로 얼굴이 달아오른 그를 바라보며 구리타는 걸려들었다고 생각했다.

“사람은 정곡을 찔릴수록 화를 내는 법이지.”

“닥치라고 했지! 애초에 네가 우리 간판에 대해 뭘 안다고 나불거려!”

완벽히 구리타의 페이스였다. 격앙하는 시라사기에게 구리타는 도발적으로 얼굴을 들이밀었다.

“알고 싶다면 네놈 둥지에서 나와. 간판과 관계없이 너 혼자서 우리 가게로 먹으러 오라고. 내가 호오당을 뛰어넘는 물양갱을 이번에야말로 먹여줄 테니까. 그러면 너도 깨닫는 게 있을 거다.”

구리타가 큰소리치자 열기를 품은 바람이 지나갔다.

“……괜찮겠군.”

분노에 부글부글 끓으면서도 단정하게 몸을 기울여 시라사기도 구리타의 코앞까지 얼굴을 들이밀었다.

　"몇 번을 먹는다 해도 변두리 물양갱이 호오당을 이길 리 없겠지만!"

　"기일은 사흘 후. 지금 그 말, 잊지 마라."

　근거리에서 매서운 시선을 나누는 구리타와 시라사기를 아오이는 조마조마한 얼굴로 지켜보았다.

*

　"죄송해요. 제가 좀 더 빨리 깨달았으면 좋았을 텐데."

　"아니야, 사과는 내가 해야지. 진짜 미안한데, 아오이 씨. 내일은 약속한 목요일인데 일이 이렇게 되었네."

　"다음 주로 연기하면 되잖아요. 그보다 지금은 승부가 중요해요."

　구리마루당 작업장에 돌아온 구리타와 아오이는 싱크대 앞에 서서 의견을 나누었다.

　시라사기를 도발해 무대를 마련하는 데 성공했지만, 사흘 안에 그의 마음을 사로잡을 물양갱을 만들지 못하면 본말전도로 끝이다. 그렇게나 화를 냈으니 호오당의 물양갱을 명백하고도 확실하게 웃돌지 않는 한 그는 절대 맛있다고 인정하지 않을 것이다. 문제가 워낙 어려워서 일각의 여유도 없었다.

그래도 다행히 어떤 맛을 목표로 삼으면 좋은지는 안다.

진하고 달고 농후한 물양갱. 구체적으로 말해 호오당의 맛이다.

"그래도 신기하네요. 호오당의 물양갱을 좋아하는 사람이 정말 있긴 있네요."

"응?"

아오이가 갑자기 뜬금없는 소리를 해서 구리타의 어깨에서 힘이 쭉 빠졌다.

"그야 당연히 있지. 내가 말하는 건 좀 그렇지만 호오당의 물양갱은 일본에서 제일 유명하니까."

"으음……. 그렇지만 맛은 어떨까요? 솔직히 말해서 간판에 좌우되는 부분이 크다고 생각하거든요. 유명한 물양갱이라고 생각하면서 먹으니까 그 심리적인 효과로 맛있다고 느끼는 것 아닐까요? 특히 우리는 역사가 기니까요."

"창업이…… 아마 무로마치 시대에 교토에서였지."

"네, 메이지 시대에 도쿄로 이전했어요. 지금과 달리 예전에는 설탕이 귀중했는데, 특히 전쟁이 끝난 직후에 그런 현상이 더욱 두드러졌다고 할아버님께 들었어요. 호오당의 다디단 양갱은 고급품의 대명사였다고 하니까 물양갱의 맛도 그런 흐름을 따랐어요. 그래서 연세가 있으신 분께는 지금도 인기가 대단하다고 해요."

아오이는 생긋 웃었다.

"그렇지만…… 제 취향으로는 단맛을 조금 억제한 부드러운 맛이 입에 맞아요. 우리 가게의 맛도 싫진 않은데 저는 구리타 씨 쪽이 좋아요."

그 순간 심장이 쿵쿵 뛰었다.

"……좋다고?"

물론 구리타가 만든 물양갱이 좋다는 의미인 줄 알면서도 충동적으로 반응하고 말았다.

구리타가 입을 꾹 다물고 얼굴을 붉히자, 아오이도 말실수를 깨달았다.

"아, 아니요, 그…… 물양갱의 맛이요. 물양갱의 맛!"

"아, 알고 있어! 물양갱이잖아, 물양갱!"

의미 없이 똑같은 말을 반복하며 구리타와 아오이는 어색하게 모자를 고쳐 썼다.

미묘한 분위기 속에서 평정을 되찾으려고 노력하는데, 그때까지 작업대에서 묵묵히 네리키리를 만들던 나카노조가 갑자기 발랄하게 뒤를 돌아보더니 이를 드러내고 웃었다.

"구리 씨, 아오이 씨. 저 잠깐 밖에 나가 있을까요?"

"……이 상황에서 쓸데없이 배려하지 않아도 돼! 괜찮으니까 여기 있어."

"알겠습니다."

나카노조가 다시 작업을 시작하자 구리타와 아오이는 나란히 헛기침했다.

"그러니까……. 그런 이유로요. 호오당의 물양갱은 확실히 유명하지만 이런저런 사정을 따져보면 반드시 일본 최고의 맛을 의미한다고 할 순 없어요. 무엇보다 화과자의 맛은 다양하니까 어떻게 연구하느냐에 따라서 더 맛이 좋아질 수 있다고 생각해요."

아오이는 가슴 앞에서 양손을 맞잡더니 활기차게 기합을 넣었다.

"구리타 씨, 해봐요! 저도 전면적으로 협력할게요!"

이렇게 믿음직스러운 조력자는 이 세상에 오직 한 사람뿐이리라.

양갱과 물양갱의 차이는 극단적으로 말해 함유된 수분량이다. 호오당의 물양갱은 구리마루당의 물양갱보다 끈적끈적하고 단맛이 농후해 양갱에 훨씬 가까운 유형이다.

그 맛에 접근하고자 한다면 일반적으로 생각해 당분을 늘리고 수분을 줄이면 된다.

그래서 일단 단순하게 그 방법으로 물양갱을 만들어보았지만 부족했다.

"안 되겠네……."

시험 삼아 만든 물양갱을 시식한 구리타가 얼굴을 구기며 중얼거렸고, 아오이도 곤란한 표정으로 눈썹을 늘어뜨렸다.

"그러게요. 이건 그다지……."

설탕을 늘려서 맛은 달콤해졌지만 전체적으로 밋밋하고 단조로워서 금방 질렸다. 구리마루당의 물양갱보다 절대적으로 수준이 낮았다.

물양갱을 구성하는 요소의 균형이 문제일 것이다. 특히 수분량.

너무 진하지 않고 너무 묽지 않고 너무 달지 않은 가장 적절한 요소의 배합은 구리마루당을 대대로 이어온 주인들이 오랜 연구 끝에 만들어낸 것이다. 그 배합에 따라 가장 맛있어지는 재료와 제과법으로 물양갱을 만들어왔다.

단순히 싸라기설탕의 양을 늘리고 졸여서 수분을 날리는 것만으로 부족하다. 재료 단계부터 다시 따져보아야 한다.

그런 후에 전체를 조화시키지 않으면 절대 호오당의 물양갱에 미치지 못한다. 왜냐하면 호오당은 처음부터 그 맛에 특화된 재료와 제과법을 선택해서 만드니까.

"조금 더 감칠맛이 나고 깊이가 있어야만 단 물양갱의 맛을 낼 수 있겠어요."

"그렇지. 수분과 한천의 균형, 팥을 삶는 방법, 그리고……."

"역시 재료죠."

"아아. 싸라기설탕으로는 아무래도 부족해."

설탕 중에 순도가 높은 싸라기설탕은 구리마루당의 청량한 맛에는 적격이지만 지금부터 만들려는 물양갱에는 역부족이었다.

삼온당을 기본으로 깔고 숨은 맛으로 와산본당을 추가하면 어떨지 생각했다.

두 가지 설탕 모두 달콤한 맛 속에 독특한 풍미가 있으니까 어느 정도 효과가 있을 것 같다. 전에 안미쓰*를 만들 때 사용한 오키나와 하테루마 섬의 흑설탕도 섞으면 감칠맛이 더 늘어나지 않을까.

그러나 아무리 목표로 하는 맛이 명확하다고 해도 이런 초기 단계, 재료를 선택하는 단계부터 시작해서 시간에 맞출 수

---

* 붉은 완두콩에 꿀, 팥, 우무 등을 넣어 만드는 일본식 디저트.

있을까?

초조함에 약간 짜증을 내는 구리타 옆에서 아오이는 오른손으로 턱을 쥐고 왼손으로 머리를 눌러 고개를 기울인 채로 완전히 자신만의 세계에 빠져들어 있었다.

그로부터 한동안 침묵이 흐른 뒤, 이윽고 아오이가 결의가 섰는지 입을 열었다.

"구리타 씨, 부탁이 하나 있어요. ……재료를 제가 고르면 안 될까요?"

"응? 갑자기 왜?"

아오이는 긴 속눈썹을 드리우고 잠깐 주저하더니 곧 묘한 말을 했다.

"어떻게 설명해야 할지 모르겠는데요. 이건…… 일종의 꿈이라고 할까요? 마음속 서랍에 오랫동안 넣어두었답니다. 계속 만들고 싶었던 물양갱이 있어요."

"아오이 씨가?"

"네. 이유가 있어서 지금까지 만들 수 없었어요. 그래도 지금이 기회라면."

고개를 든 아오이의 두 눈동자에 강렬한 결의의 빛이 가득해 구리타는 순간 숨을 멈췄다.

동시에 정말 아름답다고 생각했다. 화과자 장인으로서 호기심이 자극받은 것 또한 부정할 수 없었다.

"대체 어떤 물양갱인데?"

"네, 그게 말이죠……."

*

그리하여 구리타의 시행착오가 시작되었다.

구리마루당의 폐점 시간은 저녁 8시. 가게 문을 닫고 그날의 뒷정리와 내일 준비를 마친 뒤, 아무도 없는 밤의 작업장에서 시작품을 만들기 시작했다.

"해볼까."

작업대 위에는 아오이가 가져다준 어떤 재료가 있었다.

다량의 물과 흑설탕, 소량의 소금과 탄산수소나트륨을 섞어 하룻밤 담가놓은 그 특별한 재료를 볼에서 꺼내 국물까지 함께 냄비로 옮겼다.

구리타는 녹슨 못을 천으로 감싸 그 냄비에 넣고 끓이기 시작했다.

국물이 칠흑처럼 새까맣다. 녹슨 못의 효과 덕분에 발색이 아주 좋았다.

예상대로 잘 삶아진 알갱이의 껍질을 하나하나 정성껏 손으로 벗기며 구리타는 아오이의 말을 떠올렸다.

'호오당의 물양갱은 물론 인기가 있지만 저는 더 맛있어질 수 있다고 생각해요. 아이디어는 예전부터 있었어요. 그렇지만 막상 만들려고 하면 망설임이 앞섰어요.'

망설인 이유를 물어보니 아오이는 약간 수줍어하며 이렇게 대답했다.

'오랫동안 사랑받은 호오당의 맛에 트집을 잡는 행위 같다는 생각이 들었어요. 마음이 켕긴 탓일까요? 조상님께 설교를 듣는 꿈을 몇 번이나 꿨지 뭐예요. 게다가 제가 고안한 물양갱이 정말 맛있으면 그건 또 그것대로 문제가 되니까……. 그냥 입을 다물고 있는 편이 나았어요.'

호오당의 딸로서는 가게 사정을 배려해야 하지만 지금 상황이라면 전혀 문제가 되지 않는다. 간직해온 구상을 자유롭게 펼쳐도 괜찮다.

아오이가 오랫동안 가슴에 품은 물양갱을 구리타 자신이 만든다.

그 사실에 굉장한 흥분을 느꼈지만 구리타는 차분히 마음을 다잡았다.

아오이가 제과법과 재료를 떠올리긴 했으나 아직 형상화되진 않았다. 한 번이라도 먹어본 맛이라면 잊지 않는 절대 미각의 소유자인 아오이라도 이 세상에 아직 존재하지 않는 맛은 먹어볼 수 없다.

새로운 과자를 만들려면 시행착오를 겪는 과정이 필수로 따른다.

제과법이 똑같아도 과자를 만드는 장인의 솜씨에 따라 맛은 크게 달라진다. 화과자의 아가씨 아오이가 오랫동안 꿈꿨던, 구리타도 미처 떠올리지 못한 제과법이라면 더더욱 그렇다.

그러니 그 과자를 구현하기 위한 기술 수련, 조리 시간이나 재료의 균형적인 배분 등을 이루어내는 것은 현역 화과자 장인인 구리타가 할 역할이었다. 따라서 이번에는 두 사람의 공동 작업이다.

가능하면 아오이가 고안한 과자에 구리마루당의 물양갱이 품은 청량감을 더하고 싶었다. 그럴 수 있다면 진정한 의미로 둘이 만들어낸 새로운 맛이 될 테니까.

그런 소망을 품고 묵묵히 시작품을 만들기 시작한 지 하루가 지났다.

이튿날 저녁, 구리타가 어제처럼 작업장에서 물양갱 만들기에 몰두하고 있을 때, 갑자기 뒷문을 시원시원 두드리는 소리가 났다.

"여어, 구리타. 열심히 하고 있나!"

"안녕하세요. 오늘도 고생 많으세요."

마스터와 아오이가 들어왔다.

"……아오이 씨라면 알겠는데 마스터까지 왜 왔어?"

구리타가 이마의 땀을 닦으며 묻자, 마스터는 장난스럽게 윙크를 하고 대답했다.

"밤이 늦었으니까 내가 아오이 양을 데려다주겠다고 했어. 그리고 가끔은 괜찮잖아? 너무 차갑게 굴면 나도 삐친다고."

"마음대로 삐쳐……. 삐치고 삐쳐서 완전히 삐쳐버려라."

마스터를 등지고 구리타는 다시 작업을 시작했다. 아오이가 옆에서 들여다보았다.

"와아, 예뻐요! 색이 아주 좋은데요."

"응, 덕분에."

아오이 앞에는 체에 밭아 용기에 흘려 넣은 새로운 물양갱이 있었다.

윤기가 자르르 흐르는 새까만 그것은 어두컴컴한 밤을 떠올리게 하는 굉장히 독특한 물양갱이었다.

"그런데 아직 수분 조정이 덜 됐어……. 이 콩의 유분을 고려하면 조금 더 윤기를 내도 균형이 잡힐 거야."

"그런 조절이 아무래도 어렵죠. 그래도 구리타 씨라면 할 수 있다고 저는 믿어요! 참, 단맛은 어때요?"

"아아, 그건 문제없어."

시험 삼아 만든 물양갱을 아오이에게 먹인 뒤, 한동안 소소한 조언에 귀를 기울였다.

그 모습을 바라보면서 벽에 기대 있던 마스터가 갑자기 조용히 웃었다.

"뭐야, 갑자기?"

구리타가 돌아보니 마스터는 눈을 감고 이상야릇한 미소를 짓고 있었다.

"아니, 젊음이란 참 좋구나 싶어서."

"응? 난데없이 늙은이 같은 소리를 하고 그래. 나이 탓이야?"

"그래 보이냐? 나는 그냥 현실적인 생각을 말했을 뿐이야."

마스터가 휘파람을 불었다.

"솔직히 말해서 시라사기 아쓰시를 깔아뭉개도 이득이 없잖아. 사업적인 면에서 생각하면 아무 의미도 없는 일이고. 그런데도 참 진지하게 한다 싶어서."

"그건…… 상관없어."

구리타는 무뚝뚝하게 중얼거리고 다시 작업에 몰두했다. 이미 스스로 정했다. 원래 사람은 이해타산을 생각하지 않고 움직일 때가 있고, 물러서지 못할 때도 있는 법이다.

마스터는 옛날을 그리워하는 것처럼 문득 애틋한 눈빛을 지었다.

"뭐, 너는 예전부터 그랬지. 고집이 세다고 해야 하나, 신념이 굳건하다고 해야 하나. 내가 어른스럽게 조언을 해도 일단 정했다 하면 절대 굽히지 않았어. 맞아…… 그러고 보면 그때도."

"그때라니?"

"가게를 잇겠다고 했을 때, 나랑 정면으로 맞붙어서……."

"우아아악……! 지금 무슨 소리를 하는 거야, 그만해. 그만하라고!"

혈기왕성했던 그 시절을 떠올린 구리타는 허둥거리며 마스터의 추억담을 중단시켰다.

양손으로 머리를 마구 헤집는 구리타를 바라보며 아오이가 의아한 듯이 고개를 갸웃거렸다.

"어머? 이렇게 바람을 잡으시고 저한테는 말씀 안 해주시는 거예요?"

"……좀 봐주라. 부탁이니까 나중에 마스터한테 따로 묻지도 말아줘."

"젊음의 소치 같은 건가요? 궁금해요!"

제발 부탁이니까 잊어달라고 구리타는 식은땀을 흘리며 말했다.

이렇게 시간은 촉박하게 흘러가 마침내 약속한 기일이 다가

왔다.

*

시라사기 아쓰시를 태운 새까만 메르세데스가 가미나리몬 거리 갓길에 정차했다.

"여기에서 내려주세요."

운전사에게 말하고 차에서 내리자, 초여름의 이글거리는 햇살이 눈부셨다.

기모노를 입은 시라사기는 보도를 지나 아케이드 아래를 기품 있게 걸었다.

구리마루당 앞에 차를 대지 않은 이유는 가게로 향하는 길을 걸으며 이 긴장감을 오래 맛보고 싶었기 때문이다.

시라사기류의 다도에서 긴장감은 나쁜 것이 아니다. 긴장은 상대의 존재를 강하게 의식하기에 생기므로 진지함과 필사적인 자세의 표현으로 본다.

그 긴장을 적절하게 조절해야 육체와 정신이 활성화된 상태를 유지한다.

시라사기는 자기 내면을 차분히 정리하며 가미나리몬 거리에서 오른쪽으로 꺾어 오렌지 거리로 들어갔다.

드디어 도착한 구리마루당 문을 열자, 하얀 가운을 입은 구리타와 아오이가 기다리고 있었다.

"안녕하세요, 시라사기 씨. 어서 오세요!"

맥이 빠질 정도로 발랄한 아오이의 안내를 받아 시라사기가 탁자에 앉자, 작업장으로 일단 들어갔던 구리타가 네모난 접시에 물양갱을 담아 돌아왔다.

다른 점원들이 작업장에서 고개를 내밀어 동향을 살피는 가운데, 구리타는 시라사기 앞에 접시를 내려놓고 날카로운 눈빛을 보냈다. 잠이 부족한 탓인지 눈 밑이 거뭇거뭇했다.

말없이 몇 초 동안 시선을 주고받은 뒤, 구리타가 퉁명스럽게 말했다.

"이 상황에서 주절주절 설명하는 것도 귀찮아. 됐으니까 입다물고 그거나 먹어."

"……그러지."

구리타가 내놓은 물양갱은 모서리가 아름답게 깎인 먹색의 직방체였다. 지난번에 먹은 물양갱은 그냥 보기에도 싱싱하고 맑은 투명감이 넘쳤으나 이것은 달랐다.

어쨌든 가장 중요한 것은 맛이다.

"……과자를 받잡겠습니다."

습관이 된 인사를 한 후, 시라사기는 요지로 물양갱을 잘라

자그마한 조각을 입에 넣었다.

그 순간, 눈이 저절로 휘둥그레졌다. 며칠 전에 먹은 것과 완전히 달랐다.

그것도 시라사기가 좋아하는 맛이었고, 진하고 부드러운 탄력까지 느껴졌다.

감칠맛이 나는 단맛을 혀로 마음껏 맛보며 시라사기는 농후한 맛과 식감을 즐겼다.

"……공부를 좀 했나 보군."

처음 한 입을 다 먹은 시라사기는 그렇게 말하며 접시 옆에 요지를 내려놓았다.

"솔직히 놀랐어. 호오당의 맛 그대로야. 짧은 시간 안에 이렇게 비슷하게 만들다니, 칭찬해주고 싶다만."

일부러 무겁게 사이를 둔 시라사기가 버럭 외쳤다.

"……천박하기 짝이 없어!"

상상 이상으로 큰 소리를 내서 구리타 옆에 선 아오이가 화들짝 놀랐다.

"아무리 비슷하게 만들어도 가짜는 진짜에 미치지 못해. 과자도 차도 마찬가지야. 맛은 어디까지나 결과일 뿐, 거기까지 이르는 과정이 중요하다고. 호오당의 조상들이 대대로 만든 맛을 뻔뻔하게 흉내 내다니, 그러고도 부끄럽지 않냐……!"

마구 몰아붙이면서 시라사기는 자신이 이해하지 못할 정도로 화가 났다는 사실을 깨달았다. 어차피 이놈도 겨우 이 정도에 불과하다고 생각하며 시라사기는 나직하게 중얼거렸다.

　"다소나마 기대했던 내가 어리석었어."

　그러자 계속 침묵하던 구리타가 무뚝뚝한 표정으로 말했다.

　"그만해라. 성급하게 환멸을 느끼지 말라고. 지금 네가 먹은 건 호오당의 물양갱이야."

　"뭐?"

　"오늘 취지는 호오당의 맛보다 뛰어난 맛을 깨닫게 하는 거니까 비교 대상이 필요했을 뿐이야. 기다려라. 지금부터 구리마루당의 새로운 물양갱을 가져올 테니까."

　그 말을 남기고 구리타는 다시 작업장으로 사라졌다.

　지레짐작했음을 깨닫고 시라사기는 내심 입이 썼지만 얼른 냉정하게 판단했다.

　……저 녀석은 비교 대상이 필요했을 뿐이라고 했지만, 분명 뻔하디뻔한 결론으로 끝났을 때 내가 보일 반응을 미리 견제하려고 저러는 것이겠지. 그래, 이래야 재미있다.

　이번에는 어떤 유치찬란한 술수를 선보이려나?

　야유를 담아 비웃는 시라사기 앞에, 작업장에서 돌아온 구리타가 새로운 물양갱이 담긴 접시를 내려놓았다.

"이건……?"

시라사기가 깜짝 놀란 이유는 물양갱이 완전히 불투명했기 때문이다.

이상할 정도로 새까매서 질감만 봐도 밀도가 얼마나 높은지 알 수 있었다.

전부 계산에 따라 만들어낸 밀도인지 전체적으로 아주 골랐다. 표면이 잘 닦인 대리석처럼 윤기가 흘렀다. 검술의 달인이 최고로 날카로운 일본도로 자른 것만 같았다.

……이런 물양갱은 처음 본다.

칠흑의 자그마한 직방체에서 견제나 술수라는 음험한 생각은 냅다 걷어찰 정도로 예리한 기백이 느껴졌다. 시라사기는 자기도 모르게 등을 쭉 폈다.

"나와 아오이 씨가 만든 새로운 물양갱이다. 먹어봐라."

구리타와 아오이가 지켜보는 앞에서 시라사기는 침을 꼴깍 삼키고, 조금 두려워하며 까만 물양갱을 입에 넣었다.

그 순간, 저절로 "아!" 하고 탄성을 지를 뻔했다.

청량감 가득하게 녹아내리는 감촉이 놀랄 만큼 부드러웠다. 입에 넣은 순간, 지금까지 먹어본 적 없는 새로운 물양갱임을 또렷하게 깨달았다.

이로 살짝 깨물자 앙금의 풍부한 단맛이 입을 가득 채웠다.

혀에 진득하게 달라붙어 야성적인 감칠맛을 남기는 흑설탕의 맛.

풍미가 치우침 없이 골고루 퍼진 완벽한 감촉. 맛봉오리에 남는 독특한 뒷맛.

맛 자체에서 포만감이 느껴져 묵직하고 녹아내릴 듯이 축축하며 섬세한 알갱이가 부스러지는 감촉이 부드러웠다.

흑설탕이 기반으로 깔린 단맛은 깊고 향이 풍부한데 끝 맛이 너무도 산뜻하게 녹아내렸다.

호오당의 물양갱 이상으로 힘이 넘치는 단맛과 극상의 부드러움이 기막히게 맛있었다.

최고야……. 시라사기는 더는 참지 못하고 얼굴을 잔뜩 찡그렸다.

"……이게 뭐야."

한동안 정신없이 물양갱을 먹던 시라사기가 떨리는 목소리로 물었다.

"이런 물양갱은 처음 먹어봐……. 이건 대체 뭐지?"

구리타가 그를 똑바로 바라보며 대답했다.

"단바구로와 그 콩의 맛이 풍부하게 우러난 국물로 만든 물양갱. 나와 아오이 씨의 합작품이야."

"……단바구로?"

"예전부터 막부 정권과 황실에 헌상된 것으로 유명한 효고 현 단바 지방의 특산물이지. 일반적인 대두보다 세 배쯤 크기가 큰 검정콩이야. 최고급 단바구로를 아오이 씨가 준비해준 덕분에 마음껏 사용해서 간단하게 완성했지."

간단하게 완성했다고?

시라사기는 한쪽 눈을 감았다. 그럴 리 없다고 생각하면서도 묻지 않을 수 없었다.

"단바구로가 뭔지 모르겠지만, 검정콩이라는 소리는 결국 대두라는 거잖아. 대두로 양갱을 어떻게 만들어!"

"뭐, 대두로는 앙금을 만들지 못하는 게 일반 상식이지."

구리타가 긍정하자 아오이가 "맞아요" 하고 보충 설명했다.

"왜 그런가 하면요, 콩과 식물에는 전분과 단백질을 함유한 세포가 있거든요. 가열하면 그 세포를 서로 결합해주는 물질이 녹아서 흩어지고 변성된 단백질이 전분을 감싸서 '소립자'가 되는데요, 이 소립자가 만들어지지 않으면 소, 즉 앙금도 만들어지지 않아요. 대두는 팥과 달리 전분이 거의 함유되지 않아서 소립자가 만들어지지 않죠."

너무 상세한 설명에 시라사기는 순간 혼란스러웠지만, 어쨌든 자신의 발언이 틀리지 않았다는 것만은 이해했다.

"그렇다면 어떻게 단바구로로 만들었지?"

"아까도 말했잖아, 간단하게. 끓인 국물과 한천을 넣어서 굳혔을 뿐이야. 기후 현 야마오카 정에서 주문한 질 좋은 실 한천을 팥으로 앙금을 만들 때보다 양을 좀 더 넣어서 신중하게 굳혔다고."

"그랬구나" 하고 감탄하는 시라사기를 바라보며 아오이가 가슴에 손을 대고 한 마디 한 마디 또박또박 말했다.

"그래도…… 이 맛을 하나로 완성하기란 정말 쉽지 않았을 거예요. 하테루마산 흑설탕의 풍미와 가가와 시의 와산본이 내는 단맛, 단바구로의 진한 감칠맛. 모두 최고급인 동시에 개성이 강한 재료니까요. 특히 검정콩은 지질이 풍부해서 재료 배분에 실패하면 맛이 미묘하게 진해지거든요. 그래서 물양갱의 핵심인 수분량이 중요해지죠."

"음……."

그 부분에서 꽤 고생을 했는지 구리타가 씁쓸한 표정으로 고개를 끄덕였다.

아오이는 생긋 웃더니 눈썹을 축 늘어뜨리며 설명을 이었다.

"녹슨 못과 같이 끓인 콩 국물과 앙금을 최대한 수분이 풍부한 상태로, 적절한 양의 한천으로 굳힌다……. 말로 표현하면 쉽지만 각 요소의 균형을 조정하느라 구리타 씨가 얼마나 고생하셨는지 몰라요. 가게 일을 마친 뒤에 매일 밤늦게까지 꾸

준히······. 그 과정이 있었기에 이렇게 완성하신 거죠. 저도 고개를 숙이고 싶어요."

"······그렇게 대단한 일도 아닌데."

민망한지 불퉁한 표정을 짓는 구리타에게 아오이는 "그런 가요?" 하고 웃음을 머금은 눈으로 고개를 갸웃거리다가 문득 떠오른 것처럼 덧붙였다.

"아, 녹슨 못의 탄화철은 물에 잘 녹아요. 검정콩 껍질의 까만색은 안토시아닌 계통의 색소 때문에 나타나는데요, 물에 녹은 철 이온과 결합하면 안정되면서 색조가 선명해져요. 이 윤기 흐르는 검은색의 비밀이랍니다."

그런 토막 지식 따위에 대답할 여유도 없어서 시라사기는 입술을 깨물었다.

가슴이 왜 이렇게 괴로울까.

감정이 자꾸 솟구쳐서 참을 수 없었다.

자신이 호오당의 물양갱을 좋아한다는 대전제를 이 녀석은 거들떠보지도 않았다.

오히려 자신을 위해서 새로운 맛을 만들어내는 데 전념했고 기어코 호오당을 넘어섰다.

최고의 재료만을 사용해 수도 없는 시행착오를 차곡차곡 쌓아 올려서, 일개 젊은 장인이 화과자 세계에 군림하는 전통과

권위를 이겼다.

정말 대단한 녀석이다. 이 세상에는 이런 놈도 있구나. 가슴이 한껏 부풀어 올랐다.

그러나 이어서 샘솟은 의문이 조금이나마 남아 있던 저항심에 불을 지폈다.

시라사기는 노골적으로 악의 넘치는 웃음을 지으며 자세를 고치고 목소리를 짜냈다.

"……왜지? 왜 이렇게까지 한 건데? 나를 위해서 필사적으로 물양갱을 만든다고 대체 무슨 이득이 있지?"

"그건……."

"내가 시라사기류의 차기 가주니까? 말해두겠는데, 지금 나를 회유하려는 속셈이라면 헛발질이야. 나는 다도도 우리 집안도 어떻게 되든 상관없거든. 네가 한 짓은 아무 의미도 없단 말이다!"

그러자 눈앞의 구리타가 갑자기 애달픈 표정을 지었다…….

악담을 퍼붓는 시라사기를 바라보면서 구리타는 그가 진심을 털어놓지 않는다는 것을 감지했다.

누구나 솔직해지지 못하는 상황이 있을 수 있고, 실제로 구리타 자신도 경험했기에 잘 안다. 구리타의 가슴속에 예전의 그리운 기억이 문득 떠올랐다.

사춘기 시절의 일이다.

중학생 때, 자기 앞날은 <u>스스로</u> 선택하고 싶다고 부모님에게 반발한 구리타는 화과자에 흥미가 없는 것처럼 굴었다. 사실은 관심이 많아서 남몰래 공부했으면서.

어려서 미숙했다고 말하면 그만이지만 그때 솔직했다면 얼마나 좋았을까, 구리타는 지금도 종종 후회한다.

시간은 흐르고 흘러 대학생 시절.

부모님이 사고로 돌아가시고 가게를 잇겠다고 결심한 구리타를 모두 걱정하며 말렸다.

친구, 이웃 사람들, 소꿉친구인 야가미 유카, 악우인 아사바료…….

그중에서 제일 강경하게 다시 생각하라고 설교한 사람은 마스터였다.

"다 네가 잘되길 바라고 하는 소리야. 그만둬라, 구리타. 장사는 쉬운 일이 아니니까."

"……쉽지 않다는 것쯤은 알아."

아직 휴업 중인 구리마루당의 어두침침한 실내에서 구리타와 마스터가 똑바로 마주 보고 섰다.

약 한 시간 가까이 대화를 나눴으나 계속 평행선만 달렸다.

구리타의 의지는 이미 확고했기에 거의 일방적으로 마스터가 설득하는 형태였다.

"요식업은 장사 중에서도 특히 힘들어. 요즘 같은 세상에 얼마나 많은 가게가 생고생하는지 알기나 해? 나도 가게를 처음 이었을 때는 죽을 만큼 힘들었어."

마스터는 좀처럼 보여주지 않는 심각한 표정을 짓고 있었다. 그가 얼마나 걱정하는지 잘 알고 있지만 의지를 꺾을 마음이 없는 구리타는 괴로움에 자신의 진심을 밝히지 못했다. 적절하게 표현할 말을 찾지 못했다.

"이 업계는 어중간한 각오로 뛰어들면 크게 다칠 뿐이야. 아니, 그냥 다치는 수준이 아니지. 속이 엉망으로 문드러질 정도로 크게 다치고 만다고. 구리타, 너는 아직 어리다. 대학을 졸업하고 안정적인 회사에 들어가는 편이……."

"……다쳐도 좋아."

구리타가 가슴 저 깊은 곳에서 목소리를 짜내자, 마스터가 입을 다물고 험악한 표정을 지었다.

"크게 다쳐도, 속이 문드러져도 좋아. 걱정해주는 건 물론 고맙지만……."

구리타는 필사적으로 자신의 속마음을 뒤져 지금 이 심정을 완벽하게 표현할 말을 찾아 끄집어냈다.

"나는 이미 정했어. 나는 내 인생을 걸어서라도 반드시 알아야 할 것이 있으니까."

부모님의 죽음을 간신히 극복한 후, 구리타는 자신 안에 생긴 거대한 욕구를 깨달았다.

부모님이 매일 무슨 생각을 하며 일했는지 알고 싶다.

두 분이 소중하게 여겨온 가게를 지키고 같은 길을 걸으면서, 누구보다도 가까운 존재였으면서 미처 알지 못한 부모님의 인생을 비극과 희극 모두 이해하고 싶다.

"……잘 모르는 게 많으니까 당연히 고생하겠지. 그래도 상관없고 그렇게 해서 배우고 싶어. 행복도 불행도 내 몸으로 전부 겪고 싶어."

"구리타……."

"나 자신에게 솔직해지고 싶다고. 의지와 마음이 있는 인간이니까. 나는 내가 진심으로 납득할 수 있는 삶을 살고 싶어!"

구리타가 버럭 외치자 마스터는 더없이 안타까운 표정을 지었다.

두 사람 사이에 소리가 사라지면서 가게에 쥐 죽은 듯한 정적이 내려앉았다.

이윽고 침묵을 차분하게 깬 것은 마스터였다.

"그렇군."

조용히 탄식한 마스터는 지금까지 본 적 없는 다정한 웃음을 지었다.

"그렇다면 앞으로 나도 뒤에서 너를 응원하마. 괜찮겠지? 이건 내가 하고 싶어서 하는 거니까 싫다고 하지 마."

"마스터……."

"그래도 오늘은 참 좋은 날이야. 정말로 그렇게 생각한다. 무엇보다 네 진심을 들을 수 있었으니까……."

구리타는 먼 과거의 기억에서 현실로 돌아왔다.

이곳은 구리마루당 실내. 눈앞에 서서 완고한 태도를 버리지 않는 시라사기에게 예전 자신의 모습을 살짝 겹쳐보면서 구리타는 말했다.

"나는 네가 차기 가주라는 이유로 대접하지 않았어. 시라사기류의 환심을 살 마음은 털끝만큼도 없고. 나는 그저 나 자신이 납득할 행위를 했을 뿐이야."

"나 자신……?"

"자신을 속이고 사는 인생은 진정한 인생이 아니야. 너도 자신을 억압하지 말고 하고 싶은 대로 하고 살면 어때? 주변 사람들에게 네 본심을 전부 털어놔. 나는 사실 다도를 정말 좋아한다고."

"뭐……!"

시라사기의 하얀 뺨이 붉게 달아올랐다.

"무슨 근거로……!"

"숨기지 마, 속이지 마. 옆에서 보면 다 안다고. 너는 다도의
작법이나 행동거지가 몸에 배었잖아. 다도가 정말 싫다면 과
연 그럴 수 있을까?"

놀라 눈을 동그랗게 뜨는 시라사기에게 구리타는 차분히 말
했다.

"……변두리 구멍가게 수준의 화과자점일지 모르지만, 나
역시 간판을 등에 지고 있어. 솔직히 말해서 간판에 짓눌릴 것
같은 때도 있고. 그래도 후회하진 않아. 하고 싶은 일을 하고
있으니까."

같은 후계자로서의 공감을 담아 구리타는 시라사기의 눈을
정면으로 들여다보았다.

"네 감정을 인정하고 다도에 전념하면 분명 네 답답함도 풀
릴 거다."

구리타의 단호한 말을 들은 시라사기의 입에서는 이제 반박
하는 말도 나오지 않았다.

말없이 몇 초간 시간이 흘렀다. 마침내 시라사기는 깊이 한
숨을 쉬고, 나란히 선 구리타와 아오이를 홀가분하고 상쾌한

표정으로 바라보았다.

"……이제 무슨 변명을 늘어놓아도 공허할 뿐이겠지. 인정하겠어. 이 승부, 완벽하게 내 패배야."

시라사기는 체념하고 눈을 꾹 감았다.

"구리타, 아오이 씨…… 고마워. 이 단바구로로 만든 물양갱, 최고로 맛있었어."

"……좋았어!"

"다행이다……."

구리타와 아오이는 주먹을 쥐고 서로 마주 보았다. 기분이 최고였다.

"고맙습니다."

갑자기 아오이가 인사를 해서 구리타 또한 어색하게나마 감사의 마음을 전했다. 고마워해야 할 사람은 오히려 이쪽이라고 생각하면서.

어쨌든 이 결과는 아오이의 발상과 구리타의 기술이 조합해서 이루어냈다. 둘이서 함께 얻은 승리인 만큼 성취감도 각별했다.

시라사기는 천천히 자리에서 일어나 진지하게 말했다.

"구리타……. 분하지만 마지막으로 이 말만은 하마."

"뭔데?"

"내 진심을 알아준 사람은…… 네가 처음일지도 몰라."

구리타도 미처 예상하지 못한 발언이었다.

어울리지 않게 당황한 구리타가 뭐라고 대답해야 할지 머리를 굴리는데, 시라사기가 선수를 쳤다.

"어이, 구리타. 남이 나를 알아준다는 거……."

시라사기는 주저하며 잠시 뜸을 들이더니 뺨을 살짝 붉히고 말했다.

"정말…… 기쁜 일이다."

그 말투는 지금까지 시라사기가 보였던 태도와 전혀 다르게 다정하고 행복했다. 부끄러운 미소를 짓는 시라사기에게 구리타 역시 무뚝뚝하게 웃으며 고개를 끄덕여 보였다.

*

다음 날, 일요일의 구리마루당. 손님이 좀 빠져나갔는지 기지개를 켜며 작업장에 들어온 시호가 장난기 가득한 눈빛을 구리타에게 보냈다.

"그래서? 사이좋게 잘 지내고 있어, 도련님이랑?"

"그런 거 아니라니까. 그냥…… 그냥 메일이나 가끔 주고받는 정도야."

"그게 바로 사이좋은 거잖아!"

대꾸할 말이 없었다.

시라사기와는 어제 전화번호와 메일 주소를 교환했는데, 그 녀석은 그날 중에 몇 통이나 되는 메일을 보냈다.

새 친구가 생긴 기쁨인지, 아니면 공감이 가는 부분이라도 있는지.

어쨌거나 친구가 된 시라사기는 예상보다 응석받이인 부분이 많이 보여서 역시 도련님이구나 싶었다.

어젯밤에도 별 내용 없는 메일을 몇 건이나 보내는 바람에 슬금슬금 짜증이 나서 결국 전부 무시해버렸다. 화과자 이외의 것은 전부 귀찮아하는 구리타였다.

이제 당분간 연락이 안 오겠지. 구리타가 어깨를 으쓱인 순간, 스마트폰이 울렸다.

움찔 놀랐다. 호랑이도 제 말 하면 온다더니 화면에 떠오른 이름은 시라사기 아쓰시였다.

전화를 받아야 할지 망설이는 구리타를 시호와 나카노조가 웃으면서 지켜보았다.

어쩔 수 없이 구리타가 전화를 받자, 느닷없이 시라사기의 의욕 넘치는 목소리가 들렸다.

"어이, 구리타. 미안한데 지금 시간 좀 있냐? 우리 부모님이 너를 만나고 싶어 하셔서."

"부모님……? 무슨 소리야, 부모님이라니."

"무슨 일이 있어도 꼭 만나야겠다고 난리시다. 부탁이야! 와 주지 않을래?"

친구가 된 다음 날에 바로 가족 소개라니. 이 녀석, 나를 부모님에게 뭐라고 설명한 거지? 구리타는 멍하니 생각했다.

제2장

킨쓰바

선생님이 소중하게 놓아둔 찹쌀떡을 반 학생 중 누군가가 먹어버렸습니다.

누가 먹었는지 조사하려고 선생님은 사토 군부터 와타나베 양까지 차례대로 불러 질문했습니다.

학생 중에 거짓말을 하는 사람이 딱 한 명 있습니다.

바로 찹쌀떡을 먹은 사람인데요, 과연 누구일까요?

사토 군 "나는 먹지 않았고 스즈키 양은 거짓말하지 않는다."

스즈키 양 "원래 나는 찹쌀떡을 싫어한다. 그리고 다무라 군은 정직하다."

다카야마 군 "나는 먹지 않았다. 그리고 와타나베 양은 거짓말을 하고 있다."

다무라 군 "나는 찹쌀떡을 좋아하지 않고 사토 군은 절대로 거짓말을 하지 않는다."

와타나베 양 "나는 어려서부터 찹쌀떡을 먹지 못한다. 그리고 다카야마 군은 거짓말쟁이다."

*

이런 메일이 온 시점은 시라사기 아쓰시의 전화를 받은 구리타가 선물을 챙겨서 시라사기류 종가의 저택으로 가는 도중이었다.

"뭐야, 이거?"

가미나리몬 거리의 아케이드 아래에서 구리타는 스마트폰 화면을 보며 얼굴을 찡그렸다.

"'선생님이 소중하게 놓아둔 찹쌀떡을 반 학생 중 누군가가……' 이거 수수께끼인가?"

메일을 보낸 사람은 시라사기 아쓰시였고, 별다른 말은 적혀 있지 않았다. 무슨 의도인지 모르겠다.

수수께끼 내용은 이른바 정직한 사람은 누구이고 거짓말쟁이는 누구인가 퀴즈로, 그냥 보기에는 쉬운데 막상 풀려고 하면 생각보다 귀찮다.

거짓말쟁이를 한 명씩 가정해서 전체 문맥을 점검하면 풀 수 있지만, 길거리에서 그러고 싶진 않았다.

"뭐야, 시라사기 녀석. 어지간히도 한가한가 보네. 사람 진짜 귀찮게 한다. 처음에는 얄미울 정도로 쌀쌀맞았으면서."

이렇게 혼잣말을 하는데 뒤에서 누군가가 말을 걸었다.

"시라사기가 누구야?"

뒤를 돌아보니 아사바 가에데가 안경테에 손가락을 대고 이쪽을 바라보고 있었다.

"혹시…… 여자친구?"

"그럴 리 없잖아! 남자야!"

"그래?"

약간 안도한 듯이 중얼거리는 가에데는 구리타의 악우 아사바 료의 여동생이다.

키가 크고 단정한 생김새는 오빠와 쏙 빼닮았지만 여동생 쪽이 훨씬 지적이고 우아한 분위기를 풍긴다. 아사쿠사 내에서 가장 안경이 잘 어울리는 여자라는 소문이 일부에서 돌 정도이다.

병원에 입원했던 적도 있는데 지금 가에데는 예전 모습을 되찾아 활기 넘치는 재수생이다. 컨디션만 좋으면 분명히 대학에 붙을 것이다.

가에데는 안경을 고쳐 쓰고 어깨까지 오는 머리를 가볍게 넘기며 다가왔다.

"그런데 구리타 군. 우리 오빠 못 봤어?"

"아사바? 아니, 못 봤는데."

갑작스러운 질문에 구리타는 되물었다.

"그러고 보니 최근 들어 그 녀석이 안 보이던데 혹시 무슨 일 있어?"

"모르겠어."

가에데는 불안하게 입술을 오므리며 고개를 살짝 기울였다.

"무슨 일인지 잘 모르겠는데 요즘 우리 오빠, 좀 신경이 예민해진 것 같아. 얘기를 들어주려고 해도 금방 어딘가로 가버리고. 그래서 구리타 군이랑 싸웠나 했지."

"그러냐……. 싸우진 않았는데."

사실 최근 시라사기의 물양갱 소동에 전념하느라 아사바와 만날 짬이 없었다.

평소 솔선해서 만나는 사이도 아니지만, 이름을 들으니 갑자기 얼굴이 보고 싶어지는 자신이 신기했다.

그렇지만 신경이 예민해진 이유는 아무리 생각해도 짐작이 가지 않았다.

"그 녀석, 무슨 사건에라도 휘말린 거 아니야? 나는 전혀 예상이 안 간다만. 어쨌든 곤란하면 나한테 연락해. 어떻게든 해 볼게."

"응……. 고마워, 구리타 군."

쑥스러워하며 가에데는 괜히 안경을 몇 번이나 고쳐 썼다. 용건은 끝이 난 것 같은데 가기 싫은 분위기를 풍겼다.

구리타는 문득 조금 전에 온 메일이 떠올라 물었다.

"맞아, 아까 친구가 이상한 메일을 보냈어. 이 문제, 너 풀 수 있어?"

"……문제?"

갑자기 가에데의 안경이 빛을 반사해 반짝반짝 예리하게 빛 났다.

"국어나 수학 문제가 아니라 그냥 수수께끼지만."

"보여줘."

구리타가 건넨 스마트폰을 바라보며 가에데는 "논리 퀴즈구 나" 하고 말했다.

그러더니 얼마 지나지도 않아 말했다.

"거짓말쟁이는 다카야마 군과 와타나베 양."

"빠르다! 역시 수재야! 벌써 두 사람으로 좁혔어?"

"에이…… 나는 수재가 아니라니까."

가에데는 민망해하며 한 손을 설레설레 흔들더니 곧 진지한 표정으로 설명했다.

"그래도 이거 좀 어설프다. 아마추어가 만든 거지? 문제 자체가 잘못되어서 한 사람으로 좁힐 수 없어."

"어, 그래?"

"그렇다니까. 구리타 군도 잘 생각해봐."

구리타는 가에데에게서 스마트폰을 돌려받아 눈을 잔뜩 찡그리고 다카야마와 와타나베가 거짓말쟁이라는 것을 전제로 두고 검토했다.

"어, 진짜 그러네……. 그 자식, 진짜 웃긴 놈이라니까."

구리타가 퉁명스럽게 투덜거리자 가에데는 쿡쿡 웃으면서 말했다.

"내 생각에 이걸 보낸 그 친구, 자기가 만든 문제를 구리타 군이 봐주길 바란 게 아닐까? 오류를 가르쳐주면 아마 좋아할 거야."

이 문제에 그런 의도가 있었나. 시라사기의 뜻밖의 취미를 알게 되어…… 아니, 반쯤 강제로 알게 된 구리타는 신음하며 눈썹을 긁적였다.

어쨌든 가에데는 이제 만족한 것 같았다.

"나, 슬슬 가야겠다. 또 봐, 구리타 군!"

"응. 오빠 때문에 힘들면 연락해."

가에데는 기뻐하며 고개를 끄덕였다. 둘은 서로 다른 방향으로 걸음을 옮겼다.

*

니혼바시 역에서 도자이선(線)으로 갈아타 다카다노바바 역에 도착했다. 와세다 거리를 걸어 시라사기류 종가의 문을 지났다.

구리타가 접수처에 얼굴을 내밀자, 오늘도 연회색 기모노에 짙은 남색 겉옷을 단정하게 갖춰 입은 시라사기 아쓰시가 기다리고 있었다.

"구리타, 갑자기 미안하다."

"쳇, 진짜 갑자기였어."

시라사기가 미안하다며 살짝 손을 모아서 구리타는 "됐다" 하고 무뚝뚝하게 고개를 저었다.

애초에 시라사기도 부탁받았을 뿐이다. 원래 그의 부모님이 만나고 싶다고 했다.

부모님이라면 시라사기류의 현재 가주일까? 어쨌거나 이유 없이 부르진 않았으리라.

"아, 이거 선물."

구리타는 선물을 담아온 종이봉투를 아무렇게나 시라사기에게 내밀었다.

"오오…… 고마워. 뭐야?"

종이봉투를 받아 들고 안에 손을 넣은 시라사기는 까맣게 빛나는 탁구공 크기의 구체를 꺼내 눈높이까지 들고 신기하게 살펴보았다.

투명하고 둥그런 고무 포장재에 까만 내용물을 담고 입구를 끈으로 묶은 것이었다.

"이건……."

의아하다는 표정을 지은 시라사기에게 구리타는 설명을 시작했다.

"이름하여 풍선 양갱. 재료가 조금 남아서 장난삼아 만들어 봤거든. 표면 고무를 이쑤시개로 찌르면 껍질이 벗겨져서 먹을 수 있어. 내용물이 예쁘게 벗겨져서 재미있다."

"이걸…… 또 나를 위해서?"

"딱히 너를 위해서가 아니야! 장난삼아라고 말했잖아."

원래 맛집 잡지에서 글을 쓰는 유카가 전에 후쿠시마 현에 취재를 하러 갔다가 사다 준 선물이 발단이었다.

이 풍선 양갱은 후쿠시마 현 니혼마쓰 시의 노포 화과자점이 쇼와 초기, 군의 의뢰를 받아 개발한 것이 원형이다. 전장에

나간 병사들에게 신선한 양갱을 먹이려고 고무에 넣어 밀봉하는 방법을 떠올렸다고 한다.

그 노포는 지금도 건재하여 그 지역 사람들에게 사랑을 받고 있는데, 유카는 거기에서 착상을 얻었다.

유카는 자신의 착상을 현실로 옮기기 위해 풍선 양갱을 만들 수 있는 도구들, 고무 용기 업체에서 주문한 천연 고무라텍스 포장재를 구리마루당에 들고 와 이렇게 말했다.

"있잖아, 구리! 이거, 똑같이 신상품으로 만들면 잘 팔리지 않을까?"

"어이……."

다른 가게의 간판 상품을 절조 없이 흉내 낼 수 없다고 구리타는 설교했다.

제안을 거절당한 유카는 굉장히 아쉬워했지만, 구리타가 풍선 양갱을 만들어 선물해주자 잔뜩 신이 나서 품에 안고 만족스럽게 돌아갔다.

"……그래서 그 고무 포장재가 아직 남아 있었거든. 양갱도 종류가 다양하다고 알려주고 싶었을 뿐이야. 마음에 들면 먹어라."

"고맙다. 그럴게."

야무진 얼굴로 부드럽게 웃어 보이는 시라사기 때문에 구리타는 민망해져서 괜스레 머리를 긁적였다.

"그런데 너, 아까 그건 뭐였어?"

"그거라니?"

"이상한 메일을 보냈잖아. 수수께끼."

"아아. 그건…….”

시라사기가 막 입을 열었을 때, 구리타의 등 뒤에 있는 출입
구가 조용히 열리더니 사무소 안으로 기모노를 입은 여성이
들어왔다.

이전에 만났던 우아하고 위엄 넘치는 사십대 여성, 시라사
기 아쓰시의 어머니였다.

"이런 곳에서 서서 얘기하는 건 좀 그렇죠. 아쓰시, 손님을
다실로 안내해드리렴.”

"그건 그러네. 그럼 본채로 갈까."

*

본채 안쪽, 청결하게 다다미 여섯 장이 깔린 거실.

구리타, 그리고 그 비스듬한 옆쪽에 시라사기의 어머니가
앉았고 시라사기 아쓰시가 차분하게 차를 끓였다.

다완에서 물이 끓는 소리와 말차를 젓는 도구인 다선이 내

는 소리는 빠르면서도 정적이었다.

의도적으로 내는 몇 가지 소리를 제외하고 시라사기는 지긋
이 조용히 몸을 움직였다. 그러면서도 전체가 흐르는 물처럼
부드러워서 마치 독특한 춤을 보는 것 같았다.

역시 이 녀석도 여간내기가 아니다. 구리타는 새삼스럽게
생각했다.

본채로 안내를 받은 구리타는 양말을 갈아 신고 긴 복도를
지나 아담한 다실로 들어갔다.

어머니인 시라사기 하나에가 아쓰시에게 묽은 차를 대접하
라고 명령하자, 그는 아주 잠깐 미간을 찌푸렸지만 의외로 얌
전히 고개를 끄덕이고 도구를 가지러 갔다.

구리타가 보는 앞에서 풍로에 솥을 올려 물을 끓이고 국자
로 퍼서 다선과 다른 도구를 청결히 닦았다. 그 후, 다완에 말
차를 두 국자 넣어 차를 끓였다.

곧 뜨거운 말차가 담긴 다완이 구리타 앞에 놓였다.

이대로 마셔도 괜찮을지 몰라 망설이자 옆자리에 정좌한 시
라사기 하나에가 미소 지었다.

"구리타 씨, 당신은 문하생이 아니니까 작법에 개의치 않아
도 괜찮아요. 마음 편하게 들어요."

"어…… 그런가요? 지금부터 마신다는 인사는?"

"아, 그럼 그것만 알려줄까?"

하나에가 가르쳐준 순서대로 구리타는 손을 뻗어 다완을 가깝게 끌어당겨 다다미의 테두리 안쪽에 다시 놓았다.

"……솜씨를 삼가 받잡겠습니다."

구리타가 말하고 고개를 숙이자, 시라사기도 양쪽 손가락을 다다미에 대고 구리타의 인사를 받았다.

시라사기가 쏘아 보내는 진지한 눈빛을 느끼며 구리타는 다완을 양손으로 들었다.

오른손으로 두 번 다완을 돌리고, 시라사기가 밀어준 용기의 정면과 반대되는 쪽에 입을 댔다. 하나에의 설명에 따르면 겸허한 마음을 표시하는 행동이라고 한다.

한 입 마신 순간, 순수하게 맛있다고 생각했다.

방순한 향기. 말차 특유의 쌉쌀함 사이에 부드러운 단맛이 은은하게 섞였다.

미세한 거품이 적당하게 일어 전체적으로 맛이 고르고 훌륭했다. 말차가 이렇게나 섬세하고 부드럽게 입에 닿는 것은 시라사기의 솜씨가 뛰어난 덕분이리라.

세 번으로 나누어 마신 구리타는 다완을 내려놓고 솔직히 말했다.

"……맛있어."

안도했는지 눈을 감고 입가에 미소를 띤 시라사기에게 구리타는 말했다.

"그냥 하는 말이 아니고 정말 맛있었어. 역시 너도 하면 잘하네."

구리타의 말을 들은 시라사기의 어깨가 슬쩍 위아래로 움직였다. 웃음을 터뜨린 건지 웃음을 참는 건지 모르겠다.

"뭐야?"

"아니, 나도 조금은 내 감정을 진지하게 마주 보고 싶어졌거든."

그는 긴 속눈썹을 살짝 드리우고 말했다.

"이제 와서 말하기는 좀 그렇지만, 네가 지적한 대로 차기 가주로서 압박감을 느꼈어. 시라사기류는 전국에 일만 명에 가까운 문하생이 있으니까 어지간한 각오 없이는 끌고 나갈 수 없어. 그런 어려움에서 등을 돌리고 싶었던 마음도 당연히 있었고……."

거기서 시라사기는 잠깐 말을 끊었다.

잠깐 사이를 두었다가 무언가를 떨쳐버린 듯이 고개를 들고 천진하게 웃었다.

"그래도 나는 역시 다도가 싫지 않아. 지금 가주인 아버지도 당분간은 현역일 테니까 나는 나대로 대충대충 해나갈 거야."

"그러냐."

다행이군. 구리타는 속으로 중얼거렸다.

물양갱 소동이 한창 진행 중일 때는 화가 나서 그를 한 대 치고 싶었지만, 그와 이렇게 본심을 나눌 수 있게 되어 다행이었다. 조금이나마 그가 원하는 방향으로 등을 밀어준 기분이었다.

역시 사람은 만나봐야 안다고 구리타는 생각했다.

당연하겠지만 가주를 목표로 하는 이상, 앞으로 시라사기는 수없이 많은 역경을 겪을 것이다.

그러나 자신의 감정에 거짓말을 해선 안 된다. 그런 짓은 인생의 가치를 깎아내리는 행위니까. 실제로 망설임을 홀홀 떨쳐낸 시라사기의 표정은 여름 하늘처럼 상쾌했다.

"그럼 내 차례는 여기까지."

시라사기는 그렇게 말하더니 사용한 도구들을 들고 다실을 나갔다.

문이 닫히자 다실에는 구리타와 하나에 둘만 남았다.

고요해지자 어색한 긴장감이 실내를 채워서 구리타의 입가가 자연히 딱딱하게 굳었다. 소리 없는 헛기침을 한 하나에가 조심스럽게 말을 꺼냈다.

"구리타 씨, 오늘은 갑작스럽게 불러서 미안해요. 사실은 꼭 부탁하고 싶은 일이 있어서……. 당신의 제과 솜씨를 믿고 부탁을 드리고 싶어요."

"제 솜씨요?"

"네."

하나에는 고개를 끄덕였다.

"아쓰시가 어제 가져온 구리타 씨 가게의 물양갱……. 정말 맛이 훌륭했어요. 맛만 조금 보려고 했는데 어찌나 맛있던지 전부 다 먹었을 정도랍니다."

"말씀 감사합니다."

정좌한 채로 인사하며 구리타는 생각했다.

어제 구리마루당에서 벌어진 승부에서 아오이와 함께 만든 새로운 물양갱을 시라사기 아쓰시에게 먹여 호오당의 맛보다 뛰어나다고 인정을 받았다. 승부를 마치고 돌아가려는 시라사기에게 남은 물양갱 몇 개를 골라 선물로 주었다.

"나도 물양갱을 참 좋아하는데요, 극단적으로 말해 양갱의 풍미를 좌우하는 것은 팥소죠. 구리타 씨의 팥소를 믿고 부탁 드리고 싶어요."

구리타는 또 물양갱을 만들어달라는 요청이라고 예상했는데, 하나에는 망설이면서 한참 동안 입을 다물었다.

잠시 후, 하나에는 시선을 내리깔더니 여전히 주저하는 기색을 보이며 말했다.

"……세상의 평판도 있으니까 가능하면 알리고 싶지 않답니다. 그렇지만 아쓰시가 정말 열렬히 추천하더군요. 구리타 씨는 믿을 수 있는 사람이라면서."

민망해서 뺨을 긁적이는 구리타에게 하나에는 뜻밖의 이야기를 꺼냈다.

"사실 석 달 전에…… 시아버님의 발목이 부러졌답니다."

"네?"

"자전거와 충돌하셨어요. 사실 충돌 자체보다 넘어지면서 발이 꺾인 것이 원인이었는데……. 바로 구급차를 타고 병원에 간 덕분에 병원에서는 다행히 다른 곳에 이상이 없었다고 했어요."

구리타는 예상에서 벗어난 이야기를 들어 어리둥절했으나, 하나에는 차분한 말투를 유지하며 말했다.

"상처는 이미 다 나았답니다. 의사 선생님도 뼈는 원상태를 회복했다고 말씀하셨어요. 그런데…… 분명 다 나으셨을 텐데 시아버님은 걸으려고 하지 않으세요. 머리도 좀처럼 또렷하지 않으신지 다친 이후로 계속 누워만 지내시고."

하나에의 시아버지인 시라사기 소이치로는 일흔다섯 살이다. 선대 시라사기류의 가주로, 현재 가주인 시라사기 소메이의 친아버지이며 아쓰시의 할아버지이다.

가주였을 때 소이치로의 다명*은 소가쿠, 재호**는 천천재.

즉, 그의 이름은 시라사기류 16대 가주 천천재 시라사기 소가쿠로, 탁월한 기량을 발휘해 수많은 문하생의 존경을 받았다. 다도 명인으로서 다른 유파에도 널리 이름이 알려졌다고 한다.

그런데 명실상부 다도계의 중진이었던 그는 가주의 자리를 아들 소메이에게 넘긴 이후로 기운이 쭉 빠졌다.

중압에서 벗어났기 때문일까? 멍하니 넋을 놓는 시간이 많아져서 사람들 앞에 모습을 드러내지 않게 되었다. 외출도 거의 하지 않았다.

외출이라고는 날이 좋을 때 집 근처를 산책하는 정도였는데, 운이 나쁘게도 산책하던 도중에 중학생이 탄 자전거와 충돌해 발목이 복잡골절되고 말았다.

의사의 진단은 전치 2주.

다치게 한 중학생은 부모님과 함께 몇 번이나 찾아와 사과했고, 소이치로 역시 한눈을 판 과실이 있기도 해서 사건 자체

---

* 茶名. 다도의 비법을 이어받은 다인에게 붙이는 이름.

** 齋號. 본명 대신 부르는 별칭의 일종으로 서재나 거실, 다실의 이름을 본뜬 것이다.

는 원만하게 해결되었다.

그러나 그 사건으로 소이치로의 자신감 비슷한 무언가가 다쳤나 보다.

소이치로는 패기를 완전히 잃어 골절이 다 나은 지금도 누워만 지낸다. 매일 누워서 창밖만 바라보며 일어날 생각도 하지 않는다고 한다.

"정밀 검사 결과를 보면 특별한 병에 걸리셨거나 어딜 다치신 것도 아니에요. 의사 선생님도 매주 오시는데 문제가 있는 곳은 전혀 없다고 하시고."

"그렇습니까……."

고령자의 뼈가 부러졌을 때, 너무 오래 안정을 취하는 것도 문제라는 이야기를 동네 사람에게 들은 적이 있다. 누워만 있다가 근력이 약해져서 다시 걷지 못하게 되고, 걷지 못하면 뇌로 가는 자극이 줄어들기 때문에 인지증 증상이 나타날 가능성도 있다고 한다.

……그런데 나보고 뭘 어떻게 하라고?

이해하지 못하는 구리타에게 하나에는 또다시 뜻밖의 소리를 했다.

"구리타 씨……. 시아버님께 킨쓰바를 만들어주실 수 있을까요?"

"킨쓰바요?"

"네. 그건 팥소를 밀가루 반죽으로 싸서 구운 과자죠? 구리타 씨처럼 팥소를 잘 만든다면 가능하지 않을까 싶어요. 이제 이것 말고는 방법이……."

알게 된 지 얼마 지나지 않은 애송이에게 상류층 가정의 숨기고 싶은 내막을 밝히려면 용기가 필요했을 것이다. 그야말로 궁지에 몰린 상황이리라 짐작하면서 구리타는 하나에의 얼굴을 조심스럽게 살폈다.

다다미로 시선을 내리깔고 아랫입술을 깨문 하나에의 표정에서 절박한 고뇌의 흔적이 엿보였다.

*

구리타가 하나에의 뒤를 따라 안방으로 들어가자, 소이치로의 요 옆에 앉아 있던 시라사기 아쓰시가 뒤를 돌아보고 "아아" 하고 한숨처럼 말했다.

"얘기 다 들었구나. 여러모로 미안하다."

"이분이…… 할아버님이시구나. 전 가주이신."

"응. 역대 시라사기류에서도 걸출한 명인 천천재 시라사기 소가쿠……. 뭐, 나한테는 그냥 다정한 할아버지였지만."

안타까움이 섞인 시라사기 아쓰시의 얼굴을 바라보다가 구리타는 시선을 살짝 옆으로 옮겼다.

눈앞의 요에는 하얗게 센 긴 머리가 인상적인 노인이 누워 있었다.

덩치가 크고 어깨가 떡 벌어졌으며 약간 까무잡잡한 피부가 팽팽해서 일흔다섯 살로 보이지 않을 만큼 축복받은 몸집이었으나 표정에 생기가 없었다.

지금은 고개를 옆으로 돌려 유리문 너머에 펼쳐진 정원을 텅 빈 눈으로 바라보고 있었다.

안방은 본채에서도 다른 방과 멀리 떨어진 곳에 있어서 아주 고요했다.

크기는 다다미 열 장 정도, 벽에는 운치가 느껴지는 족자가 걸려 있었다. 그 아래에 무궁화를 꽂은 꽃병과 빨간 소 모양의 장식품인 아카베코가 있었다. 가구가 놓여 있지 않아 넓게 느껴졌다.

"몸 상태는 좀 어떠세요?"

하나에가 소이치로의 머리맡에 무릎을 꿇고 물었다.

"뭐 필요하신 거 없어요? 드시고 싶은 건요?"

"킨쓰바를……."

하나에는 말없이 미간을 찡그렸다. 소이치로는 여전히 창밖을 바라보고 잔뜩 쉰 목소리로 말했다.

"······그 킨쓰바를······."

하나에의 질문에 대답하는 것이 아니라 단순히 자극에 반응했을 뿐으로, 소이치로의 의식은 어디까지나 자신의 내면을 향한 상태였다. 마치 두꺼운 유리 몇 장을 사이에 두고 저 멀리 있는 것 같아서 소이치로도, 대화를 시도하는 하나에의 모습도 가슴이 아팠다.

비슷한 질문과 대답을 한동안 반복하고 하나에가 일어났다.

이어서 시라사기가 소이치로에게 말을 거는 옆을 지나쳐 하나에가 구리타에게 다가와 속삭였다.

"들었죠? 또 '그 킨쓰바'라고 하셨어요."

"그 킨쓰바가 뭐죠?"

"그게······ 도저히 모르겠어요."

비통한 얼굴로 한숨을 내쉬고, 하나에는 이런 이야기를 속삭였다.

사고 이후, 소이치로는 약간 자폐적이 되어 말을 걸어도 그저 멍했다.

유일하고 명확하게 표현하는 의사가 '그 킨쓰바를 먹고 싶어'였다.

고집스럽게 그 말만 반복할 뿐이고 의사와 병원도 효과가 없어서 차라리 킨쓰바를 먹여보기로 했다.

하나에는 여기저기 화과자점을 돌아다니며 최고급 킨쓰바를 잔뜩 사 왔다.

그러나 어느 것을 먹어도 소이치로는 아니라고 할 뿐이고 좀 더 자세한 설명을 부탁해도 모호한 대답만 돌아와서 갈피를 잡을 수 없었다.

이제 무리라고 거의 포기했을 때, 아들 아쓰시가 최근 알게 된 구리타라는 화과자 장인을 열렬히 추천했다.

그래서 지푸라기라도 잡는 심정으로 상담한 것이다.

"아사쿠사의…… 그 지역의 화과자 가게라면 또 색다른 접근법이 있지 않을까요? 우리는 이제 어떻게 해야 할지 모르겠어요."

"그렇군요."

상황을 이해한 구리타에게 하나에는 목소리를 좀 더 낮춰 이야기를 계속했다.

"지금 가주도 마음이 편치 않아요. 친아버지의 일이기도 하고…… 이렇게 됐으니 하는 말인데 현재 다도계에서 우리 시라사기류의 입장은 절대 견고하지 못답니다. 명인 천천재 시라사기 소가쿠의 영향력이 가주에게는 아직 필요해요."

그런 정치적인 사정까지 밝히는 하나에에게서 체면까지도

무릅쓰는 절박함이 전해졌다. 여기까지 관여한 이상 아무렇지 않게 거절하기란 불가능했다.

구리타는 소이치로의 머리맡으로 다가가 귓가에 얼굴을 대고 물었다.

"소이치로 할아버님, 구체적으로 어떤 킨쓰바를 드시고 싶으세요?

"그…… 킨쓰바를……."

"좀 더 정확하게요, 소이치로 할아버님!"

"……달고…… 부드럽고……."

그 후에도 구리타는 거듭해서 물어보았으나 그의 대답은 도무지 요령이 없었다. 정신 상태가 멍한 탓인지 말이 너무 모호해서 구체적인 정보를 하나도 얻지 못했다.

사실 수많은 킨쓰바 중에 딱 하나를 골라 맛의 차이를 말로 설명하기란 어렵다.

실제로 먹여서 판단하는 수밖에 없겠다고 생각하며 구리타가 머리맡에서 일어선 순간, 갑자기 안쪽 장지가 열리더니 열 살 전후의 천진난만한 소년이 안방으로 뛰어 들어왔다.

소년은 구리타가 선물로 가져온 풍선 양갱을 손에 쥐고 있었다. 그것을 시라사기 아쓰시에게 들어 보였다.

"있잖아, 있잖아. 이거 냉장고에 들어 있었는데 뭐야?"

"뭐긴 뭐야, 쓰바사! 그건 내가 구리타에게 선물받은 거야……."

"이히히, 뭐어어야?"

쓰바사라고 불린 소년은 손에 쥔 풍선 양갱을 자랑하듯이 시라사기 앞에서 흔들었다.

동생이라기에는 너무 나이 차이가 난다 싶었는데, 시라사기가 구리타의 생각을 짐작했는지 한숨을 섞어 설명했다.

"이 녀석은 사촌 동생인 쓰바사. 가까이 살아서 자주 놀러 오곤 해."

"아아, 어쩐지. 얼굴도 제법 닮았다."

"내가? 이 꼬맹이랑? 전혀 안 닮았어."

그러자 "꼬맹이 아니야!" 하고 쓰바사가 자기보다 훨씬 나이가 많은 사촌 형에게 덤벼들었다.

그때였다. 문득 무언가를 느낀 구리타가 고개를 돌리고 깜짝 놀랐다.

요에 누운 소이치로가 눈을 희번덕 뜨고 이쪽을 바라보고 있었다.

그의 눈동자에 강렬한 빛이 깃들었으나 무엇에서 기인한 반응인지 모르겠다.

소이치로의 상태를 구리타만 깨달았는지, 쓰바사와 시라사기는 말다툼을 시작했고 하나에는 어쩔 수 없다는 듯 둘을 타이르고 있었다.

곧 쓰바사가 안방에서 도망치고 그 뒤를 쫓아 시라사기도 복도로 나감과 동시에 소이치로의 눈빛도 흐릿해지더니 곧 종잡을 수 없는 어둠이 채워졌다.

구리타는 왜 그러는지 소이치로에게 물었으나 대답은 조금 전과 마찬가지로 요령이 없었다.

*

"헤에에……. 그런 일이 있었구나."

시라사기 저택에서 벌어진 이야기를 들은 야가미 유카는 흥미진진한 표정을 지었다.

"그 할아버지, 킨쓰바와 관련해서 정말 깊은 추억이 있는 모양이다!"

"그렇겠지. 이름이 엄청 긴 대단한 할아버지지만 생각보다 소박한 음식을 좋아한다 싶어서 왠지 숙연해졌어."

구리타가 가게로 돌아오자, 소꿉친구 유카가 찻집에서 물양갱을 먹고 있었다.

살짝 컬을 넣은 중간 길이 머리에 활발한 용모의 소유자로 하늘색 반소매 블라우스를 깔끔하게 입은 유카는 맛집 잡지에 글을 쓰는데, 일하는 짬짬이 가게에 와서 정보 수집이라는 명분의 잡담에 열을 올리곤 한다.

자칭 직장에서는 세련되고 도회적인 여자라는데 본성은 서글서글한 변두리 사람이어서 상점가를 걸으면 동네 사람들이 친근하게 말을 걸어오는 인기 스타였다.

유카는 차를 한 모금 마시고 소리 없이 숨을 내쉬더니 생긋 웃었다.

"그래도 구리답다. 그런 뜬구름 잡는 이상한 이야기를 받아들이다니."

"……어쩔 수 없잖아."

킨쓰바 문제로 본업에 지장이 생기면 곤란하니까 가능한 범위 내에서 해달라고 하나에가 당부했는데, 돌아오는 길에 문까지 배웅하러 와준 시라사기 아쓰시가 진짜 이유를 알려준 것이다.

"오늘은 갑자기 미안했다. 그래도 구리타, 나는 너라면 분명할 수 있다고 믿어."

"어이 어이, 너무 과대평가는 하지 마. 나는……."

"아니, 어떻게든 해줬으면 해. 그렇게만 하면 분명 구리마루당이 우리 거래처 중 하나가 될 테니까."

그런 의도가 있었구나 싶어 구리타는 뒤늦게 감탄했다. 첫 만남은 최악이었지만 가게의 어려운 형편을 염려해서 이렇게 애를 써주다니.

시라사기류 다도의 거래처가 된다면 일류 화과자점이라고 공인을 받은 것이나 마찬가지이다.

손님 증가도 기대할 수 있고 다도회에 사용할 과자의 대량 주문을 정기적으로 받는다.

무엇보다 시라사기의 순수한 배려에 가슴이 뜨거워졌다. 도움을 청하는 형태를 취하면서 사실은 반대로 도움을 주려는 의미가 있었다니…….

남자로서 그 뜨거운 마음에 대답해야만 한다고 생각했다.

"뭐, 하기로 했으니까 어떻게든 해봐야지. 그러니까 유카. 지금부터 나, 킨쓰바를 사러 갈 거다."

"어? 왜? 구리마루당의 킨쓰바는 안 돼?"

"'그' 킨쓰바라고 했으니까."

구리타는 팔짱을 끼고 탄식했다.

"그 할아버지, 일반적인 손님과 전혀 다르니까 만약 우리 가게의 킨쓰바를 좋아해서 자주 다녔다면 내가 알았을 거야……. 그러니까 이번에는 구리마루당의 킨쓰바와 아사쿠사의 유명한 킨쓰바를 같이 가져가려고 해."

"좋다, 그 아이디어! 그럼 나도 구리의 가게 순례에 같이 가줄게!"

"뭐?"

뭐가 '그럼'인지 이해하지 못해 구리타는 혼란스러웠다.

"괜찮잖아. 기삿거리가 될지도 모르고. 나도 이래저래 사정이 있단 말이야! 이럴 때가 바로 공적을 세울 기회니까."

유카는 날렵한 턱을 쥐고 중얼거렸다.

"……너 인마, 지금 되게 사악한 웃음을 짓지 않았냐?"

"안 지었거든요. 빨리 가자!"

유카는 남은 물양갱을 순식간에 해치우고 채비를 했다.

킨쓰바를 파는 화과자점은 아사쿠사에 많이 있으니 우선 제일 가까운 가게부터 가보기로 했다. 구리타와 유카는 오렌지 거리를 걸어 목적한 고구마 킨쓰바 가게에 금방 도착했다. 밝은색의 간판이 눈에 띄는 점포로, 입구 근처에는 오래 두고 먹을 수 있는 종류인 킨쓰바도 상자에 담겨 있다.

그러나 구리타는 뭐니 뭐니 해도 장인이 하나씩 직접 구워 만드는 나마가시인 고구마 킨쓰바를 추천한다.

소비기한은 하루로 짧지만, 잘 구워진 반죽의 씹히는 맛이 절묘하고 고구마로 만든 황금색 앙금은 뭐라 말할 수 없는 자연스러운 단맛이 가득해 자기도 모르는 사이에 몇 개나 해치워버릴 정도로 품질이 뛰어나다. 아사쿠사에 오면 꼭 한 번은 먹어야 한다.

구리타는 안쪽 계산대에 서 있는 점원에게 갓 구운 킨쓰바 여섯 개를 상자에 넣어달라고 부탁했다.

낱개로도 판매하고 있어서 유카가 종이에 한 개만 싸달라고 부탁하더니 구리타 옆을 걸으며 냉큼 깨물었다.

"……맛있다!"

"반응 빠르다!"

함박웃음을 지으며 기뻐하는 유카 때문에 구리타도 지나가는 사람들도 눈을 동그랗게 떴다.

"고구마로 만든 앙금은 왜 이렇게 맛있을까? 따뜻하고 폭신폭신하고 질 좋은 꿀처럼 달콤해……. 못 참겠어!"

기분이 좋아서 가늘어진 유카의 두 눈은 흡사 양달에서 행복해하는 고양이 눈 같았다.

"요 쫄깃쫄깃한 반죽을 깨물면 찐득찐득하게 나오는 고구마의 소박한 단맛이 입에서 향기롭게 녹아……. 부피감도 아주 좋아. 무너지는 느낌도 딱 적당하고 따끈따끈한 고구마 느낌이 남아서 포만감도 느껴지고!"

유카의 맛있어죽겠다는 감상을 들으려니 구리타도 입에 침이 고였지만 참았다.

"따뜻한 것도 맛있지만 나는 식어서 촉촉해진 것도 추천해. 그걸 전자레인지로 따뜻하게 데우면 고구마 앙금이 녹아서 달콤해지니까 맛이 좋아."

"……나, 돌아가는 길에 한 상자 살까 봐."

순식간에 고구마 킨쓰바를 해치운 유카가 아쉽다는 듯이 혀를 핥아서 구리타는 다음 가게에서도 살 수 있다고 달랬다.

구리타와 유카가 다음으로 향한 곳은 아사쿠사에서 아마 가장 유명할 킨쓰바 노포였다.

가게 위치는 고토토이 거리를 건넌 곳, 간노우라라고 불리는 지역에 있으니까 오렌지 거리에서 가려면 꽤 거리가 있다. 두 사람은 익숙한 센소지 부지를 북쪽을 향해 걸었다.

이미 황혼 무렵이어서 관광객 수가 적었다. 초여름 저녁놀이 향수를 자극하는 주황색으로 하늘을 물들였고 어스름이 물밀듯이 다가왔다.

옆에서 걷던 유카가 갑자기 나지막한 목소리로 물었다.

"그런데…… 구리, 우리 일 말인데."

"우리가 뭐?"

"어어, 그러니까…… 그게."

뭐지? 유카의 태도에서 왠지 모르게 진지함이 느껴져서 구리타는 그녀 쪽으로 시선을 돌렸다.

그런데 유카는 구리타와 시선이 마주치자 순간 겁을 먹은 것처럼 어깨를 떨더니 얼버무리듯 웃음을 지으며 활발하게 외쳤다.

"키, 킨쓰바는 어떻게 만드는 거야?"

"뭐야, 그걸 물어보고 싶었어?"

구리타는 고개를 갸웃거리며 미간을 찌푸렸다.

예전부터 유카는 때때로 지금처럼 의미심장한 태도를 보였으나 결국 딴소리만 하곤 했다.

"아까 그거 맛있었으니까…… 혹시 나도 만들 수 있나 궁금해서."

"뭐, 연습하기에 달렸지. 그럼 머리로 상상하면서 들어. 일단은 미리 팥으로 앙금을 만들어. 그리고 그 팥소에 불린 한천을 섞고 설탕과 같이 졸여서 굳혀. 이게 킨쓰바의 내용물인 앙금 한천이야."

"응응."

"다음으로는 겉에 입힐 옷을 만들어야지. 볼에 물과 시라타마고*를 넣고 응어리가 없어질 때까지 저어줘. 거기에 다른 볼

* 찹쌀가루를 물에 담가 하얗게 만들고 말려 빻은 것.

에 섞어둔 밀가루와 설탕을 넣고 더 섞어주면 킨쓰바 옷이 완
성돼."

"흐응."

"이제 간단해. 네모나게 자른 앙금 한천 한쪽 면에 옷을 입
혀서 그쪽 면을 철판에 지글지글 구워. 눋지 않도록 신중하게
위에서 눌러주는 게 요령이야. 똑같은 순서를 반복해서 여섯
면을 전부 구우면 따끈따끈한 킨쓰바가 완성이지."

고구마 킨쓰바는 팥소가 아니라 둥그렇게 잘라서 찐 고구마
를 부순 뒤에 설탕과 물엿을 섞고 가열해서 만든 고구마 앙금
을 사용하면 된다고 구리타는 설명했다.

"알았어. 고마워, 구리."

"……진짜 알았어?"

왠지 건성으로 들은 것처럼 보이는데 유카는 웃으며 고개를
끄덕였다. 그렇다면 문제없겠지.

구리타도 유카도 말수가 줄어드는 바람에 약간 묘한 분위기
를 유지하며 고구마 맛탕을 파는 전문점 골목을 끼고 오른쪽
으로 돌았다.

어스름 속에서 카페와 요릿집이 이어지는 간노우라의 좁은
길을 걸어가자 곧 분위기 있는 노포의 벽담이 보였다.

창업은 1903년, 아사쿠사의 킨쓰바 애호가 사이에서 유명

한 가게이다.

이 가게의 킨쓰바는 으깬 팥소의 절제된 우아한 단맛이 특징이어서 일단 먹기 시작하면 멈추지 못한다. 알알이 박힌 팥 본래의 고풍스러운 풍미가 은은히 전해지는 기교 넘치는 맛이어서 구리타도 좋아한다.

자기 몫도 사서 돌아가야겠다고 멍하니 생각하며 가게 출입구 쪽으로 모퉁이를 돈 순간, 뜻밖의 상대와 갑자기 마주쳐 구리타는 숨이 멎을 정도로 경악했다.

상대도 마찬가지였는지 얼굴이 딱딱해져서 경직되었다.

둘 다 예상치 못한 우연이었나 보다. 설마 이런 곳에서 만날 줄이야.

구리타가 모퉁이를 돌아서자마자 맞닥뜨린 자는 산자마쓰리 밤에 아오이에게 괴상한 눈빛을 쏘아 보내던 청년…… 도가시 슌이었다.

"……앗!"

그 순간, 도가시가 몸을 돌려 뛰어가려고 해서 구리타는 그의 손목을 냅다 붙잡았다.

도가시는 짐승처럼 무시무시한 기세로 구리타를 떨쳐내려고 했다.

바로 그 순간, 구리타는 자기도 모르게 붙잡은 손에 온 힘을 쏟아 넣었다.

둔탁한 소리가 났다. 구리타는 무의식중에 위에서부터 강한 압력을 주어 도가시의 팔을 비틀었다.

도가시가 바닥에 한쪽 무릎을 꿇었다.

이런 자세로는 절대 도망치지 못한다.

상황 파악이 안 된 유카가 둘의 뒷모습을 보며 절규했는데, 솔직히 구리타도 머릿속이 새하얘져서 심장이 미친 듯이 뛰었다. 이 몇 초 동안 몸이 완전히 자동으로 움직였다.

어쨌거나 이로써 그의 도주를 확실히 막았다. 급하게 밀어닥친 아드레날린의 거센 파도가 서서히 물러가 평소의 자신을 되찾았다.

"도가시 순이지?"

구리타가 묻자 도가시는 그게 뭐 어쨌다는 듯이 묵묵히 입가를 일그러뜨렸다.

구리타가 진심으로 위협하면 어지간한 불량배는 벌벌 떠는데, 도가시는 손목을 붙잡힌 상태로도 검은자를 희번덕거리며 주변 상황을 민첩하게 살폈다.

배짱이 두둑하다기보다 근본적으로 일반인과 어딘지 다르다는 인상이었다.

"네가 예전에 아오이 씨의 손을 다치게 했다고 들었다."

구리타의 절제된 목소리를 들은 도가시는 튕기듯이 어깨를 움찔거리더니 호흡이 눈에 띄게 가빠졌다.

"옛날 일이야."

도가시가 창백해진 얼굴을 하고도 담담하게 대꾸해서 구리타는 울컥했다.

그래도 머리 한구석에서는 냉철한 사고가 작동했다. ……생각보다 목소리가 높다. 지저분한 차림을 하고 있지만 어쩌면 생각보다 더 어릴지도 모르겠다.

도가시는 아래에서 구리타를 노려보며 신음했다.

"이거 놔……."

"안 돼. 네놈한테 묻고 싶은 게 너무 많아."

의문이 많다 못해 어지러울 정도였다. 왜 아오이를 다치게 했는가? 예전에 호오당에서 무슨 일이 벌어졌나? 다시 모습을 드러낸 목적은 무엇인가?

그런데 정신을 차리고 보니 그런 의문 중에 무엇도 아닌 전혀 다른 질문이 입에서 나왔다.

"……마스미 신이치는 누구지?"

자신의 발언에 구리타도 내심 놀랐으나 상관없었다. 언젠가 알아야 할 일이었다.

마스터에게 조금 전해 들은 이야기에 따르면, 그는 호오당의 화과자 장인이었던 청년으로 아오이와 사이가 좋아 누가 봐도 정말 이상적으로 잘 어울리는 한 쌍이었다고 하는데…….

구리타의 질문에 대한 반응은 극적이었다.

도가시는 한계까지 눈을 흡뜨더니 곧 얼굴을 찡그리며 이를 악물었다. 거대한 감정의 동요가 공기를 타고 전해졌으나 그 진의까지는 알 수 없었다.

잠시 후, 감았다 뜬 도가시의 두 눈에는 소름이 끼칠 정도로 파멸적인 빛이 서려 있었다.

거친 호흡을 몰아쉰 도가시는 충격적인 소리를 했다.

"마스미는…… 내가 해치웠다."

구리타의 심장이 쿵쿵 뛰었다. 머릿속에서 아오이의 말이 되풀이되었다.

'도가시 씨가…… 저를 다치게 한 건 사실이에요. 그렇지만 사정이 있었어요. 도가시 씨와 죽은 그 사람에게는…….'

아오이를 다치게 한 것만이 아니다. 마스미 신이치를 망자로 만든 장본인도 이 녀석이었나.

충격을 받아 손힘이 다소 약해진 틈을 노려 도가시가 구리타의 손을 뿌리쳤다.

"……윽!"

당했다고 생각한 순간 도가시는 엄청난 속도로 도망쳤다.

뒤를 쫓았지만 그의 도주는 실로 필사적이어서 지나는 사람은 물론이고 오토바이나 자동차도 전혀 겁내지 않았다. 골목을 돌고 그다음 골목을 돌았을 때 결국 놓치고 말았다.

간신히 붙잡았는데…….

숨을 헐떡이며 뒤따라오는 유카의 발소리를 들으며 구리타는 이를 악물었다.

도가시 슌에 대해 유카에게 설명해야 할지 망설였지만 말하지 않을 수도 없었다. 비밀로 하라고 당부하고 구리타가 도가시와 아오이의 이야기를 부분적으로 이야기하자, 유카는 어찌나 놀랐는지 말을 잇지 못했다.

잠시 침묵이 흐른 뒤, 여전히 동요를 감추지 못한 채로 그녀가 조용히 말했다.

"그런데 왠지…… 이해가 간다."

"응?"

"그게, 화과자 스위치가 켜졌을 때는 진지하지만 평상시 아오이 씨는 정말 다정하잖아. 일반적인 수준과는 한 단계 다른 호인이랄까, 부웅 떴다고 해야 하나. 그래서…… 그와 정반대 되는 어떤 경험을 했을 것 같았어."

"그게 다 괴로운 사건을 극복한 결과였구나" 하고 유카는 혼 잣말했다.

아오이가 단순히 멍한 성격이라고 생각했던 구리타는 유카의 그런 시점에 솔직히 감탄했다. 역시 여자의 감은 예리한가 보다.

속으로 생각하는 것과 행동은 반대되는 형태로 나타나기 쉽다고 한다.

그렇다면…… 위태로움의 결정체 같은 도가시 슌의 내면에는 무엇이 있을까?

파멸적으로 빛나는 그의 눈동자가 머릿속에 떠올라 사라지지 않았다.

구리마루당에 돌아와 가게를 닫은 후에도 조금 전에 겪은 일만 계속 떠올라서 구리타는 밤이 늦도록 좀처럼 잠을 이루지 못했다.

*

다음 날 월요일, 구리타는 평소보다 일찍 점심 휴식에 들어가 나카노조와 시호에게 가게를 맡기고, 구리마루당의 킨쓰바와 어제 산 각종 킨쓰바를 들고 시라사기류 종가 저택으로 향했다.

시라사기 아쓰시와 하나에가 안방으로 안내해주었다.

"할아버지, 제 친구가 맛있는 킨쓰바를 가져왔어요. 자, 일어나세요."

"아아……."

손자 아쓰시의 부축을 받아 요에서 몸을 일으킨 소이치로는 구리마루당의 킨쓰바를 접시에서 집어 들고 끄트머리를 아주 조금 깨물었다.

"……아니야."

반응은 신통치 않았다. 소이치로는 킨쓰바를 다시 접시로 돌려놓았다.

"이게 아니야……. 달라……."

구리타는 미간을 찌푸렸다. 아니리라 예상했지만 그래도 자신의 킨쓰바를 먹이고 싶었다.

물론 그런 감정은 겉으로 드러내지 않고 다음 킨쓰바를 내밀었다.

그러나 먹기 전부터 소이치로의 표정에는 빛이 없었다. 그다지 내키지 않는데 시라사기와 하나에의 권유 때문에 억지로 입에 대는 것처럼 보였다.

시식할 때마다 말수가 점차 줄어들더니 결국 그는 힘없이 고개를 저었다.

"뭐가 다릅니까? 구체적으로 어떤 킨쓰바를 드시고 싶으세요, 소이치로 할아버님?"

"……이제 됐어."

구리타의 말에 힘없이 미소 지으며 소이치로는 창밖으로 시선을 돌렸다.

"나는…… 이미……."

음식을 먹고 싶은 기력까지 쇠퇴했는지, 한때 다도 명인이었던 그의 옆모습이 쓸쓸해 보여 가슴이 아팠다. 결국 소이치로는 어떤 킨쓰바든 한 입 이상 먹지 않았다.

하나에가 지친 표정으로 깊은 한숨을 쉬었다. 세 사람은 낙담해서 안방을 나왔다.

넓은 다다미실로 돌아와 하나에는 구리타가 가져온 각종 킨쓰바를 받아 들었다.

소이치로가 끄트머리만 조금씩 깨물어 먹었으니까 이대로 버리면 아깝다고 시라사기 아쓰시와 하나에는 칼로 예쁘게 잘라 먹기 시작했다.

"맛있어……! 이 킨쓰바는 정말 맛있네요, 구리타 씨. 겉이 딱 적당하고 부드럽게 씹혀서 팥소의 맛을 돋보이게 해줘요."

"고구마 킨쓰바도 괜찮다. 향이 조금 강하지만 전체적으로 차분한 맛이면서 촉촉해."

위로할 생각인지 시라사기 모자는 구리타가 가져온 킨쓰바를 연신 맛있다고 말하며 먹었다. 그런 배려는 고마웠지만 기분은 나아지지 않았다.

구리타는 묵묵히 조금 전에 보인 소이치로의 태도를 머릿속에 떠올렸다.

솔직히 이해가 가지 않았다. 킨쓰바를 먹고 싶다고 요구했으면서 실물을 내밀면 탐탁지 않은 반응을 보이니까 마치 처음부터 포기한 것 같았다.

……모양부터 다른 것과 차이가 나는 킨쓰바일까?

감각적으로 무언가 걸렸다. 구리타가 미간을 문지르고 있자 하나에가 조용히 말했다.

"예전에는 저러시지 않았어요, 아버님도."

낙담하다 못해 무심코 한 말이겠지만 구리타는 마음이 쓰여 되물었다.

"그러셨나요?"

"네. 몸도 건강하시고 그 이상으로 활기도 얼마나 왕성하셨는지…… 연세가 있으셨지만 누구보다도 정력적이셨어요. 지금은 알아듣기도 힘들지만 전에는 목소리도 크고 울림도 좋았지요. 처음 시집왔을 때는 호통을 치시는 줄 알고 겁을 먹기도 했어요."

"아아…… 왠지 알 것 같습니다."

소이치로의 건장한 체구를 떠올리며 구리타가 고개를 끄덕이자 하나에는 서글픈 말투로 이야기를 계속했다.

"……아버님은 원래 시라사기 분가 출신이세요."

"분가요?"

"교토, 가나자와, 후쿠시마……. 시라사기류는 여기저기에 분가가 있어요. 종가 사람들의 텃세가 심했을 테니까 아버님도 강한 면모를 보일 필요가 있었겠지요."

하나에의 이야기에 따르면, 소이치로는 지방의 분가에서 뛰어난 다인으로 이름을 떨치다가 시라사기류 종가의 딸과 결혼해 최종적으로 가주의 자리에 올랐다고 한다.

소이치로와 가까운 사람들에게는 일종의 쾌거라고 할 만한 약진이었다.

그러나 종가의 터줏대감들에게는 강압적인 신분 상승으로 보여서 일부의 반감을 샀다고 한다.

그래서 예전부터 완고한 성격이었다고 하나에는 설명했다.

"그렇다고 억지를 부리시진 않았어요. 다인답게 섬세한 면모도 있는 분이시고……. 그렇지, 내가 결혼하고 얼마 지나지 않았을 때 이런 일이 있었어요."

옛날을 회고하며 하나에가 아득한 눈빛을 지었다. 침통했던 표정도 지금은 은은하게 누그러졌다.

하나에가 지금 가주와 결혼하고 얼마 지나지 않았을 무렵, 사소한 일로 시어머니와 충돌했다.

사과하면 금방 풀렸을 일이지만 이래저래 쌓인 감정 때문에 고집을 부리다 보니 한동안 고부 관계가 안 좋았다. 아내와 어머니 사이에 껴서 가주도 어쩔 줄 몰랐다.

그러던 어느 날, 도통 대화를 나누려 들지 않는 아내와 며느리가 답답했는지 시아버지인 소이치로가 하나에에게 말을 걸었다.

"하나에, 잠깐 근처에 산책하러 가지 않겠니?"

"……네."

관록 넘치는 명인인 시아버지가 의연하게 말씀하시니 하나에는 당연히 혼쭐이 나겠다고 짐작하면서도 고개를 끄덕일 수밖에 없었다.

인기척 없는 일본 정원을 나란히 걸었다.

예상과 달리 소이치로는 화를 내지 않고 차분하게 하나에를 다독였다.

"관습이 다른 집에 왔으니 많이 힘들지. 나도 같은 입장이었으니 이해한단다."

하나에를 바라보는 소이치로는 눈빛이 예리하긴 했어도 입가가 부드럽게 풀려 있었다.

얼굴 생김새가 우락부락해서 처음에는 잘 몰랐는데 웃고 있는 것 같았다.

"그래도 하나에, 너무 참지 마라. 여기는 이제 네가 살 집이기도 하니까. 아내도 나쁜 마음은 없어. 괜찮다면 하고 싶은 말을 마음껏, 솔직하게 다 해주지 않겠니?"

우리 가족을 좀 더 믿어주길 바란다며 소이치로는 백발을 숙였다.

"서로 믿지 못하면 응어리가 쉽게 쌓인단다. 두려워하지 말아다오, 하나에. 이 집은 네가 믿어도 되는 곳이야. 하고 싶은 말을 하고, 하고 싶은 일을 하고, 실패하더라도 또 극복했으면 좋겠구나."

"아버님……."

"나도 줄곧 그리해왔다. 인간은 있는 그대로가 제일이야. 전혀 두려워할 것 없어. 하하하하."

소이치로의 장난기 어린 높은 웃음소리가 여름의 맑은 하늘
에 울려 퍼졌다.

우울했던 감정이 순식간에 날아가 하나에도 웃음을 터뜨리
고 서로 마주 보며 웃었다.

"아버님과 대화한 덕분에 어머님과도 속을 터놓고 대화
할 수 있게 되었고, 나도 시라사기 가문을 좋아하게 되었답니
다……."

그리운 추억에 흠뻑 젖은 표정으로 하나에는 말했다.

"전에 시라사기류를 지키려면 아버님의 영향력이 필요하다
고 했지만, 그건 그냥 하는 말이에요. 나는 아버님이 회복하셨
으면 좋겠어요. 그 여름날의 호쾌한 웃음소리를 다시 한 번 듣
고 싶어요."

하나에의 이야기를 들은 구리타는 정좌하고 앉은 무릎 위로
주먹을 강하게 움켜쥐었다.

구름 위의 전혀 다른 세계에서 사는 사람들이라고 생각했
다. 그러나 하나에의 말에서는 일반적인 가족과 전혀 다를 바
없는 간절한 진심이 있었다.

반드시 어떻게든 해주고 싶었다.

소이치로가 바라는 '그 킨쓰바'란 무엇일까?

구리타는 계속 고민했으나 좀처럼 아이디어가 떠오르지 않았다.

아직 생각할 재료가 부족했다. 소이치로에게서 좀 더 구체적인 정보를 끌어내야 한다고 결론을 내렸다.

다음 날 아침, 다시 일과가 시작되었다.

구리타와 나카노조는 그날 팔 양의 나마가시를 만들어서 차례대로 진열장에 넣고, 주문을 받은 상품을 둘이 분담해서 배달했다.

일에 몰두하니 순식간에 시간이 흘렀다.

아오이가 구리마루당에 온 시간은 마침 오전에 할 일을 거의 마무리했을 때였다.

접객 담당인 시호의 부름을 받아 구리타가 찻집에 얼굴을 내밀자, 진열장 근처 자리에 앉은 아오이가 가슴 높이에서 발랄하게 손을 흔들며 환하게 웃고 있었다.

"안녕하세요, 구리타 씨. 과자를 먹으러 왔어요."

"응. 늘 고마워."

어제 도가시 슌과 만난 사실을 말해야 하나 잠깐 고민했으나 그러지 않기로 했다.

결국 놓치고 말았고 안심해서 환하게 웃는 아오이를 걱정으로 물들게 하기는 싫었다.

게다가 오늘은 화요일이다. 구리마루당의 정기 휴일은 목요일이니까 약속한 날은 내일모레이다.

새로운 물양갱을 만드느라 지난주였던 약속을 한 주 미뤘으니 이번 목요일에는 아오이와 외출할 예정이다. 장소는 사이타마 현의 어딘가. 그곳에서 아오이는 지금까지 말하지 못한 속사정을 구리타에게 전부 밝히겠다고 했다.

그러니 그때까지 이 이야기는 미뤄두기로 하자.

약속을 떠올린 구리타가 입술을 꾹 다물자, 아오이가 의아해하며 고개를 갸웃거렸다.

"무슨 일 있으세요, 구리타 씨? 표정이 좀 험악하신데요. 눈 밑도 살짝 거뭇거뭇한 데다가 왠지 피부에도 윤기가 없는 것 같고."

"피부에 윤기는 없어도 돼! 그런데…… 진짜 거뭇거뭇해? 사실 잠이 좀 부족하긴 해. 나, 예전부터 다크서클이 잘 생기는 체질이라."

"민감한 피부구나. 잘 못 주무셨어요?"

구리타가 고개를 끄덕이자 아오이는 연상다운 여유를 보이며 자기 가슴을 가볍게 툭툭 쳤다.

"고민이 있으면 상담해드릴게요. 잠을 이루지 못할 정도로 구리타 씨를 몸부림치게 하는 문제가 뭔지 저도 흥미가 있으니까요."

"몸부림은 치지 않았지만 사실은……."

구리타는 눈 밑의 움푹 팬 부분을 손가락으로 누르며 시라사기 소이치로에게 '그 킨쓰바'를 먹이기로 한 경위를 처음부터 자세하게 설명했다.

"……하하."

구리타가 설명을 마치자 아오이는 약간 곤란하다는 듯이 눈썹을 늘어뜨리고 웃었다.

"산 넘어 산이네요. 물양갱 때문에 그렇게 고생한 직후인데 구리타 씨는 또 그런 일을 떠맡으셨어요."

"……그러게. 냉정하게 생각해보면 나도 참 정신이 나갔어. 진짜 미쳤어. 시호 씨도 그런 짓을 잘도 한다고 하더라."

그렇지만 어떻게든 해주고 싶은 감정은 흔들리지 않았다. 아무것도 해주지 못하는 상황에서 후회하면 늦으니까.

지금에서야 깨달았다. 자신은 어쩌면 하나에와 소이치로의 관계에, 잃어버린 가족을 향한 그리움을 겹쳐보고 있는지도 모른다.

구리타가 입을 다물고 생각에 잠기자, 아오이는 당황해서 손바닥을 좌우로 흔들었다.

"아니에요, 좋은데요. 오히려 그래야 구리타 씨죠. 퉁명스럽지만 가슴이 따뜻한 아사쿠사 사람. 무뚝뚝한 태도 뒷면에 불타오르는 정열을 간직한 사람! 위압적인 몸을 타고 흐르는 혈관에는 변두리 사람들만의 인정이 가득 넘쳐서……."

"됐어, 제발 그만! 아니, 아오이 씨한테 나는 뭐야? 어떤 사람이야?"

"죄송해요. 조금 흥분했어요."

아오이가 혀를 내밀더니 곧 진지한 표정을 짓고 말했다.

"그래도…… 저도 같은 입장이었다면 구리타 씨와 똑같이 했을 거예요. 마음을 담은 화과자에는 사람을 움직이는 힘이 있으니까요."

"아오이 씨."

"이번 일, 저도 돕게 해주세요, 구리타 씨! 저도 소이치로 할아버님의 건강한 웃음을 하나에 씨에게 한 번 더 들려드리고 싶어요."

아오이의 두 눈이 투명하고 화창한 빛을 강하게 내뿜어 아주 매력적으로 보였다.

그녀의 과거를 어느 정도 알게 된 지금은 그 이유를 안다.

아오이는 따스하고 다정해 보이지만 그것만이 전부가 아니다. 화과자 장인으로서 너무 가혹한 사건을 겪었고 지금도 마음 어딘가에 고뇌를 안고 있으리라.

그러나 괴로움을 쉽게 내보이지 않고 극복하려고 조금씩 앞으로 나아가고 있다. 그렇게 숭고한 행동은 강하지 않으면 불가능하다.

그렇기에 구리타에게 아오이의 산뜻함은 매력적으로 보였다. 심각한 티를 절대 내지 않는 것도 인간으로서 훌륭했다.

이렇게 존경할 수 있는 상대를 만났으니 일상이 더할 나위 없이 재미있고 최고였다.

"고마워, 아오이 씨. 도움은 내 쪽이 청하고 싶어."

구리타가 부탁하자, 아오이는 갑자기 다른 사람이 된 것처럼 속사포로 말하기 시작했다.

"알겠어요. 제가 생각하기에 일반적인 킨쓰바도 고구마 킨쓰바도 아니라면 밤 킨쓰바가 아닐까 싶은데요? 구리마루당의 구리타 씨가 만드는 구리킨쓰바랄까요?*"

"자꾸 구리구리 연호하지 마! 그런데 왜 밤이지?"

"모양 때문이죠."

* 일본어로 '밤'을 '구리'라고 발음한다.

아오이가 냉큼 대답했다.

"방금 말씀하신 이야기를 따져보면 척 봐도 그 차이를 알아
차릴 가능성이 있다는 거죠? 밤 킨쓰바는 겉껍질에 밤이 얇게
비쳐 보이니까 일반적인 킨쓰바와도 고구마 킨쓰바와도 모양
이 완전히 달라요. 어떨까요?"

시험해볼 가치가 있었다.

밤 킨쓰바에는 두 종류가 있다.

밤으로 만든 밤 앙금에 옷을 입혀 구운 것과 팥소에 밤을 데
굴데굴 박아 넣는 것이다. 일반적으로 익숙한 밤 킨쓰바는 후
자이다.

밤 앙금을 사용하면 내용물이 균일해져서 고구마 킨쓰바와
비슷해지니까 이번에는 크게 자른 밤을 팥소에 넣어 팥의 검
은색과 밤의 노란색을 돋보이게 하는 후자 쪽의 밤 킨쓰바를
만들어보기로 했다.

하얀 가운과 모자 차림으로 갈아입은 아오이가 구리타와 함
께 작업장으로 들어가며 말했다.

"그런데 구리타 씨의 가게에서는 당연히 밤을 1년 내내 상
비하시겠죠?"

"……말해두겠는데 우리 가게의 이름에 구리가 붙긴 하지

만, 밤 화과자가 간판 상품은 아니니까. 그냥 성에서 한 글자를 땄을 뿐이야. 그렇지만 물론 상비하고 있지."

밤은 가을 음식이지만 설탕을 다량으로 넣고 졸여 감로자로 만들어서 가열 살균하면 오래 보존할 수 있다.

이번에는 예전에 만들어 보존해둔 밤 감로자를 사용하기로 했다.

착색 효과가 있는 치자나무 열매를 넣어서 삶았기에 아름다운 황금색이다.

색이 물든 삶은 밤을 설탕과 물을 섞은 꿀에 넣고 약불로 보글보글 졸여 하룻밤 놓아두면 단맛이 골고루 침투한 향기로운 감로자가 된다.

"와아, 색이 예뻐서 식욕을 마구 자극하는 밤이네요! 그럼 구리타 씨의 솜씨를 기쁘게 구경하겠어요."

"잘 봐줘."

구리타는 보존용 병에서 밤 감로자를 꺼내 도마에 놓고 큼직큼직하게 썰었다.

나머지는 어젯밤 유카에게 설명한 것과 같은 순서이다. 물에 불려놓은 한천을 냄비에 넣고 끓여서 녹이고, 으깬 팥소와 설탕을 넣어 약불로 가열하면서 힘을 주어 이긴다.

여기에 밤을 넣고 나무 주걱으로 전체를 고르게 섞으며 익힌다.

"정말이지 이런 광경은 언제 봐도 좋아요. 밤의 선명한 황금색이 아름답고 오돌토돌한 팥도 더더욱 향이 좋게 느껴져요!"

"그렇지. 겉모양뿐만 아니라 각각의 식감도 더욱 돋보여."

"부드러운 팥과 폭신폭신 씹히는 밤은 절묘하게 어울리니까요. 사람의 본능일까요? 맛과 겉모양은 밀접한 관계가 있는 것 같아요."

"진화라고 하나…… 자연도태? 맛과 감각을 가진 사람만 살아남아서 본능처럼 전해 내려왔는지도 몰라."

구리타는 팥을 넣어 잘 섞은 앙금 한천을 스테인리스 통에 부었다.

그것을 업무용 냉장고에 넣어 굳기를 기다리며 킨쓰바 옷을 준비했다.

물과 시라타마고를 넣어 녹여둔 볼과 밀가루와 설탕을 섞어둔 볼.

이 두 개를 섞으면 걸쭉한 액체 상태의 킨쓰바 옷이 드디어 완성된다.

이제 다 된 것이나 마찬가지이다. 식혀서 굳힌 앙금 한천을 네모나게 잘라 옷을 입히고 한쪽 면씩 차례대로 구우면 된다.

"그런데 구리타 씨. 킨쓰바는 원래 간사이 지방이 발상지인데 당시에는 긴쓰바라고 불렸다는 사실, 알고 계시죠?"

"응? 알고 있지만 이 타이밍에 말하는 거야? 지금 화과자 지식을 선보이려고?"

앙금 한천을 손에 든 구리타가 조금 당황하며 말하자 아오이는 가슴을 쑤욱 내밀었다.

"내용이 내용이라 굽는 타이밍까지 꾹 참았어요. 간사이의 킨쓰바는 쌀가루로 팥을 감싸서 구웠는데요, 에도로 전해지면서 쌀가루가 아니라 밀가루를 사용하게 되었어요. 옷이 더 얇아졌고, 밀가루를 사용하니까 구운 뒤의 색깔도 진해져서 은색이었던 겉이 금색으로 바뀌었죠. 단순하게 은보다 금이 비싸 보이기도 하니까요."*

확실히 이름은 중요하다고 생각하며 구리타는 고개를 끄덕였다.

물론 이름보다 더 중요한 것은 당연히 맛이다. 다행히 굽는 기술에는 자신이 있다.

"다 구우면 바로 시라사기 씨한테 가져가요."

"응, 오늘 중에 먹어야 제일 맛있으니까."

구리타는 기름을 살짝 두르고 가열한 철판에 옷을 입힌 앙

---

* 긴쓰바의 '긴'은 은(銀) 자, 킨쓰바의 '킨'은 금(金) 자를 쓴다.

금 한천을 살포시 올렸다.

*

"연속해서 미안하다, 구리타. 이번에는 아오이 씨까지 번거
롭게 하다니."

"신경 쓰지 마."

"그럼요, 곤란할 때는 서로 도와야지요."

완성한 밤 킨쓰바를 가지고 구리타와 아오이가 다카다노바
바에 있는 시라사기류 종가에 도착하자, 시라사기 아쓰시가
정문 앞까지 마중 나와 있었다. 미리 연락을 해두어서 일부러
기다렸나 보다.

예의 바른 그의 안내를 받아 본채 안방으로 향했다. 안방에
는 어제와 마찬가지로 몽롱한 표정을 짓고 요에 누운 소이치
로와 머리맡에 무릎을 꿇고 앉아 말을 거는 하나에가 있었다.

"보세요, 아버님. 아쓰시의 친구가 킨쓰바를 가지고 왔어요."

"킨……쓰바……."

하나에의 손을 빌려 상반신을 일으킨 소이치로에게 구리타
는 가져온 밤 킨쓰바를 접시에 담아 내밀었다. 소이치로의 상
태를 은근슬쩍 살피면서.

그때, 구리타는 확실히 감지했다.

역시 예상이 맞았다.

밤 킨쓰바로 시선을 돌린 찰나, 소이치로의 얼굴에 명백하게 낙담하는 빛이 어렸다.

곧 소이치로는 우울하게 손을 뻗어 밤 킨쓰바를 깨물고 힘없이 고개를 저었다.

"……아니야. 이게 아니야."

그렇게 말하며 소이치로는 밤 킨쓰바를 접시에 내려놓았으나 예상했던 반응이기에 괜찮았다. 구리타는 묵묵히 지금 그가 보인 반응이 어떤 의미인지 생각했다.

아마 소이치로는 밤 킨쓰바를 먹기 전, 눈으로 본 시점에서 아니라고 판단했으나 다들 보는 앞이니까 내키지 않더라도 입을 댔다. 그런 후에 아니라고 부정했다.

그러니까 정답이 따로 있다는 뜻이다.

사실 구리타는 소이치로가 보이는 일련의 행동이 어떤 종류의 눈속임이며 다른 의미가 숨어 있을 수도 있다고 생각했다.

어디까지나 가능성이지만 실제로 '그 킨쓰바'는 존재하지 않고 존재하지 않는 것을 계속 원하는 행위를 통해 누군가에게 어떤 메시지를 보내는 것은 아닐까?

그러나 아니었다.

소이치로는 실존하는 '그 킨쓰바'를 정말 먹고 싶어 했다.

"뭘까요……. 이것 말고 모양이 독특한 킨쓰바…… 킨쓰바라……."

아오이도 구리타와 같은 생각에 도달했는지 열심히 머리를 굴렸다.

하나에가 낙담과 미안함을 섞어 고개를 숙였다.

"미안해요, 구리타 씨. 모처럼 가져왔는데……."

"아닙니다. 한 걸음 전진했으니까요."

곧이어 소이치로가 피곤하다고 해서 모두 조용히 안방을 나섰다.

*

기묘한 질문을 받은 것은 본채에서 나와 시라사기 아쓰시와 함께 포석을 밟으며 정문으로 가던 도중이었다.

"안 먹고 내버려두길 바라는 케이크가 뭐어게?"

"응……?"

고개를 돌리니 나무 그늘에서 열 살 전후의 소년이 구김살 없이 웃고 있었다. 어제 풍선 양갱 때문에 시라사기와 다퉜던 사내아이, 시라사기 아쓰시의 사촌 동생인 쓰바사였다.

쓰바사는 가까이 다가오더니 심심하니까 놀아달라는 표정으로 구리타와 아오이와 시라사기에게 물었다.

"으응? 내버려두길 바라는 케이크가 뭐어게?"

"갑자기 무슨 소리야. 형들은 지금 바빠. 그나저나 내버려둔다…… 글쎄. 역시 그거 아니냐, 파운드케이크."

"어째서어?"

눈을 동그랗게 뜨는 쓰바사에게 구리타는 왜 내가 이런 설명을……이라고 생각하면서 퉁명스럽게 말했다.

"음, 왜냐하면 그건 오래 두고 먹을 수 있고, 조금 뒀다가 먹으면 축축해져서 더 맛있으니까? 내버려둔다는 것이 그런 의미 아니야?"

그러자 쓰바사는 양손을 힘차게 X자로 교차했다.

"땡땡! 그건 수수께끼의 대답이 아니야!"

"수수께끼였냐!"

귀찮다는 생각에 구리타가 얼굴을 찌푸리는데 옆에서 아오이가 경쾌하게 대답했다.

"핫케이크 아닐까? 내버려두니까 핫케이크!"*

---

* 핫케이크의 일본어 발음은 '홋또케키'이고 줄여서 '홋토케'인데, '내버려둬'라는 말도 '홋토케'라고 발음한다. 동음이의어를 활용한 말장난이다.

"와아! 딩동댕. 예쁜 누나, 정답이야!"

"맞혔다!"

순수하게 기뻐하며 쓰바사와 함께 신이 난 아오이를 바라보며 구리타는 그러고 보니 이 사람, 이런 농담을 좋아했었다고 멍하니 생각했다.

시라사기가 심각한 표정으로 쓰바사에게 말을 걸었다.

"어이, 쓰바사. 심심하다고 손님을 너무 귀찮게 하지 마. 수수께끼라면 나중에 내가 원하는 만큼 해줄 테니까."

"쳇. 아쓰시는 나랑 안 놀아주잖아."

"놀아준다니까. 그리고 아쓰시 형이라고 불러."

"싫어."

그 대답을 시작으로 시라사기 아쓰시와 쓰바사는 어제와 마찬가지로 의미 없는 싸움을 시작했고, 아오이는 다정한 눈빛으로 그 모습을 느긋하게 감상했다.

말다툼을 하다가 정신을 차린 시라사기는 헛기침을 하며 구리타와 아오이를 돌아보았다.

"……쓰바사는 수수께끼를 참 좋아하거든. 어울려줘야 하는 나도 힘들어. 꼬맹이였을 때부터 줄곧 이랬어."

"수수께끼 놀이는 재미있으니까요."

아오이가 이해한다면서 즐겁게 대답하자, 시라사기는 쓴웃음을 지으며 고개를 저었다.

"아아, 사실 쓰바사가 직접 만든 수수께끼는 아니고 전부 들은 대로 옮기는 거지만. 예전에 할아버지한테 배운 수수께끼들이야."

"소이치로 할아버님께요?"

"응. 할아버지는 놀이를 좋아하는 분이셨거든⋯⋯."

시라사기는 안타까워하며 중얼거리더니 갑자기 "맞아" 하고 진지한 표정으로 구리타를 돌아보았다.

"지금 생각났는데 내가 메일로 보낸 수수께끼, 풀었냐?"

"아⋯⋯ 맞아, 그랬지. 지금까지 까맣게 잊고 있었어. 왜 보냈는지 의미를 모르겠던데 그거 무슨 의도였어?"

"아아, 너라면 풀 수 있지 않을까 해서."

쓰바사가 수수께끼를 낸 것까지는 좋았는데 도저히 풀지 못해서 홧김에 충동적으로 구리타에게 메일을 보냈다고 시라사기는 자백했다.

"그럼 그렇다고 썼어야지! 어쨌든 그건 수수께끼 자체가 잘못되었어. 범인을 두 사람에서 한 사람으로 줄이지 못한다고 내가 아는 수재가 얘기해줬어. 나도 확인해봤는데 그 말이 맞더라."

"잘못되었다고? 아아⋯⋯ 그래서 풀지 못했구나."

생각도 못 했다면서 시라사기는 미간을 살짝 문질렀다.

"그런데 너란 놈은 진짜 의리가 대단하구나. 이런 별것 아닌 장난에도 어울려서 검증까지 해주다니."

"응? 했다만. 하면 안 되냐."

"아니, 좋다고. ……역시 너는 좋은 녀석이야."

"뭐?"

묘한 타이밍에 칭찬을 받아 구리타의 뺨이 순식간에 불타올랐다.

"누군가와 진심으로 마주하는 것은 간단해 보이지만 사실 어려워. 다도의 핵심, 남을 대접하는 마음이 궁극적으로 그런 진심과 이어진다고 하는데 나는 오랫동안 이루어내지 못했거든. 지금은 아니지만."

시라사기는 부드럽게 웃으며 말했다.

"구리타, 나는 너에게 늘 가르침을 받는 것 같다."

이렇게 진지하게 말하니 너무 쑥스러워서 구리타는 팔짱을 끼고 시선을 피했다.

"그다지 대단한 일도 아닌데……. 보통 다 하거든. 최소한 내 주변에 굴러다니는 놈들은 다 그래."

"아사쿠사 사람들 말이지. 부럽다."

기름한 눈을 가늘게 뜨며 시라사기가 어딘가 먼 곳을 바라보는 듯한 표정을 지었다.

"그러고 보면 할아버지도 그런 분이셨어. 나도 쓰바사도 할
아버지한테 귀여움을 많이 받았지."

시라사기류의 종가라면 사생활이 없는 것이나 마찬가지여
서 부지 내에 항상 타인이 출입한다.

빈말과 겉치레가 난무해 가족끼리도 무엇이 진심인지 알 수
없는 생활을 해야 했고 종가의 후계자라는 신분도 무거운 짐
이었다.

그래도 다도를 싫어할 수 없었던 이유는 할아버지인 소이치
로 덕분이라고 시라사기 아쓰시는 확신했다.

"아쓰시, 다도는 절대 엄격한 것이 아니란다."

화창한 어느 봄날 오후, 소이치로에게 이끌려 야외로 차를
마시러 나온 시라사기 아쓰시는 정원의 다도용 양산 아래에서
그런 말을 들었다.

"그래요……? 엄격한 것 같은데. 외워야 하는 작법도 너무
많아요."

당차고 예리하다는 평판이라 다도계에서 경외의 대상인 소
이치로지만, 손자 앞에서는 가주의 가면을 벗었기에 아쓰시는
다정다감하고 재미있는 할아버지라고 기억한다.

소이치로는 말차를 끓이며 당시 우울해하던 아쓰시에게 자애롭게 웃어주었다.

　"그렇지, 처음에는 엄격하다고 느껴도 무리는 아니야. 그렇지만 아쓰시. 작법이란 말이다, 최종적으로 벗어나기 위해서 있는 거란다."

　"무슨 뜻이에요?"

　"다도는 시간을 낭비하지 않는 합리성을 중시하거든. 그렇구나……. 예를 들면 아쓰시가 학교에서 배우는 수학과 같은 미의식이 있단다."

　"수학이랑?"

　아쓰시가 놀라서 눈을 동그랗게 뜨자 소이치로는 느리게 고개를 끄덕였다.

　"작법이란 수학에서 말하는 공식이야. 공식을 외우면 시간을 낭비하지 않고 수학을 합리적으로 풀 수 있잖니? 그건 엄격한 것이 아니야. 지금은 엄격하다고 느낄지 몰라도 최종적으로 엄격함에서 벗어나 자유로워지기 위한 것이란다."

　"자유로워지기 위한……."

　"불필요한 장식을 생략하고 진정으로 지적이며 자유롭고 활달한 마음…… 리큐 선사께서 도달하신 경지란다. 진정한 자유란 낭비 없이 공방 일체의 합리적인 공간에서 비로소 나타나지. 그러니까 긴장감도 생겨. 그 지성과 미학은 상대를 대접하는 배려로서 전해진단다. 조금 어려울까?"

소이치로의 물음에 아쓰시는 말없이 고개를 저었다.

완전히 이해하진 못했지만 다도의 가장 위대한 부분과 접촉한 것 같아서 감동했다.

그때, 작법의 기초만큼은 익혀두겠다고 결심하고 남몰래 단련했기에 지금의 아쓰시가 있다.

"……정말 귀여워해주셨어. 할아버지가 계시지 않았다면 나는 일찌감치 다도를 그만뒀을 거야."

시라사기 아쓰시의 이야기를 들은 구리타는 감탄을 느끼며 말했다.

"다도는 그런 기법으로 머리를 쓰는 거구나. 네가 처음에 시간 낭비가 싫다고 한 이유를 대충은 이해했어. 그렇군……. 어쩌면 할아버님께서는 그래서 수수께끼처럼 머리를 쓰는 체조를 좋아하셨는지도 모르겠다."

"그럴지도 몰라."

시라사기가 가볍게 수긍하자, 아오이가 옆에서 손을 들고 흥미진진하게 물었다.

"말씀 나누시는 중에 죄송해요. 저도 좀 궁금해서요. 그 수수께끼가 어떤 건가요?"

"아, 미안해! 설명이 늦었다. 이건데…… 결국 풀 수 없는 문제지만."

구리타가 어제 받은 메일을 스마트폰 화면에 표시하자, 아오이가 흥미로운 얼굴로 들여다보았다.

선생님이 소중하게 놓아둔 찹쌀떡을 반 학생 중 누군가가 먹어버렸습니다.

누가 먹었는지 조사하려고 선생님은 사토 군부터 와타나베 양까지 차례대로 불러 질문했습니다.

학생 중에 거짓말을 하는 사람이 딱 한 명 있습니다.

바로 찹쌀떡을 먹은 사람인데요, 과연 누구일까요?

사토 군 "나는 먹지 않았고 스즈키 양은 거짓말하지 않는다."

스즈키 양 "원래 나는 찹쌀떡을 싫어한다. 그리고 다무라 군은 정직하다."

다카야마 군 "나는 먹지 않았다. 그리고 와타나베 양은 거짓말을 하고 있다."

다무라 군 "나는 찹쌀떡을 좋아하지 않고 사토 군은 절대로 거짓말을 하지 않는다."

와타나베 양 "나는 어려서부터 찹쌀떡을 먹지 못한다. 그리고 다카야마 군은 거짓말쟁이다."

"아, 이거 다카야마 군이네요."

"……어?"

아오이가 아무렇지 않게 말해서 구리타는 경악했다.

화면을 들여다본 지 몇 초 지나지도 않았다. 가에데보다 빨랐다.

"벌써 풀었어? 아니, 그보다 이 문제…… 풀 수 있어?"

"풀 수 있어요."

잘난 척하는 기색도 없이 아오이가 태연하게 고개를 끄덕여 구리타는 충격을 받았다.

아무리 화과자에 탁월한 적성을 지닌 호오당의 아가씨라지만 이 문제는 화과자와 관계없이 누가 정직한 사람이고 누가 거짓말쟁이인지를 찾는 논리 퀴즈이다.

한없이 느긋해 보이지만 역시 아오이는 보통 사람이 아니다…….

구리타가 망연자실해서 아오이를 바라보자, 그녀는 겸손을 떨며 손을 젓더니 수줍게 웃었다.

"헤헤, 이런 건 다 요령이 있거든요. 거짓말쟁이가 한 명이라고 명시됐을 때, 누군가를 정직하다고 말하는 사람은 거짓말쟁이가 아니에요. 그렇지 않으면 거짓말쟁이가 두 사람이 되거든요. '거짓말을 하지 않는다'는 것은 '정직한 사람'을 의미하니까 정답은 서로 거짓말쟁이라고 말하는 다카야마 군과 와타나베 양 두 사람으로 줄일 수 있어요."

그러나 다음 단계를 모르겠다. 아오이는 어떻게 다카야마가 범인이라고 특정했을까?

"대답은 간단해요, 이건 수수께끼니까요."

"뭐?"

"이건 논리 문제가 아니라 말장난으로 푸는 문제예요, 구리타 씨. 문제를 잘 보세요. 선생님은 학생을 순서대로 불렀다고 적혀 있어요. 그런데 어떻게 세 번째로 불려 간 다카야마 군이 다섯 번째인 와타나베 양의 발언을 거짓말이라고 했을까요?"

"……오오!"

그런 부분이 함정이었을 줄이야. 당했다! 구리타는 머리를 감싸 안았다.

"정답은 다카야마 군이 아무 말이나 막 하는 거짓말쟁이이기 때문이지, 쓰바사?"

"누나, 대단하다! 이 문제를 힌트 없이 푼 사람 처음 봤어!"

"어머나."

아오이가 두 눈을 가늘게 뜨고 수줍어하다가 갑자기 멈칫 굳더니, 무언가 떠오른 것처럼 진지한 표정을 지었다.

"그렇구나" 하고 그녀가 중얼거렸다.

"소이치로 할아버님이 가르쳐주신 이 문제는 논리 퀴즈처럼 보이지만 사실은 말장난이었죠……. 그렇다면 킨쓰바 역시 속임수이고 실제로 의미하는 것 자체가 다를지도 몰라요."

"아오이 씨……?"

아오이는 눈을 감고 턱을 쥔 채 생각에 집중했다.

이따금 불어 든 바람이 나무우듬지의 잎사귀를 사락사락 흔들었다. 한적하면서도 긴박한 침묵이 약 10초쯤 흐른 뒤, 아오이의 상쾌한 목소리가 주변에 울려 퍼졌다.

"……그렇구나. 알아냈어요, 구리타 씨. 그 킨쓰바의 정체가 무엇인지!"

구리타와 시라사기는 숨을 삼키면서, 쓰바사는 눈을 동그랗게 뜨고서 초여름 하늘에서 내리쬐는 햇볕을 받은 아오이의 활발한 웃음을 바라보았다.

*

시간이란 차별 없이 모든 것을 지워버린다.

원한이나 증오 같은 부정적인 감정만 없애는 것이 아니다.

휘황찬란한 기쁨과 행복. 피가 뜨겁게 끓어오르는 정열. 왕성하던 활력과 기력도 전부, 단 하나의 열외도 없이 풍화된다.

……인생은 덧없다. 바람 앞의 먼지와도 같구나.

시라사기 소이치로는 본채 안방의 요 위에 누워 그런 생각에 잠겨 있었다.

벌써 오랫동안 현실과의 사이에 투명한 벽을 세워두고 별개의 현실에 있는 것만 같았다.

눈을 뜬 채로 꾸는 꿈속과도 같은 그 장소에는 생명력이 있는 것이 존재하지 않아서 현실이면서도 그 현실의 모든 것이 빛바래 보였다.

어떻게든 기운 차리게 해주려고 노력하는 하나에와 아쓰시를 머리로는 알고 있다. 그러나 고마워하고 공감하는 감정이 닳아서 희박해지기라도 한 것처럼 그들의 배려에 대답해주지 못하겠다.

인지증이라는 병이 이런 식으로 진행되는 것일까? 소이치로가 자조적으로 숨을 내쉬었을 때, 장지문이 힘차게 열리고 젊은이들과 가족이 들어왔다.

"소이치로 할아버님. 할아버님께서 말씀하시는 '그 킨쓰바'를 이번에야말로 가져왔습니다."

그렇게 선언한 사람은 튼튼한 체구에 머리카락이 새까만 청
년…… 구리타라는 아사쿠사의 화과자 장인이었다.

"갓 만들어서 정말 맛있어요."

"아오이 씨의 지식과 미각, 거기에 내 기술을 합쳤으니 맛없
을 리가 없죠."

구리타 옆에서 환하게 웃는 사람은 마찬가지로 화과자 관계
자로 보이는 아오이라는 여성. 차를 다루는 감성이 걸출한 소
이치로는 그녀의 경쾌함 뒤에 숨은 미미한 어둠을 느낄 수 있
었다.

그러나 그런 말을 멋없이 입에 담을 수 없거니와 지금 자신
은 그럴 입장도 아니었다.

"미안하지만…… 이제 상관하지 말아주게나."

밤 킨쓰바를 가져온 바로 다음 날이었으니 아무리 생각해도
미안했다.

이쯤에서 자신을 내버려두라고 소이치로가 부탁했지만 구
리타는 들어주지 않았다.

"그럴 수 없습니다, 소이치로 할아버님. 이쪽도 진지하게 하
고 있으니까 한 입만이라도 드셔보세요."

"얼른요, 할아버지!"

손자 아쓰시가 등을 받쳐주어서 소이치로는 요에서 상반신

을 일으켰다. 눈앞에서는 구리타가 들고 온 상자를 막 여는 참이었다.

그 순간, 달짝지근한 팥소의 향기가 농후하게 피어올라 코를 간질였다.

구리타가 열어 보인 상자 안에는 이마가와야키* 세 개가 세로로 나란히 들어 있었다.

망연자실해서 놀라는 소이치로와 달리 옆에서 눈을 동그랗게 뜨고 있던 아쓰시와 하나에와 쓰바사는 이해가 안 간다는 듯이 입을 멍하니 벌렸다.

정신을 차린 하나에가 평소의 그녀답지 않게 강경한 말투로 항의했다.

"이상한 농담은 하지 말아요, 구리타 씨! 이건 이마가와야키 잖아요!"

"네, 이마가와야키입니다."

"대체 지금 무슨 말을! 나는 분명 그 킨쓰바를……!"

굳게 믿었던 만큼 배신당한 기분이 들었는지 하나에는 구리타에게 분연히 덤벼들려고 했는데, 아오이가 사이에 끼어들어 차근차근 타일렀다.

---

* 붕어빵이나 국화빵처럼 밀가루를 물에 개어 틀에 붓고 팥소를 넣은 풀빵.

"진정하세요, 어머님. 맞아요, 이게 맞아요. 이게 그 킨쓰바의 정체예요."

"무슨 소리죠?"

"그 전에 한 가지 확인해도 괜찮을까요? 소이치로 할아버님은 시라사기 본가가 아니라 분가 출신이라고 전에 말씀하셨다고 들었는데, 후쿠시마 현 출신이시죠?"

갑자기 이야기가 붕 떠서 하나에는 순간 당황했지만 머뭇거리면서 대답해주었다.

"네, 맞아요……. 후쿠시마의 아이즈와카마쓰 시 출신이세요. 그런데 그게 대체 무슨 관계인지."

"후쿠시마 현 일부에서는 이마가와야키를 킨쓰바라고 부르거든요."

"……응?"

잠시 고요한 시간이 흘렀다. 하나에와 아쓰시가 놀라 얼어붙자, 구리타가 차분하게 설명했다.

"맞습니다. 즉, 이번 소동의 핵심은 비유하자면 미스터리와 퀴즈의 차이입니다. 이번에는 미리 주어진 실마리를 사용해서 푸는 논리적인 방법이 아니라 수수께끼를 푸는 방법으로 해결해야 했던 겁니다."

아오이가 고개를 끄덕이며 막힘없이 설명을 이어갔다.

"이마가와야키를 킨쓰바라고 부르는 지역은 몇 군데 더 있지만, 몇 가지 정보로부터 할아버님께서 후쿠시마 출신이시라고 결론을 내렸어요. 그렇다면 여기에서 퀴즈입니다. 가구가거의 없는 이 살풍경한 방에는 묘하게 어울리지 않는 것이 존재하죠. 뭘까요?"

벽에는 운치가 느껴지는 족자가 걸려 있었다. 그 아래에 무궁화를 꽂은 꽃병과 빨간 소 모양의 장식품인 아카베코가 있었다.

"족자는 괜찮아요. 무궁화도 초여름 꽃이니까 다실에 자주 장식하죠?"

아오이가 바라보자 아쓰시가 정신을 차리고 대답했다.

"아, 아아……. 리큐의 손자인 센 소탄이 좋아했던 꽃이니까. 소탄 무궁화라는 말이 있을 정도야."

"설명해주셔서 고맙습니다. 그렇다면요? 빨간 소 장식품이 이상하죠. 다인의 방에 조금 어울리지 않는 저 장식품은 후쿠시마 현 아이즈와카마쓰 시의 향토 완구랍니다. 그러므로 어떤 추억이 있다고…… 추측할 수 있어요."

아오이가 검지를 세우더니, "다른 한 가지는 구리타 씨에게 들은 이야기입니다"라고 말하며 손가락을 하나 더 세웠다.

"시라사기 씨와 쓰바사가 풍선 양갱 때문에 말다툼을 벌였을 때요. 그때까지만 해도 기운이 없으셨던 소이치로 할아버님이 갑자기 눈을 동그랗게 뜨고 무언가를 응시하셨다고 들었어요. 그 반응은 이미 잘 알고 있는 그리운 것을 발견했기 때문 아닐까요? 풍선 양갱은 후쿠시마 현에 있는 화과자 노포가 개발한 것이죠."

이 풍선 양갱은 후쿠시마 현 니혼마쓰 시의 노포 화과자점이 쇼와 초기, 군의 의뢰를 받아 개발한 것이 원형이다.

"후쿠시마 현이 한 번만 나온다면 우연이겠지만 두 번이나 겹치면 우연이 아니죠. 그래서 소이치로 할아버님의 분가가 어디인지 조사했어요. 그 결과, 정확하게 후쿠시마 현이어서 그 킨쓰바의 정체가 이마가와야키라고 판단했죠."

"그랬지……. 큰일은 다음부터였지만."

아오이의 말을 받아 구리타가 머리를 긁적거리며 괴로워하며 말했다.

"그냥 후쿠시마 현의 킨쓰바라고 말하면 그만이었을 일입니다. 고향 사람에게 보내달라고 부탁하거나 주문하면 되니까요. 그렇게 하시지 않은 이유를 생각해보면 딱 한 가지."

찰떡 호흡처럼 이번에는 아오이가 구리타의 말을 받았다.

"추억 가득한 그 가게가 폐업했으니까……겠죠?"

아오이의 질문에 소이치로는 고개를 천천히 끄덕였다.

"그래. 그 가게는…… 그 킨쓰바 가게는 이제 없어. 훨씬 전에 문을 닫고 말았어."

소이치로는 슬퍼하며 어깨를 축 늘어뜨렸다.

자신이 원하는 '그 킨쓰바'는 두 번 다시 먹을 수 없다.

그 사실을 잘 알고 이해하면서도 포기하지 못할 만큼 맛있는 킨쓰바…… 이마가와야키였기에 하나에가 뭔가 필요한 것이 있는지 물을 때마다 무심코 대답하고 말았다.

그 가게는 아이즈와카마쓰 시에 있는 소이치로의 본가 근처에 있었다.

노부부가 운영하는 소규모지만 역사가 있는 노포로 고장 사람들이 모두 사랑했다.

설마 가게가 경영난을 겪는 줄은 몰랐다. 폐업했다는 사실을 우연히 안 소이치로는 충격을 받았고 곧 진리를 깨달았다.

시간의 흐름은 누구도 거스를 수 없다.

아무리 맛있는 과자를 만들어도, 훌륭하게 일해도 모든 것은 다음에 나타나는 새로운 것에 잡아먹힌다. 오래된 것은 사라지고 늙은 자는 떠날 뿐이다.

공교롭게도 그 진리를 깨달은 직후에 중학생의 자전거와 충돌해 발목이 부러졌다.

예전에는 몸이 튼튼하다고 자부했는데 겨우 이 정도로 뼈가 부러지다니.

노화를 실감하면서 기력도 자연히 감퇴해 목적 없이 누워만 지낼 때, 그들이 찾아왔다.

구리타와 아오이라는 젊은 두 사람은 잃어버린 그 킨쓰바와 비슷한 것을 씩씩하게 눈앞에 들이밀었다.

"자, 소이치로 할아버지. 일단 드셔보세요!"

연하게 놀은 자국이 있는 두껍고 둥근 연갈색 과자를 앞에 두고 소이치로는 침을 삼켰다.

물씬 풍기는 달콤한 향기와 적당하게 구워진 반죽의 풍만한 냄새에 이끌려 떨리는 손을 뻗었다.

안을 꽉꽉 채웠는지 손에 들어보니 묵직하게 팥소의 무게감이 느껴졌다.

한 입 깨물었다.

잘 구운 반죽 표면은 약간 바삭바삭하고 딱딱했는데 그 아래로 푹신하고 부드러운 탄력이 느껴지는 층이 나왔다. 기분 좋게 깨물어 그 층을 뭉개자 아직 온기가 남아 있는 알알의 팥소가 뺨 안으로 가득 밀려와 농후한 단맛의 덩어리에 혀가 뒤덮였다.

팥의 얇은 껍질이 섞인 진한 팥소를 혀로 뭉개며 소이치로는 생각했다.

이 맛이다…….

팥의 부드러운 감촉과 풍미를 한껏 살린 소박하면서도 진한 단맛.

팥소가 버석거리지 않고 찐득찐득하니 촉촉했다. 겉 반죽을 터뜨릴 것처럼 가득 채운 팥소에서 만든 자의 인품과 따뜻한 감정이 전해졌다.

보름달 형태의 자그마한 과자, 그 안에 밖에서 보면 상상하지 못할 화려한 행복이 채워졌다.

"자주 먹었어……. 예전에 정말 자주 먹었지."

눈시울이 불현듯 뜨거워져서 소이치로는 눈을 꾹 감고, 입을 가득 채운 단맛을 곱씹었다.

가슴 저 안쪽에서 배어 나오는 것처럼 먼 옛날의 기억이 되살아났다.

젊은 시절, 소이치로의 온몸에는 굳건한 야심이 들끓었다.

분가 출신이지만 낡은 인습에 칭칭 얽매인 시라사기류를 바꾸겠다고 떨치고 일어나 종가에 적극적으로 관여했다.

그런 소이치로를 지금은 세상을 떠난 아내, 시라사기류 종가의 딸 하루요가 든든히 지켜주었다.

소이치로는 하루요와 뜨거운 사랑에 빠졌고, 주변의 격한 반대를 무릅쓰고 맺어졌다.

그리하여 마침내 16대 종가 가주의 자리에 올랐다.

후쿠시마의 분가 출신인 남자가 본가의 딸과 결혼해 가주 자리까지 올라간 것은 시라사기류 역사에서도 이례적인 사건이었다. 젊은 소이치로의 이름은 다도계에 널리 퍼졌다.

그 후, 기세를 탄 소이치로는 좀 더 깊이가 있는 다도 세계를 구축했고 마침내 명인 천천재 시라사기 소가쿠라는 이름으로 다도계에서 확고한 위치를 구축하기에 이르렀다.

물론 만사 다 순조롭지는 않았다.

보이지 않는 곳에서 시라사기류 중진들의 음습한 괴롭힘을 끝도 없이 받았다.

아내에게 걱정을 끼치고 싶지 않았으나 절망할 때도 있었다. 그럴 때면 혼자 몰래 후쿠시마로 귀향해서 자주 다니던 길을 걸으며 자신의 근본에 무엇이 있는지 되새겼다.

어려서부터 좋아하던 동네 가게의 킨쓰바…… 따끈따끈한 이마가와야키를 먹으면 신기하게도 기력이 되살아나 다시 일어날 힘을 얻을 수 있었다.

"정말 그립구나……. 다도회에서 먹는 과자보다 나는 이 과
자가 더 좋았어. 갓 구운 과자를 먹으면 혀가 녹는 것처럼 맛
있었지……. 몇 개든 먹고 또 먹었어."

소이치로는 눈물을 글썽이며 과자를 먹다가 퍼뜩 깨닫고 구
리타와 아오이를 바라보았다.

"그나저나 구리타 씨, 아오이 씨…… 어떻게 이 맛을 재현했
지? 이 가게는 이미 폐업했을 텐데……."

구리타는 고개를 끄덕이며 설명했다.

"조사를 해보니 그 가게는 꽤 예전에 문을 닫았습니다. 제
가게처럼 점포 겸용 주택이어서 1층이 점포이고 2층이 가정
집이었죠. 그러니까 가게 문은 닫았어도 그 집에 사는 분들은
아직 건강하게 살고 계셨습니다."

"으응?"

"전화로 여쭤보았어요."

아오이가 밝게 웃으며 말했다.

"처음에는 우리를 의심하셨는데 소이치로 할아버님 이야기
를 했더니 믿어주시고 재료와 제과법을 가르쳐주셨어요. 얼마
나 열심히 지도해주셨는지 몰라요. 소이치로 할아버님이 드시

려면 똑같은 제과법이 아니면 안 된다고 말씀하시면서요."

"정말 그랬습니다. 게다가 이 킨쓰바, 그러니까 이마가와야키 가게의 정정하신 주인장께서는 만드는 과정을 보여달라고 말씀하실 정도였습니다. '말로는 안 돼, 동영상을 찍어서 보여줘'라고 하셨죠."

"동영상?"

소이치로가 고개를 갸웃거리자, 구리타는 끔찍한 기억을 헤집는 표정을 지으며 대답했다.

"영화 같은 겁니다. 스마트폰이나 휴대전화로 촬영할 수 있거든요. 그걸 보면서 일일이 지적하고 수정하라면서……. 진짜 귀찮았지."

가게 주인이 말하기를 재료가 같으면 맛의 재현은 어렵지 않다. 굽는 방법에 달렸다.

밀가루와 달걀이 주재료인 반죽으로 팥소를 감싼 다음에 내부를 얼마나 푹신하고 부드럽게, 표면을 얼마나 바삭바삭하게 구워내는가.

이렇게 구리타의 특별훈련이 시작되었다.

가파바시 도구 거리*에서 사 온 전용 구이틀 앞에서 모락모

* 조리용품, 주방용품, 식당용품 등을 전문으로 판매하는 도매상이 모인 거리.

락 피어오르는 열기를 쐬며 얼굴 가득 땀을 흘리면서 연습을 거듭해 간신히 합격점을 받았다고 구리타는 설명했다.

"하아, 정말 더워서……. 숨이 퍽퍽 막히니까 지쳤어."

맥이 빠져서 중얼거리는 구리타를 다정하게 지켜본 아오이는 곧 소이치로에게 고개를 돌리고 말했다.

"이마가와야키 가게를 운영하시던 두 분, 다시 한 번 가게를 열고자 노력하고 계셨어요. 앞으로는 인터넷을 활용하실 생각인지 열심히 공부 중이셨어요!"

아오이의 말을 들은 소이치로는 깜짝 놀랐으나, 곧 이루 말할 수 없는 온기가 가슴을 가득 채웠다.

"그런가……."

그 노부부, 환갑도 아니고 고희를 넘겼을 나이일 텐데 새로운 기술을 배워 새롭게 나아가려고 하고 있다니.

나도 질 수 없지. 소이치로는 눈가의 눈물을 훔쳤다.

가주 자리는 물려주었으나 다도는 본래 끝이 없다. 젊은 시절의 야심을 되찾아 앞으로 또 새로운 길을 추구하는 데 전념하자.

이 고마운 마음을 표현하고 싶었다.

다정다감한 젊은이들이 고향에서 가져다준 추억의 맛이 자신에게 다시 진취적인 열정을 선물해주었다……. 나는 참으로 행복한 사람이구나.

　가슴이 뜨겁게 북받친 소이치로 앞에서 아오이가 드디어 내 차례가 왔다는 듯이 지식을 선보이기 시작했다.

　"이마가와야키는 원래 역사가 깊어요. 거슬러 올라가면 에도 시대 때 이마가와 다리 부근에 있는 가게가 처음 팔았다고 하는데, 진실이 밝혀지진 않았어요. 왜냐하면 일본 전국에서 다양한 이름의 다양한 형태가 존재하기 때문이죠. 유명한 것으로 오방떡이라고 불리는 오방야키가 있고 후쿠시마의 킨쓰바, 오사카의 회전야키, 히로시마의 이중야키, 도호쿠 지방과 홋카이도의 오야키가 있는데 전부 다 본질은 같아요. 내용물도 다양해서 팥소가 주류지만 완두콩으로 만든 앙금이나 흰떡소, 커스터드 크림도 있고 특이하게는 잘게 다진 야채를 넣는 것도 있어요. 그리고……."

　"이해했다오! 아오이 씨, 아가씨가 화과자에 조예가 깊다는 것은 충분히 알겠어."

　소이치로는 퍼뜩 정신을 차리고 파안대소하며 아오이의 설명을 멈췄다.

　"참 잘도 그렇게 속사포로 숨도 안 쉬고 말하는구려. 아오이 씨의 지식도 능변도 참 놀라워."

　그러다가 문득 당황했다. 언제부터 웃음을 짓고 있었을까.

아아. 소이치로는 숨을 내쉬었다.

나는 아직 웃을 수 있구나.

웃는다는 것은 자신에게 아직 살아갈 힘이 있다는 뜻이다.

"……하하."

비관적이었던 지금까지의 자신이 너무 우스워서 소이치로는 천장을 올려다보았다.

"하, 하하하!"

갑자기 크게 웃음을 터뜨린 소이치로를 구리타와 아오이가 놀란 눈으로 바라보았다.

옆에 앉은 하나에도 처음에는 놀라고만 있었는데, 점차 두 눈에 눈물이 고였다. 시라사기 아쓰시와 쓰바사가 말없이 가까이 다가왔다.

소이치로의 너털웃음을 들으며 시라사기 가족들은 눈물과 함께 행복을 곱씹으며 옹기종기 모였다.

*

시라사기 집을 나선 구리타와 아오이는 뿌듯한 성취감을 맛보며 역으로 향했다.

"정말 잘됐어요, 소이치로 할아버님하고 가족분들."

아오이의 말에 구리타는 "아아" 하고 대답하며 입술을 올려 웃었다.

소이치로를 비롯한 시라사기 가족 전원은 그 후 정중하게 인사를 했다.

시라사기 아쓰시와 쓰바사는 물론이고 하나에는 눈물을 뚝뚝 흘리며 고맙다고 했다.

소이치로의 쾌활한 웃음소리를 다시 들을 수 있어서 정말 기쁘다고…….

또 앞으로 구리마루당을 거래처 중 한 곳으로 삼겠다고 약속해주었다.

쾌거였다. 시라사기류 다도의 인증이 찍힌 간판을 얻어 구리타도 솔직히 기뻤다.

절대 그것이 목적은 아니었지만, 덕분에 아버지 때와 비교해 확연하게 떨어진 구리마루당의 매출도 앞으로 대폭 개선될지 모른다.

구리타와 아오이는 다카바노바바 역 개찰구를 나란하게 지났다.

구리타는 아사쿠사로 돌아가니까 야마노테선의 외선순환을 타고, 아카사카로 가는 아오이는 내선순환을 탄다. 오늘은 여기에서 작별이다.

내일은 약속했던 목요일. 구리마루당의 휴일을 이용해 둘은 멀리 다녀오기로 했다.

일이 어떻게 전개되느냐에 달렸지만, 그곳에서 아오이가 모든 것을 말해주고 감정을 정리한다면 구리타도 지금까지 감춰온 그녀를 향한 마음을 고백할 생각이었다.

"그럼 구리타 씨, 내일은……."

"알고 있어."

구리타가 고개를 끄덕이자 아오이는 턱을 당기며 약간 긴장한 듯이 딱딱한 미소를 지었다.

"제가 가게로 갈게요."

"고마워, 아오이 씨. 오늘은 피로가 충분히 풀리게 일찍 자. 밥을 먹고 목욕도 하고, 팔굽혀펴기와 복근 운동을 하고, 아령으로 이두박근을 단련한 뒤에 푹 자."

"……풉!"

구리타의 무심한 농담이 우스웠는지 아오이는 그 자리에 주저앉아 배를 쥐었다.

의도는 아니었는데 빵 터뜨린 모양이다.

크게 웃은 덕분에 편해졌는지 곧 고개를 든 아오이는 상쾌함 넘치는 미소를 짓고 있었다. 아오이는 유유히 손을 흔들고 기분 좋게 역 중앙 홀을 걸었다.

어쨌거나 결과가 좋으니 다행이었다.

구리타도 만족스럽게 걸어가 승강장에 들어온 전철에 올라 탔는데……

아사쿠사로 돌아가자 전혀 예상하지 못한 사건이 기다리고 있었다.

제3장

물만주

"오오, 구리타 선배. 무사하셔서 기쁩니다!"

미즈키의 뜬금없는 말에 구리타는 미간에 잔뜩 주름을 잡고 대답했다.

"뭐냐, 네놈들? 이런 곳에 죽치고 있고. 영업 방해하러 온 거면 경찰에 찌른다."

"에이! 농담도 심하시다, 구리타 선배."

쓴웃음을 지으며 목덜미를 긁적이는 미즈키는 다이토 구의 고등학교에 다니는 덩치가 자그마하고 머리가 짧은 불량소년이다.

예전부터 구리타를 잘 따르던 녀석이라 가게를 이은 뒤에도 종종 놀러 와서 화과자를 사 가곤 하는데, 오늘은 미즈키 말고도 소년들 여럿이 진을 치고 있었다.

모두 쓸데없이 남성성을 강조한 차림이었다. 얼굴에 왠지 애교가 있어서 얄밉지는 않아도 이런 녀석들이 오렌지 거리 일각에서 북적대는 광경은 아무리 봐도 어색했다.

시라사기 저택에서 사건을 해결한 후, 다카다노바바 역에서 아오이와 헤어진 구리타가 혼자 아사쿠사로 돌아와보니 가게 앞에 이런 광경이 펼쳐져 있었다.

보아하니 분위기 메이커인 미즈키가 불러서 모인 녀석들 같은데……

"무슨 용건이야, 미즈키."

"아아, 구리타 선배. 지금 대치하는 중이라면서요. 그래서 우리가 협력해 그놈을 해치우려고요."

"대치하는 중이라고? 누구랑?"

"그러니까 그게, 도가시 슌……이었나?"

대답하자마자 미즈키가 움찔한 것은 구리타의 두 눈이 예리하게 번뜩인 탓이다.

"누구한테 들었어?"

"그, 그렇게 노려보지 마시라고요, 구리타 선배! 우리는 그냥 선배를 돕고 싶은 거라고요. 유카 선배한테 들었어요."

"유카한테?"

구리타가 의심쩍게 되물었을 때, 구리마루당의 정면 출입구가 활짝 열리더니 입 주변에 팥을 잔뜩 묻힌 유카가 밖으로 뛰어나왔다.

구리타 앞에 멈춰 선 유카가 양팔을 흔들며 외쳤다.

"아이참! 뭐 하는 거야, 구리. 돌아왔으면 왔다고 빨리 얘기를 해야지!"

"지금 막 왔어. 그보다 너, 입 주변에."

"……히악?"

부끄러워하며 팥고물을 닦는 유카는 구리타의 소꿉친구라는 이유로 불량배들의 존경을 받는다. 싹싹한 성격 덕에 불량배들 사이에 열혈 팬도 있는데 사실 미즈키도 그 팬 중 한 명이었다.

그러니까 유카는 분위기 메이커인 미즈키를 통해 불량배들을 모아 밖에서 기다리게 하고는 맹랑하게도 자기 혼자 가게 찻집에서 간식 시간을 즐기고 있었나 보다.

"그보다 유카. 너, 이 녀석들한테 도가시에 대해서……."

"말했는데? 안 돼?"

갑자기 유카가 매서운 표정을 짓고 구리타의 눈을 빤히 바라보았다.

바로 코앞에서 보이는 여우 눈에 평소와 달리 강렬한 빛이 서려 망설임이 보이지 않았다.

"걱정된단 말이야, 네가."

"아니, 그렇다고 너."

구리타가 한마디 하려고 했는데 유카도 내심 켕기는지 눈을 내리깔았다.

"딱히 점수를 벌려는 생각은 아니야. 진짜야."

"점수……? 갑자기 웬 점수?"

잘 알아듣지 못한 구리타가 묻자 유카는 빨개진 얼굴을 절레절레 흔들었다.

"별로, 아무것도 아니야! 어쨌든 구리는 친구가 많잖아? 웬만하면 힘을 빌리는 게 좋을 거야. 그 도가시라는 남자, 정상이 아닌 것 같았고 게다가 그때……."

당찬 유카가 겁을 먹고 얼굴을 잔뜩 찡그렸다. 구리타도 무슨 말을 하려는지 알아차렸다.

킨쓰바 가게 앞에서 우연히 마주쳤을 때, 그가 한 발언이 유카의 걱정거리였다.

'마스미는…… 내가 해치웠다.'

그 발언에는 구리타도 충격을 받았다. 유카가 걱정하는 것도 당연했다.

도가시 슌은 정신적으로 위험한 분위기를 풍풍 풍겨서 솔직히 관여하고 싶지 않았으나, 아오이의 불안을 없애기 위해서라도 이 사건만큼은 어떻게든 해결해야 했다.

지난번에 우연히 만났을 때는 바보처럼 동요해서 제대로 대화를 시도할 여유가 없었다.

어떻게든 차분하게 말을 나눌 기회를 마련할 수는 없을까……?

그 녀석과 속을 터놓고 이야기하고 싶었다.

과거에 호오당에서 무슨 일이 벌어졌는가? 죽은 마스미 신이치와는 대체 무슨 일이 있었는가? 도가시가 지금 다시 나타난 이유는 무엇인가?

궁금한 것도 많고 하고 싶은 말도 많았다.

"섭섭해요, 구리타 선배! 우리가 곤란할 때면 늘 뒤를 돌봐주셨잖아요. 이번에는 우리가 은혜를 갚을 차례란 말입니다!"

"우리도 어떻게든 선선대의 힘이 되고 싶단 말입니다!"

"보스에게 허가도 받았다고요…… 제발 부탁드립니다!"

입을 모아 외치며 고개를 숙이는 소년들의 의욕이 구리타에게도 절절히 전해졌다.

여기 모인 녀석들은 겉보기에는 험상궂어도 본성은 착하고 순박하다. 이렇게 모인 마음을 함부로 거절하기가 망설여졌다.

아사쿠사의 불량배들을 이끄는 지금 보스는 도쿄 도내의 명문 고등학교에 다니는 똑똑한 수완가로, 싸움 실력보다 정치력이 더 뛰어나다. 구리타와는 전혀 다른 요즘 시대의 불량배지만 만사에 신중한 그가 부하들의 움직임을 묵인해준다면 부탁하는 편이 나을까?

구리타는 크게 숨을 내쉬고 말했다.

"제길⋯⋯. 알았어, 알았다고! 이왕 이렇게 됐으니 힘을 좀 빌려다오."

"그렇게 나오셔야지요!"

쾌재를 부르짖는 소년들을 향해 구리타는 "단" 하고 못을 박았다.

"나는 어디까지나 대화를 하고 싶어. 도가시 슌을 찾아 어디에 있는지만 알려주면 돼. 기본적으로 수사가 중심이다. 도가시에게 직접 접촉하지 마, 위험하니까."

"알겠습니다. 그럼 당장 탐문 작전을 시작하겠습니다!"

*

잔뜩 기합이 들어가 가게 앞에서 흩어지는 불량배들을 바라보며 유카가 조용히 말했다.

"미안해, 구리. 내 맘대로 참견해서."

"됐어. 그보다 걱정 끼쳐서 미안하다."

"아니야."

"뭐, 나도 물양갱과 킨쓰바에 매달리느라 바빠서 계속 나중으로 미뤘으니까. 이번 기회에 결심이 서서 어떤 의미에서 다행이야."

"응……."

유카가 미간을 찡그리더니 "다행인 걸까" 하고 왠지 애처롭게 말했다.

"결국 구리는 아오이 씨를 위해서……. 아, 그렇지!"

유카가 갑자기 스마트폰을 꺼내더니 손가락으로 화면을 빠르게 터치하기 시작했다.

갑자기 왜 이러나 싶어서 구리타가 물었다.

"어디에 전화하려고?"

"좋은 생각이 떠올랐어! 이렇게 됐으니까 아사바도 부르자."

"아사바……? 왜?"

조건반사적으로 구리타가 짜증을 냈지만 유카는 한쪽 눈을 찡긋 감으며 전화를 귀에 댔다.

"그야 아사바도 이런 일을 잘할 것 같으니까. 사이도 좋으니까 도와달라고 하자!"

"아니, 그 녀석이랑 사이 안 좋거든."

어쨌거나 아사바가 예전부터 구리타의 라이벌을 자칭한 것은 사실이고, 요즘은 계속 기회가 없어서 만나지 못했다.

그러고 보니 여동생 가에데로부터 최근 아사바가 이상하게 예민해졌다는 소리를 들었다. 가에데가 고민이 있으면 들어주겠다고 해도 쌀쌀맞게 어디론가 가버린다고.

점점 아사바가 걱정되기 시작해서 구리타도 살그머니 귀를 기울이는데 유카가 아쉬워하며 고개를 젓고 전화를 주머니에 넣었다.

"에이. 전원을 꺼놨거나 서비스가 안 되는 곳에 있나 봐……."

"그럼 됐어. 그 녀석도 제 할 일이 있을 테니까. 분명 시시껄렁한 일이겠지만. 우리끼리도 충분해."

"그것도 그렇다. 사람이 많으니까."

이렇게 인원을 대량 투입한 작전이니까 오늘 중에 도가시 슌을 찾아내 어떻게든 이야기를 나누고 싶었다. 아오이와 외출하는 내일까지 목적을 실현할 수 있다면 긴쓰바 사건으로 약속을 미룬 것에 대한 사과도 될 것이다.

"그럼 가자, 구리. 편집장과 수도 없이 격돌하면서 단련한 내 행동력을 보여줄게!"

"오오. 격돌은 적당히 하자."

그렇게 구리타와 유카가 의기투합하는 옆에서 미즈키가 불량배들 집단으로부터 떨어져 혼자 다른 방향으로 걸어가고 있었다.

　　그 모습을 발견한 구리타가 말을 걸었다.

　　"미즈키, 어디 가? 위험하니까 2인 1조로 행동해."

　　그러자 미즈키는 속없이 해맑은 웃음을 지으며 구리타를 돌아보고 깜짝 놀랄 소리를 했다.

　　"돌아가려고요."

　　"뭐?"

　　"저는 돌아가야 해요. 오늘 볼일이 좀 있어서요."

　　구리타도 유카도 당황해서 입을 벌리고 굳어졌다.

　　"그럼 다음에 또."

　　상큼하게 인사하고 가미나리몬 거리 쪽으로 걸어가는 미즈키를 구리타가 뒤늦게 정신을 차리고 불러 세웠다.

　　"기다려, 기다려, 기다려봐! 미즈키 너 인마, 다들 모아서 부추겨놓고서 혼자 냉큼 돌아간다는 거냐?"

　　"네."

　　"네는 뭐가 네야! 대체 무슨 볼일인데?"

　　미즈키는 민망하다는 듯이 뒤통수를 긁적이면서 기가 찬 표정을 지은 구리타에게 다가왔다.

"아아, 죄송합니다. 저도 수색에 참여하고 싶은 마음은 굴뚝같은데요. 그 전에 자전거를 찾아야 해서요."

"……뭐라고?"

"로드바이크, 누가 훔쳐 갔어요."

로드바이크는 장거리 고속 주행에 적합한 자전거로, 브랜드에 따라 비싼 것도 있다.

미즈키는 아르바이트로 번 돈을 모아 얼마 전에 산 소중한 자전거를 어제 도둑맞았다고 한다.

"이탈리아의 유명 브랜드여서 달리는 기분이 죽여줘요. 그, 파란색이랑 초록색을 섞은 하늘색 같은 셀레스트 컬러 있잖아요. 딱 그런 색에 진짜 멋지게 생긴 놈인데요, 여름방학에 그걸 타고 니가타 친척 집까지 혼자 여행할 예정이었단 말이에요. 설마 도둑을 맞을 줄이야."

미즈키는 한숨을 쉬며 슬퍼했다.

"그러냐……. 그거 재난이었겠네."

처음에는 기가 찼지만 그런 사정이 있다면 이야기가 또 달라진다. 소중한 로드바이크를 찾길 바란다고 구리타가 위로하자, 미즈키는 갑자기 뜻밖의 제안을 했다.

"구리타 선배도 같이 찾아주시지 않을래요?"

"뭐?"

"그게 말이죠? 아까 제가 호출한 놈들한테 들었는데 로드바이크를 훔쳐 간 놈이 수상하대요. 좀 특이한 놈이라고 하더라고요."

"특이하다고……? 구체적으로 어떻게 특이한데?"

"그게, 남의 이목을 끌지 않으려고 살금살금 다니던 놈이 세워놓은 자전거에 정면으로 돌진했다나 뭐라나……. 이 얘기를 해준 녀석도 다른 사람한테 들었는지 자세하게는 모른다고 해요. 어쨌거나 수상하지 않아요? 그래서 지금부터 소문의 출처로 캐물으러 가려고 해요."

"헤에……."

"그 거동이 수상하다는 놈이 혹시 도가시 슌일지도 모른다고 저는 생각합니다!"

자신만만하게 단언하는 미즈키를 바라보며 유카가 팔꿈치로 구리타를 쿡쿡 찔렀다.

"어떻게 할래, 구리? 지금 얘기, 좀 신경 쓰인다."

"그러게. 다양한 의미로 수상해."

살금살금 다니던 괴한이 세워놓은 자전거에 정면으로 돌진했다? 만약 그 괴한이 도가시라면 대체 무슨 목적으로 그런 짓을 했을까?

"……뭐, 여기서 머리를 굴린다고 해결이 될 리가 없지. 정보라도 들으러 가볼까."

"그러자!"

"그럼 구리타 선배, 유카 선배. 저를 따라오세요!"

구리타와 유카는 미즈키를 앞세우고 오렌지 거리를 남쪽으로 걸었다.

자세한 이야기를 들어보니 가미나리몬 거리 보도 옆에 로드바이크를 세워두었다가 도둑맞았다고 한다.

어제저녁, 가미나리몬 거리 남쪽에 사는 친구를 만나러 간 미즈키는 보도 가드레일에 로드바이크를 세우고 친구 집으로 들어갔다.

친구 집에서 어느 정도 시간을 보내다가 둘은 배가 고파져서 뭐든 먹으려고 밖으로 나와 길 건너편에 있는 스시야 거리로 갔다.

덤벙거리는 미즈키는 처음 로드바이크를 세울 때부터 와이어 록을 깜박하고 채우지 않았다.

그래도 둘이 집을 나온 시점에는 아직 멀쩡하게 로드바이크가 세워져 있었다.

도난 사실을 깨달은 것은 그로부터 약 두 시간 후, 밥을 먹고 집 앞에 돌아왔을 때였다. 몇 대쯤 세워진 자전거 중에서 미즈키의 자전거만 사라졌다.

미즈키와 친구는 허둥거리며 주변을 탐색했으나 밤이 되도록 찾지 못해 결국 포기했다.

자신의 부주의에 의한 도난이니까 친구를 오래 귀찮게 할 수도 없어서 그냥 자기 힘으로 찾겠다고 친구를 설득했는데…….

"열쇠도 잠그지 않고 위법 주차라……."

설명을 들은 유카가 관자놀이를 살짝 누른 뒤에 안타까워하며 미즈키를 위로했다.

"물론 아무리 그래도 훔쳐 가다니 너무하다. 어떤 심정인지 이해해, 미즈키."

"아르바이트로 번 돈이 단숨에 날아갔어요."

"뭐, 훔쳐 간 사람이 당연히 나쁘지만. 도난 방지 알람쯤은 달아두는 게 좋아. 요즘에 도난 사건도 자주 발생하니까."

인터넷 옥션 따위를 이용해 훔친 자전거를 파는 사건이 특히 흔하다. 분해해서 부분별로 매각하면 범행이 발각될 가능성이 한층 더 낮아진다.

무사히 찾으면 좋겠다고 생각하며 셋은 건널목을 건너 오른쪽으로 꺾었다.

고쿠사이 거리 방향을 향해 이대로 몇 분쯤 쭉 걸으면 미즈키의 친구가 사는 집이 있고 그 옆에 여성복을 파는 자그마한 옷 가게가 있다.

그 옷 가게의 주인이 소문의 출처라고 한다. 가게에서 일하는 사람이라면 길에서 무슨 일이 벌어지는지 금방 알아차릴 것이다.

돌로 포장한 보도를 셋이 나란히 걷는데, 앞 골목에서 느닷없이 낯익은 청년이 불쑥 튀어나왔다.

"아."

구리타가 자기도 모르게 소리를 내자 청년도 이쪽을 바라보고 눈을 크게 떴다.

표범 무늬 셔츠를 가슴까지 단추를 풀어 입고 목에는 화려한 액세서리를 걸었다. 마른 체구에 훌쩍 큰 키, 남자치고 머리가 길지만 얼굴 생김새가 단정해서 답답하다는 느낌은 없고 오히려 절묘하게 잘 어울렸다.

길에서 마주친 상대는 누가 봐도 용모만큼은 훌륭한 남자, 아사바 료였다.

"구리타아!"

그런데 아사바가 갑자기 눈을 치켜뜨더니 구리타에게 맹렬히 돌진해왔다.

깜짝 놀랄 만큼 기민한 동작이었고 방심한 탓에 구리타는 그대로 멱살을 붙잡혀 옆 건물의 벽에 강하게 떠밀리고 말았다. 등에 충격을 받아 숨이 막혔다.

"……크윽?"

"잠깐만, 뭐 하는 거야. 아사바!"

옆에서 유카가 비명을 질렀지만 아사바는 거들떠보지도 않고 대꾸했다.

"방해하지 마. 남자들 일에 끼어들지 말라고."

아사바는 구리타에게 얼굴을 들이밀고 악의 섞인 웃음을 지으며 속삭였다.

"……이거 오랜만이다, 빌어먹을 구리타. 이런 데서 뭐 하고 있냐? 그것도 유카까지 끌고, 일은 땡땡이치고 즐겁게 외출 중이셔?"

"하?"

멱살을 쥔 아사바를 빤히 노려보면서 구리타는 묘한 위화감을 느꼈다. 아무리 오랜만에 만났다곤 해도 지금 이 대응은 너무 호전적이었다.

"젠장, 남의 속도 모르고 놀러 다니지 말라고, 이 화과자점의 골지체야!"

아사바가 마치 침을 내뱉는 것처럼 아주 참신한 독설을 퍼

부었다.

마침내 세포질 내의 소기관 중 하나에 비유되기에 이르렀나 싶어서 구리타는 잠시 망연자실했으나, 오빠가 요즘 예민해졌다는 가에데의 말이 떠올랐다.

"내가 골지체라면 너는 미토콘드리아냐? 어쨌든 나는 놀고 있는 게 아니야. 애초에 너야말로 매일 어딜 그렇게 싸돌아다니는데? 노는 것도 정도껏 해. 가에데가 걱정하니까."

"……그래서야."

"뭐라고?"

무슨 뜻인지 몰라 구리타가 고개를 갸우뚱하자, 목소리를 깔고 아사바가 속삭였다.

"순서가 반대라는 소리. 걱정하니까 괜히 더 걱정을 끼치고 싶지 않고 그래서 말하지 못하는 일도 있어. 가에데를 피하는 이유도 그거야. 신경이 쓰여서 미치겠다고. 그거……. 너 약속했잖아, 나랑."

"약속?"

아사바가 셔츠를 옥죄듯 붙잡은 탓에 압박이 느껴져 숨이 막혔다.

그가 말하는 약속인지 뭔지의 내용을 떠올리지 못하는 이유는 뇌에 충분한 산소가 공급되지 못하기 때문일까, 아니면 늘

그랬듯이 단순히 의사소통에 실패한 걸까?

"아사바, 무슨 소리를……?"

구리타가 묻자 아사바의 손에 힘이 더 들어갔다.

"딴청 부리지 마! 아오이 씨의……!"

격분했는지 조르는 힘이 더더욱 강해졌다.

어쨌든 일방적으로 당하고 있는 것은 성미에 맞지 않는다.

"그만 좀 해! 그 아오이 씨 일이라고!"

구리타는 온 힘을 다해 몸을 반전시켜 이번에는 반대로 아사바의 등을 벽에 강하게 밀어붙였다.

"……윽!"

충격을 받아 아사바의 마른 체구가 순간적으로 튕겼다. 숨이 막히는지 아사바는 말을 잃었다.

"아사바, 뭐에 그렇게 화가 났는지 모르겠지만 나는 지금 진짜 바빠. 아오이 씨와 관련해서 중요한 일이 있단 말이다!"

"뭐?"

"예전에 아오이 씨의 손을 다치게 한 놈이 지금 아사쿠사 어딘가에 있어. 도가시 슌이라는 놈이야. 그 녀석의 목적이 뭔지 모르겠지만 나는 벌써 두 번이나 목격했어. 그놈은 진짜 위험한 놈이야."

"도가시 슌? 아오이 씨의 손……?"

이해하지 못하는 아사바를 바라보면서 구리타는 그가 이 일을 아직 모른다는 사실을 떠올렸다.

"……아오이 씨는 호오당의 딸일 뿐만이 아니야. 재능을 인정받아 예전에는 화과자 장인으로도 일했어. 그런데 도가시 슌 때문에 다쳐서 장인의 길을 단념했지. 그리고 그 녀석이 마스미 신이치라는 호오당의 장인을 죽였다고 한다……."

목소리를 낮춰 속삭이자 아사바도 눈을 부릅뜨고 경악했다.

"지금 그 녀석을 찾는 중이니까 용건이 있으면 나중에 들으마……. 조금만 기다려줘."

구리타의 말을 들은 아사바가 얇은 입술을 깨물고 입을 다물어서 건물 벽에 경직된 침묵이 흘렀다.

유카와 미즈키는 압도되었는지 가까이 다가오지 못하고 입을 틀어막은 채 둘을 바라보고 있었다.

곧 아사바가 차분하게 심호흡했다.

"……후. 알았어."

양손으로 구리타를 확 밀어낸 아사바는 옷에 묻은 먼지를 털며 말했다.

"그렇다면 일시 휴전이야. 이번 일, 나도 도우마."

"어?"

"도가시인지 다가시인지 모르겠다만 아사쿠사는 우리가 자란 동네야. 이 소중한 곳에 그런 위험한 놈을 풀어놓을 순 없어. 가에데도 걱정이고."

"아사바……."

"단!"

아사바의 길쭉한 눈이 진지하게 빛났다.

"일이 다 끝나면 내 얘기를 들어. 이것도 정말 중요한 얘기니까."

"알겠어. 반드시 얘기를 듣지."

아사바는 진지한 표정으로 고개를 끄덕이더니 아니꼽게 손가락을 튕기며 나른하게 미소를 지었다.

"그럼 귀찮은 일부터 얼른 정리하자. 나랑 네가 편을 먹으면 무서울 것 하나 없지. 어이, 유카! 그리고 거기 꼬마! 뭘 멍하니 서 있는 거야. 나도 같이 놀아줄 테니까 빨리 목적지로 안내하라고."

조금 전과 완전히 딴 사람인 아사바의 태도에 유카와 미즈키는 넋을 잃었다.

그래도 아사바의 의도가 금방 전해졌는지 둘은 눈을 빛내며 환호했다.

"아사바! 뭐가 뭔지 모르겠지만 다행이다!"

"짜, 짱이다……! 선선대에게 이기진 못했지만 유일하게 비등하게 맞섰던 아사쿠사의 빅네임, 그 아사바 씨가 같이 싸워 주시다니!"

"시끄러워."

아사바가 매섭게 노려보자 미즈키는 바짝 움츠러들었지만, 유카의 흥분은 가라앉을 줄 몰랐다.

"우리, 지금 기적을 보고 있어!"

"그러니까 시끄럽다고……. 됐으니까 빨리 목적지로 안내나 하란 말이다."

귀찮다는 듯이 얼굴 앞에서 손을 팔랑팔랑 흔드는 아사바는 불쾌한 티를 내고 있었지만 뺨이 약간 붉었다.

지금은 얌전하게 살지만 한때 아사쿠사의 불량배들 사이에 서 아사바는 구리타에 필적하는 유명인이었다.

견원지간인 두 사람이 한편이 되어 싸우는 사태에 유카는 더없이 기뻐했고 미즈키는 흥분하면서도 바들바들 떨면서 다시 걸음을 옮겼다.

*

미즈키의 친구가 사는 맨션 옆, 소문의 출처라는 옷 가게에 도착한 구리타 일행은 가게 앞에 걸린 여성복을 헤치고 안으로 들어갔다.

"계십니까? 안녕하세요."

구리타가 말을 걸어도 사람이 나오지 않았다. 손님이 한 명
도 없었다.

유카가 옆에 쌓인 옷의 산을 둘러보며 중얼거렸다.

"아무도 없나?"

"아니, 안에서 소리가 들려."

구리타를 앞세우고 일행이 옷으로 울창한 숲 같은 좁은 가
게를 지나가자, 안쪽에 가게 주인이 있었다.

칠십대 여성으로, 사람 좋아 보이는 외모여서 접객 능력이
뛰어날 것 같았지만 지금은 계산대 카운터에 팔꿈치를 대고
앉아 휴대용 텔레비전을 빤히 들여다보고 있었다.

텔레비전 화면에는 IT 기업이 경영 파탄에 이르렀다는 뉴스
가 나오고 있었다.

들여다보니 제법 유명한 회사여서 구리타도 놀랐다.

사장은 인터넷 시대의 총아라면서 미디어 매체에 종종 등장
하던 남자였다. 이름은 잊어버렸다.

자기주장이 강한 인물로, 얼마 전에도 어떤 텔레비전 방송
에 나와서 돈이야말로 내 인생의 전부라고 호언장담하는 모습
을 본 기억이 있는데, 뉴스에 따르면 탈세를 저질렀다가 발각

되어 도산하게 되었다고 한다.

세금을 1억 5천만 엔 이상이나 체납해 국세청이 전 자산을 압류하는 바람에 회사가 도산, 지금은 종적을 감춰 행방불명 상태라고 한다.

텔레비전 화면에서 시선을 떼지 않고 가게 주인이 말했다.

"이 사람, 단 하룻동안 평범한 회사원의 연봉보다 더 많은 돈을 번다고 했는데. 요전까지만 해도 옷을 말쑥하니 빼입었으면서."

"말쑥하게 보이고 싶었겠죠. 그런데 여쭤볼 게 있습니다."

"회사가 망하고 야반도주를 하다니……. 동향인이기도 해서 겐모치 씨의 당당한 태도를 동경했는데."

그러고 보니 사장의 이름이 겐모치였다고 생각하며 구리타는 다시 주인에게 말을 걸었지만, 그녀는 돌아볼 생각도 하지 않고 오로지 텔레비전에만 시선을 주었다.

"역시 우는 아이와 국세청은 이기지 못해."

그 후에도 구리타는 계속해서 질문했지만 가게 주인은 이번 사건에 여간 흥미를 느끼는지 귀를 기울이지 않았다.

"……이런. 우리 얘기를 전혀 들어주지 않아."

"어쩌지. 큰일이다."

구리타와 유카가 어쩔 줄 몰라 얼굴을 마주 보는데, 미즈키 옆에 선 아사바가 코웃음을 쳤다.

"참 나, 뭐 하는 거야. 구리타도 유카도 진짜 무능력하군."

아사바의 건방진 말투에 발끈해서 구리타가 쏘아붙였다.

"너는 능력이 있단 소리냐?"

"흥, 잘 보라고."

아사바는 갑자기 표범 무늬 셔츠의 단추를 하나 더 풀더니 바닐라 비슷한 향수 냄새를 풍기며 가게 주인 앞으로 우아하게 다가갔다.

"마담."

"……으응?"

그러자 텔레비전에 푹 빠졌던 주인이 돌아보더니 아사바의 얼굴을 보고 조금 몸을 젖혔다.

"제가 잠깐 한 말씀 드려도 괜찮을까요, 아름다운 마담."

아사바는 미소를 지으며 한 손을 가슴 앞에 대고 연극을 하듯이 고개를 숙였다.

가게 주인은 흠칫하면서도 아사바의 용모에 푹 빠진 듯했다. 최소한 텔레비전에 비친 남자보다 아사바에게 더 흥미를 느끼는 것이 분명했다.

"제 지인이 어제 자전거를 도난당했는데 이 가게 근처에 세워두었다고 하지 뭔가요. 뭐든 좋으니 정보가 필요합니다. 제

이야기를 들어주시겠습니까?"

"무, 물론이고말고……."

자연스럽게 무표정해진 구리타와 유카와 미즈키 앞에서 가게 주인은 그렇게 대답했다.

어제저녁, 가게에서 옷 가격표를 새로 붙이는 작업을 하던 주인은 무심히 출입구 밖을 쳐다보다가 기묘한 광경을 목격했다.

가게 밖, 전방 약간 옆쪽의 보도 가드레일을 따라 자전거가 몇 대 세워져 있었다. 그곳을 향해 한 남자가 일직선으로 다가가는 중이었다.

아니, 남자인지 아닌지 정확하게 판단할 수 없었다.

커다란 양산을 아주 깊이 눌러쓰고 몸을 감춰서 상반신을 보지 못했기 때문이다. 그저 하반신에 검은색 바지를 입고 있어서 남자라고 가정했다.

가게 주인은 시선을 떼지 못했다.

남자는 양산을 깊이 눌러쓴 탓에 앞도 제대로 확인하지 않고 몸을 비스듬히 수그린 상태로 걸었다. 저래서야 앞이 보일 리가 없었다. 그대로 가면 세워놓은 자전거들과 충돌한다.

곧 염려가 현실이 되어 남자는 자전거와 정면으로 충돌했다. 가드레일에 체인으로 고정하지 않은 자전거 두 대가 쓰러졌다.

그중에 한 대가 새것처럼 보이는 셀레스트 컬러의 로드바이크였다.

남자는 후다닥 그것을 일으켜 세우더니 양산을 손에 든 무리한 자세로 안장에 올라타 휘청거리면서도 잽싸게 그 자리에서 도망쳤다.

"할머니…… 그거 내 로드바이크였어요!"

미즈키가 반쯤 울며 매달리자 가게 주인은 "아이고, 저런" 하고 안됐다는 듯이 손을 합장했다.

"그랬구먼. 미안해라. 그때는 네 자전거인 줄 몰랐으니까. 그냥 이상한 걸 봤다 싶어서 의아하기만 했지."

"의아하다고 생각했으면 쫓아가서 심문했어야지요!"

웃는 듯 우는 얼굴로 항의하는 미즈키를 유카가 떨떠름한 표정을 짓고 "그건 무리지" 하고 달랬다.

그 옆에 나란히 선 구리타와 아사바는 아무 말 없이 머리를 굴렸다.

"눈치챘냐, 아사바?"

"아아."

두 사람은 거의 동시에 "이상하지"라고 말했다.

"이상하다니, 뭐가?"

유카의 질문에 구리타가 대답했다.

"양산 말이야……. 물론 요즘 들어 햇살이 강해지긴 했어. 저녁에는 괜찮지만 자외선 문제도 있고, 남자가 피부 타는 걸 신경 쓴다고 꼭 부자연스럽다고 할 순 없지만……."

구리타가 말하는 중간에 아사바가 옆에서 끼어들었다.

"그렇지만 여긴 가미나리몬 거리니까. 가미나리몬 거리라고 하면 아케이드잖아. 남쪽 보도에는 없지만 북쪽에는 아케이드가 있어."

"아!"

유카가 고개를 끄덕이자 구리타가 이어서 말했다.

"그렇지. 도로 하나만 건너면 그만이니까 굳이 양산을 쓸 필요가 없어. 이건 가설이지만, 아마 그 녀석은 남에게 들키지 않으려고 양산으로 얼굴을 가리고 이동했을 거야. 그래서 세워둔 자전거와 충돌했거나 어쩌면 처음부터 일부러 자전거를 쓰러뜨리고 일으키는 척하면서 훔쳐 갈 생각이었거나……."

어쨌거나 일반적인 행동의 범주에서 크게 벗어났다.

얼굴을 가리고 사람들 눈을 피하면서 이동 수단을 확보해 빠르게 움직이려고 한다면 무언가 꺼림칙한 사정이 있어서 한시라도 빨리 이 동네에서 벗어나려고 한 것 아닐까?

도가시 슌일 가능성이 충분하다고 구리타는 판단했고 아사바도 고개를 끄덕였다.

"어쨌거나 그 도둑놈은 어떻게든 사람을 피해 멀리 가고 싶은 거야. 그렇다면 다음 방침은 정해졌네."

"방침이라니?"

이해가 안 가 눈을 깜박이는 유카에게 아사바가 과장되게 어깨를 으쓱거리며 대답했다.

"뻔하지. 양산을 쓰고 로드바이크를 탔으니 당연히 눈에 띄겠지? 누가 목격하지 않았는지 닥치는 대로 아사쿠사 전역을 뒤지는 거야. 어이, 미즈키. 지금 이 얘기를 멤버 전원한테 연락망을 통해 돌려."

"알겠습니다! 인원도 늘리겠습니다!"

미즈키가 전화를 꺼내 다른 수색 멤버에게 요령껏 지시를 전달하기 시작했다. 현재 보스의 교육 덕분인지 집단이 제법 잘 통제되는 것 같았다.

유카가 갑자기 감개무량하다는 듯이 말했다.

"그건 그렇고 진짜 찰떡궁합이다, 구리랑 아사바. 좋겠다⋯⋯. 몇 살이 되어도 변하지 않는 남자들의 우정. 나, 조금 질투가 나."

"안 변하기는 무슨. 질투 안 해도 돼."

구리타와 아사바가 나란히 치를 떨며 얼굴을 찡그려서 유카
가 푸훗 웃음을 터뜨렸다.

＊

　옷 가게를 나온 구리타 일행은 양산 남자가 도망쳤다는 가
미나리몬 거리 동쪽으로 걸으며 가게 종업원과 인력거꾼을 대
상으로 탐문을 시작했다.

　얼마 지나지 않아 전화가 걸려오면서 차례차례 보고가 들어
왔다.

　"넵! 양산을 쓰고 자전거를 탄 남자를 목격한 자가 있습니
다! 어제저녁, 에도 거리에서 보았다고 합니다!"

　"저도 목격자 증언을 확보했습니다! 저녁 7시를 전후해서
고토토이바시 서쪽 교차로에서 가방 가게의 종업원이 목격했
다고 합니다. 조사를 계속하겠습니다!"

　불량배들이 연달아 전해주는 보고 전화를 들은 구리타는 얼
굴을 찌푸렸다.

　"어이 어이, 이 녀석들 형사 드라마를 너무 많이 본 거 아니
야……?"

　아사바가 나른하게 손바닥을 펄럭이며 대꾸했다.

"따지자면 원래 붙잡히는 쪽인데."

"그런 소린 하지 마."

아무튼 들어온 보고를 종합하면, 괴한은 가미나리몬 거리에서 에도 거리로 북상했고 그 후에 고토토이 거리를 직진해 스미다 강을 따라 북쪽으로 자전거를 타고 움직였다.

목격한 시각과 조합하면 이동하는 속도가 생각보다 느리다. 양산, 그리고 아마 익숙하지 않은 로드바이크라는 이중 오산 때문이 아닐까.

"그런데 도대체 어디로 가는 거지? 방향으로 보면 아라카와 구인데."

"예전부터 범죄를 저지른 놈은 북쪽으로 도망친다는 말이 있지. 일단 정리해볼까."

아사바는 스마트폰 화면에 지도를 표시해 목격 지점과 시각을 입력했다.

괴한은 에도 거리 북쪽, 아라카와 구에 있는 공업계 고등전문학교 근처에서 마지막으로 목격되었다. 그때는 이미 밤이어서 양산을 쓰지 않았고 페달을 밟는 모습도 매우 지쳐 보였다고 한다.

"음, 어떨까. 어제하고 오늘이니……. 시간적으로도 체력적으로도 그렇게 멀리 못 갔을 것 같은데."

아사바는 턱 끝을 문지르며 생각에 잠겼고, 구리타는 옆에서 지도를 들여다보며 별생각 없이 중얼거렸다.

"지쳤다면 어디서 밤을 보냈을지도 모르지."

그때 유카가 무언가 깨달은 표정으로 화면을 가리켰다.

"여기! 전문학교 근처에 큰 공원이 있어. 도가시라는 사람, 여기서 쉬지 않았을까? 수풀에 자전거를 숨기고 벤치에서 잤다거나."

구리타는 가능성을 검토했다.

유카가 가리킨 시오이리 공원은 아라카와 구에서 가장 규모가 큰 도립공원이다. 넓고 개방적인 장소여서 로드바이크를 타고 들어가기에도 적합할……까?

그럴 수도 있고 그렇지 않을 수도 있는 미묘한 선이다. 근거가 부족했다.

그러나 유카가 이렇게나 열렬하게 제안하니까 조사해보고 싶었다.

"어이, 아사바."

다행히 아사바도 같은 생각에 도달했는지 "알고 있어" 하고 고개를 끄덕였다.

"도중에 집에 들르자. 차를 가져올 테니까."

아사바가 운전해 온 세단을 주차장에 세우고 구리타 일행은 시오이리 공원으로 들어갔다.

오랜만에 왔는데 역시 넓었다. 도가시 슌이 만약 아직 공원 안에 숨어 있더라도 쉽게 발견하긴 어려울 것 같았다.

"흠, 온 것까진 좋은데 지금부터 어쩌지?"

유카가 난처해하며 뒤통수를 긁적였다. 구리타는 "글쎄다" 하며 주위를 둘러보았다.

"일단 주변부터 탐문을 해볼까. 어쨌거나 출입구는 반드시 지나야 하니까. 다른 루트로 이어질 포인트를 순서대로 살펴보자."

"그럴까? 공원에 오래 머물렀을 것 같은 사람한테 물어보면 되겠지."

구리타와 유카와 미즈키가 마주 보고 고개를 끄덕이는 옆에서 아사바는 멀리 둘러보더니 앞머리를 쓸어 넘겼다.

"저기 있는 사람, 뭔가 봤을지도."

아사바가 바라보는 방향에는 미대생인지 알루미늄으로 된 자그마한 세 발 의자에 앉아 활엽수를 그리는 여성이 있었다. 출입구를 오가는 인물도 대충 보일 각도였다.

물론 도가시가 이 공원에 왔을 보장이 애초에 없으므로 큰 기대를 하지 않고 물어보았다.

　"실례합니다. 이상한 질문을 해서 죄송합니다만……. 이 근방에서 양산을 쓰고 자전거를 탄 사람을 보지 못하셨죠?"

　구리타는 반쯤 부정적인 대답을 예상하고 물었는데, 뜻밖의 전개가 펼쳐졌다.

　"봤어요."

　"예에?"

　너무 선뜻 대답이 돌아와서 모두 경악했다.

　"어, 언제요? 어디에서? 그 자전거는 어떤 색이었죠?"

　유카가 몸을 불쑥 내밀고 묻자, 스케치북을 든 여성은 조금 놀라며 대답했다.

　"아까…… 한 20분쯤 전에요. 양산을 쓴 어떤 사람이 자전거를 끌고 와서 저기 출입구로 나갔어요. 자전거 색은…… 파란색이랑 초록색의 중간색일까요? 브레이크 없는 자전거처럼 생겼는데 디자인이 참 멋있었어요."

　구리타 일행은 묵묵히 서로 마주 보았다.

　미즈키의 로드바이크가 분명했다. 사태가 일각을 다투었다.

　"메르시, 마드무아젤!"

　아사바가 뜬금없이 프랑스어로 인사를 남겼다. 구리타 일행은 기가 막힌 표정을 지으면서도 왠지 아쉬워하는 여성에게서 몸을 돌려 일제히 뛰기 시작했다.

자전거를 끌고 있다면 펑크가 났거나 혹은 어떤 사고가 있었는지 모른다. 20분 전이라면 붙잡을 수 있다.

구리타 일행은 시오이리 공원을 나와 주변을 둘러보며 가와노테 거리를 북쪽으로 올라갔다.

스미다 강을 건너 교차로에 도착한 시점에서 어느 쪽으로 갈지 망설였다. 분담해서 찾을 것인가 아니면 탐문할 것인가. 고민하는 중에 유카가 새된 소리를 질렀다.

"저기, 저기 봐! 저 자전거!"

깜짝 놀랐다. 유카가 가리킨 너머에 맨션이 있었는데, 그 주변을 두른 담에 청록색 로드바이크가 세워져 있었다.

"아앗! 저거 내 거다!"

미즈키가 튕기듯이 뛰어가서 구리타 일행도 뒤를 쫓았다.

따라가기 힘들 정도로 미즈키의 발이 잽싸다는 것을 새롭게 발견했는데, 아마 그만큼 기쁨을 주체하지 못했으리라. 구리타와 아사바가 따라잡았을 때, 미즈키는 남의 시선도 신경 쓰지 않고 함박웃음을 지으며 핸들에 뺨을 비비고 있었다.

"이거예요! 이거, 제 로드바이크……!"

"다행이네……. 다행이야, 정말."

뒤처져서 쫓아온 유카가 숨을 헐떡이면서도 기쁘게 웃으며 말했다.

혹사당한 탓인지 로드바이크의 앞바퀴와 뒷바퀴가 터졌지만 달리 눈에 띄는 외상은 없었다. 타이어만 교체하면 원래대로 돌아갈 것이다.

"구리타 씨, 다들 도와주셔서 고맙습니다! 펑크가 났지만 이렇게 무사히 돌아오다니 정말 어떻게 감사를 드려야 할지 모르겠어요…… 고맙습니다!"

"모르겠다면서 인사 잘하고 있네! 됐으니까 신경 쓰지 마."

구리타는 웃으면서 앞으로는 도둑맞지 말라며 미즈키의 어깨를 가볍게 두드렸다.

"뒤는 우리에게 맡겨. 유카랑 미즈키는 여기 있어."

"구리? 뭘 할 생각이야?"

"추격."

구리타는 짧게 대답했다.

"로드바이크를 버린 이유는 여기에서 앞뒤 타이어가 다 터졌기 때문이겠지. 아직 그렇게 멀리는 가지 못했을 거야."

구리타는 맨션 오른쪽으로 쭉 뻗은 좁은 길을 턱짓했다. 전봇대 아래에 봉이 휘어진 양산이 아무렇게나 버려져 있었다.

그리고…… 골목 안쪽에는 오래되어 도장이 여기저기 벗겨진 이층집 폐가가 있었다.

창틀은 떨어졌고 안이 어두컴컴해서 내부를 확인할 수 없으나 아무리 봐도 수상한 분위기였다.

아사바가 이마에서 살짝 땀을 흘리면서도 건방지게 입술 끝을 올렸다.

"아마…… 그 도가시라는 놈, 바퀴는 터지고 지치기도 해서 반쯤 자포자기했을 거야. 붙잡으려면 지금이 기회야. 나와 구리타가 정리하고 오겠어."

"자, 잠깐만. 구리, 아사바! 위험하니까 누구든 사람을……."

"금방 돌아올게!"

구리타와 아사바는 나란히 폐가를 향해 뛰어갔다.

*

출입구에 문이 없는 대신 낡은 나무판이 기대어 있었다. 그 틈새를 지나 폐가 내부로 발을 들인 순간, 톱밥의 독특한 냄새가 코를 찔렀다.

유리가 없는 창으로 들어오는 미미한 자연광이 유일한 광원이었다. 각도로 따져 태양 위치가 반대쪽이라 어두컴컴해서 갑자기 밤이 된 것 같았다.

"들리냐, 아사바. 이 소리……."

"2층이야. 아무쪼록 조심해라, 구리타."

구리타와 아사바는 속삭이며 고양잇과 동물처럼 소리를 죽여 안으로 걸어 들어갔다.

삐걱삐걱 소리가 나는 나무 계단을 천천히 오르자, 아까부터 들리던 소리에 짐승 같은 나직한 울음소리가 섞이기 시작했다.

……대체 뭐지?

계단을 다 올라가 2층의 어스름을 둘러본 순간, 구리타의 심장이 쿵쿵 뛰었다.

안쪽 창으로 비치는 역광 속에 새까만 등이 떠올랐다.

그는 비틀거리는 발걸음으로 받침대에 올라가더니 천장에 늘어뜨린 줄에 목을 매달려고 했다.

"그만둬!"

구리타는 충동적으로 소리치며 질주했다.

뒤에서 아사바가 말리는 소리가 들렸지만 아드레날린이 분출되어 귀에 입력되지 않았다.

도가시 슌은 아오이의 손을 다치게 해서 화과자 장인으로 살아갈 미래를 빼앗은 놈이다. 본심을 밝히자면 속이 풀릴 때까지 패고 싶었다.

그러나 스스로 목숨을 끊는 것은 논외였다. 그것만큼은 절대 해선 안 된다.

부모, 형제, 친구, 남겨진 자가 얼마나 슬퍼할지 상상해본 적이 있을까. 아오이 역시 그의 죽음을 슬퍼하며 마음에 더 깊은 상처가 남을 것이다. 어떻게든 구해야만 한다.

착잡한 상념들을 떠올리며 구리타는 돌진해 남자를 몸으로 박았다.

쿠웅, 둔한 충격과 함께 둘은 한데 뭉쳐 바닥에 쓰러졌다. 어둠 속에 먼지가 피어올랐다.

"구리타, 괜찮아?"

"나는 괜찮아. 도가시를……."

"맡겨둬!"

뛰어온 아사바가 신음하는 남자를 단숨에 제압해서 구리타는 안도했다.

다행이다. 아슬아슬한 타이밍이었지만 어떻게든 그의 목숨을 구하고 무사히 확보했다.

어깨에서 힘을 뺀 순간 "어라?" 하고 아사바가 억양 없이 중얼거렸다. 상태가 이상했다.

"다, 당신들 누구야? 갑자기 이게 뭡니까……."

남자가 한 말에 위화감을 느낀 구리타는 그를 돌아보고 절규했다.

도가시 슌이 아니었다.

역광에 등만 보여서 오해했다.

창으로 들어오는 흐릿한 빛을 받은 그는 자그마한 체구의 중년 남성이었다. 입은 옷도 지저분하고 해져서 주름이 잔뜩 잡혔지만 자세히 보니 까만 양복이었다.

"어, 어이⋯⋯. 나, 이 사람 본 기억이 있는데 혹시."

낭패해서 중얼거리는 아사바에게 구리타도 식은땀을 흘리며 "그러게" 하고 맞장구를 쳤다.

"혹시⋯⋯ 겐모치 씨?"

구리타가 망설이며 묻자, 남자는 입을 꾹 깨물고 마지못해 고개를 끄덕였다.

어처구니없는 실수였다.

그러고 보면 도가시 슌이라는 확증 따위 하나도 없이 그저 로드바이크를 훔친 범인의 행동이 수상했다는 단서만 있었을 뿐이었다. 추적한다는 흥분 때문에 어느새 판단력이 흐려졌나 보다.

폐가 2층에서 남몰래 목을 매려던 남자는 옷 가게에서 텔레비전 뉴스로 본 유명인, 회사가 도산해 자취를 감춘 전직 IT 기업의 사장인 겐모치였다.

세 사람은 침묵 속에서 한동안 무슨 말을 어떻게 꺼내야 할지 망설였는데 결국 구리타가 자리에서 일어나 옷의 먼지를 털면서 입을 열었다.

"……어쨌거나 인간은 살아만 있으면 어떻게든 됩니다. 두 번 다시 이런 짓은 하지 마세요."

겐모치는 폐가 바닥에 책상다리를 하고 앉아 아무 대꾸도 하지 않았다.

텔레비전에서는 자신감이 넘치고 늘 말쑥하게 차려입은 겐모치였는데 가까이에서 보니 생각보다 덩치가 작아서 궁상맞아 보였다.

피로와 스트레스 탓인지 생기를 잃은 표정에 의욕이 없고 너덜너덜해진 인상이 두드러져서 사십대 후반이 아니라 오십대 후반으로도 보였다.

"살아 있어도…… 이젠 어떻게도 손쓸 도리가 없소."

나직하게 중얼거린 겐모치를 구리타는 의아하게 바라보며 되물었다.

"도리가 없다니요, 어째서?"

그는 얼굴을 한 손으로 덮고 더듬거리는 말을 엮어내기 시작했다.

"왜냐하면 나는 전부 다 잃고 말았으니까……."

회사의 자금 융통이 잘 풀리지 않은 것이 모든 일의 발단이었다고 겐모치는 말했다.

반드시 이익을 낼 수 있다고 추천을 받아 해외 FX거래*에 손을 댔으나 원금을 거의 다 잃어 악몽과도 같은 막대한 손해를 내고 말았다.

그래서 탈세를 시작했는데, 어느 날 국세청의 조사가 시작되어 재산을 전부 압류당해 회사가 도산했다. 덧붙여 빚도 어마어마했다.

절망한 겐모치는 스스로 목숨을 끊으려고 했지만, 죽기 전에 오랫동안 만나지 못한 고향에 계신 어머니 얼굴을 한 번만 보고 싶었다. 전철을 탈 돈이 없으니 걷기로 했다.

화려하게 차려입고 텔레비전에 나와 페라리를 타고 이동하는 식으로 과도하게 연출한 전적 때문에 평범하게 길을 걷는 행위조차 부끄러웠다.

양산으로 얼굴을 가린 이유도 그래서였고 자전거를 훔친 이유는 그냥 어쩌다 보니.

세워진 자전거와 충돌해 쓰러뜨린 직후, 우연히 열쇠가 채

---

* 개인이 금융업체에 일정한 증거금을 맡기고 이 금액의 수배에서 최고 100배까지 외환을 사고 팔 수 있는 거래.

워지지 않은 로드바이크를 보았고 그것을 타면 빨리 이동할 수 있겠다 싶었다. 회사가 든든했을 당시, 자전거를 타고 활기차게 출퇴근하던 젊은 사원이 떠올랐다.

그러나 타는 법을 잘 몰라서 바퀴가 다 터지는 바람에 오히려 발을 묶는 원인이 되었다.

역시 재수가 없을 때는 뭘 해도 안 된다는 자조에 빠져 어머니를 만나는 것도 포기하고 이 폐가에서 전부 다 끝내려고 했다……. 겐모치는 이렇게 이야기를 마쳤다.

"……겐모치 씨는 이 주변 출신이셨군요."

손가락으로 미간을 문지르며 구리타가 말하자 겐모치는 "예에" 하고 힘없이 대답했다.

"그렇지만 벌써 10년 이상 집에 돌아가지 않았죠. 돌아가도 환영받지 못하니까 당연하다면 당연하지만."

그러고 보니 옷 가게 주인이 겐모치의 뉴스를 열심히 봤던 이유가 출신지에 있었다. 동향인이어서 그의 당당한 태도를 동경했다고 말했다.

"그래서 지금부터 어떻게 하시려고요?"

구리타의 물음에 겐모치는 고개를 축 늘어뜨리고 힘없이 가로저었다.

"글쎄……. 솔직히 속수무책입니다. 회사도 돈도 명예도 전부 잃고 남은 것이라곤 빚더미뿐이니까. 지금에 와서 어머니를 뵌다고 없던 미련이 생겨나는 것도 아니고요. 지금은 그저 내가 한심하고 부끄러울 따름……."

"이것 보쇼."

지금까지 조용히 지켜보던 아사바가 갑자기 건들거리는 말투로 끼어들었다.

"당신 같은 사람을 세상에서 뭐라고 하는지 알아?"

맥락에 어울리지 않는 질문을 받아 의아해하는 겐모치에게 아사바는 싱글싱글 웃으며 말했다.

"쓰레기."

"……읏!"

겐모치가 얼어붙자, 아사바는 눈을 더욱 가늘게 뜨고 부드럽게 웃으며 특기인 독설을 퍼붓기 시작했다.

"그야 전부 다 당신이 잘못했으니까. FX로 손해를 본 것도 탈세가 들킨 것도 회사가 망해서 도망친 것도 다 자업자득이잖아. 불쌍한 건 일자리를 잃은 사원들이야. 사원들한테도 생활이 있고 가족이 있다고, 당신 그거 알고나 있어? 도망치고 있을 상황이야?"

소규모 회사라곤 해도 아사바 제작소의 사장 아들인 아사바

의 발언은 말투에 가시가 돋쳤지만 내용은 찍소리도 못 할 정
론이어서 겐모치는 말문이 막혔다.

"착실하게 일해서 열심히 빚을 갚는 게 인간으로서 할 도리
야. 자기 마음대로 안 된다고 이 세상에서 도망치려는 발상은
최악이네. 어떤 의미에서 쓰레기의 최고봉이야."

"어이, 야, 아사바. 그 정도로 해."

어울리지도 않게 구리타가 중재에 들어간 것은 인정사정없
는 독설의 집중포화를 맞은 겐모치가 몽롱한 눈으로 입을 멍
하니 벌리고 반쯤 정신을 놓았기 때문이다.

정론인 만큼 심장을 깊이 후벼 팠을 것이다.

처절한 절망을 얼굴에 써 붙인 겐모치는 혼잣말처럼 중얼거
렸다.

"쓰레기……. 그렇군요. 나는 쓰레기……."

"아니, 아닙니다. 그렇게까지 자신을 비하하지 마세요, 겐모
치 씨! 누구나 실수는 할 수 있으니까. 일단 어머님께 가죠. 이
근처라고요?"

구리타는 망가진 인형처럼 고개를 끄덕이는 겐모치에게 어
깨를 빌려주어 일으켜 세웠다.

아사바가 사람을 진흙탕에 처박는 소리를 하니까 일이 이렇
게 됐다는 생각에 내심 짜증이 났지만, 이대로 내버려두기에

는 뒷맛이 안 좋고 자칫했다가 다시 자살을 시도할지도 모른다. 조금만 더 같이 행동하며 상태를 지켜봐야겠다.

*

길을 걸으면서 겐모치는 더듬더듬 말했다.

옛날 사람인 어머니는 겐모치가 하는 일이 견실하지 않다고 늘 싫어했다.

당시 겐모치는 그런 어머니를 고리타분한 생각이나 하는 노인네라고 우습게 보았고 무엇보다 귀찮았다. 자신이 태어나고 자란 집도 따분하다고 생각해 전면적으로 부정했다.

그래서 오랫동안 돌아올 생각도 하지 않았는데…….

"에이, 사장님. 그렇게 떨지 마세요."

"아, 알겠어요."

유카에게 등을 떠밀린 겐모치가 덜덜 떨면서 현관문으로 향했고 구리타와 아사바가 그 뒤를 따랐다.

겐모치의 본가는 지붕 함석판이 군데군데 녹슨 단층집이었다. 벽도 얼룩처럼 색이 바래서 전체적으로 초라했다.

본가로 향하기 전에 유카에게 전화해 사정을 설명하자, 유카도 냉큼 합류했다.

미즈키는 범인이 당연히 도가시라고 믿었기에 정체를 알자 당황했는데, 겐모치가 전화 너머로 사과하자 생각보다 쉽게 용서해주었다.

"회사가 망해서 자포자기하신 거군요……. 뭐, 로드바이크가 멀쩡히 돌아왔으니까 저는 불만 없습니다. 건강하세요, 겐모치 씨. 저는 얼른 이 녀석을 수리하고 싶어요!"

그렇게 말한 미즈키는 구리타 일행과 헤어져 냉큼 자전거 가게로 향했다.

"자, 용기를 내시라니까요. 사장님!"

"아, 알겠다니까요! 그렇지만 나한테도 마음의 준비가……. 아아악!"

유카가 잽싸게 손을 뻗어 현관 초인종을 누르자, "네에" 하고 안에서 목소리가 들렸다.

곧 문이 열리고, 안에서 일흔 살 전후의 온화해 보이는 노부인이 고개를 내밀었다. 겐모치의 어머니이리라. 겐모치를 본 순간, 노부인이 눈을 휘둥그렇게 뜨고 굳어졌다.

아들 쪽도 마찬가지여서 무슨 말을 해야 할지 몰라 혼란스러운 상태였다.

10년이 넘게 돌아오지 않았다고 하니 둘 다 당연한 반응이었는데, 그 긴박한 침묵을 깬 것은 어머니였다.

"……어서 오렴, 데루히사."

아무 일도 없었다는 듯이 겐모치의 어머니가 자애롭게 미소 지었다.

어머니의 반응에 겐모치는 얼어붙은 10년이라는 세월이 단 숨에 녹은 것처럼 긴장한 뺨을 풀었다.

"다, 다녀왔습니다……."

"갑자기 돌아오다니 무슨 일이라도 있니? 미리 연락이라도 해주지 그랬어."

"아니, 그게…… 갑자기 일정이 비었어. 다른 회사랑 상담할 일이 있어서 근처까지 온 김에."

"그랬니? 아무튼 바쁜데 잘 왔다. 그 청년들은 친구니? 아아, 여러분. 좁은 집이지만 들어와요."

"안녕하세요, 실례하겠습니다."

구리타 일행은 겐모치와 그의 어머니를 따라 집으로 들어갔다. 뒤에서 보니 어머니의 손에 두꺼운 붕대가 손등부터 손목까지 감겨 있어서 마음에 걸렸다.

텔레비전이 켜진 거실로 들어간 구리타는 깜짝 놀라 등을 쭉 폈다.

화면에 겐모치의 뉴스가 나오고 있었다.

돈이야말로 내 인생이라며 호언장담한 인터넷 시대의 총아,

겐모치 데루히사의 몰락한 인생.

탈세, 회사 도산, 막대한 빚…… 충격적인 단어가 이어지고, 행방을 감춘 그는 지금도 어딘가에 잠복 중일 것이라고 아나운서가 냉철한 목소리로 보도했다.

겐모치의 어머니는 아들을 돌아보고 시선을 바닥으로 떨어뜨리며 말했다.

"……사실 언젠가 이렇게 될지도 모른다고 생각했단다. 너, 텔레비전에 나와서 꿈같은 소리만 해댔지. 엄마처럼 세상 물정 모르는 사람도 거짓말인 줄 금방 알아차렸어."

말없이 얼굴을 딱딱하게 굳힌 겐모치에게 어머니는 한숨을 섞어 타일렀다.

"사람은 말이다, 거짓말이 서투를수록 좋단다……. 데루히사는 내면이 착한 사람이잖니. 그러니까 견실하게 살면서 일하길 바랐어. 집에 돌아오면 한바탕 설교해줘야겠다고 언제나 생각했단다. 그런데 너는 어찌나 박정한지 아예 와주지도 않았지."

겐모치의 어머니는 미간을 찡그리고 아들을 정면에서 바라보았다.

"그래도…… 이런 일이 생겼는데 연락도 안 되니까…… 일이 이렇게 되니 참 신기하더구나. 너를 생각만 해도 가슴이 아파서 밤에 잠도 제대로 못 잤어. 네가 지금 얼마나 괴로울지, 얼마나 불안할지 생각하면……. 그러니까 이제 괜한 말은 안 하마."

어머니는 쓸쓸하게 웃으며 말했다.

"잘 돌아왔다, 데루히사. 여긴 네가 자란 집이야. 어느 누가 무슨 말을 해도 이 세상에서 엄마만은 네 편이야. 안심하고 마음껏 쉬다 가렴. 응?"

"어, 어머니……."

두 눈 가득 눈물이 고인 겐모치를 어머니는 마치 어린아이를 대하는 것처럼 얼렀다.

"뭐 먹고 싶은 거 없니? 초밥이라도 주문할까?"

겐모치는 말없이 천천히 그 자리에 무너지듯 무릎을 꿇고 소리 죽여 오열했다. 그의 조금 벗어진 머리를 겐모치의 어머니가 묵묵히 쓰다듬었다.

구리타 일행도 왠지 가슴이 막혀 와 모자의 포옹을 그저 가만히 지켜보았다.

*

한참 후, 눈물을 거둔 겐모치는 먹고 싶은 것이 없느냐는 어머니의 질문에 얼굴을 살짝 붉히면서도 물만주라고 대답했다.

"물만주…… 어머니, 예전에 여름이면 자주 만들어주셨잖
아요? 그게 계속 생각나더라고요."

"겨우 그런 걸로 괜찮니? 그런데 재료가 없는데……. 게다가
지금 오른손 인대가 좀 상해서."

그래서 붕대를 감았나 보다. 구리타는 어머니의 손등을 감
싼 붕대를 바라보았다.

"마음 같아서는 꼭 먹여주고 싶은데……."

"아니, 아니에요! 괜찮아요! 다쳤으면 무리하지 마세요, 어
머니!"

겐모치가 상처를 염려하며 말렸지만 어머니는 물만주를 만
들어주지 못해 너무나 아쉬워했다. 두 모자를 바라보며 유카
가 구리타의 옆구리를 쿡 찔렀다.

"있지, 구리."

"하고 싶은 말이 뭔지 알아."

"그럼 어떻게든 해줘!"

"해주지 못할 것은 없는데……."

모자의 넘치는 정에는 구리타도 감동했으나 그 틈에 발을
들여도 좋을지 몰라 망설이자, 옆에 선 아사바가 갑자기 득의
만면해서는 헛소리를 했다.

"델리카시가 없네, 유카는. 이해를 좀 해줘라."

"뭘?"

아사바는 의미심장한 웃음을 지으며 일부러 들으라는 듯이 소리를 높였다.

"무서운 거야, 구리타는."

"하……?"

의미를 모르겠으나 가만히 듣고 넘길 수 없는 소리여서 구리타가 아사바를 노려보자, 그는 받아치듯이 손가락을 딱딱 아니꼽게 울렸다.

"한마디로 구리타는 맛있는 물만주를 만들 자신이 없는 거지. 10년 만에 모자가 재회했는데 현역 화과자 장인이 맛대가리 없는 음식을 내놨다가는 쪽팔리잖아! 그러니까 겁이 나는 거야."

머리에 피가 확 솟구쳤다.

구리타는 반사적으로 겐모치 모자를 바라보며 선언했다.

"겐모치 씨. 괜찮다면 제가 물만주를 만들어도 될까요? 저는 구리타라고 합니다만, 실은 구리마루당이라는 가게를 운영하는 화과자 장인입니다."

"엇, 그러신가요?"

겐모치와 그의 어머니는 구리타의 갑작스러운 제안에 조금 당황했으나 곧 마주 보고 고개를 끄덕였다. 어머니는 고마워

어쩔 줄 모르며 손을 모았다.

"그러면 이렇게 부탁할게요, 구리타 씨. 오랜만에 돌아온 아들이 저렇게 먹고 싶다는 걸요."

"맡겨주십시오."

구리타는 겐모치의 어머니에게 강하게 고개를 끄덕이고, 힐끔 아사바를 곁눈질했다.

……솔직히 말해서 물만주를 만들어주고 싶은 마음이 컸다. 아사바가 묘하게 의기양양한 표정으로 입술 끝을 올리고 있어서 불쾌했지만, 도발에 넘어가 받아들인 형태를 만들어준 것에 마음으로나마 고맙다고 하고 싶었다.

구리마루당에 있는 도구와 재료를 가져다 달라고 시호에게 전화를 걸고 15분 후, 밖에 택시가 멈췄다가 다시 출발하는 소리가 들리더니 곧 느긋한 목소리가 울려 퍼졌다.

"안녕하세요, 물만주 재료를 가져왔어요."

"어?"

당연히 나카노조가 올 줄 알았던 구리타는 깜짝 놀랐다.

현관에는 커다란 종이봉투를 든 아오이가 느긋하고 환한 웃음을 지으며 서 있었다.

"아오이 씨, 왜 여기에……? 집에 돌아간 거 아니었어?"

"아, 돌아가려고 했는데 중간에 구리마루당으로 가서 구리타 씨가 오길 기다렸어요. 사실 말씀드리려다가 깜박한 게 있어서요."

구리타가 유카, 미즈키와 함께 가게를 떠나고 얼마 지나지 않아 아오이가 와서 엇갈렸나 보다. 아오이는 가게에 앉아 간식을 먹으며 구리타가 돌아오기를 기다렸다고 한다.

"뭔데? 깜박한 얘기가 그렇게 중요한 거야?"

"네, 내일 출발할 시간요."

허를 찔려 구리타가 멍하니 눈을 깜박이자, 아오이가 진지하게 검지를 척 들고 말했다.

"가게로 가겠다고 말해놓고서 시간을 깜박했지 뭐예요. 9시 정각에 갈게요! 그러니까 아침 8시쯤 일어나서 밥을 배부르게 드시고 달인 엽차라도 느긋하게 한잔하면서 기다려주세요."

"아, 아아……. 나 여름에는 보리차를 마시니까 그걸 마실게. 아니, 용건이 그것뿐이야?"

"네."

환하게 웃는 아오이 앞에서 구리타는 관자놀이를 꾹 눌렀다. 겨우 그 말을 하려고 가게까지 돌아오다니 성실함에도 정도가 있다. 역시 순진무구한 아가씨였다.

조만간 개인용 전화를 마련하라고 꼭 말해야겠다고 생각하면서, 구리타는 아오이가 구리마루당에서 가져온 종이봉투를 받아 들고 겐모치 모자에게 아오이를 간단히 소개했다.

모처럼 이렇게 됐으니 아오이가 지켜보는 가운데 물만주를 만들기로 했다.

둘이 나란히 부엌으로 가는 도중, 복도 벽에 나른하게 기대 선 아사바와 마주쳤다.

"와아, 오랜만이에요. 아사바 씨."

아사바는 조금 딱딱하게 웃어 보이며 말없이 인사를 받았다. 왠지 미묘한 분위기를 느꼈지만 캐물을 상황이 아니었다.

구리타와 아오이는 부엌에서 하얀 가운을 걸치고 물만주 만들기에 얼른 돌입했다.

*

물만주, 갈분만주, 수선화만주. 모두 여름철의 대표적인 화과자인데, 이름을 들은 사람들이 떠올리는 비주얼은 아마 비슷할 것이다.

작고 동그란 팥소 덩어리를 투명하고 싱싱한 반죽으로 감싸서 찐 나마가시. 물방울 형태를 과자로 구현한 그 탱글탱글하고 윤기 흐르는 반죽은 갈분, 즉 칡가루로 만든다.

갈분을 이용해서 만든 구즈키리*의 원형을 '수선화'라고 부른다. 무로마치 시대에 중국에서 전해졌을 때는 '스이센(水纖)'이라는 이름이었는데, 후에 그와 발음이 비슷한 꽃 이름으로 바뀌었다.

따라서 '수선화'는 칡을 사용한 과자를 뜻하는 말이기도 해서 수선화치마키**는 칡치마키, 수선화만주는 갈분만주와 거의 동의어이다.

"그리고 그 갈분만주를 벚나무 잎으로 감싼 것을 갈분사쿠라……라고 하는 식으로 다양한 이름이 있는데, 화과자로서 주안점은 같아요. 팥소를 갈분으로 만든 반죽으로 감싸서 찐 과자로, 부드럽게 목을 넘어가는 청량한 맛을 즐기는 것이죠. 단, 물만주의 반죽은 갈분으로만 만들지 않고 전분이나 한천, 겔화제를 넣어서 만들기도 하죠."

아오이가 유창하게 지식을 늘어놓아서 구리타는 고개를 끄덕였다.

"질 좋은 갈분은 비싸니까."

---

* 갈분을 물에 녹여 가열했다가 식혀 길쭉하게 국수처럼 굳힌 것을 잘라 먹는 과자의 일종. 꿀을 찍어 먹거나 냄비 요리에 사용하기도 한다.
** 치마키는 대나무 잎이나 띠 따위로 말아서 찌거나 삶아 먹는 과자를 말한다. 주로 5월 5일 단오에 먹는다.

"가격과 보존성을 생각하면 그런 선택도 있을 법하다고 생각해요."

그러나 구리마루당의 물만주는 순수하게 갈분만 사용한다. 오래가지 않으니 가게에서 먹는 것이 전제인데, 그만큼 맛있다고 확신하므로 이번에도 그렇게 만들 것이다.

다행히 아오이가 팥소를 용기에 담아 가져와준 덕분에 갈분으로 반죽만 만들면 끝이었다.

구리타는 비장의 요시노참칡 분말을 종이봉투에서 꺼내 볼에 투입하고 그 네 배쯤 되는 양의 물을 부었다. 뭉치지 않도록 적당히 섞어 체로 한 번 거른 뒤에 설탕을 넣었다.

설탕이 치우침 없이 부드럽게 녹았을 때쯤에 냄비로 옮겨 눋지 않도록 약불로 가열하며 나무 주걱으로 정성껏 섞었다.

아오이가 냄비에 든 갈분을 보며 흥겹게 소리쳤다.

"와아, 갈분 특유의 보글보글 예쁘고 투명한 느낌이 나기 시작했어요!"

"응, 점성도 딱 적당하게 생겼어."

입가를 누그러뜨리며 웃음을 나눴다. 함께 화과자를 만드는 이 시간은 구리타에게 각별했다.

물론 일은 정밀히 해야 한다.

가열하면서 섞으면 투명감과 독특한 점착성이 생긴다. 구리타는 옹어리가 남지 않도록 휘저어 걸쭉하면서도 부드럽게 끈적거리는 갈분 반죽을 만들어갔다.

갈분이 반투명이 된 시점에 화상을 입지 않도록 손바닥을 가볍게 물로 적셔 재빨리 반죽을 건져냈다.

반죽 중앙을 움푹 패게 해 동글동글한 팥소를 넣고 부드럽게 감싸 동그랗게 뭉쳤다.

자그마한 사기잔을 이용해 돔 형태로 만드는 방법도 있지만, 손으로 뭉치는 편이 온기가 전달되어서 구리타는 더 선호한다. 냄비 안의 갈분 반죽을 차례차례 건져 솜씨 좋게 팥소 구슬을 만들었다.

드디어 둥그스름한 갈분 덩어리가 전부 열 개, 젖은 행주 위에 나란하게 놓였다. 행주에 얹은 채로 몇 분쯤 찌면 갈분이 투명하게 비춰 보이는 아름답고 맛있는 물만주가 완성된다.

*

젠모치 데루히사가 어머니와 쌓아둔 이야기를 나누고 있을 때, 구리타가 기운차게 거실로 들어왔다.

"다 됐습니다. 자, 드셔보세요!"

물만주를 본 순간, 젠모치는 그 아름다움에 감동했다.

이 얼마나 청량한가. 물로 만든 보석처럼 반짝반짝 투명감이 넘치는 물만주였다.

그것을 바닥이 깊은 유리그릇에 두 개씩, 얼음물과 함께 담아 구리타는 모두에게 나눠주었다.

젠모치, 젠모치의 어머니, 아오이, 유카, 아사바……. 거실 탁자를 둘러싸고 앉은 다섯 명은 한동안 아름다운 물만주를 황홀하게 바라보았다. 이윽고 젠모치가 크기가 조금 큰 숟가락을 손에 들었다.

"그릇에 담은 물도 구리마루당에서 가져왔습니다. 물만주와 같이 떠서 드세요."

"네에. 그러고 보니 어머니가 예전에 만들어 주신 물만주도 얼음물에 담겨 있었어요……."

구리타의 말에 대답하며 젠모치는 그릇 안의 물만주를 숟가락으로 퍼서 입에 넣었다.

아니, 정말로 입에 들어갔을까?

마치 물만주가 입에서 투욱 튀어나오는 것만 같았다.

그 정도로 부드럽게, 날것의 싱싱함이 가득 넘쳤다.

그 직후에 입을 채우는 차가우면서도 최고의 청량감. 탱글탱글 재미있는 식감이 뺨 안쪽과 혀에 은은한 단맛을 새겨주었다.

틀림없이 최고급 갈분을 썼으리라. 겉 반죽이 녹아내릴 것처럼 최고로 부드러웠다.

이 투명한 섬세함을 계속 입에 남기고 싶다……는 아쉬움을 떨치고 깨물자, 이가 부들부들한 탄력을 쑥쑥 헤치고 들어가 중심부의 으깬 팥소에 닿아 폭신폭신 기분 좋은 단맛이 퍼졌다.

소박하면서도 달콤한 단맛이 갈분 반죽의 산뜻하고 다디단 청량감과 절묘하게 어울렸다.

어쩜 이렇게 달콤하고 아름다운 음식이 있을까.

어느새 한입에 다 먹고 말았다.

"……맛있어."

겐모치는 저절로 눈을 꾸욱 감고 떨리는 목소리로 말했다.

"고맙소, 구리타 씨……. 예전에 어머니가 만들어주신 것처럼 맛있어요. 그보다 나으면 나았지 절대 부족하지 않은 물만주입니다."

구리타는 묵묵히 고개를 숙였다. 어머니가 "이렇게 맛있는 물만주, 나는 죽었다 깨도 못 만든다" 하고 쓴웃음을 지었지만, 겐모치는 천천히 고개를 저었다.

어려서 어머니가 물만주를 먹여주지 않았다면 지금 이것을 맛보지 못했으리라. 어려서 맛있다고 감격했던 그 감정이 시간을 뛰어넘어 최고의 물만주를 맛보게 해주었다.

지친 몸과 마음에 달콤한 청량감이 서서히 퍼져 추억이 되살아났다.

　그래, 그때 나는…….

　아버지를 일찍 여읜 겐모치는 모자가정에서 자랐다.

　어머니는 아들을 사랑했지만 여자 혼자 힘으로 아이를 키우기는 예나 지금이나 어려웠다. 생활은 넉넉하지 못해 초등학교에 다니는 내내 가난하다고 놀림을 받고 괴롭힘도 당했다.

　"데루히사는 항상 똑같은 옷만 입더라. 옷 살 돈이 없지, 이거지야!"

　"시끄러워!"

　놀림을 받으면 화가 나서 달려들곤 했는데 짓궂은 아이들은 그 반응이 재미있었나 보다. 혼자서 다수를 상대해야 하니 역부족이라 도리어 앙갚음을 당해 겐모치는 늘 뭇매를 맞았다.

　"젠장…… 젠자앙……."

　"거지야!"

　"……지고만 있지 않을 거야……. 언젠가…… 꼭."

　해 질 녘, 싸움에 비참하게 져서 울며 돌아오던 길, 우연히 어머니와 마주친 적도 있다.

　"어떻게 된 거니, 데루히사! 너…… 우니?"

"아, 아무것도 아니야!"

겐모치는 황급히 눈두덩을 문지르고 쾌활하게 웃어 보였지만 어머니의 표정은 걱정으로 어두워졌다.

"……혹시 누가 괴롭히는 건 아니니? 만약 그렇다면 숨기지 말고."

"그럴 리 없잖아! 그보다 엄마. 나는 어른이 되면 반드시 부자가 될 거야. 일본 최고의 부자가 되어서 이렇게 큰 집에서 살 거야. 그리고 엄마한테는 자동차를 사줄게. 당연히 페라리로, 페라리!"

"그래, 그래."

또 그 소리라며 어머니가 쓰게 웃더니 진심 어린 표정으로 당부했다.

"데루히사, 우리 살림은 물론 힘들지만…… 그건 너를 대학에 보내려고 지금부터 돈을 모으고 있어서 그래. 평범하면 된단다. 너는 다른 사람한테 폐를 끼치지 않는 평범한 어른으로 크면 돼……."

그렇다. 처음에는 어머니를 행복하게 해드리려는 동기로 모든 것을 시작했다.

그러나 대학에 다니는 도중에 회사를 차렸다가 운 좋게 성공해 인터넷 비즈니스라는 현대의 연금술에 홀리면서 톱니바퀴가 엇나가기 시작했다.

회사 문을 닫았다가 다시 새로 차리기를 몇 차례 반복하면서 돈은 불어났으나 어머니에게는 툭하면 직업을 바꾸는 것처럼 보였나 보다. 어느새 어머니와 관계가 소원해졌고, 길을 잘못 들어서 간절히 바랐던 소망마저 짓밟고 말았다.

"그리워⋯⋯. 어렸을 때는 가난했지만 가끔 어머니가 선물처럼 만들어주신 물만주⋯⋯ 정말 맛있었지⋯⋯."

눈물을 뚝뚝 흘리며 겐모치는 두 개째의 물만주를 먹었다. 더할 나위 없이 부드러운 갈분의 청량감과 폭신폭신한 으깬 팥소의 단맛이 몸과 마음을 위로해주었다.

겐모치는 지금에서야 소중한 무언가를 되찾은 기분이었다.

"이미 저지른 일은 바꿀 수 없어. 나는 정말 쓰레기야."

"데루히사⋯⋯?"

마주 앉은 어머니가 걱정스럽게 이름을 불렀다.

겐모치는 어린 시절의 소년처럼 얼굴을 잔뜩 구기며 쾌활하게 웃었다.

"그래도요, 어머니. 아무리 쓰레기라도 나는 꺾이지 않을 거예요! 지지 않을 거야. 이 갈분처럼 언젠가 또 반짝반짝 빛나겠어. 그러기 위해서라도⋯⋯."

겐모치는 의연하게 고개를 들었다.

"우선 빚을 갚아야지……. 앞으로 몇 년이 걸린다 하더라도 반드시!"

고난의 길이 되리라. 심장에서 피를 철철 흘리는 나날을 보낼 것이 틀림없다.

전에 갈분도 만들려면 어마어마한 노력과 끈기가 필요하다는 이야기를 들은 적이 있다.

겨울, 깊은 산중의 땅속에 뻗은 칡뿌리를 캐내 으깨고 빻아 침전한 전분을 몇 차례 반복해 정제하는 과정을 거쳐야 순수하고 질 좋은 갈분이 만들어진다.

진정한 것은 하루아침, 하룻밤에 만들어지지 않는다.

그러므로…… 어마어마한 빚을 깔끔하게 청산한 그때, 자신은 쓰레기에서 이 갈분처럼 투명하고 훌륭한 진짜로 바뀔 것이다.

가짜가 아니라 진정으로 반짝임을 지닌 사람으로.

반드시 변할 수 있다. 그렇게 믿고 살아가고 싶다.

"열심히 하렴, 데루히사. 괜찮아. 너라면 할 수 있어."

"……고마워요, 어머니."

온정 넘치는 격려의 말을 건네는 어머니와 구리타 일행이 지켜보는 가운데, 겐모치는 소년처럼 순수한 감정으로 모두에게 고마움을 전했다.

*

수많은 부침을 겪고 다시 웃음을 되찾은 겐모치 모자를 앞에 두고 구리타는 이루 말할 수 없는 만족감을 곱씹었다.

자신이 만든 화과자가 사람들의 감정과 감정을 맺어주는 데 일조하고 또 맛있다는 칭찬까지 듣다니, 이렇게 기분 좋을 수가 없다. 장인으로서 최고의 기쁨이다.

아오이도 눈을 가늘게 뜨고 행복하게 웃고 있었고 유카는 심지어 눈물까지 글썽였다.

"좋다, 이런 거……. 나, 가슴이 가득 채워졌어."

그렇게 말하면서도 유카의 식욕은 왕성했다. 숟가락으로 물만주를 퍼서 힘차게 입에 넣었다.

"차갑고 탱글탱글해……. 진짜 맛있다."

못 참겠다는 듯이 유카가 몸을 좌우로 흔들더니 시치미를 뚝 떼고 말했다.

"가슴은 가득 채워졌지만 배는 아직 채워지지 않은 것 같아. 구리. 이거 한 스무 개쯤 더 만들어주지 않을래?"

"……과식이야!"

"괜찮아! 맛있으니까."

이렇게 훈훈한 대화를 나눌 때, 옆에 앉아 있던 아사바가 벌떡 일어났다.

아까부터 말없이 물만주만 먹고 있어서 어딘지 위화감이 느껴지는 태도이긴 했는데, 그가 이어서 보여준 행동은 예상을 완전히 벗어났다.

"돌아간다."

"뭐?"

"질렸으니까."

모두 놀라 눈을 동그랗게 떴지만, 아사바는 개의치 않고 걸음을 옮겨 거실을 훌쩍 나가버렸다.

곧 집 밖으로 나가는 소리가 들려 거실에 남은 사람들은 멍하니 얼굴을 마주 보았다.

"뭐야……? 무슨 의미인지 전혀 모르겠어. 어떻게 생각해?"

유카가 묻자, 아오이도 휘둥그런 눈으로 고개를 저었다. 구리타 역시 의미를 모르는 것은 매한가지였지만 역시 가만히 내버려둘 수 없었다.

나한테 맡기라고 말하고 구리타는 얼른 겐모치의 집을 뒤따라 나섰다.

저 멀리서 걸어가는 아사바의 뒷모습이 금방 보였다.

"기다려, 아사바!"

불러 세워도 슬쩍 뒤를 돌아보기만 하고 걸음을 멈추지 않았다. 오히려 발걸음을 더욱 재촉해 거의 뛰듯이 골목을 오른쪽으로 돌았다.

구리타도 그를 쫓아 달렸는데, 골목을 돈 순간 엄청난 속도로 무언가가 날아왔다.

"……윽!"

몸을 뒤로 젖혀 어떻게든 피할 수 있었던 것은 상대가 조금은 봐준 덕분일까? 마주치는 순간 진심으로 노렸다면 구리타라도 쉽게 대응하지 못한다. 예리하고 빠른 아사바의 주먹은.

"……무슨 짓이야."

그곳은 소규모 무인 주차장이었다. 구리타가 노려보자 아사바는 20퍼센트 정도 진지한 빛이 어린 나른한 표정으로 입을 열었다.

"지금까지는 그냥 시간 때우기였을 뿐이야. 결국 도가시 슌도 아니었으니까 마지막까지 어울려줄 필요가 없지. 그리고 일이 끝나면 할 얘기가 있다고 했어, 나."

"아아…… 그랬지."

깜박했는데 그러고 보니 아사바는 그 전제로 협력해주었다. 그가 일행을 내버려두고 혼자 겐모치 집을 나선 것은 구리타라면 뒤를 쫓아오리라 짐작했기 때문이다.

"그래서 할 얘기가 뭐야?"

"딴청 부리지 마. 약속했잖아, 빌어먹을 구리타."

"하? 그러니까 그 약속이……."

구리타가 말을 끝까지 마치기도 전에 아사바가 갑자기 돌진했다.

빠르게 거리를 좁히면서 아사바는 예리한 잽을 날렸으나, 그것은 속임수. 아사바는 재빨리 몸을 굽혀 구리타의 시야에서 순간 사라졌다.

구리타가 의도를 깨달았을 때는 이미 늦었다.

아사바는 땅바닥에 스칠 정도로 저공으로 날아와 구리타의 왼쪽 다리를 붙잡았다. 그대로 뒤로 밀어붙여 등이 땅바닥에 세게 부딪히는 바람에 구리타는 숨이 막혔다.

"크윽!"

아사바는 빠른 몸놀림으로 구리타의 몸 위에 올라탔다.

이런 자세로 주먹질을 하면 피하기 어렵다. 어떻게 대처해야 할지 머리를 굴리는데, 아사바는 뜻밖에도 양손으로 구리타의 멱살을 쥐고 고개를 바싹 들이밀더니 억누른 소리로 말했다.

"약속했잖아, 아오이 씨 말이야. 축제날 밤에 고백하기로 했잖아."

그 얘기였나.

산자마쓰리 축제 전에 황혼이 내린 아사쿠사 신사에서 아사바와 진심을 나눴던 때를 떠올렸다.

이도 저도 아닌 구리타와 아오이의 관계에 아사바가 파문을 일으킨 사건……. 그는 마치 아오이를 빼앗아 가려는 것처럼 행동해 구리타가 자신의 감정을 확인하도록 재촉했다.

그 결과, 구리타는 산자마쓰리 축제날 밤에 아오이에게 마음을 전달하기로 했다.

아사바 역시 아오이를 진심으로 좋아했다. 그런데도 구리타와의 우정을 우선했다는 것도 그때 알았다.

……계속 마음을 쓰고 있었구나.

구리타는 심장이 꽉 오그라드는 감각을 느꼈지만 아사바의 분노는 격렬했다.

"……사람이 모처럼 채찍질을 해줬는데 뭘 뜸을 들이는 거야. 그러면 아오이 씨를 향한 감정을 포기한 내가 뭐가 되냐고."

"그러니까 그건, 그날 밤에 도가시 순이……."

"그래도 네 감정쯤은 전할 수 있었을 텐데!"

위에서부터 아사바가 가하는 압력을 받으며 구리타는 목소리를 최대한 쥐어짰다.

"그야 전하기만 한다면 할 수 있지. 하지만 아오이 씨에게도 사정이 있으니까……. 현실적으로 너라면 고민에 빠진 상대에게 네 감정을 밀어붙일 수 있겠냐? 도가시를 목격한 그날 밤에 아오이가 얼마나 겁을 먹었는지 알기나 해?"

"……큭."

"그런 일방적인 강요, 나는 절대 못 해. 적당히 하고 비켜!"

구리타는 발을 들어 승마 자세로 올라탄 아사바를 있는 힘껏 뒤로 밀어냈다.

아사바는 고양이처럼 가볍게 앞구르기를 했고, 둘은 거의 동시에 벌떡 일어났다. 양팔을 들어 복싱 자세를 취하고 구리타와 아사바는 다시 대치했다.

"잘 들어, 아사바. 아오이 씨는 내일 내게 과거를 전부 말해주겠다고 했어. 그러니까 일단 그 이야기를 들을 거야. 무슨 일이 있었는지 자세히 알면 도가시 슌을 어떻게 처리해야 할지 알 수 있잖아?"

고백은 어떤 의미에서 자신의 이기심을 내보이는 것이다. 이기심에 아오이를 어울리게 하는 이상, 도가시를 해결해 최대한 불안 요소를 제거해주고 싶었다.

그러나 아사바는 말도 안 된다는 듯이 코웃음을 쳤다.

"쳇, 네놈은 여자 마음을 전혀 이해하지 못하는구나……!"

찰나, 아사바가 날린 면도칼처럼 날카로운 잽을 구리타는 종이 한 장 차이로 피했다. 자신도 바로 받아쳤으나 아사바 역시 민첩하게 피하고 주먹과 함께 뜨거운 감정을 휘둘렀다.

"알겠냐, 빌어먹을 구리타. 누군가를 좋아하는 감정은 그것만으로도 성립하는 절대적인 감정이야! 이 세상에서 제일 중요하니까 다른 일이랑 전혀 관계가 없다고!"

"그렇다고 모든 것에 우선하라는 거냐? 그럼 이기심이랑 뭐가 달라!"

"괜찮다고! 생각이 많으면 움직이지 못해. 중요한 건 네 감정이야!"

대화는 어디까지나 평행선이었다.

둘의 주먹은 무시무시하게 빨랐으나 신기하게도 단 한 방도 맞지 않았다. 어떤 미지의 현상과도 같았는데 그 덕분에 둘 다 뜨겁게 달아올라 멈추지 못했다.

영원히 계속될 것만 같은 그 싸움은 갑자기 들린 비통한 목소리에 중단되었다.

"……제발 그만 좀 하세요!"

깜짝 놀라 돌아보니 주차장 출입구에 얼굴이 창백해진 아오이가 숨을 헐떡이며 서 있었다.

구리타가 영 돌아오지 않아 찾으러 나왔나 보다.

망연자실 멈춰 선 구리타와 아사바 사이로 아오이가 얼른 끼어들더니 벽처럼 딱 버티고 서서 크게 어깨를 헐떡이며 호흡을 가다듬었다.

　　구리타는 주먹을 내리고 그녀를 불렀다.

　　"아오이 씨……."

　　"부탁이니까. 제발 그만하세요, 이런 거! 조금만 잘못했다간 돌이킬 수 없는 사태로 이어진다고요!"

　　아오이의 얼굴은 유령이라도 목격한 것처럼 창백했다. 평소 가볍고 길게 끄는 말투가 지금은 그 무엇보다 무거운 무게감을 동반해 들렸다.

　　아오이는 폭력적인 행위가 벌어지면 언제나 안색을 바꾸며 멈추려고 했다. 예전부터 위화감을 느꼈는데 그 이유는 그녀의 과거와 이어졌는지도 모른다.

　　아오이는 평소답지 않게 날카로운 눈빛으로 구리타를 노려보고 잔뜩 화가 나서 말했다.

　　"이런 어리석은 행동은 두 번 다시 보고 싶지 않아요! 지금 말할까요?"

　　"어?"

　　"그때도 그랬어요!"

　　감정을 억누를 수 없는지, 아오이는 오른쪽 손목을 꾹 누르고 비통하게 말했다.

"그때도 제 눈앞에서 지금처럼 두 사람이 싸웠어요. 한 사람은 일을 그만둬야 했고 다른 한 사람은…… 세상을 떠났어요."

구리타와 아사바는 깜짝 놀랐다. 아오이는 입술을 꾹 악물었다.

"그 사람들이 바로 도가시 슌 씨와 마스미 신이치 씨예요."

충격으로 굳은 구리타와 아사바를 바라보며 아오이는 얼어붙은 표정으로 이야기를 시작했다.

호오당을 운영하는 호조 가문에서 태어난 사람은 누구나 한번은 작업장에 들어가 수업을 받는다.

목적은 어려서부터 직접 몸으로 생업을 파악하는 것에 있고 반드시 화과자 장인을 키우려는 의도는 아닌데 그때 아오이의 뛰어난 미각과 재능이 알려졌다.

게다가 아오이도 화과자 제과를 더없이 좋아했다.

원래라면 호오당의 사장 영애가 작업장에 계속 머무는 것이 이례적일 테지만, 아오이는 훗날 화과자 업계를 이끌어갈 인재로서 어려서부터 영재 교육을 받았다.

매일 아침 등교하기 전에 일찍 일어나 일을 돕는 아오이를 장인들은 경애하는 마음을 담아 화과자의 아가씨라고 불렀다.

"그렇게 세월이 흘러…… 제가 고등학교에 올라갔을 무렵이에요. 당시 본점 작업장에는 마스미 신이치 씨라는 화과자 장인이 있었어요. 당시 이십대 초반이었죠. 실력이 좋고 성격도 밝아서 숙련된 장인들 사이에서 유망주로 주목을 받았어요."

그게 마스미 신이치구나. 구리타의 어깨에 살짝 힘이 들어갔다.

아오이는 약간 머뭇거리면서 살짝 시선을 내리깔았다.

"그런데요……. 뭐라고 해야 하나. 연애나, 뭐 그런 거랑은 전혀 다르지만…… 그때 저는 마스미 씨를 동경했어요. 마스미 씨는 재능이 있는 장인이었고, 성인 남성분과 나누는 대화도 단순히 즐거웠거든요. 지금 생각해보면 사춘기 특유의 동경심이었는지도 모르겠어요. 어쨌든 마스미 씨는 언제나 흔쾌히 대화 상대가 되어주셨어요……."

마스미 신이치는 젊은 장인 중에서도 제일 실력이 뛰어난 호오당의 차세대 에이스였으니 아오이와 친밀하게 지내도 누가 뭐라고 하지 않았다.

둘이 사귄다고 생각하는 사람도 있어서 나중에 그 사실을 안 아오이는 너무 놀라 부끄러웠다.

그런데 아오이가 고등학교 3학년이 됐을 때, 아오이보다 두

살 어린 화과자 장인이 아카사카 본점의 작업장에 새로 들어왔다. 원래 호오당 시즈오카점의 장인이었던 그는 뛰어난 능력을 인정받아 본점으로 수행을 하러 온 것이다.

그가 바로 아오이와 동등하게 걸출한 화과자 제과 능력을 지닌 도가시 슌이었다.

"도가시 씨는 정말 천재였어요. 그런 사람은 본 적이 없어요. 미각이 아주 뛰어나서 어떤 화과자든 한 번 먹으면 거의 완벽하게 재현할 수 있었죠. 양자로 삼겠다는 이야기까지 나올 정도였으니까……. 아무래도 그러다 보니 마스미 씨는 내심 불편했겠죠."

아오이의 음색이 조금씩 슬퍼졌다.

"도가시 씨는 뭐랄까…… 조금 성격이 독특해서요, 다른 장인들과 어울리지 못했어요. 본인도 사람들과 잘 지낼 마음이 없었는지 의사소통이 정말 어려웠죠. 그래도 그런 단점을 보충하고도 남을 재능이 있었으니까 어떤 의미에서 특별 취급을 받았어요."

도가시 슌은 다른 장인과 교류하려 들지 않았으나 자신과 동등한 재능을 지닌 아오이에게는 흥미를 보였다. 거듭해서 적극적으로, 그러나 어설프게 말을 걸었다.

말주변이 없는 탓인지 아니면 여성과 어울린 경험이 없는지, 그가 하는 말은 생뚱맞아서 제대로 알아들을 수 없었다.

이 사람은 대체 무슨 말을 하고 싶은 걸까? 아오이도 속으로 계속 의아하게 여겼다.

물론 말을 걸면 당연히 대답은 해줬는데…… 그런 아오이와 도가시를 때때로 멀리서 지켜보고 있었던 마스미에게 조금 더 주의를 기울였어야 했다.

"어느 날 벌어진 일이에요. 작업장에서 갑자기 큰 소리가 들려서 달려갔더니 마스미 씨와 도가시 씨가 노려보고 있었어요. 작업장에서 싸움이라니 처음 보는 광경이었죠. 게다가 다른 장인들에게 무슨 일인지 물어보니 원인이 글쎄…… 저라는 거예요."

"아오이 씨가 원인?"

무슨 소리일까. 구리타가 눈을 크게 뜨자, 아오이는 미간을 찡그리며 뺨을 붉혔다.

"그게…… 마스미 씨가 도가시 씨한테 이렇게 말씀하셨다고 해요. 아가씨에게 더는 말을 걸지 말라고."

"어? 그건 그러니까……."

"네. 아마 마스미 씨는 제가 도가시 씨 때문에 불편해한다고 생각하셨나 봐요. 저는 사실 그렇게까지 싫진 않았는데 아가씨를 귀찮게 하지 말라고 당부했다고 해요. 그런데…….”

그 말이 비극의 발단이었다.

아가씨를 연모하다니 주제 파악을 하라면서 마스미는 도가시의 가슴을 떠밀었다.

바닥에 엉덩방아를 찧은 도가시는 새파랗게 질린 얼굴로 한참을 떨더니 갑자기 튕기듯이 일어나 근처에 있던 세공 가위를 쥐었다.

모두 소스라치게 놀라 숨을 죽였다.

네리키리를 조형할 때 사용하는 섬세한 날 끝이 마스미를 향해 흉흉하게 번뜩였다.

긴박한 상황, 그다음부터는 무아지경이었다고 아오이는 말했다.

“솔직히 잘 기억이 안 나요……. 정신을 차렸을 때, 저는 도가시 씨를 막으려고 두 사람 사이로 뛰어들었어요. 붉은 핏방울이 파악 튄 것은 기억해요. 도가시 씨가 휘두른 가위가 제 손목을 베었고 그대로 기절해서…….”

구리타도 아사바도 할 말을 잃어 침통한 침묵이 흘렀다.

“……그로부터 한동안 도내 병원에 입원했어요. 퇴원하고 돌아와보니 도가시 씨는 가게에서 쫓겨났고 마스미 씨는 자택에서 근신 중이었죠. 그래도 다행히 마스미 씨는 하나도 다치지 않았어요. 그게 유일하게 희망찬 소식이었어요."

파랗게 질린 얼굴로 미소 짓는 아오이의 가냘픈 모습을 바라보며 구리타는 그녀가 예상을 훨씬 뛰어넘는 무거운 과거를 등에 지고 있었음을 깨달았다. 평소 보여주는 태도와 차이를 생각하니 가슴이 아팠다.

"손목에 그건 그때 상처였구나."

구리타가 중얼거리자 아오이는 괴롭게 눈을 감고 고개를 끄덕였다.

"이유가 뭘까요……. 정확한 원인은 의사 선생님도 잘 모르겠다고 하셨는데, 오른손이 도저히 예전처럼 움직여주지 않아요. 일상생활에 지장은 없는데 프로로서 만족할 만큼 일할 수 없죠. 그래서…… 정말 좋아했던 화과자 만드는 일을…… 더는 하지 못하게 되었어요."

호오당 역사에서도 손꼽히는 비범한 재능의 소유자, 아오이의 화과자 장인 생명은 그렇게 끝났다.

그러나 비극은 그것으로 끝이 아니었다.

근신 중인 마스미 신이치가 갑자기 세상을 떠났다.

"손을 다쳤을 때는 이것 이상으로 제 마음을 뒤흔들 일은 이 제 없다고 생각했어요. 그렇지만 마스미 씨 소식을 들었을 때 는 너무 충격을 받아서 가슴이 쪼개지는 것만 같았어요. 사인 은 교통사고였는데 마스미 씨의 진의는 아무도 몰라요. 차를 몰던 운전자는 마스미 씨가 도로에 뛰어들었다고 주장했는 데……. 그게 사실이었던 것 같아요."

"어?"

"그래서 재판에서도 무죄 판결이 났죠."

"그럼 그 사람은."

자살인가.

구리타가 그 단어를 직전에 삼키자 아오이는 입술을 꼭 깨 물고 괴로운 표정을 지었다.

"……제가 다친 원인이 전부 자신에게 있다고, 마스미 씨는 자신을 심하게 탓했다고 해요. 원래 선량한 사람이에요. 그래 서 분명 죄의식에 괴로워하다가 견디지 못하고……."

마스미 신이치의 죽음으로 아오이는 극심한 충격을 받았다. 눈앞이 새까맣게 물들어 모든 의욕을 잃었다.

고등학교는 간신히 졸업했지만 아오이는 거의 은둔형 외톨 이에 가깝게 지냈고, 본래의 사교적인 성격과는 정반대로 약간의 낯가림과 혼란 증상이 생겼다.

자기 자신을 전부 잃은 것만 같아 그때는 영원히 회복하지 못할 줄 알았다.

그러나…… 호오당에는 화과자와 관련한 고민이 있는 사람들이 종종 상담하러 찾아오곤 했다.

아오이에게는 폭넓은 제과 지식이 있었기에 내면은 얼음처럼 차갑게 얼어붙었더라도 가능한 범위에서 곤란한 사람들에게 지혜를 빌려주기 시작했다.

"그래도…… 결과적으로 그런 상담이 좋은 결과를 냈어요. 화과자 장인의 길은 막혔어도 화과자 관계자를 도울 수 있다는 사실을 알았으니까요."

그제야 아오이의 표정이 조금이나마 밝음을 되찾았다.

"다른 사람에게 인정을 베풀면 자기 자신에게도 돌아온다고 하잖아요. 저는 남을 돕는 과정에서 정신적인 치료를 받았어요. 덕분에 건강해졌고 좋은 일도 아주 많았답니다. 작년에는 카페 마스터의 소개로 구리타 씨와도 만났잖아요."

그런 흐름이었군.

경위를 이해한 구리타는 뭐라 말할 수 없는 깊은 감개를 느꼈다.

지금까지 아오이를 일종의 천연기념물처럼 속 편한 아가씨라고 생각했는데 그 인식이 완전히 뒤바뀌었다.

"인생이란 좋은 일이 있으면 나쁜 일도 있으니까요……. 보시는 대로 지금 저는 완전히 건강해요! 짠, 알통!"

말끝을 늘이면서 가냘픈 팔을 구부리며 웃는 아오이. 그 모습이 참 기분 좋아 보였지만…….

그 정도로 쓰라린 경험을 했으면서 이렇게 환하게 웃을 수 있는 사람이 있을까.

이렇게 강한 여성이 달리 또 있을까.

진심으로 존경할 만한 사람이었다.

"그러니까 두 분께 이 말씀만은 드려야겠어요."

갑자기 아오이가 두 눈을 당당하게 빛내서 구리타와 아사바는 조금 당황했다.

"뭐, 뭔데……?"

"저는 폭력을 반대해요. 그러니까 싸움은 절대로 하지 않았으면 해요. 구리타 씨와 아사바 씨의 싸움이 친밀감의 표현인 줄은 알지만 그래도 역시 그런 사고가 두 번 다시 일어나지 않았으면 좋겠거든요."

아오이는 그 말을 남기고 기도하듯이 눈을 감았다.

구리타와 아사바는 얼굴을 마주 보았다. 아마 지금 둘은 똑같은 생각을 하고 있으리라.

소리 없이 숨을 내쉰 후, 구리타는 무뚝뚝한 표정으로 뺨을 긁적이며 말했다.

"……뭐, 나는 원래 싸움에는 전혀 흥미가 없거든? 그쪽은 어때?"

퉁명스럽게 구리타가 묻자, 아사바는 아니꼽게 머리카락을 만지작거리며 대꾸했다.

"나 역시 흥미 없어. 그저 지금 건……. 남 일에 참견하느라 자기 일을 소홀히 하는 화과자 머저리가 하도 답답해서 그랬을 뿐이야."

자기 자신에게 좀 더 충실해지라고 말하고 싶었다고 아사바가 조용히 속삭였다.

그런 둘을 가만히 바라보던 아오이가 곧 배시시 웃더니 양손을 부드럽게 맞잡고 흘려들을 수 없는 발언을 했다.

"그러니까 구리타 씨도 아사바 씨도 서로 정말 좋아하신다는 거군요."

"뭐?"

얘기가 왜 그렇게 되지? 구리타와 아사바가 경악했지만, 아오이는 얼굴 가득 웃음을 머금고 아주 만족스러워했다.

"사랑이에요, 사랑."

300

"아니야! 그거 절대로 아니라고!"

양손을 뒷짐 지고 기쁜 듯 눈을 찡긋하는 아오이에게 구리타와 아사바는 의기투합해 필사적인 반론을 늘어놓았다.

*

다음 날, 약속한 목요일은 날이 맑았다.

아사쿠사에서 우에노까지 도쿄메트로 긴자선을 타고 세 역. 그곳에서 JR선으로 갈아타 아카바네로 가서 사이쿄선을 타고 20분쯤 지나 사이타마 현의 닛신 역에 도착했다.

역 앞 상점가를 지나 남쪽으로 가자 곧 목적한 곳이 보였다.

"마스미 씨 고향이 사이타마 현이었어요."

"아아, 그랬구나……."

아오이가 같이 가주길 바란 곳은 절이었다.

빨간 앞치마를 두른 지장상이 늘어선 절의 산문을 지나 구리타와 아오이는 경내로 발을 들였다.

평일이어서 주변이 조용했다. 양지바른 곳에 나란한 새하얀 묘비 사이를 천천히 걸었다.

곧 아오이가 걸음을 멈춘 곳에는 마스미 가문의 묘라고 새겨진 묘비가 있었다.

흰 천으로 묘비를 닦고 묘 앞을 정성껏 청소한 후, 가져온 꽃을 바치고 구리타와 아오이는 가만히 합장했다.

마스미 신이치와 직접 면식은 없지만 구리타에게도 이제 그는 타인이 아니었다.

뛰어난 제과 재능을 지녔고 아마도 아오이에게 사랑을 느꼈을 마스미 신이치.

젊고 우수했기에 도가시 슌에게 질투심을 품었고, 억지 평계를 만들어 아오이에게 접근하지 말라고 경고했다.

어젯밤에 떠올랐는데, 예전에 마스미 신이치를 정보 잡지에서 본 적이 있었다. 도쿄의 화과자 가게 특집 기사에서 호오당의 신예 화과자 장인이라고 그를 간략하게 소개했다.

잠자리에 들었다가 그 생각이 난 구리타는 밤늦게까지 벽장을 뒤져 예전 잡지를 찾아냈다. 페이지를 넘기다가 해당 기사를 발견했다.

작은 코너였지만, 사진 속의 마스미는 하얀 이를 드러내고 상쾌하게 웃고 있었다.

아오이를 다치게 한 후에 책임감을 느껴 스스로 목숨을 끊은 것은 참으로 안타깝지만…….

편안히 잠들기를.

뒷일은 내가 어떻게든 할 테니까.

구리타는 조용히 기도했다.

고인을 향한 기도를 마친 뒤, 아오이가 머리를 부드럽게 쓸어 넘기면서 구리타를 바라보았다.

"원래 마스미 씨의 묘 앞에서 전부 다 밝히려고 했어요. 고인에게 실례되는 소리를 하면 안 된다고 생각해서요."

"응. 알 것 같아."

"그런데 실패했네요……. 어제 전부 다 말해버려서."

아오이가 곤란한 듯 눈썹을 늘어뜨리고 혀를 살짝 내밀었다.

"그러니까 오늘은 더 말할 것이 없어요."

"그렇지……. 미안해, 아오이 씨. 나랑 아사바 때문에 어제는 진짜 미안했어."

"아니에요."

아오이가 웃으며 고개를 저었다.

"어차피 조만간 말할 생각이었어요. 그보다 지금까지 계속 말하지 못해서 죄송해요."

"그러니까 사과할 것 없다니까. 그만큼 큰일이었으니까."

아오이는 말없이 부드러운 미소를 지었다. 한동안 평화로운 침묵이 흘렀다.

기분 좋은 훈풍이 불어 아오이의 윤기 흐르는 머리카락이 살랑살랑 흔들렸다.

곧 구리타가 결심하고 입을 열었다.

"있잖아, 아오이 씨⋯⋯. 도가시 슌이 왜 지금 다시 나타났는지 모르겠지만, 그 녀석은 내가 조만간 어떻게든 할게."

"구리타 씨?"

"괜찮아. 위험한 짓은 절대로 안 해. 어제 약속했으니까."

예의 아사쿠사 수색 작전으로 도가시 슌이 어디 있는지 이미 파악했다.

불량배들의 탐문 결과를 들어보니 생각보다 가까운 곳에 있었다. 히가시아사쿠사 부근에 일용직 노동자들이 이용하는 간이 숙박소가 있는데, 그곳에 머물고 있다는 연락을 받았다.

그들은 도가시의 현재 위치만 보고하고 일절 손대지 않고 해산했다.

돌아가면 지금부터 구리타 혼자 도가시 슌을 만나러 갈 예정이었다.

그 녀석과는 대화를 할 여지가 있다.

구리타는 그렇게 확신했다.

왜냐하면 도가시는 자살한 마스미를 '내가 해치웠다'라고 말했다.

그 말은 즉 책임을 느끼고 있다는 반응이리라. 도가시도 마스미와 마찬가지로 죄책감에 괴로워하며 과거를 안타까워하지 않을까?

또 아오이는 전에 도가시를 두고 이렇게 말했다.

'도가시 씨가 앞으로 저한테 위해를 가할 일은 절대 없어요.'

아오이가 밝힌 과거를 들은 지금이라면 안다. 도가시 역시 아오이에게 지금도 조금이나마 호의를 갖고 있으리라. 그런 감정을 품는다면 자신과 똑같은 인간이다. 양심 따위 없는 괴물은 절대 아니다. 속을 드러내고 대화를 나누면 그의 목적과 생각도 이해할 수 있을 것이다.

반드시 어떻게든 되리라 믿고 있고, 이루어내고 말겠다.

그리고…….

구리타는 가볍게 심호흡하고 아오이의 아름다운 두 눈동자를 정면으로 바라보며 말했다.

"그 녀석의 일을 해결하면 아오이 씨……. 하고 싶은 말이 있어."

그 순간, 아오이가 숨을 삼키는 것이 보였다.

미묘한 열기를 띤 침묵이 흘렀다. 이 세상에 단둘만 있는 착각을 느꼈다.

잠시 후, 상쾌한 바람이 불어 아오이의 긴 머리를 우아하게

나부꼈다.

아오이는 천천히 고개를 끄덕였다.

"네······."

구리타의 감정을 조금은 알아차렸는지 그녀의 뺨이 은은하
게 붉어졌다.

아니, 아마 자신도 마찬가지이리라. 생전 처음으로 뺨이 불
타오르는 것을 느끼며 구리타는 입을 꾹 다물고 무뚝뚝한 표
정을 지으며 지금부터 해야 할 일을 생각했다.

마스미의 날

    맑고 화창한 하늘을 '마스미의 하늘'이라고 말한다고 어려서 부모님이 가르쳐주셨다.*

    지금 심경과는 동떨어졌지만 그래도 비가 내리는 하늘보다 맑은 하늘이 좋다. 밝은 햇빛은 긍정적인 마음으로 가득했던 과거를 떠올리게 해준다.

    옛 생각을 하며 마스미 신이치는 익숙하지 않은 거리를 홀로 걸었다.

    근신 중이지만 꼭 사야 하는 물건이 있어서 집을 나왔다. 손에 넣은 그것을 종이봉투에 담아 소중하게 옆구리에 안았다.

    부족하나마 자신의 감정이 담긴 이 물건을 무슨 일이 있어도 꼭 전해주고 싶었다.

    호오당에서 벌어진 상해 사건은 전부 자신의 마음이 미숙해

---

* 일본어로 '마스미'는 '몹시 맑음'이라는 뜻이다.

서 초래한 일이었다.

도가시 슌……. 자신은 그의 제과 재능에 절대 미치지 못한다는 사실을 알고 있다.

도가시와 동등한 재능을 지닌 사람은 오로지 아오이뿐이다. 그녀와 함께 서는 사람이 자신이 아니라 도가시인 것을 인정할 수 없는 질투심 때문에 자꾸 트집을 잡았다. 그런 비극으로 이어질 줄은 꿈에도 몰랐다.

어리석었다. 마스미는 통절하게 어금니를 악물었다.

싸움을 말리느라 오른손을 다친 아오이에게는 아무리 사과를 해도 부족하다. 앞으로 남은 인생 전부를 바쳐 그녀에게 속죄할 생각이었다.

그리고 도가시에게도 하고 싶은 말이 있었다.

그는 기소를 당하진 않았으나 호오당에서 해고되었다.

그런 사건을 일으켰으니 화과자 업계에 돌아올 수 없을 것이다. 그는 내일 도쿄를 떠난다고 했다. 이제 두 번 다시 만나지 못한다.

그러니까 그 전에 반드시 이것을 전해주고 싶었다.

마스미가 종이봉투를 끌어안은 팔에 힘을 준 그 순간, 불온한 광경이 눈에 들어왔다.

시선 저 너머의 건널목에서 책가방을 멘 초등학생이 길을 건

너려고 했다.

　빨간불인데 초등학생은 아동용 휴대전화를 만지느라 정신이 없었다. 트럭이 돌진해 오는 줄도 몰랐다.

　거리가 상당히 떨어져 있어서 외쳐도 들리지 않을 테고, 들리더라도 늦을 것이다.

　차에 치인다.

　"……안 돼!"

　잠깐 망설였으나 곧 마스미는 아이를 향해 뛰기 시작했다.

　다시는 눈앞에서 비극을 목격하고 싶지 않았다. 비참함을 맛보기 싫었다.

　온 힘을 다해 뛴 마스미는 기적적으로 아이를 따라잡아 인도로 밀어내는 데 성공했다. 상황을 파악하지 못한 아이는 놀라서 얼이 빠졌다.

　마스미 신이치가 어린아이의 목숨을 구한 것은 분명 사실이었다. 그리고 눈앞까지 달려온 트럭을 피하지 못한 것 또한 사실이었다.

　인체가 어마어마한 충격을 받았을 때, 대량으로 분출되는 뇌내 물질은 시간을 연장해준다.

　주마등이 이런 것일까. 마스미의 머릿속으로 수많은 생각이

내달렸다.

그런데 어째서일까?

신기하게도 행복한 정경만 떠올랐다.

어쩌면 실제로 자신은 행복했는지도 모른다.

다정한 부모님 밑에서 태어나 사랑을 마음껏 받으며 자랐다. 갈망했던 화과자 장인의 길을 걸었고, 다른 사람들에게 노력을 인정받았으며 아오이라는 아름다운 여성과 만났다.

추억이 전부 다 황금색으로 반짝여 한숨이 나올 정도로 아름다웠다. 여름철 저녁 무렵의 바다처럼 수평선에 가라앉는 태양을 반사해 반짝반짝 눈부시게 금빛으로 빛났다.

자신보다 재능이 뛰어난 남자에게 분명 질투심을 품었다.

그러나 질투는 연약함이나 미숙함 때문이 아니다. 질투하지 않고서 못 배길 정도로 진심이었기 때문이다.

그러니까 이제 죄책감으로 자신을 괴롭히지 말자.

그때, 차도에 떨어진 종이봉투에서 삐져나온 것이 드러누운 마스미의 눈에 들어왔다.

과자 목형이다.

유명한 목형 장인에게 만들어달라고 부탁한 그것에 도쿄를 떠나도 화과자의 길을 포기하지 말아달라는 마스미의 간절한 바람을 담았다. 도가시에게 주지 못해 안타까웠지만 지금은 그런 감정까지도 무상한 행복감 속에 스르륵 녹아들었다.

황금색으로 눈부시게 빛나는 빛에 눈을 뜨고 있기 힘들어서 마스미는 눈을 감았다.

다행이다…….

지금 이 순간 오로지 그 생각만 났다.

이 세상에 태어나서, 지금까지 최선을 다해 살아서 정말 다행이다.

자신과 인연을 맺은 모든 사람이 행복해지기를 진심으로 바랐다.

그리고 고맙습니다…….

마지막으로 그런 생각을 하며 마스미의 의식은 따뜻하고 다정한 빛 속으로 녹아들었다.

안녕하세요, 니토리 고이치입니다. 《변두리 화과자점 구리마루당》 시리즈가 벌써 4권을 맞아 다시 여러분과 만날 수 있게 되었습니다. 소설이라는 매체를 통해 이렇게 여러분과 인연을 맺은 운명이 주는 기쁨과 신비로움을 곱씹으며 앞으로도 정진하겠다고 생각하는 요즘입니다.

자, 작품 속의 시간도 차곡차곡 흘러 이번에는 초여름 화과자가 주제였습니다.

여름이라면 저는 역시 물양갱이 떠오릅니다.

초등학생 시절의 이야기입니다만, 여름방학이면 늘 외할머니 댁에 놀러 갔었어요.

아름다운 자연에 둘러싸여 도시에는 없는 생명체가 잔뜩 서식하는 그곳은 어린아이에게는 정말 신이 나는 공간이었습니다. 즐거웠어요. 간식 먹을 시간에 집으로 돌아오면 할머니께서 항상 맛있는 주전부리를 준비해주셨습니다.

수박일 때도 있고 찐 옥수수일 때도 있었는데, 할아버지께서 유독 단 과자를 좋아하셨습니다. 특히 물양갱 같은 과자에 아주 사족을 못 쓰셨죠. 뜨거운 차와 함께 물양갱을 느긋하게 드시는 모습이 지금도 종종 떠오릅니다.

할아버지도, 어렸던 자신도 지금은 없지만 그 당시 느꼈던 행복과 따뜻한 기분, 그리운 안도감과 같은 기억은 앞으로도 가슴속에 살아 있을 것입니다.

이 시리즈를 쓰기 위해서 이런 감정을 정말 소중히 여기고 있습니다. 그런 분위기가 막연하게나마 전달되었다면 작가로서 크나큰 기쁨입니다.

아, 참고로 할머니께서는 지금도 건강하십니다. 오래 사셨으면 좋겠어요.

지금부터 감사와 사죄의 말씀을 드리겠습니다.

차분하게 일을 해주시는 담당 편집자님, 생생하고 우아한 일러스트를 그려주신 와미즈 님, 내용과 잘 어울리게 디자인을 해주신 디자이너님, 고맙습니다.

또 취재를 허락해주신 다도회관 여러분, 다도 작법을 가르쳐주신 도요시마 소우코 님, 진심으로 감사드립니다.

아사쿠사를 잘 아는 K군, 이번에도 정보를 제공해줘서 고마워.

그리고 무엇보다 지금까지 함께해주신 독자 여러분께 끝없는 감사를 드립니다.

다음 5권에서 이 시리즈는 일단락을 맺게 됩니다.

또 만나요.

니토리 고이치

아오이의 과거가 밝혀지다!
화과자로 시작된 이 소중한 인연이 어떻게 흘러갈까?

　관광객으로 항상 북적이는 도쿄의 서민 동네 아사쿠사, 그
곳 어딘가에 있는 소규모 화과자점 구리마루당에서 벌어지는
맛있고 인정 넘치는 이야기이자 청춘의 새콤달콤한 사랑 이야
기도 벌써 4권에 접어들었다.

　이번에도 생소하지만 먹어보고 싶은 화과자들이 등장해서
호기심과 입맛을 자극한다. 아쉽게도 4권에 나온 주요 화과자
인 물양갱과 킨쓰바와 물만주를 모두 먹어보지 못한 관계로
자료 조사차 인터넷에서 정보를 찾다가 사진을 보면서 눈으로
먹고 입맛만 다셨다. 그런데 사진에 찍힌 화과자들이 어쩌면
하나같이 예쁘고 먹음직스러워 보이는지! 물론 연출 효과도
있겠지만 역시 눈으로도 먹는 음식이 화과자인가 보다. 그중

에서도 특히 물만주가 예뻤다. 영롱하게 반짝반짝 빛나는 물방울을 고체로 만들어놓은 것만 같아 정말 아름다웠고 식감과 맛이 어떨지 몹시 궁금했다. 물만주 유명 맛집을 여기저기 찾아서 일본에 여행을 가면 꼭 들러야 할 목록에 하나둘 추가하고 있다. 이 시리즈 덕분에 익숙하지 않은 화과자의 세계를 조금이나마 엿보고 화과자와 관련된 역사를 알게 되고, 또 언제 떠날지 모를 여행 계획까지 세우고 있으니……. 미식가까지는 아니라도 먹을 것을 좋아하는 내게 참 잘 맞는 바람직한 시리즈인 것 같다.

새롭게 등장한 시라사기 가족과 젠모치 가족은 구리타가 만들어준 추억 얽힌 화과자를 통해 끈끈한 정을 나누었다. 무너질 뻔한 관계가 달콤한 맛을 매개로 회복하고 견고해지는 모습은 몇 번을 봐도 질리지 않는다. 시라사기 아쓰시가 아사바 못지않게 매력적이어서 자꾸 시선이 갔다. 다음 권에서도 감초처럼 등장해주면 좋겠다.

그나저나 이번에도 번역하는 내내 주전부리를 입에 달고 살았다. 집에서 나와 건널목 하나만 건너면 대형 할인점이 떡 버티고 있는 환상적인 지리 조건 덕분에 주전부리가 떨어질 때마다 채워 넣기도 쉬웠다. 잘 움직이지는 않고 열심히 먹은 덕분에 체중이 불어서 아무래도 다이어트를 시작해야 할 것 같은데, 이렇게 먹을 것을 좋아해서야 과연 가능할지 고개만 갸우뚱하고 있다. 세상에는 맛있는 음식이 너무 많다!

자, 이번 권에서는 지금까지 호기심만 자극했던 아오이의 아픈 과거와 도가시의 정체가 밝혀졌다. 아오이의 손목에 난 상처. 위치가 위치이다 보니 해서는 안 될 행동을 하진 않았을지 온갖 상상의 날개를 펼쳤는데, 실제로 밝혀진 아오이의 과거는 부족한 상상력으로 예상했던 것보다 더 슬펐다. 눈부신 재능이 있고 그만큼 흥미도 있던 꿈이 한순간에 자의도 아니고 타의로 인해 꺾이다니. 말끝을 늘이며 사람 좋게, 천연덕스럽게 웃는 아오이의 모습에서는 상상하기 힘든 아픔이었다. 그런 아픔을 극복하고 남을 선뜻 돕는 아오이는 구리타의 표현처럼 훌륭한 사람이다. 한참 어린 나이지만 그런 태도를 본받고 싶었다.

남에게 쉽게 밝히지 못하는 이야기는 누구나 한두 개쯤 있지 않을까? 이 사람은 믿어도 괜찮다, 분명 이해해줄 것이다. 그런 확신이 들지 않으면 아무리 가까이 두고 오래 사귄 사람이라도 평생 말하지 못할 이야기 말이다. 아오이에게는 마스미 신이치, 도가시 슌과 겪은 가슴 아픈 과거일 것이다. 그런 이야기를 구리타에게 전부 털어놓았다는 것은 그만큼 구리타

를 믿고 의지하고 있으며 마음까지도 이미 주었다는 뜻이리
라. 그런 누군가를 만나기란 현실에서는 쉽지 않다. 어쩌면 기
적 같은 만남이 아닐까? 두 사람이 참 부럽고, 뜨뜻미지근한
관계가 얼른 진행되기를 바란다. 그래서 도가시를 해결한 뒤
로 미루지 말고 당장 마음을 고백하라고, 아사바의 심정에 빙
의해 구리타의 멱살을 짤짤 흔들고 싶었다. 그러나 감정에 따
라 쉽게 행동하지 않는 구리타이기에 아오이가 지금처럼 편하
게 웃으며 지낼 수 있는 것일 테니 "아아, 그래. 너희는 천생연
분이구나……" 하고 괜히 혼자 체념하고 중얼거렸다.

시리즈의 마무리가 될 5권에서 구리타는 도가시 숲을 찾아
담판을 짓고 아오이에게 감정을 밝힐 수 있을까? 왠지 미스터
리한 분위기도 풍기기 시작한 이 시리즈가 어떻게 마무리될
지, 기대감을 품으며 다음 권을 기다려본다.

그나저나 귀엽고 생기 넘치는 주인공들과 벌써 몇 달 동안
같이 웃고 울다 보니 아사쿠사에 가면 '과자점 구리마루당'이
정말 있을 것만 같다. 출입문을 열고 들어가면 활기찬 시호 씨
와 진열장에 정갈하게 진열된 갖가지 화과자들이 기분 좋게
반겨주지 않을까? 매장에 병설된 찻집 쪽을 들여다보면 입 주
변에 고물을 잔뜩 묻히고 과자를 먹는 유카와 나른하게 앞머

리를 쓸어 넘기며 아니꼬운 표정을 지은 아사바 료가 도통 맞물리지 않는 대화를 나누고 있다. 작업장 포렴을 헤치고 들어가면 네리키리 연습을 하던 나카노조가 싱글싱글 웃으며 말을 걸어준다. 그리고 작업장 한쪽에는 또 어디서 기상천외한 의뢰를 맡아 왔는지, 구리타와 아오이가 새로운 화과자를 만들려고 머리를 맞대고 고민하고 있지 않을까?

아아, 딱 한 번만이라도 좋으니 구리마루당의 손님이 되고 싶다.

이소담

기다리고 있습니다
변두리 화과자점 구리마루당 4

1판 1쇄 발행 2016년 8월 26일
1판 2쇄 발행 2017년 9월 18일

지은이 · 니토리 고이치
옮긴이 · 이소담
펴낸이 · 주연선

총괄이사 · 이진희
편집 · 심하은 백다흠 강건모 이경란 최민유 윤이든 양석한
디자인 · 김서영 이지선 권예진
마케팅 · 장병수 박혜화 최수현 김다은
관리 · 김두만 유효정 신민영

(주)은행나무
04035 서울특별시 마포구 양화로11길 54
전화 · 02)3143-0651~3 | 팩스 · 02)3143-0654
신고번호 · 제 1997-000168호(1997. 12. 12)
www.ehbook.co.kr
ehbook@ehbook.co.kr

잘못된 책은 바꿔드립니다.

ISBN 978-89-5660-896-9 04830
ISBN 978-89-5660-980-5 (세트)

김밀란 파스타

김밀란 파스타

이탈리아에서 요리하는 셰프의
정통 파스타 레시피

김밀란 지음 · 리사 안 사진

다신
라이프

안녕하세요.
김밀란입니다.

내가 책이란 걸 쓰게 될 줄이야. 책은 뭔가 대단한 것을 이뤄낸 사람들만 쓰는,
그런 사람들만의 전유물인 줄만 알았다. 처음 출판사에서 출간 제안을 받았을
때 제일 먼저 떠오른 생각도 '내가 과연 책을 쓸 만한 사람이 되는가?'라는
것이었다.
유튜브를 시작하기로 결정하는 데까지 오래 걸린 이유도 이런 생각에서 비롯된
것이었다. '아직 이룬 것 없는 내가 하는 요리를 좋아해 줄 사람들이 있을까?'
어느 자리에까지 올라서지 않고는 내 말과 행동에 힘이 실리지 않을 거라는
두려움이 시작을 더디게 했다.
하지만 곧 생각을 바꿨다. 서점에 가보니 생각보다 여러 분야의 다양한
사람들이 저마다 자신이 풀어낼 수 있는 주제와 이야기들을 자유롭게 담은
책들이 생각보다 많다는 사실에 용기를 얻었달까. 너무 무겁게 결정하지 말고,
일단 내가 전할 수 있는 것들을 최선으로 담아보기로 했다.

이 책은 내 채널을 포함한, 요리를 사랑하는 많은 분들을 조금은 쉽게 이탈리아
파스타의 세계로 이끌어줄 입문서가 되길 바라며 썼다. 가장 고민했던 점은

내가 알고 있는 지식과 경험을 간결하게 그리고 이해하기 쉽게 설명하는
방식이었다. 책을 통해 가장 대중적인 스타일의 파스타부터 내가 항상 생각해
오던 스타일의 파스타까지 여러 종류의 파스타를 알리고 또 전하고 싶었다.

이 책은 파스타 '전문' 서적은 아니다. 요리를 전문적으로 하는 사람들보다
조금 더 대중적인, 요리에 관심이 있는 일반인들에게 하고 싶은 이야기들을
떠올리며 적었다. 요리를 배우지 않은 사람들이나 요리사들이 습관처럼 하는
행위의 이유를 알게 되면 비록 파스타 하나를 만들더라도 그 요리의 경험이
좀 더 유용하게 쌓일 수 있기 때문이다. 〈김밀란 파스타〉를 통해 독자분들이
파스타에 조금 더 많은 관심을 가질 수 있도록 올바른 지식과 내 경험을 전하고
싶다.

책을 무사히 마칠 수 있도록 제안부터 출간까지 머나먼 한국에서 계속 도와준
다산북스 김민정 과장님과 열악한 환경에서도 사진을 정말 멋지게 찍어주신
안수현 작가님께 다시 한 번 감사의 말씀을 드리며, 이제 본격적인 파스타
이야기를 시작해 보겠다.

2021월 1월
밀라노에서

Kimmilan Pasta

자신의 진로를 정하는 데는 많은 시간이 걸리기도 혹은
찰나가 결정되기도 한다. 내가 그랬다. 내 미래는 예고 없이
맞닥뜨린 찰나에 매료되어 순간에 결정되었다.

나는 지극히 평범한 인문계 고등학생이었다. 학교와 학원, 집.
여느 또래들과 마찬가지로 안전한 쳇바퀴에 올라타 나름대로
순항 중이었다. 그러던 중 휴일에 모처럼 TV 앞에 앉아
리모콘을 누르며 하릴없이 시간을 보내던 차에 내 시선을
사로잡은 장면이 있었다. 처음 보는 외국인이 정말 신나게
몰입해서 요리를 하는 장면이었다. 그는 제이미 올리버였다.
그의 장난기 가득한 눈빛에는 열정이 담겨있었고, 그의
손끝에서 보기만 해도 침샘을 자극하는 요리들이 탄생하고
있었다. 요리라면 관심도 없던 나였는데, 무슨 이유에서인지
채널을 돌릴 수가 없었다. 그가 요리하는 장면을 한참
바라보다가 결정했다. 요리사가 되자고.

당시 아무것도 몰랐던 내가 할 수 있는 유일한 행동은 요리학원에 찾아가는 것이었다. 하지만 그곳에서도 난 여전히 뭘 어디서부터 어떻게 시작해야 요리사가 될 수 있는 건지 알 길이 없어 막막하기만 했다. 조리특화학교를 다니는 친구들, 요리 베테랑 주부들 틈에서 잔뜩 기가 죽은 채 조리기능사 자격증에 도전했고 수차례 낙방했다. 친구들의 놀림과 부모님의 걱정에도 나는 포기하지 않았다. 그러던 중 나보다 6개월 늦게 요리에 입문한 친구가 조리기능사 자격증을 땄다는 소식을 듣고 결심이 무너져 내렸다. 요리를 그만두고 일반 대학교에 입학했고, 그 후 입대를 했다.

말년 휴가를 얼마 남겨두지 않은 어느 날, 문득 아득한 기억 속에 고이 묻어두었던 요리사의 꿈을 다시 떠올렸다. 딱히 되고 싶은 것도 하고 싶은 일도 없던 무기력한 내 인생에 다시 태양이 비추는 것 같았다. 전역 후 부모님의 극심한 반대를 무릅쓰고 다니던 대학교에 자퇴서를 냈다. 다시 하고자 마음먹으니 아무것도 보이지 않았고, 나는 그저 직진했다.

무작정 이력서 한 장 챙겨들고 레스토랑의 문을 두드렸다. 무엇이든 시켜만 준다면 못할 것이 없었다. 그렇게 나는 일산의 한 작은 레스토랑에서 요리사로서의 첫 발을 내디뎠다.

CONTENTS

Chapter 2

이탈리아 정통 파스타

Chapter 3

김밀란 시그니처 파스타

Chapter 4

K-파스타

Pasta è basta

파스타, 시작하기 전에

건파스타와 생파스타

건파스타
La pasta secca

건파스타, 정확히는 듀럼밀 세몰리나만을 사용하여 반죽, 압출 및 건조 과정을 거쳐 얻어지는 파스타를 말한다. 포장 및 밀봉되어 있으며, 생산 날짜에 따라 개봉하지 않은 상태로 일정 기간 보관이 가능하다.

매우 흔하게 사용함에도 불구하고 정작 건파스타에 대해 제대로 아는 사람은 많지 않다. 물론 잘 알지 못해도 맛있는 파스타를 만드는 데는 문제가 없지만 한 번쯤은 짚어보는 것도 나쁘지 않다. 어렵고 복잡한 게 싫으면 그냥 패스하길 바란다.

건파스타는 밀가루와 물, 이 두 가지 재료만으로 반죽하기 때문에 건파스타를 이해하려면 우선 밀가루의 특성을 잘 이해해야만 한다. 파스타를 만드는 데 사용되는 밀가루는 크게 2가지로 나뉜다. 연질밀과 경질밀. 그중 건파스타의 주재료인 세몰리나는 경질밀가루에 속한다. 일반적으로 단백질 함유량이 높은 밀가루가 글루텐 함유량도 높게 나타나는데, 세몰리나는 단백질 함유량이 12% 정도로 굉장히 높은 수준에 속한다.

이렇듯 단백질 함유량 및 글루텐 함유량이 매우 높은 듀럼밀은 물로만 반죽해도 장력과 탄성을 쉽게 얻을 수 있으며, 보존성도 높다. 건파스타를 만들기에 정말이지, 충분한 조건인 셈이다. 그렇다면 건파스타의 종류에는 어떤 것들이 있고, 어떠한 방식으로 생산이 이루어지는지 간단히 살펴보자.

건파스타는 기본적으로 '반죽 → 압출 및 성형 → 건조'의 생산 과정을 거친다.

세몰리나 밀가루를 원료로 하여 물과 반죽하는데, 제조사별로 반죽의 배합이
다르며 사용하는 물과 밀가루의 원산지에 따라서도 차이가 난다.

✔ 한 가지 예로 나폴리의 그라냐노Gragnano 지역에서는 해당 지역에서 나오는 지하수와 근방에서
    생산되는 듀럼밀만을 사용해 IGP(유럽 연합의 지리적 표시 유형에 따른 원산지 보호 지정 식품)
    인증을 받았을 정도이니, 이것만 살펴봐도 이탈리아인들이 파스타에 대해 얼마나 진심인지
    엿볼 수 있다.

이렇게 만들어진 반죽을 프레스 장치가 있는 기계에 넣고 압출 과정을 통해
파스타의 모양을 성형하게 되는데, 이때 압출하는 성형판의 모양에 따라
완성되는 파스타의 모양이 정해진다.

여기서 중요한 점이 또 하나 있다. 바로 성형판의 재질인데, 이에 따라
파스타의 등급이 정해진다. 일반적으로 건파스타를 대규모로 생산하는 회사는
스테인리스 재질의 성형판과 구리로 만들어진 성형판 중 하나를 사용하는데,
어떠한 재질의 성형판을 사용했는지에 따라 생산된 파스타의 품질을 가늠해 볼
수 있다. ✔ 도금한 성형판을 사용하는 회사도 있다.

이렇듯 각 제조사별로 반죽법 및 배합 비율, 건조 시간 등이 달라 사실 직접
삶아 먹기 직전까지는 그 세밀한 차이를 알아채기 어렵다. 그럼 개인은 어떻게
해야 파스타의 품질이나 특성을 가늠해 볼 수 있을까? 한 가지 팁을 주자면
파스타의 표면을 확인해 보는 것이다.

거친 홈이 있는 파스타가 더 맛있다?

만약 집에 파스타가 있다면 표면을 자세히 관찰해 보자. 파스타에서
울퉁불퉁하고 거친 표면이 보인다면 일단은 합격이다. 이게 무슨 소리냐고?
이해하고 나면 굉장히 쉽다.

파스타의 표면이 거칠면 그 거친 홈을 통해 소스가 쉽게 흡착된다. 거칠수록
소스를 더 많이 머금는다. 그리고 면이 흡착된 소스를 얼마나 오래 머금고
있는지에 따라 파스타의 맛이 정해진다.

파스타의 표면이 거칠게 생산되는 원인은 바로 사용된 성형판의 재질에 있다. 앞서 말했듯 성형판은 테프론과 구리, 두 가지 재질을 주로 사용한다. 테프론 몰드의 경우 가격이 저렴하고 관리가 쉬워 전체적인 생산 단가를 낮춰준다. 대신 파스타의 표면이 아주 매끈하게 나온다. 반면 구리 몰드의 경우 가격 자체가 매우 비싸며 재질 특성상 관리가 까다로운 편이다. 당연히 생산 단가가 올라갈 수밖에 없다. 구리 몰드로 완성된 파스타는 마치 훈장처럼 거친 표면이 남는다.

물론 이는 좋은 파스타를 선별하는 1차적인 방법일 뿐이다. 정말 완벽한 파스타를 만들기 위해서는 각 브랜드별로 직접 먹어보는 것이 가장 좋고 빠른 방법이다. 그래야 브랜드별로 갖고 있는 장단점을 파악할 수 있다. 어떤 브랜드는 조리 후에도 파스타의 식감이 끝까지 유지되는 한편 소스와의 유화가 생각보다 잘 안 이루어지기도 하고, 어떤 브랜드는 파스타에서 지나치게 많은 전분이 나와 소스에서 전분맛이 나는 것도 있다. 또 어떤 파스타는 너무 딱딱한 나머지 뚝뚝 끊어지기도 한다.

하지만 이러한 것들은 1차적으로 표면의 거친 홈이 있는지 없는지의 여부를 통과했을 때나 고려해 봐야 할 사항일 뿐이다. 우선 우리가 할 수 있는 건 마트에서 파스타를 구입할 때 파스타의 표면을 유심히 살펴보는 것이면 충분하겠다.

생파스타
La pasta fresca

생파스타는 밀가루에 계란과 물을 섞어 촉촉하게 반죽한 뒤 건조시키지 않은 상태에서 소비하는 파스타를 지칭한다. 생파스타는 최대 30%의 습도를 포함하고 있다.

생파스타는 이탈리아 중북부 지역의 상징이자, 이탈리아를 대표하는 요리다. 이탈리아 북부 지역은 기후 특성상 듀럼밀이 잘 자라기 어렵다. 그래서 생파스타에는 듀럼밀이 아닌 연질밀이 주재료로 사용된다. 그런데 연질밀은 듀럼밀에 비해 단백질 및 글루텐 함유량이 10% 미만으로 적은 편에 속한다. 그래서 부족한 단백질과 반죽의 탄성을 높이기 위해 물이 아닌 뭔가가 필요했다. 이때 선택된 것이 계란이었다. 당시 이 지역은 남부보다 부유한 편이었기에 계란을 사용하는 것이 가능했다. 이렇게 생파스타를 완성하기 위한 재료가 다 모였다. 계란과 연질밀가루.

재료만 보더라도 당시 생파스타는 일반 서민들이 쉽게 먹을 수 있는 음식은 아니었다. 무엇보다도 당시 기술로는 장시간 보관하는 것이 불가능했기에 생파스타를 먹으려면 매일 만들어야만 했다. 그래서 생파스타가 일반 계층에 퍼지기까지는 상당히 오랜 시간이 걸렸다.
이러한 역사적인 배경과 더불어 북부 지역의 역사적 및 지리적 특성으로 인해 남부와는 다른 스타일의 요리법이 발전하기 시작했다. 풍부한 목초지와 밀, 쌀의 경작으로 인해 북부 지역은 치즈와 고기의 사용이 쉬운 편이었다. 이러한 환경은 그들의 요리법에도 영향을 끼쳤고, 북부 지역은 생파스타와 이를 활용한 다양한 요리가 발달했다.
북부 지역에서는 계란과 밀가루로 반죽한 생파스타와 여기에서 파생된 라비올리, 라자냐 같은 요리가, 남부 지역에서는 듀럼밀과 물로 반죽한 건파스타와 토마토, 해산물을 위주로 한 요리들이 발달하기 시작했다.

**이탈리아 밀가루
분류법**

국내산 밀가루는 단백질 함량에 따라 중력분(단백질 함량 7.5~10.5%),
박력분(단백질 함량 6.5~7%), 강력분(단백질 함량 11.5~13%) 총 세 가지로
분류된다. 반면 이탈리아에서는 단백질 함량이 아닌 밀가루의 제분율과
밀기울(밀의 껍질)이 얼마나 제거되었는지에 따라 [Tipo 00, 0, 1, 2, Integrale]
총 다섯 단계로 구분이 된다.

✔ 제빵용 및 제과용, 특수 제빵용 밀가루는 여기에 속하지 않고 따로 분류한다.

Tipo 00   0   1   2   Integrale

여기서 Tipo는 영어로 하면 Type을 뜻한다. 이 다섯 가지 분류는 이탈리아
밀가루에만 있는 기준으로, 밀가루 입자에 남은 밀기울(밀의 껍질)의 양을 제분
단계별로 표시한 것이다. 쉽게 말해 '00'이면 밀기울이 전혀 남지 않은 매우
고운 밀가루이고, 'Integrale'은 밀기울을 제거하지 않은 통 밀가루를 뜻한다고
보면 된다.

이탈리아에서 파스타를 만드는 데 사용하는 밀가루는 'Tipo 00'이다. 가장 고운
밀가루를 사용해야 매끈한 파스타 반죽을 얻을 수 있기 때문이다. Tipo 00
밀가루의 단점인 부족한 단백질은 반죽에 계란을 더함으로써 일부 보완했다.
이렇듯 전통 방식의 생파스타는 건파스타와 달리 부드럽고 흐물거리는 식감을
특징으로 한다.

**Tipo 00을 한국 밀가루로
대체할 수 있을까?**

한국과 이탈리아는 밀가루 분류법과 기준 자체가 다르다. 그렇기에 이탈리아
밀가루를 한국 밀가루로 온전히 대체한다는 건 사실상 불가능하다. 종종 어떤
이들은 중력분을 사용하면 된다고 말하지만 이는 잘못된 정보다. 애초에
밀가루 분류법이 다르고 밀의 원료가 다른데, 단순히 중력분을 사용하면
이탈리아 파스타의 식감을 낼 수 있다고 말하는 건 맞지 않다.

세몰리나 리마치나타
(리마치나타는 '한 번
더 빻다'라는 뜻이다)

TIPO 00 밀가루

단백질 함유량만으로 추론해 보자면 중력분보다는 강력분이 더 가깝지만,
이 또한 제분 정도와 밀기울 함유량에서 차이가 난다. 중력분을 사용하려면
부족한 단백질을 채워줘야 하는데 전문가가 아니고는 이를 맞추기 힘들
것이다.

내가 추천하는 방법은 그냥 이탈리아 밀가루를 구입해 파스타를 만드는
것이다. 인터넷을 조금만 뒤져봐도 이탈리아 밀가루는 손쉽게 구입할 수 있다.
만약 업장에서 이탈리아 생파스타를 직접 만들고 싶다면 중력분 외에도
세몰리나 밀가루*와 배합하고 계란의 양을 조절하는 등 글루텐 함량 외 여러
요소를 고려하여 레시피를 수정해야 한다. 하지만 이 역시 제조사별로 성분
함유량에 조금씩 차이가 있기 때문에 어떤 회사의 밀가루를 사용하느냐에 따라
결과물은 천차만별로 달라질 수밖에 없다.

――

＊세몰리나 밀가루

세몰리나는 경질소맥에서 얻은 입자가 거친 가루로, 듀럼밀을 원료로 한다. 듀럼은
'단단하다'라는 뜻의 'Durus'이라는 라틴어에서 이름을 따왔을 정도로 단단한 경질밀이며, 그만큼
단백질 함유량도 굉장히 높다. 단백질 함유량이 높다는 것은 곧 글루텐 함유량도 높다는 뜻이다.
그렇기 때문에 세몰리나 밀가루로 반죽한 파스타는 단단한 질감과 높은 탄성을 지닌다. 우리가
흔히 섭취하는 파스타 특유의 쫄깃한 식감이 여기서 나온다. 특히 이탈리아 파스타에서 빼놓을
수 없는 '알 덴떼al dente'의 성질을 실현하는 데도 중요한 역할을 한다.

생파스타 만들기

생파스타의 기초

생파스타를 만들려면 '밀가루'와 '계란'만 있으면 된다. 지금처럼 저울이 일반화되지 않았을 무렵, 우리 할머니 세대가 생파스타를 만드는 방식은 이러했다. 작업대 위에 밀가루를 펼친 뒤 계란을 하나씩 넣고 질감이 적당하다고 느낄 때까지 반죽하는 것. 이런 방식이 쭉 이어지다가 어느 때부터인가, 밀가루 100g 당 계란 1개(60~65g)라는 공식이 차차 성립되었다. 그리고 이 공식은 지금까지도 이탈리아 모든 가정집에 통용되고 있다.

이렇게 만들어진 생파스타는 반죽이 매우 촉촉하고 부드럽기 때문에 밀대로 쉽게 밀 수 있으나 그만큼 반죽의 내구도가 약해 얇게 밀 경우 찢어지기도 한다. 또 반죽을 미는 과정에서 달라붙는 것을 방지하기 위해 덧밀가루를 필수로 사용해야 한다. 그렇기 때문에 실질적으로 들어가는 밀가루의 양은 처음 반죽할 때 사용한 밀가루에 덧밀가루까지 더해져, 거의 2배 분량이 된다. 그래서 요즘 이탈리아 다이닝 업계에서는 노른자만을 이용한 반죽이 대세가 되었다. 물론 과거에도 노른자만 이용한 파스타가 전혀 없었던 것은 아니었다. 이탈리아 북부의 피에몬테Piemonte의 전통 파스타인 타야린(딸리올리니를 일컫는 피에몬테 지방의 사투리)이 있다. 타야린은 노른자와 밀가루만으로 반죽한 것을 얇게 밀어 가늘게 썬 파스타다. 주로 버터와 치즈, 트러플과 같이 먹는 것이 일반적이다.

반죽에 노른자만 넣으면 뭐가 달라지는 걸까? 노른자 반죽은 전란(노른자+흰자)을 사용한 반죽에 비해 더 단단하고 되직하다. 실제 노른자는 수분이 매우 적고 순수한 단백질 덩어리에 가깝기 때문에 반죽 상태에서도 되직한 편이고, 조리 후에는 더 탄탄한 질감을 갖는 것이 특징이다. 이탈리아 요리사들은 이 부분에 착안하여 단백질 함유량이 높은 세몰리나 밀가루와 일반 밀가루를 배합한 후 이를 노른자로만 반죽하는 방법을 사용하기 시작했다. 이렇게 탄생한 생파스타는 기존의 것과는 다르게 더 단단하고 탄탄한 식감을 지닌다. 기존의 생파스타에는 적용되지 않던 알 덴떼 개념도 적용시킬 수 있다.

생파스타
반죽

재료 2인분 기준

TIPO 00 밀가루 75g
세몰리나 리마치나타 25g
노른자 75g

조리 방법

1 모든 밀가루를 한데 잘 섞어준 다음 가운데 부분을 파 분화구 모양으로 만든다.

2 가운데 파인 부분에 노른자를 넣고 포크를 이용해 밀가루와 천천히 섞어준다.

3 모든 재료가 잘 섞이면 손으로 힘 있게 눌러가며 10분 정도 반죽한다.

4 반죽의 표면이 매끈해지고 더 이상 손에 묻어나지 않으면 랩을 씌워 최소 30분
이상 휴지시킨다. 냉장고 혹은 실온에 두면 된다. 전날 미리 반죽을 만들어
두려면 냉장고에서 휴지시키는 것이 좋다.

5 완성된 반죽을 원하는 두께와 모양으로 밀어 파스타를 만든다. 반죽을 얇게 밀기
전 2~3회 밀고 접고를 반복하면 반죽이 더 단단해져 알 덴떼 식감을 확실하게
얻을 수 있다. 이를 라미네이트 작업이라고 한다.

TIP 1 두 가지 밀가루를 배합한 이유는 연질밀의 부족한 단백질을 보충하면서 세몰리나
밀가루가 갖고 있는 탄성과 단단한 질감을 더하기 위함이다. 세몰리나 밀가루는 '리마치나타'를
사용했는데 이는 기존의 세몰리나 밀가루를 다시 한 번 더 곱게 제분한 밀가루를 뜻한다. 파스타를
반죽하는 데 주로 사용된다. 국내에서도 세몰리나 리마치나타를 검색하면 인터넷에서 손쉽게
구입할 수 있다.

TIP 2 '국산 밀가루'로 생파스타 만드는 법
만약 국산 밀가루로만 파스타를 만들어보고 싶다면 재료만 '강력분 40g, 중력분 60g, 노른자
60g'으로 대체하면 된다. 만드는 건 가능하지만 완성품에서 우리가 평소 알고 있던 파스타의
식감을 내는 것이 쉽지 않을 것이다. 하지만 만들어보고 이탈리아 밀가루와의 차이를 실감해 보는
것도 나쁘지 않은 선택이다.

감자 뇨끼의
기초

뇨끼를 만들기 위해선 먼저 감자를 이해해야 한다. 감자는 크게 두 종류로 나눌 수 있다. 분질 감자와 점질 감자인데, 이름 그대로 포슬포슬한 감자와 찐득찐득한 감자를 떠올리면 된다.

분질 감자와 점질 감자

분질 감자는 전분 함유량이 굉장히 높고 수분 함유량은 적은, 한국에서 쉽게 찾아보기 힘든 유형이다. 높은 전분 함유량으로 인해 익힐 경우 쉽게 부서지고, 물에 넣어 삶을 경우 전부 풀어져버린다. 주로 튀김이나 구이, 매쉬드 포테이토에 적합하다.

반면 점질 감자는 전분 함유량이 낮은 대신 상대적으로 수분 함유량이 높고, 익었을 때 질감이 끈적끈적하다. 만약 집에서 감자수프를 해본 적이 있다면, 금방 만든 수프가 얼마 되지 않아 떡처럼 변한 경험이 있을 것이다. 이때 사용한 감자는 분명 점질 감자였을 것이다.

최근 국내 시장에 유통되고 있는 감자의 70% 이상은 수미 감자가 차지하고 있다. 수미 감자의 경우 점질과 분질의 중간쯤에 위치해 있으나 실제로는 점질 감자에 더 가까운 품종이다. 병충해에 강하고 혹독한 날씨에도 잘 버틸 정도로 튼튼하며 생산량도 굉장히 높다.

점질 감자는 영어로 'Waxy하다'라고 표현하는데, 그만큼 떡지고 찰진 식감을 가지고 있다. 장시간 조리에도 모양이 잘 유지되기 때문에 오래 끓여야 하는 스튜나 찌개에 적합하다.

뇨끼에는 어떤 감자가 더 적합할까?

뇨끼를 만드는 데 있어 가장 큰 적은 수분이다. 이 수분을 제거하기 위해 여러 방법이 사용되지만 이는 어디까지나 보조적인 역할에 그칠 뿐이다. 조리 방법만으로 극복하는 데는 한계가 있기 때문이다. 만약 감자에 수분이 많으면 반죽이 힘들어져 이를 보완하기 위해 필수적으로 밀가루를 추가해야 한다. 하지만 밀가루가 추가되면 글루텐이 형성되어 부드러운 식감의 뇨끼가 아닌 떡처럼 쫀득한 뇨끼가 되어 버린다. 실패다.

뇨끼를 만들 땐 첫 번째로 분질 감자를 구입해야 한다. 만약 상황상 수미 감자를 구입했다면 사용 전 최소 1주일에서 2주 이상 그늘진 곳에서 묵혀야만 한다. 시간이 지나면서 수분이 날아가고 쪼그라들기 시작한다고 해도 걱정할 필요는 없다. 뇨끼에 적합한 감자로 변해가고 있다는 신호이기 때문이다.

두 번째는 감자를 익히는 방법에 변화를 줘야 한다. 보통 뇨끼에 사용할 감자를 물에 삶으라고 설명하는 경우가 많다. 이는 대부분 본토의 레시피를 그대로 들고 왔기 때문이다. 이탈리아에서는 애초에 사용하는 감자의 품종이 분질 감자이기 때문에 삶아도 상관없다. 하지만 점질 감자라면 삶기보다는 오븐에 굽는 것이 낫다. 알루미늄 호일에 굵은 소금을 깔고 150도 오븐에 넣어 감자가 완전히 익을 때까지 1시간 이상 구워야 한다. 그러면 수분을 날리면서 감자를 익힐 수 있다. 그리고 반죽할 때는 추가적인 수분이 생기지 않도록 주의한다. 계란을 아예 넣지 않거나 넣더라도 노른자만 넣는 것을 고려해야 한다.

세 번째는 지나치게 오래 그리고 강하게 반죽하지 않는 것이다. 뇨끼는 생파스타에 속하지만 절대로 오래 반죽하면 안 된다. 자칫 글루텐이 형성될 경우 뇨끼가 지향하는 부드럽게 씹히는 식감을 절대 얻을 수 없다.

그렇다면 지금부터 가장 기본적인 뇨끼 반죽법을 알아보자.

감자 뇨끼
반죽

재료

감자 500g

TIPO 00 밀가루 150g

계란 ½개

소금 5g

조리 방법

1 감자는 깨끗하게 씻어 흙을 제거한다. 쿠킹호일 위에 굵은 소금을 깔고, 그 위에
감자를 통째로 올려 150도 오븐에서 1시간 이상 구워 완전히 익힌다.

    TIP 감자를 구울 때 바닥에 소금을 까는 이유는 감자가 익으면서 나오는 수분을 소금이 흡수하기
때문이다. 이때 사용한 소금은 재사용이 가능하다.

2 다 익은 감자는 껍질을 벗긴 뒤 감자라이서 등을 이용해 잘게 으깬 뒤 넓게 펼쳐
수증기를 증발시킨다.

    TIP 감자를 으깬 뒤 넓게 펼쳐 식히는 이유는 감자가 품은 수증기를 증발시켜 아직 남아있는
수분을 최대한 없애기 위해서이다. 또 다음 과정에서 계란을 넣어 반죽할 때 감자의 열기로 계란이
익는 것을 막기 위함이기도 하다.

3 감자의 열기가 어느 정도 식으면 밀가루와 소금, 계란을 넣고 손으로 가볍게
반죽하며 한 덩어리로 만든다.

    TIP 그 외에 오일이나 치즈 같은 재료는 특별한 이유가 있는 것이 아닌 이상 넣지 않는다. 이는
뇨끼에 추가적인 수분 부담을 주지 않기 위해서이며, 이들 재료가 추가될 경우엔 배합비의 수정이
필수적이다.

4 반죽의 표면이 매끈해지고 손에 더 이상 묻어나지 않으면 반죽을 멈춘다. 반죽을
적당한 크기로 떼어내 밀어서 기다랗게 늘이고 엄지손톱 크기로 자른다.

5 잘라낸 반죽에 덧밀가루를 뿌리고 뇨끼 보드에 굴려 뇨끼 모양을 만든다.

>>

생파스타 보관 및 보존 기간

생파스타는 계란이 섞여 있기 때문에 냉장설비 및 전문 건조 시설이 미흡했던 과거에는 오래 보관할 수가 없었다. 뇨끼 역시 마찬가지인데 삶은 감자가 주를 이루는 반죽이 그 원인이다. 장기간 보관이 힘드니까 먹을 때마다 만들어야 해 자주 해먹기 부담스럽고 번거로웠다.

최근에는 냉장설비와 각종 포장법의 발달로 이탈리아에선 작은 마트에서도 포장된 냉장 생파스타와 감자 뇨끼를 쉽게 찾아볼 수 있다. 그렇다면 가정에서는 생파스타를 어떻게 보관하면 좋을까?

냉장 보관

생파스타를 냉장 보관할 때는 기본적으로 3일 보관이 원칙이다. 보관법은 간단하다. 스테인리스 쟁반이나 혹은 플라스틱 통에 세몰리나 덧밀가루를 뿌린다. 마찬가지로 파스타에도 덧밀가루를 잘 묻혀 보관 중에 서로 엉겨 붙지 않게 한다. 그런 다음 꺼내 먹기 편하게끔 1인분씩 나눠 모양을 잡은 뒤 냉장실에 보관하면 된다.

계란 전란으로 만든 파스타의 경우 뚜껑이나 랩을 씌워 따로 밀봉할 필요가 없다. 그래야 보관 중에 발생한 수분으로 인해 파스타가 질퍽해지는 것을 막을 수 있다.

하지만 책에서 소개한 노른자 반죽으로 만든 생파스타의 경우 랩이나 뚜껑을 필수적으로 덮어야 파스타가 쉽게 건조해지거나 부서지지 않는다. 단 뇨끼의 경우는 계란 유무와 상관없이 절대 밀봉하지 않는 것이 원칙이다. 보관 중에 뚜껑이나 랩에 습기가 차게 되면 뇨끼가 눅눅해지기 때문이다.

냉동 보관

생파스타는 먼저 냉동을 시킨 뒤 봉지에 나눠 담는 것이 좋다. 만들자마자 봉지에 담은 채로 냉동시킬 경우 냉동 중에 습기가 발생해 파스타의 질감이 변할 수 있다. 요리에 사용할 때는 냉동된 상태 그대로 물에 넣고 삶으면 된다.

하지만 뇨끼는 방법이 조금 다르다. 반죽 상태 그대로 냉동해도 되지만 장기간 보관할 경우 나중에 다시 삶으면 반죽이 풀어질 수 있다. 그러므로 냉동하기 전

끓는 소금물에 약 1분간 데친 뒤 찬물에 담가 빠르게 식히고 깨끗한 천에 펼쳐
물기를 가볍게 말린다. 그 다음 냉동시키고 이후 1인분씩 소분하여 봉투에
옮겨 담는 것이 가장 좋다. 이렇게 한 번 데쳐서 냉동시킨 뇨끼는 더 오래
보관할 수 있다. 기본적인 냉동 보관 기간은 한 달이며, 데쳐서 보관한 뇨끼는
두 달까지도 가능하다.

파스타 브랜드 이야기

파스타 브랜드의 장단점

한 번쯤은 파스타를 구매해 본 적이 있는 사람이라면 접했을 법한, 파스타 브랜드 이야기를 들려드리려고 한다. 종종 수많은 파스타 브랜드 앞에서 어떤 제품을 골라야 하는지 몰라 망설이는 이들을 위해 정리해 보고 싶었다. 아주 예전부터 유통되기 시작한 브랜드부터 최근에 유통이 시작된 브랜드까지, 내가 생각하기에 대표적이라고 판단되는 파스타 브랜드 다섯 가지를 추려보았다. 각 브랜드의 오랜 역사와 제품의 특징, 장단점을 알고 비교해 보는 것도 요리의 식견을 높이는 데 도움이 되니 가볍게 살펴보면 좋겠다.

바릴라
Barilla

1870년대에 설립된 이탈리아의 대표적인 식품 회사로, 주력 상품은 파스타와 밀가루, 각종 소스와 과자 등이 있다. 대표적인 스테인리스 몰드를 사용하는 파스타 제조 회사이다. 현재 이탈리아 내에서 가장 많은 소비가 이뤄지고 있는 회사이며, 그만큼 가격도 저렴해 부담이 없다. 파스타의 질은 전반적으로 나쁘지 않으나 절대 좋다고도 말할 수 없다.

데 체코
De cecco

세계에서 세 번째로 큰 파스타 제조업체로 1880년대에 설립되었다. 주력 상품으로는 파스타와 올리브유, 각종 소스 등이 있다. 적당한 가격과 중급의 품질을 자랑하며, 국내에는 오래전부터 들어와 시장을 선점하고 있다. 국내 이탈리안 레스토랑에서 가장 많이 사용되는 올리브유와 파스타 역시 이 회사의 제품일 정도이다. 오래전부터 국내에서 제품을 유통해 왔고, 그만큼 안정적인 판매처를 확보하였기에 굉장히 저렴한 가격에 파스타를 판매하고 있다.

바릴라   데 체코   가로팔로   룸모   아펠트라   제라르도 디 놀라
Lierardo di nola

파스타의 질은 앞서 바릴라나 디벨라 사의 파스타와 비교하는 것이 실례가
될 정도로 좋은 편이다. 구리 몰드를 이용한 파스타를 생산하고 있다. 다만
그 밖의 다른 회사들과 비교하면 중급에 가까운 정도의 품질이다. 무엇보다
이 회사의 장점은 적당한 가격에 괜찮은 품질의 파스타를 집 근처 마트에서
손쉽게 구할 수 있다는, 즉 접근성이 뛰어난 제품이라는 것에 있다.

가로팔로
Garofalo

이탈리아 나폴리 그라냐노에 위치한 회사로 1789년대에 설립되었다.
IGP 인증을 갖고 있는 회사이기도 하다. IGP 인증을 갖고 있다는 뜻은 재료와
제조 공법에 있어서 확실하게 이탈리아산 재료와 공법을 따르고 있다는
뜻이다.
국내에서는 최근 들어 많이 유통되고 있으며, 데 체코보다 아주 약간 비싼
수준의 가격을 유지하고 있다. 파스타의 품질은 확실하게 좋은 편이며,
가성비가 매우 뛰어나다.
파스타의 조리 시간은 다른 프리미엄 브랜드와 비교했을 때 조금 짧은
수준이다. 식감을 지속적으로 유지하는 부분에 있어서는 부족하지만 조리
중에 나오는 적당한 양의 전분과 파스타 자체의 소스 흡착력은 훌륭한 편이다.

룸모
RUMMO

1840년경 설립된 식품 회사로 주력 제품은 파스타이다. 대규모 파스타 생산
시설을 갖고 있는 매우 큰 회사로 가로팔로처럼 IGP 인증을 갖고 있지는
않지만 보장된 품질의 파스타를 생산하는 회사인 건 확실하다. 파스타의
품질은 좋은 편. 프리미엄 브랜드 바로 밑에 위치하는 중급 브랜드라고 한다면
이해가 쉬울 것이다.
룸모는 'Lenta lavorazione'라고 하는 저속공법을 상표로 등록해 사용하는데,
이는 곧 생산 공정 과정에서 상품을 동일하고 균일하게 가공한다는 것을
뜻한다.
파스타 조리 시간은 일반적이며 식감을 지속적으로 유지하는 부분에서도 좋은

평점을 주고 싶다. 소스 흡착력은 좋은 편이나 뛰어난 편은 아니다. 국내에서 활발히 유통되고 있으나 조금 높은 가격대로 판매되고 있다.

아펠트라
Afeltra

1840년대에 설립된 파스타 제조 회사로 프리미엄 파스타를 생산한다. 회사는 나폴리 그라냐노Gragnano에 위치하고 있고, IGP 인증을 받았다. 대표적인 이탈리아의 프리미엄 식품 유통 체인인 EATALY와 협업을 하고 있는 파스타 제조회사로 파스타의 품질이 굉장히 좋은 편이다.
국내에도 최근 유통되기 시작했는데, 앞서 언급한 다른 파스타 브랜드와 비교하면 가격이 비싸 접근성이 많이 떨어진다. 파스타의 품질은 고급에 속하며 구리 몰드를 사용한다. 60시간 동안 48도에서 저온으로 건조시키는 방법으로 건파스타를 생산하고 있다. 조리 시에 적당 수준의 전분이 나오며 파스타 자체의 식감은 굉장히 좋고 지속력 또한 우수하다.

이탈리아 사람들은
왜 파스타를 덜 익혀 먹는 걸까?

알 덴떼
Al dente

'알 덴떼'는 이탈리아어로 전치사 'a'와 남성 단수 정관사 'il'이 합쳐진 'Al(알)'에 치아를 뜻하는 단어 'Dente(덴떼)'가 합쳐진 말이다.

알 덴떼를 그대로 해석하면 '치아에'라는 뜻이다. 이에 살짝 끼는 정도로 파스타를 익히는 것을 뜻하는 말인데, 이번 기회에 정확한 명칭을 알아두면 도움이 될 것 같다. 현재 수많은 전문가, 심지어 이탈리아 요리를 하는 셰프도 '알 덴떼'를 정확히 이야기하지 못하고 '알 단테' 심지어 '안 단테'라고 이야기하기도 한다. 무슨 상관이냐고 말하는 분들도 계시겠지만 전문가라면 반드시 정확한 명칭을 익히고 대중에게 알려야 한다고 생각한다. 앞장서서 잘못된 단어를 전하는 일만은 막아야 하지 않을까?

다시 알 덴떼 이야기로 돌아가서, 대체 이 개념은 언제부터 생겨난 걸까? 초창기 파스타가 나오던 시기만 해도 알 덴떼라는 개념은 존재하지 않았다. 당시에는 끓는 물에 파스타를 약 1~2시간 동안 삶아서 먹는 게 전부였다. 이 개념은 파스타 조리법이 개발되고 많은 연구가 거듭 진행되면서 자리 잡은 것이다. 특히 생파스타에는 알 덴떼가 적용되지 않았는데, 생파스타 반죽법에 많은 변화가 생기면서 최근에는 '적용할 수도' 있게 되었다.

그런데 왜 알 덴떼로 먹는 걸까? 굳이 면을 '덜 익혀' 먹는 이 행위를 설명하려면 우선 파스타 재료가 조리되는 동안 무슨 일이 일어나는지를 이해할 필요가 있다. 파스타는 밀가루와 물로 반죽된 재료이다. 다시 말하면 파스타는 전분과 글루텐 단백질로 이루어진 셈이다. 수분은 건조 과정에서 날아가기 때문에 제외하겠다. 이 전분과 글루텐 단백질이 수분과 열에 노출되면

글루텐이 전분과 결합하기 시작한다. 전분은 물을 흡수하고 팽창하며 시간이
지나면 다시 흩어진다. 조리 시간이 길어질수록 전분이 흡수하는 물의 양이
늘어나는데, 이는 곧 면이 불어난다는 소리와도 같다.
그래서 파스타를 장시간 조리하게 되면 전분이 물에 풀어지기 때문에 영양적인
면에서 손실이 발생한다. 또 전분이 지나치게 팽윤(swelling, 물질이 용매를
흡수해 부푸는 현상)하여 소화를 방해할 정도의 점도가 생긴다. 반면 조리가
덜 된 파스타는 섭취 시 소화 효소의 영향을 매우 적게 받아 소화가 잘 되지
않는다. 알 덴떼는 그 어느 중간 지점이다. 알 덴떼로 조리한 파스타는 전분이
물을 적절하게 흡수해 팽창했으나 혈당 지수는 높지 않은 상태이다.
상식적으로 생각해 보면 덜 익힌 파스타가 소화를 방해할 것 같은데, 실제로는
완전히 익힌 파스타를 먹었을 때 소화가 잘 되지 않는다.

알 덴떼로 요리하는 이유는 또 있다. 알 덴떼는 파스타를 더 맛있게 만드는
중요한 요소다. 알 덴떼 상태의 파스타를 완성하려면 냄비에서 팬으로 옮길
때 알 덴떼보다 덜 익은 상태에서 건져내야 한다. 팬에서 소스와 마무리해야
충분한 유화과정을 거칠 수 있어 맛있는 파스타가 만들어진다.

알 덴떼는 단순히 덜 익은 것이 아니기 때문에 실제 요리사의 테크닉이 매우
중요하다. 이탈리아 레스토랑에서도 제대로 된 알 덴떼를 맛보는 것은 쉽지
않다. 요리를 하면 할수록 알 덴떼를 제대로 지키는 것이 매우 어렵다는 것을
느낀다. 알 덴떼는 소스의 양과 파스타 브랜드별 차이 등 많은 요소의 영향을
받아 결정된다. 단순히 안쪽 심지는 딱딱하게 살아있고 겉은 익은 정도가 다는
아니다. 실제로는 저항감이 심하지 않으면서 부드럽게 씹힐 정도, 무엇보다
심지의 심이 이에 살짝 걸릴 정도로 조리된 것이 제대로 된 알 덴떼 식감이다.

알 덴떼 상태를 유지하려면 팬에서 마무리할 때 지나치게 높은 온도로
조리해선 안 되며, 조리 시간 역시 물에서 삶은 시간과 팬에서 마무리되는
시간, 조리 속도 등을 모두 고려해서 결정해야만 한다. 지나치게 높은 온도에서

소스와 마무리할 경우(팬에 불이 붙을 정도의 고온에서 빠르게 볶아내는 방식, 흔히 한국 이탈리아 레스토랑에서 많이 하는 실수이기도 하다.) 겉은 빠르게 익어 식감이 물렁하게 변하고 심지만 살아있는, 두 가지 식감이 따로 노는 상황이 발생한다.

이러한 모든 요소들을 고려하면서 알 덴떼를 지키는 것은 많은 경험이 쌓이지 않고서는 결코 쉽지 않은 일이다. 그렇기 때문에 파스타를 냄비에서 건져낼 때 항상 씹어봐야 정확한 상태를 알 수 있다. 동시에 팬에서 조리될 때는 소스가 조금 적은 상태를 유지하면서 파스타의 상태를 주기적으로 확인하고, 면수 혹은 육수를 소량씩 추가하며 섬세하게 요리해야 맛있는 파스타를 완성할 수 있다.

05

맛있는 파스타를 위한
마지막 테크닉, 만테까레

만테까레
Mantecare

만테까레의 사전적 의미는 '유화'다. 유화는 물과 기름의 강제적인 결합상태를 뜻하는데, 우리가 잘 알고 있듯 물과 기름은 기본적으로 섞일 수 없는 요소들이다. 유화는 이 기본적인 성질을 무시한 채 강제로 두 가지 요소가 동시에 골고루 섞일 수 있도록 만드는 것을 뜻한다. 육안으로 보면 잘 유화된 물과 기름은 매끈한 질감을 가진 소스 형태를 띠고 있다. 유화를 잘 일으키려면 다음의 몇 가지 조건이 충족되어야 한다.

유화의 조건 1
물과 기름의 비율

기본적으로는 기름이 물보다 지나치게 많으면 유화는 이루어지지 않는다. 물과 기름의 양이 1:1에 가까워질수록 유화가 잘 진행된다. 다만 그 상태는 오래 유지되지 않는다. 만약 물이 기름보다 많아 전체적인 비율이 1:3으로 넘어가게 되면 유화가 더 빠르고 쉽게 진행된다. 하지만 전체적인 농도는 매우 묽어져 우리 눈엔 그저 물에 기름이 조금 섞인 정도로만 보일 수 있다. 이러한 물과 기름의 비율은 조리법과 여러 요건(온도, 기름의 종류 등)에 따라 바뀌므로 정답은 없다.

유화의 조건 2
온도

낮은 온도에서는 기름의 비율이 높아야 유화가 더 잘 이루어진다. 사용하는 지방이 순수한 기름인지, 유지방인지에 따라 결과물에 차이가 생기기는 한다. 반면 높은 온도에서 유화를 시도할 경우에는 물의 비율이 높을수록 유화가 잘 이루어진다.
온도가 높아지면 지방이 녹아버리는데, 이 상태에서 수분이 적을 경우 지방과 수분이 결합된 상태를 유지하지 못하고 분리될 수 있기 때문이다.

유화의 조건 3
유화제와 안정제의 유무

유화제는 일종의 계면활성제 역할을 하는 요소로 기름과 물의 표면장력을 약화시켜 경계면이 흐려지게 만든다. 이로 인해 물과 기름이 서로 분리되지 않고 쉽게 결합될 수 있게 돕고, 오랫동안 유지되도록 지속성을 더해준다. 레시틴 단백질이 바로 이 유화제의 역할을 한다. 이를 잘 이해한다면 여러 종류의 단백질을 효과적으로 다룰 수 있게 되어 활용도를 높일 수 있다. 예를 들어 마요네즈를 만들 때 노른자 대신 아몬드우유나 두유를 이용하거나, 아주 오랫동안 졸인 육수와 기름을 섞어 마요네즈 형태로 만들거나 혹은 다른 고단백질 재료를 찾아 유화제로 사용할 수 있다.

한편 전분은 일종의 안정제 역할을 한다. 유화제로 만들어진 유화액이 전분 분자와 결합하게 되면 쉽게 분리가 되지 않게 도와 그 상태를 오랫동안 유지되도록 만들어준다.

전분의 역할

그리고 이 세 가지 조건 외에도 전분의 성질 역시 잘 이해해야만 한다. 전분이 활성화되기 위해선 '적당한 온도'와 '물'이 반드시 필요하다. 두 가지 중 한 가지만 부족해도 전분의 활성은 일어나지 않기 때문이다.

따라서 요리에 사용하기 전 전분을 물에 풀어서 수분을 충분히 흡수시킨 뒤 가열된 팬에 넣고 높은 온도에서 전분을 빠르게 겔화 및 팽창시켜 순식간에 점도를 얻어내야 한다. 전분이 활성화되는 온도는 종류에 따라 조금씩 차이는 있지만 대부분 50~70도 사이에서 가장 활발하게 일어난다.

전분은 물을 흡수한 뒤 다시 가라앉는다. 이렇게 가라앉은 전분 알맹이들에 열을 가하면 물과 결합되었던 구조를 잃어버리면서 일종의 그물망을 형성하게 된다. 이렇게 겔화된 전분은 아밀로오스와 아밀로펙틴을 배출하게 되고 소스의 점도를 향상시키게 되는 것이다. 이렇게 걸쭉해진 소스는 식으면서 그 결합력이 더 단단해져 더욱 더 걸쭉하게 변하는데, 쉽게 설명하자면 식은 탕수육 소스를 떠올리면 된다. 식은 탕수육 소스는 처음 먹을 때보다 훨씬 더 끈적하고 단단한 상태가 되어있는데 이는 전분의 성질 때문이다.

만테까레 이해하기

자, 다시 만테까레로 돌아가 보자. 만테까레는 일종의 유화작용을 칭하는 이탈리아어로 이탈리아 요리에 있어서 빼놓고 설명할 수 없는 매우 중요한 개념이다. 주로 파스타와 리조또를 만들 때뿐만 아니라 젤라또를 만들 때도 만테까레가 사용된다.

파스타 조리 시 기본적인 원칙은 냄비에서 파스타의 70%를 익히고, 팬에서 소스와 함께 나머지 30%를 익히는 것이다. 나머지 30%를 익히는 과정에서 파스타에 잔존하고 있던 전분이 녹아 소스에 섞이고, 이것이 소스에 남아있던 단백질, 기름, 물과 합쳐지면서 안정제 역할을 한다. 그렇게 완성된 파스타 소스는 볼륨감이 있고 윤기가 나며 끈적한 질감이 오래 유지된다.

만약 전분의 양이 지나치게 많거나 파스타를 지나치게 빠르게 건져 팬에서 너무 오래 조리하게 되면 파스타 소스의 질감은 묵직해질 것이고, 전분이 과하게 작용해 소스는 전분의 탁한 맛에 뒤덮이게 될 것이다.
반대로 파스타를 푹 익힌 뒤 팬에서 너무 짧은 시간만 조리하게 되면 전분이 제대로 나올 시간이 없어 파스타와 소스가 분리되고, 심지어 소스 안의 물과 기름이 분리되어 기름 범벅으로 변해버릴 것이다.
그렇기 때문에 파스타를 봉투에 적힌 알 덴떼 시간보다 3~4분 정도 여유를 두고 건져낸 뒤 팬에서 천천히 마무리하면서 소스의 유화와 전분의 활성도를 최대한으로 높여 끈적이는 소스의 질감을 만들어내는 작업, '만테까레'를 하는 것이다.
한 가지 더, 전분은 고온에서 장시간 조리할 경우 결합 사슬이 끊어지면서 묽어진다. 그렇기 때문에 팬에서 파스타를 마무리할 때는 절대 고온에서 조리하면 안 된다는 것을 기억하자.

만테까레 따라 하기

팬에서의 조리가 끝을 향해 가고 있고, 소스도 적당하게 졸았다면 불은 약불로 줄이거나 아예 꺼도 좋다. 아마 남은 소스는 어느 정도 걸쭉해진 상태일 거다.

하지만 아직은 파스타와 따로 놀고 있다. 이제 팬을 돌려서 파스타와 소스가 잘 섞이게끔 움직여야 한다.

이 과정에서 파스타는 휘퍼처럼 소스를 다시 한 번 잘게 쪼개고, 동시에 섞인다. 이때 소스 사이사이에 공기가 들어가면서 내용물의 온도가 살짝 떨어지고, 이로 인해 전분이 다시 한 번 안정화되면서 소스는 크리미한 질감으로 변한다. 그 상태로 파스타에 단단하게 결합된다.

이렇게 만테까레가 끝났다. 완성된 파스타를 접시에 옮겨 담고 크리미한 소스를 파스타 위에 끼얹어 주면 진짜 끝이다. 만테까레는 만드는 파스타와 소스에 따라 꼭 해야 되는 것이 있는가 하면 굳이 하지 않아도 되는 것이 있다.

만테까레 예시 영상
(9분 17초~10분 20초)을
참고하세요.

06

소금, 허브, 올리브유

소금

소금은 인류의 역사를 놓고 봤을 때 절대 빼놓을 수 없는, 매우 중요하고 필수적인 식재료이다. 인간에게 절대적으로 필요한 요소이자, 요리에 있어서도 매우 중요한 재료이다. 소금 간만 잘해도 요리를 잘한다 말할 수 있을 정도니까. 소금만 잘 이해해도 요리의 반은 해결된 셈이다.

천일염

한국에서 가장 널리 사용되는 소금으로 바닷물을 가둬 증발시킨 뒤 간수를 빼 만든다. 간수를 제대로 빼지 않으면 소금에서 쓴맛이 나며 이 쓴맛을 제거하기 위해 간수를 빼는 과정에서 많은 영양분이 손실되기도 한다. 단순히 짠맛이 아닌 감칠맛이 밴 특유의 짠맛으로, 요리를 마무리할 때 살짝 뿌리면 입안에 강렬함을 남긴다. 즉 음식의 마지막 인상을 결정짓는 역할을 한다고 생각하면 된다.

정제염

바닷물을 정수한 뒤 장치에 통과시켜 순수한 소금 성분만 추출하는 것으로 순수한 짠맛만을 지닌 소금이다. 요리를 하는 데 있어서 간을 할 때 가장 직관성이 좋은 소금이기도 하다. 그래서 음식의 간을 맞추는 데 주로 사용한다. 국내에서는 유일하게 한주 소금에서 정제염을 생산하고 있다.

소금 활용 노하우

내가 소금을 사용하는 방식은 이렇다. 정제염은 중간 중간 음식의 간을 맞추는 데 사용하고, 천일염이나 굵은 소금은 육수를 끓일 때 소량 넣거나 파스타를 삶을 때 쓰는 면수 혹은 채소를 삶거나 데칠 때 주로 사용한다. 그리고 요리를 마무리할 때는 주로 말돈 소금이나 프랑스의 게랑드 소금, 혹은 시칠리아산 트라파니 소금을 쓴다. 이렇듯 소금을 용도에 맞게 사용하며 요리의 효율을 높이는 훈련을 통해 소금에 대해 제대로 이해하게 된다면 추후 요리의 퀄리티를 한층 끌어올릴 수 있을 것이다.

허브

허브의 특징과 용도에 대해 이해하면 파스타의 질을 높일 수 있다. 이탈리아 요리에 자주 쓰이는 것들과 한국에서 구하기 어렵지 않은 허브 위주로 소개하겠다.

차이브
Chives

부추와 비슷한 형태의 허브이며 쪽파와 비슷한 알싸한 향이 난다. 주로 해산물과 잘 어울린다.

세이지
Sage

코를 찌르는 듯한 강한 향이 특징이다. 많이 사용하면 특유의 향 때문에 마치 한약을 넣은 것 같은 느낌이 난다. 주로 생파스타 요리의 기본 소스를 만들 때 버터와 조합하고, 돼지고기와도 잘 어울린다.

민트
Mint

특유의 알싸하고 화한 향으로 요리에 포인트를 준다. 파스타나 살사 베르데 같은 허브를 베이스로 한 소스에 주로 사용되며, 갑각류와 홍합 혹은 흰 살 생선과 매우 잘 어울린다. 의외로 조개류, 붉은 생선과는 잘 맞지 않는다.

파슬리
Parsley

파슬리는 이탈리아 요리에 있어 바질과 함께 가장 많이 사용되는 허브이다. 특유의 감칠맛을 갖고 있는 것이 특징이며 용도가 매우 다재다능하다.

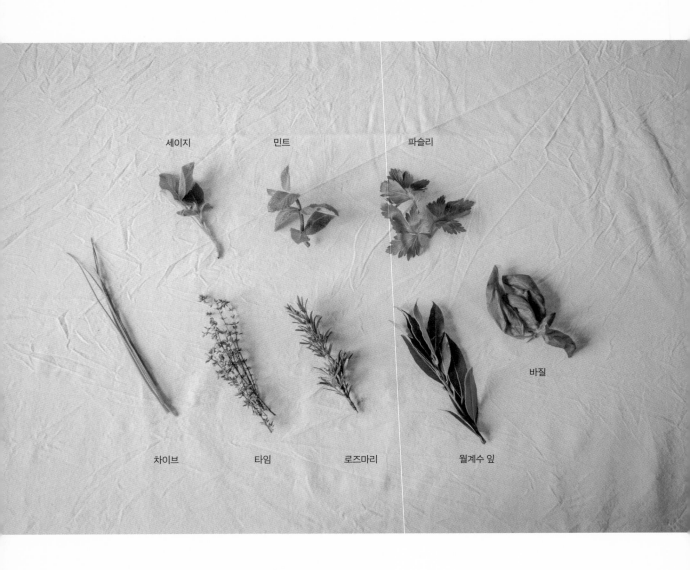

세이지   민트   파슬리

바질

차이브   타임   로즈마리   월계수 잎

42

바질
Basil

특유의 화한 향과 진한 향이 동시에 존재하는 허브이다. 언뜻 깻잎과 비슷한 향과 맛이 느껴진다. 바질을 구입할 때는 잎사귀가 지나치게 큰 것은 피하는 것이 좋다. 잎에서 쓴 맛이 느껴질 수도 있기 때문이다. 주로 흰 살 생선요리, 조개요리, 토마토와 궁합이 좋다.

월계수 잎
Bay Leaf

월계수 잎은 단독으로 혹은 요리에 직접 사용되는 일은 거의 없다. 육수나 라구 같이 오래 끓이는 요리에 주로 쓰이는데, 향이 강하기 때문에 한 번에 1~2장 정도만 사용한다. 요리의 전체적인 잡내를 뒤에서 잡아주는 역할을 한다.

로즈마리
Rosemary

로즈마리는 아마 우리에게 가장 친숙하며 가장 구하기 쉬운 허브일 것이다. 장미와 비슷한 향을 강하게 지니고 있는 허브로 가장 구하기 쉽지만 또 사용하기 굉장히 어려운 허브이기도 하다. 주로 콩을 삶을 때 한 줄기씩 넣어주면 콩의 비린내를 잡아주고 향긋함을 낸다. 또한 육류 요리나 등 푸른 생선같이 비린내가 강한 생선 요리에도 자주 사용된다.

타임
Thyme

주로 고기를 구울 때, 버터와 함께 거품을 끼얹으며 익힐 때 가장 많이 사용하는 허브이다. 특유의 산뜻한 향이 육류와 잘 맞으며, 주로 기름기가 있거나 묵직한 고기 요리에 많이 쓰인다. 또한 버섯과도 굉장히 좋은 시너지가 난다.

올리브유

올리브유는 이탈리아 요리에서 빼놓을 수 없는 재료이다. 많은 사람들이 올리브유에 대해 잘못 알고 있는 사실이 하나 있다. 엑스트라버진 올리브유는 발연점이 낮아 조리용으로 적합하지 않다는 것이다. 실제로 이는 잘못된 사실이다.

기름의 발연점을 결정하는 것은 FFA(유리지방산)수치인데, 보통의 엑스트라버진 올리브유는 0.8%의 수치를 기준으로 하며 약 160도에 해당하는 발연점을 갖고 있다. 최고급 엑스트라버진 올리브유는 최대 200~220도의 발연점을 갖는다. 이것은 튀김유로 사용해도 전혀 문제가 없다는 것을 뜻한다. 다만 튀김유로 사용하게 되면 엑스트라버진 올리브유의 특유의 향과 맛이 전부 사라지므로 굳이 쓰지 않는 것뿐이다.

간단한 볶음이나 구이에 엑스트라버진 올리브유를 사용하는 것은 전혀 문제가 되지 않는다. 오히려 엑스트라버진 올리브유가 지닌 풍미가 요리에 기초적인 맛을 지탱해 주어 요리를 한층 더 맛있게 만들어준다. 다만 초고온에서 지속적으로 온도를 유지해야 하는 고기를 구울 때에는 식용유를 사용한다. 흔히 퓨어 올리브유는 조리용으로 쓰고, 엑스트라버진 올리브유는 마무리용 혹은 샐러드용으로만 쓴다고도 알려져 있는데, 이는 반은 맞고 반은 틀리다. 적어도 내가 경험한 이탈리아 주방에서는 조리도 엑스트라버진 올리브유로 하고(파스타나 리조또, 그 외 여러 해산물 요리 등) 마무리로 더 좋은 고급 엑스트라버진 올리브유를 사용하고 있다. 그러므로 앞으로 요리할 때, 특히나 이탈리아 요리를 할 때는 전혀 거리낌 없이 엑스트라버진 올리브유를 사용하길 바란다. 요리의 맛을 훨씬 더 좋게 끌어올려 줄 것이다.

올리브유 고르는 노하우

올리브유를 고를 때는 무조건 어두운색의 유리병에 담긴 제품을 골라야 한다. 올리브유는 빛이 투과하지 않도록 두꺼운 유리병에 담겨 판매하는 것이 기본인데, 시중에 나와 있는 몇몇 제품들처럼 플라스틱이나 반투명한 병에 담을 경우, 병의 표면이 어두운색일지라도 유리에 비해 빛을 충분히 막아주지 못해 품질에 영향을 줄 수 있다. 또 가급적이면 유럽 연합의 지리적 표시제의 보호와 인증을 받은 DOP 혹은 IGP 마크가 붙은 것 위주로 구입하는 것이 좋다. 올리브유는 와인과 마찬가지로 먹어보기 전까지는 그 맛이나 향을 알 수 없다. 여러 제품을 사용해 보면서 자신에게 가장 잘 맞는 브랜드를 선택하는 것이 가장 좋다. 이탈리아에 비해 한국에서는 선택의 폭이 훨씬 좁기 때문에 많은 제품을 놓고 비교할 순 없겠지만 반대로 좁은 제품군으로 인해 선택 장애를 겪지 않아도 되니 나름 장점이다.

필요한 도구들

파스타를 만드는 데 있어서 사실 많은 도구는 필요 없다. 나는 직업 때문에
일반 가정집보다는 풍족하게 갖추고 있지만, 실제로 내가 먹는 파스타를 만들
땐 매우 최소한의 도구만 사용하고 있다. 꼭 갖추진 않더라도 알고 있으면,
나아가 구비한다면 파스타 만들기가 더 편해지는 도구 몇 가지를 소개하겠다.

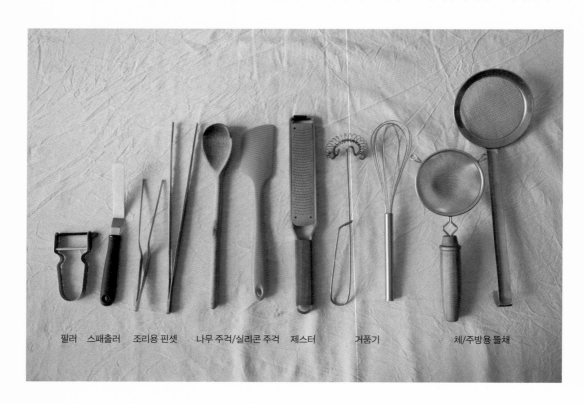

필러 스패출러 조리용 핀셋 나무 주걱/실리콘 주걱 제스터 거품기 체/주방용 뜰채

필러 —————— 감자 껍질을 벗기는 도구로 그 외에도 채소를 얇고 길게 썰어야 할 때
사용한다.

스패출러 —————— 주로 제과제빵에서 자주 사용하는 주걱 모양의 작은 도구인데, 요리에서는
음식을 접시에 세심하게 담거나 혹은 작은 재료를 뒤집을 때 많이 쓴다. 반죽을
섞거나 버터나 크림 같은 소스류를 덜어낼 때에도 편리하다.

조리용 핀셋 —————— 크기별로 여러 종류가 있다. 작은 것은 주로 허브나 작은 꽃잎 등을 섬세하게
접시에 담을 때 사용하고, 큰 것은 주로 다 삶아진 파스타처럼 식재료를 손으로
집을 수 없는 상황 등 다용도로 많이 쓰고 있다.

**나무 주걱과
실리콘 주걱** —————— 냄비의 내용물을 젓는 데 주로 사용한다. 특히 실리콘 주걱은 냄비 가장자리
혹은 바닥에 남아있는 소스 등을 완벽하게 덜어낼 때 편리하다.

제스터 —————— 레몬과 같은 시트러스 계열의 과일 껍질을 갈 때나 치즈를 갈 때 사용한다.

거품기 —————— 액체류나 소스를 골고루 섞을 때에나 크림을 휘핑할 때 자주 사용한다.

체와 주방용 뜰채 —————— 체는 주로 퓨레나 소스 등을 한 번 더 걸러 매끈한 질감을 낼 때 사용하며,
뜰채는 내용물을 건져낼 때 사용한다.

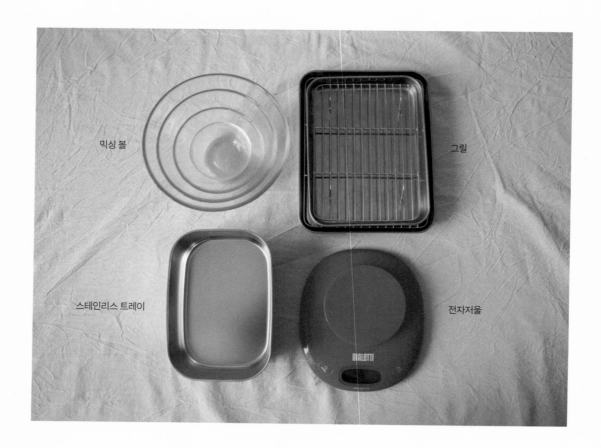

믹싱 볼

그릴

스테인리스 트레이

전자저울

믹싱 볼

재료를 넣고 섞기(믹싱) 편한 형태의 볼로 여러 사이즈를 구비하면 유용하다.
유리 재질, 스테인리스 재질, 실리콘 재질, 플라스틱 재질 등 다양하다.

**스테인리스 트레이와
그릴**

밑손질이 끝난 재료들을 사용하기 편하게 담아둘 때 있으면 좋다. 그릴은
볶거나 튀긴 식재료의 기름을 빼거나, 고기를 굽고 난 뒤 레스팅할 때
사용한다.

전자저울

각종 재료를 계량하기 위해 필수로 구비하면 좋은 도구이다. 1g 단위로
계량되는 제품을 사용하는 것이 좋다.

냄비

냄비는 가급적 사이즈별로 갖고 있는 것을 추천한다. 용량에 맞는 적절한 냄비를 사용하는 것은 요리의 가장 기초이자, 중요한 일이다. 큰 냄비는 최소 5L 이상 용량, 그 외에 편수 냄비는 3L와 1.5L 용량을 구비하면 충분하다.

팬

파스타용 팬은 가급적이면 팬의 깊이가 5cm 정도 되는 제품이 가장 적당하며, 너비는 1인 가정은 24cm, 2~4인 가정은 28~30cm의 제품을 갖고 있는 것이 좋다. 재질은 스테인리스를 사용하는 것이 가장 무난하다.

알루미늄 팬의 경우 부식되거나 오래 사용하면 알루미늄이 긁히기 쉬운데, 하드 아노다이징 공법으로 표면을 처리한 제품을 사용하면 이를 예방할 수 있다. 알루미늄 팬은 스테인리스에 비해 관리 및 사용법이 편리하며 무게도 가볍다. 다만 식초 같은 지나친 산성 재료를 사용하면 안 되며 세척 시 식기세척기는 사용할 수 없다는 단점이 있다. 또한 제품에 따라 인덕션 사용이 안 되기도 한다. 파스타용으로는 가볍고 열전도가 빠른 알루미늄 제품이 가장 좋으나 이는 제대로 하드 아노다이징 처리가 된 좋은 제품을 사용할 수 있을 때 얘기이고, 이것이 어려울 경우 무난한 스테인리스 팬을 사용하는 것이 낫다.

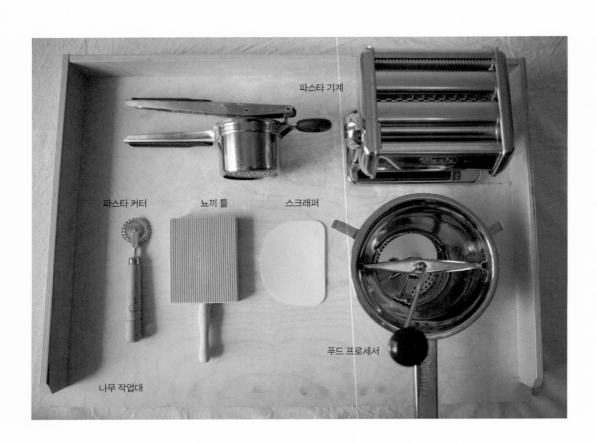

파스타 기계

파스타 커터   뇨끼 틀   스크래퍼

푸드 프로세서

나무 작업대

나무 작업대	주로 파스타를 반죽하고 펼칠 때 사용하는 작업대인데, 집에서는 대형 도마를 사용해도 된다.
파스타 기계와 파스타 커터	파스타 기계를 파스타 반죽을 넓게 밀 때 사용하는 도구인데, 반죽을 일정한 두께로 밀 수 있어 균일한 파스타를 만들 수 있다. 하지만 없다면 밀대로 밀어도 된다. 기계를 구입하면 기본적인 파스타 커터가 같이 붙어 있는 경우도 있다. 파스타 커터는 말 그대로 반죽을 자르는 도구이다. 날의 형태에 따라 잘리는 모양이 달라진다.
뇨끼 틀	뇨끼를 모양내는 작은 나무틀로, 뇨끼 외에도 파스타에 모양을 낼 때 사용하기도 한다.
스크래퍼	반달 모양의 제과제빵 도구. 스패츌러와 마찬가지로 요리할 때 많이 사용한다. 특히 재료를 옮기거나 도마를 정리할 때 편리하다.
푸드 프로세서	재료를 으깨면서 동시에 바닥의 작은 구멍으로 통과시켜 내리는 도구이다. 믹서처럼 재료를 가는 것이 아닌 압착하여 구멍을 통과시키기 때문에 이물질은 걸러내고 원하는 내용물만 얻을 수 있다.

Pasta tradizionale

이탈리아 정통 파스타

Spaghetti aglio olio e peperoncino

알리오 올리오 페페론치노 스파게티

이탈리아에서 알리오 올리오는 야식 단골 메뉴다. 말 그대로 늦은 밤, 어느 집에나 있을 법한 재료인 마늘, 페페론치노, 스파게티, 올리브유, 소금으로 휘리릭 만드는, 세상에서 제일 간단한 파스타인 셈이다. 쉬운 만큼 맛있게 만들기가 정말 어렵기도 하다.

하지만 알리오 올리오는 이탈리아 사람들이 큰 기대를 갖고 만드는 메뉴가 아니다. 단지 배고픔을 달랠 야식일 뿐이니까. 지금부터 긴 밤, 허기를 달래줄 맛있는 야식을 만들어보자.

재료 2인분 기준

스파게티 200g

마늘 2쪽 *가급적 큰 것

건 페페론치노 1~2개

파슬리 잎 3~4장

천일염 적당량

엑스트라버진 올리브유 적당량

준비

1 마늘은 껍질을 벗겨 칼로 잘게 다진다. 이때 굵은 소금을 매우 소량만 섞어서 칼 옆면으로 짓이기듯 으깨주면 마늘 향이 훨씬 더 진하게 난다.

TIP 마늘을 세로로 2등분하면 심지가 보이는데, 이탈리아에선 마늘의 강한 향을 누르고 소화를 돕기 위해 주로 이 심지를 제거한다. 마늘의 향이 약할 경우 굳이 제거할 필요는 없지만 본인이 소화를 잘 못 시키는 체질이라면 제거해 주는 것이 좋다. 또한 마늘을 다질 때는 소금은 소량만 넣어야 파스타가 짜지지 않는다.

2 파슬리 잎은 잘게 다지고, 페페론치노는 손으로 살짝 부순다.

Q. 알리오 올리오는 마늘이 듬뿍 들어가야 제맛?

⟶ 알리오 올리오 소스의 주재료는 '물'과 '기름', 그리고 파스타에서 나오는 '전분'이다. 이 요리의 완성도는 이 전분을 얼마나 잘 활용했는지에서 결정된다. 그러려면 면을 삶을 때 봉지에 적힌 시간보다 약 3~4분 전에 건져내야 한다. 즉 면을 덜 익은 상태에서 건져내 나머지는 팬에서 마저 익히면서 전분을 충분히 뽑아내야 맛있는 알리오 올리오가 탄생한다.

한편 대부분의 사람들은 알리오 올리오를 만들 때 부재료를 많이 넣는다. 특히 마늘. 사실 알리오 올리오는 파스타 자체의 맛으로 먹는 요리지, 마늘 맛으로 먹는 요리는 아니다. 마늘은 향이 은은하게 느껴지는 수준이면 충분하다. 주된 맛은 파스타 자체의 맛과 올리브유 그리고 소금이어야 한다.

추가하자면 알리오 올리오에는 원래 치즈가 들어가지 않는다. 개인 취향에 따라 뿌려먹을 수 있도록 테이블에 비치하는 정도지, 필수가 아니라는 것도 알아두자.

마지막으로 요리 마지막에 올리브유를 뿌리지 않는 이유는 엑스트라버진 올리브유의 강한 향이 은은한 마늘 향을 덮을 수 있기 때문이다. 그래서 조리 전에 충분한 양의 올리브유를 넣고 시작한다.

1 가장 먼저 파스타 삶는 물을 끓인다. 면수는 소금의 농도가 1%, 즉 물 1L당 10g의 천일염을 넣는 것이 가장 기본적인 원칙이다.

TIP 파스타 면 삶을 물에 천일염을 넣는 이유는 감칠맛 때문이다. 면이 삶아지는 동안 면과 면수에 천일염의 감칠맛이 배인다. 알리오 올리오처럼 요리에 사용되는 재료가 적은 경우, 이런 감칠맛은 든든한 맛의 원천이 된다.

2 엑스트라버진 올리브유를 팬에 넉넉히 두른 뒤 마늘을 넣고 약불에서 볶는다. 마늘이 타지 않게 주의하자. 마늘 향이 나기 시작하면 페페론치노를 넣고 불에서 잠시 내려 둔다.

TIP 대부분 마늘의 향이 극대화되는 시점을 보통 '마늘이 갈색으로 변하는 순간'이라고 생각한다. 하지만 진짜 마늘의 향이 극대화되는 때는 '갈색으로 변하기 직전'이다. 마늘이 갈색을 띠면 이미 알리신 성분이 파괴되고 마이야르가 일어나버린 직후다. 마늘이 전체적으로 지글거리기 시작하고 몇 초 후 바로 불을 끄면 된다.

3 파스타를 삶는다.

TIP 알리오 올리오에 사용할 파스타는 유화 과정에서 충분한 전분을 얻기 위해 다른 파스타보다 덜 익히는 것이 좋다. 봉투에 적힌 알 덴떼 기준 시간에서 4분 정도 적게 삶으면 된다.

4 파스타가 거의 다 삶아지면 2번 팬을 다시 중불에 올리고,
면수를 200ml 정도 붓는다. 동시에 파스타를 팬에 옮겨
담는다.

5 파스타를 주걱으로 저어가며 천천히 익힌다. 물의 양이
적다고 느껴지면 면수를 조금씩 추가한다. 이때 간을 보고
짜면 면수 대신 물을 넣는다.

6 파스타에서 나온 전분으로 인해 소스가 어느 정도
끈적하고 되직해지면서, 양이 6~8큰술 정도로 졸아든 것이
보이면 불을 끈다. 다진 파슬리를 넣고 팬을 잘 흔들어
만테까레한다.

Linguine alle vongole
봉골레 링귀네

봉골레는 우리에게 너무도 잘 알려진
요리이다. 조개의 감칠맛과 파스타,
올리브유가 하나로 어우러지면
익숙하면서도 이국적인 맛이 난다.
봉골레는 바지락과 같은 종의
조개인데, 서식지 차이로 인해
이탈리아의 바지락이 조금 더 크며
껍질이 동그랗고 감칠맛이 더 강하다.
한국에선 이를 보완하기 위해
간혹 모시조개나 백합, 동죽
등의 조개와 섞곤 하는데, 봉골레
링귀네의 정체성을 떠올려보자.
접시를 가득채운, 바지락과 함께
어우러진 파스타의 모습이 아니던가!
바지락만으로도 정말 맛있는
봉골레를 만들 수 있다.
참! 이 파스타는 알리오 올리오가
아니다. 마늘은 1쪽이면 충분하니
나머지는 잠시 넣어두자.

재료 2인분 기준

링귀네 200g
바지락 400g *기타 조개류 혼합 가능
마늘 1쪽
건 페페론치노 1개
파슬리 2줄기
화이트와인 60ml
엑스트라버진 올리브유 5큰술
소금 적당량

준비

1 바지락은 바닷물과 가장 비슷한 염도(물 1L당 천일염 30g을 완전히 녹인 물)에 담가 냉장고에서 최소 4시간, 최대 12시간 동안 해감한다.

2 파슬리는 잘게 다진다. 이때 파슬리 줄기는 버리지 말고 따로 보관해 둘 것. 이후 바지락 입을 벌릴 때 함께 사용하면 된다.

3 마늘은 통째로 으깨고, 건 페페론치노는 손으로 살짝 부순다.

TIP 1 조개류 해감법
해감 시 바지락을 담은 통 바닥에 체를 받쳐두면 뱉어낸 뻘을 조개가 다시 먹는 불상사를 막을 수 있다. 또한 어두운 환경이 조성되어야 조개가 입을 벌리므로 통 입구를 알루미늄 호일로 감싸주면 좋다. 단, 지나치게 밀봉할 경우 산소 부족으로 조개가 죽을 수 있으니 주의하자. 또한 해감 시간이 지나치게 길어지면 조개의 살이 작아지고 맛도 없어지므로 최대 하루를 넘겨선 안 된다.

TIP 2 조개류 보관법
해감이 끝난 바지락은 찬물에 2~3회 박박 씻은 뒤 물에 적신 키친타월로 감싸 뚜껑을 덮지 않은 통에 넣고 냉장 보관한다. 최대 2일까지 보관이 가능하다.

김민성의 요리 TMI.

⟶ 봉골레를 할 때 가장 많이 하는 실수는
조개를 지나치게 익혀 질기게 만드는 것과 깨진
껍질 조각이 들어가 먹을 때 불쾌감을 주는
것이다. 이를 방지하려면 조갯살만 따로 분리해
넣는 방법이 있다. 보기에도 좋고 먹기에도
좋은 요리가 완성될 것이다.

1 팬을 중불에 올리고 엑스트라버진 올리브유 4큰술, 마늘, 건
    페페론치노, 파슬리 2줄기(육수용으로 남긴 것)를 넣는다.

2 마늘이 지글지글 열을 내기 시작하면 조개와 화이트와인을
    넣고 바로 뚜껑을 덮는다. 바지락이 전부 입을 벌릴 때까지
    기다린다.

3 끓는 소금물에 링귀네를 넣는다. 봉투에 적힌 알 덴떼
    시간보다 3분 정도 덜 삶는다.

Pasta tradizionale

64

4 2번 팬의 불을 끈 뒤 입 벌린 바지락과 파슬리, 마늘을 건져
낸다. 이때 팬에는 약간의 육수가 남아있어야 하고, 건져낸
마늘은 미련 없이 버리면 된다.

5 링귀네를 팬에 옮겨 담고, 면수 100ml를 붓는다. 졸이듯이
2~3분가량 면을 좀 더 익힌다. 이때 불은 중불과 강불
사이가 적당하다.

TIP 링귀네를 옮기기 전 바지락 육수의 간을 보자. 짠맛이 강하면
면수를 50ml로 줄이고, 생수 50ml를 더해 간을 맞추면 된다.

6 육수가 충분히 졸면 다진 파슬리, 조개, 엑스트라버진
올리브유 1큰술을 넣고 불을 끈 뒤 만테까레한다.

Spaghetti alla carbonara

까르보나라 스파게티

지금까지 당신이 만들어온 까르보나라는 잠시 잊자. 그 방법은 대부분 잘못되었다. 여기 소개하는 까르보나라는 실제 이탈리아 셰프들이 사용하는 전통적인 방법을 따르되, 내가 현장에서 체득한 몇 가지 노하우를 더한 것이다. 전통 까르보나라와 달리 노른자만으로 색과 고소함을 증폭시키는 방법이다. 여기에 정확한 열 조절온도이 더해지면 완벽에 가까운 크리미한 질감이 완성된다. 이것이 까르보나라 스파게티의 핵심이다.

재료 2인분 기준

스파게티 200g
관찰레 80g *베이컨이나 판체타로 대체 가능
간 페코리노 로마노 30g
흑후추 15알
노른자 6개
물 150ml

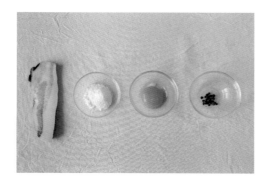

✔ 이곳 미슐랭 2스타 레스토랑에서는 간혹 손님들의 요구에 따라 메뉴에 없는 기초적인 요리를 해주기도 한다. 이를 아웃 오브 메뉴Out of menu라 부르는데, 이 까르보나라는 바로 여기에서 아이디어를 얻었다.

준비

1 계란은 노른자와 흰자를 분리하고 노른자만 모은다. 흰자는 따로 모아
머랭쿠키나 오믈렛 수플레를 만드는 데 활용하면 된다.

2 관찰레는 딱딱한 돼지 껍질 부분과 후추가 묻은 부분을 도려낸 뒤 0.5cm
두께로 자른다.

3 아무것도 두르지 않은 팬에 통후추를 넣고 중불에서 살짝 볶은 뒤 굵게
빻는다. 이렇게 만든 후추를 미뇨넷Mignonette이라고 하는데, 일반 후추보다
향이 진하며 씹었을 때 입안에 후추의 향긋함이 깊게 퍼진다.

4 노른자와 후추, 페코리노 로마노 치즈를 모두 섞어 노른자 소스를 만든다.

내가 만든 까르보나라가 망하는 이유

──→ 까르보나라에서 가장 중요한 포인트이자, 많은 사람들을 실패로 몰고 가는 단계는 계란을 넣은 뒤 소스의 농도를 잡는 순간이다. 크리미한 질감으로 면과 함께 녹아들어야 정상인데, 소스가 덩어리지면서 면에 엉겨 붙어 마치 스크램블 같아 보인다.

대체 왜 이런 것일까? 대부분의 사람들은 팬의 온도가 뜨겁기 때문에 계란 소스가 닿자마자 익어버렸다고 생각한다. 하지만 이는 뇌피셜일 뿐, 지금부터 그 원인을 파악해 보자.

계란은 낮은 온도에서도 쉽게 익는다. 일반적으로 노른자의 익는 점은 약 65~68도, 흰자는 그보다 낮은 62도부터 단백질의 응고가 시작된다. 그런데 실제 까르보나라의 조리를 끝내고 노른자 소스를 붓기 전, 팬의 내용물 온도를 재면 약 85도 이상이 된다.

여기까지만 들으면 '아, 내 까르보나라는 스크램블이 될 수밖에 없었네.' 싶을 것이다. 하지만 이는 섣부른 판단이다. 계란 자체의 온도와 팬에 남은 물을 떠올려 보자. 계란의 익는 점은 65도, 여기에 물이 섞이면 익는 점이 높아진다. 그리고 계란 자체의 온도가 낮아 팬에 붓는 순간, 뜨거운 상태였던 내용물의 온도가 급격하게 떨어진다. 즉 스크램블의 진짜 정체는 계란이 아니라는 것이 된다. ✔ 물론 진짜 뜨거워서 스크램블 되는 경우도 종종 있다.

그럼 이 덩어리의 정체는 뭘까? 제대로 녹지 못한 치즈다. 이 치즈는 왜 제대로 녹지 못하고 덩어리가 된 걸까? 지나치게 뜨거웠거나, 수분이 부족했거나. 앞서 설명했듯이 계란 소스를 붓는 순간 팬의 온도가 낮아지기 때문에 뜨거워서 치즈가 덩어리진 건 아니다. 그렇다면 두 번째 이유에 주목해 보자. 대부분의 사람들이 팬에 수분을 지나치게 적게 남겨 치즈가 녹을 여유를 주지 않는다. 계란도 치즈도 제대로 녹지 않은, 조리가 덜 된 상태의 음식이 탄생한다. 여기에 물을 조금 추가한 뒤 섞으면 뻑뻑했던 소스가 순식간에 물처럼 변한다. 이제부턴 온도를 80도 언저리로 일정 시간 유지해 주면서 뒤적인다. 드디어 완벽에 가까운 크리미한 까르보나라의 성공이 목전이다.

조리 방법

1 팬에 관찰레를 넣고 중불에서 천천히 기름을 빼며 볶는다.

TIP 관찰레의 대체 재료인 베이컨이나 판체타는 자체적으로 지방이
부족한 편이다. 그럴 땐 올리브유를 소량 추가하면 조리하기가 훨씬 더
수월해진다.

2 관찰레의 겉이 바삭해지면 ⅓만 건져 내 키친타월에 받쳐
기름을 빼둔다.

3 팬에 남은 관찰레 기름은 작은 그릇에 따로 옮겨두고, 팬에
물 150ml를 붓는다.

TIP 관찰레의 염도가 낮으면 물 대신 면수를 넣어도 상관없다.
베이컨이나 판체타 사용 시엔 기름을 따로 보관해 둘 필요는 없다.

4 스파게티는 봉투에 적힌 알 덴테 시간보다 3분 적게 삶고
팬에 옮겨 담는다. 관찰레 기름 3~5큰술을 넣고 천천히
졸인다.

5 스파게티에서 전분이 나와 농도가 짙어지면, 즉 면수가
3~4큰술 남은 상태가 되면 불을 끄고 30초 정도 식힌다.
내용물을 뒤적이면 더 빠르게 식는다.

6 노른자 소스를 붓고 덩어리지지 않도록 잘 섞는다.
덩어리가 지면 약간의 물을 부어 농도를 조절해 준다.
지나치게 묽다면 약불에서 좀 더 익혀주자.

　　TIP 완성된 스파게티 소스의 농도는 주걱에 소스를 묻히고 손가락으로
그었을 때 자국이 남은 상태면 된다.

7 완성된 요리를 그릇에 담고 기름을 뺀 관찰레를 얹어
마무리한다.

Spaghetti al pomodoro

뽀모도로 스파게티

'황금 사과'라는 뜻의 이탈리아어 뽀모도로는 어쩌다 토마토를 지칭하는 말이 된 걸까? 토마토는 이탈리아 요리의 대전환점을 가져다준, 말 그대로 이탈리아 요리의 황금기를 가져다준 식재료다. 토마토를 빼놓고 이탈리아 요리를 논할 수 없을 정도니까. 그중에서도 가장 대표적인 것은 토마토 스파게티, 즉 뽀모도로 스파게티이다. 가장 이탈리아스러운 요리인 뽀모도로를 지금 만들어보자!

재료 2인분 기준

스파게티 200g
토마토소스 300g *p78 레시피 참고
방울토마토 100g
바질 적당량
소금 약간
엑스트라버진 올리브유 적당량

준비

1 방울토마토는 2등분한다.

2 바질은 가늘게 채 썬다. 가장 큰 잎을 바닥에 놓고 작은 잎들을 그 위에
얹은 뒤 돌돌 말아 한번에 자르면 편리하다.

조리 방법

1 스파게티는 봉투에 적힌 알 덴떼 시간보다 2분 덜 삶는다.

2 팬에 엑스트라버진 올리브유를 넉넉히 두르고
방울토마토를 볶아 단맛을 뽑아낸다.
   TIP 방울토마토를 살짝 튀기듯 볶아주면 감칠맛이 강해진다.

3 토마토가 어느 정도 익으면 면수 100ml와 토마토소스를
모두 붓고 약간의 소금으로 간한다.

4 스파게티를 팬에 옮긴 뒤 소스가 잘 배도록 뒤적인다. 불은
중불에서 강불 사이에 두고 졸이듯 마무리한다.

5 바질을 넣고 엑스트라버진 올리브유를 가볍게 두른 뒤
만테까레한다.

토마토소스

Salsa di pomodoro

일반적으로 이탈리아에서 토마토소스를 만들 때는 산 마르자노 San marzano라 부르는 플럼 토마토를 사용한다. 산미와 감칠맛이 뛰어나기 때문이다. 시중에서 흔히 구할 수 있는 토마토 통조림도 플럼 토마토를 사용한 것이다. 하지만 현지에서 느낄 수 있는 풍미를 그대로 전달하기는 어렵다.

가정에서는 토마토소스를 직접 만들어 활용하기보다 시판 소스를 많이 사용한다. 그런 탓에 아마 토마토소스를 베이스로 한 파스타라고 하면 비슷한 맛의 기억이 대다수 사람들의 뇌리를 스쳐갈 것이다. 하지만 그 맛은 시판

소스로부터 온 선입견이다.

단 한 번이라도 맛있는 토마토소스 파스타를 맛보고 싶다면, 지금 소개하는 레시피를 유심히 살펴보길 권한다. 국내에서는 플럼 토마토를 구하기 어려울 뿐더러 통조림으로는 신선함을 채울 수 없으니, 세 가지 토마토(일반 토마토, 방울토마토, 토마토 홀병조림)를 사용해 소스를 만들고자 한다. 일반 토마토는 통조림이 가지고 있지 않은 신선함을 갖고 있으며, 방울토마토는 부족한 단맛을 보충해 준다. 이렇게 세 가지 토마토가 지닌 장점으로 각각의 단점을 보완해 주면 맛있는 토마토소스를 만들 수 있다.

재료 8인분 이상

토마토 홀 500g

완숙 토마토 500g

방울토마토 500g

양파 1개

엑스트라버진 올리브유 100ml

소금 약간

바질 한 움큼

준비

1 토마토는 모두 깨끗이 씻은 뒤 꼭지를 제거하고 적당한 크기로 자른다.
방울토마토는 2등분, 일반 토마토는 4~6등분이면 충분하다.

2 양파는 얇게 채 썰고, 바질은 잎만 떼 따로 둔다.

3 소스를 보관할 유리병과 뚜껑은 끓는 물에 15초 정도 담가 살균 소독한
뒤에 깨끗한 천 위에 올려 말린다.

TIP 국내에선 토마토가 덜 익은 상태로 유통되는 경우가 많은데, 이 경우엔 3~4일
정도 햇빛이 잘 드는 창가에 두고 완전히 익힌 뒤 사용하면 된다. 토마토를 보관할 때는
냉장 보관은 반드시 피하고, 햇빛이 들지 않는 서늘한 곳에 두는 것이 좋다.

권달호 요리 TMI.

⟶ 토마토는 자체적으로 산미가 있다. 그러니 토마토소스에서
산미가 느껴지는 것은 당연한 일이다. 유럽인들은 이런 산미를
굉장히 즐기고 또 요리에 잘 이용하지만 한국인들은 잘 견디지 못해
설탕을 넣어 중화시키려는 경우가 많다. 만약 토마토소스의 산미가
거슬린다면 설탕 대신 베이킹소다를 살짝 섞어보자. 염기성인
베이킹소다가 토마토의 산성과 결합하여 산미를 중화시키고 신맛을
잡아줄 것이다.

조리 방법

1 냄비에 엑스트라버진 올리브유를 두르고 양파를 넣는다. 소금을 약간 뿌린 뒤 볶는다.

> **TIP** 소금을 약간 뿌리면 양파에서 수분이 빠지는데, 그 수분을 이용하면 양파가 타는 것을 막을 수 있다. 이러한 조리법을 영어로 'Sweating'이라고 하며, 이탈리아어로는 'Stufare스투파레'라고 한다. 이 방법으로 양파의 산미는 날리고 단맛을 이끌어낼 수 있다. 불 세기는 냄비의 크기와 양파의 양에 따라 조절하면 되는데, 양파의 양이 많다면 강불로 조리해도 타지 않을 것이다.

2 양파가 반투명해지고 매운 향이 전부 날아갔다면 토마토와 방울토마토를 넣고 소금을 약간 뿌린 뒤 잘 뒤적이며 익힌다.

3 토마토가 전부 물러지면 토마토 홀을 넣고 약불에서 40분~1시간, 원하는 농도가 나올 때까지 저으며 익힌다.

80

4 완성된 소스에 바질 잎을 넣고 잘 섞은 뒤 불을 끄고 15분 정도 두어 바질 향이 충분히 배도록 한다.

5 식은 소스는 푸드밀이나 믹서로 곱게 간 뒤 병에 옮겨 담는다. 바질 잎 1장을 넣고 뚜껑을 닫는다.

TIP 병조림을 할 때는 내용물을 가득 채우지 않는다. 진공상태를 만들기 위해 병 입구로부터 약 1cm가량 여유를 두는 것이 좋다.

6 끓는 물에 병을 완전히 푹 잠기도록 넣는다. 이때 공간이 부족하면 병끼리 닿을 수 있는데, 그럴 경우 헝겊이나 행주를 사이사이에 끼우면 된다. 40분이 지나면 불을 끄고 냄비째 완전히 식혔다가 건져내 햇빛이 들지 않는 서늘한 곳에 보관한다. 보존 기간은 최소 6개월, 최대 1년이다. 개봉 후에는 더 빨리 상할 수 있으니 빠르게 소비해야 한다.

Bucatini all'amatriciana

아마트리치아나 부카티니

아마 대중에게는 조금 생소할지도 모른다. 어쩌면 뽀모도로와 생김새가 비슷해 형제쯤 되는 음식이 아닐까 생각하는 사람도 있을 것이다. 아마트리치아나는 이탈리아 라치오 주州의 도시, 아마트리체에서 따온 이름이다. 오히려 뽀모도로보다는 까르보나라와 결을 함께한다. 까르보나라와 아마트리치아나 모두 관찰레와 페코리노 로마노 치즈, 흑후추를 주재료로 하기 때문이다. 많은 이탈리아 요리가 그렇듯 아마트리치아나도 가정마다 만드는 방법이 다 다르다. 지금 소개할 레시피는 현재 이탈리아에서 가장 대중적이면서 전통적인 방식으로 만든 아마트리치아나이다.

재료 2인분 기준

부카티니 160g

관찰레 80g *판체타 또는 두꺼운 베이컨으로 대체 가능

양파 ½개

화이트와인 40ml *레드와인으로 대체 가능

방울토마토 200g(10~15개)

토마토소스 100g *p78 레시피 참고

건 페페론치노 1개

간 페코리노 로마노 치즈 20g

*파르미지아노 레지아노 또는 그라나 파다노로 대체 가능

후추 적당량

소금 약간

엑스트라버진 올리브유 1큰술

준비

1 관찰레는 껍질 부분과 후추가 묻은 부분을 잘라낸 뒤 0.5cm 두께로 자른다.

2 양파는 잘게 다지거나 채 썰고, 건 페페론치노는 손으로 부순다.

3 방울토마토는 깨끗하게 씻은 뒤 4등분한다.

4 페코리노 로마노 치즈는 필요한 양만큼 미리 갈아놓는다.

아마트리치아나와 까르보나라는 형제!

——→ 그리치아 파스타Pasta alla gricia는 라치오 주에 위치한 도시, 그리치아Gricia의 요리로 관찰레, 후추, 페코리노 로마노 치즈만을 이용해 만든다.

아마트리치아나는 아마트리체라는 도시를 대표하는 요리인데, 이 도시는 아브루초 주와 라치오 주에 걸쳐있다. 이는 그리치아 파스타의 영향을 피할 수 없는 요리라는 뜻이다. 아마트리치아나는 그리치아 파스타와 같은 베이스에 토마토*와 와인이 추가되었다. 반면 아마트리치아나의 형제격인 까르보나라는 그리치아 파스타에 계란을 추가해 탄생한 요리이다. 까르보나라는 절대적인 기준이 있는 반면 아마트리치아나는 가정마다 만드는 방식에 차이가 있다. 예를 들어 양파 대신 적양파를 쓰거나 양파를 아예 안 넣기도 하고, 화이트와인 대신 레드와인을 사용하기도 하며, 다 생략하고 토마토소스만 넣기도 한다. 본인의 입맛에 맞게 재료를 조금씩 수정하면 된다.

두 요리 모두 페코리노 로마노 치즈와 관찰레를 좋아하는 로마인들의 취향이 반영되었다. 각 도시의 특성이 짙게 배인 이탈리아 요리의 특징을 엿볼 수 있는 부분이다.

___

* 토마토는 15세기 이탈리아에 전파되었고 이후, 17세기부터 요리에 사용되었다. 19세기 무렵 아마트리체가 라치오 주에 편입되면서 아마트리치아나에 토마토가 들어가기 시작했고, 로마 요리(라치오 주는 고대 로마의 발상지이다.)의 영향을 받아 마께로니Maccheroni가 아닌 부카티니Bucatini를 사용하게 되었다.

조리 방법

1 팬을 중불에 올린 뒤 관찰레를 넣고 천천히 기름을 빼며
   볶는다. 판체타나 베이컨을 사용할 경우 지방이 충분하지
   않으니 엑스트라버진 올리브유를 소량 넣어 조리가
   원활하게 이루어질 수 있도록 하자.

2 관찰레가 노릇하게 변해가며 바삭해지기 시작하면 양파를
   넣고 함께 볶는다. 까르보나라와 달리 기름을 제거할
   필요는 없는데, 그 이유는 토마토와 양파, 화이트와인이
   들어가기 때문이다. 덕분에 맛의 밸런스가 잘 잡혀있고,
   재료의 수분이 충분해 관찰레의 지방이 어느 정도
   상쇄된다.

3 양파가 반투명해지면 화이트와인을 붓고 가볍게 졸인다.
   토마토소스, 방울토마토, 건 페페론치노를 추가하고 후추를
   아주 넉넉하게 넣는다.

4 파스타는 봉투에 적힌 알 덴떼 시간보다 3분 정도 적게
삶은 뒤 건져서 팬에 옮겨 담는다. 면에 소스가 잘 배도록
뒤적이며 조리한다.

5 소스가 어느 정도 졸아들면 소금 간을 한 뒤 불을 끈다.
페코리노 로마노 치즈, 엑스트라버진 올리브유를 넣고
가볍게 만테까레한다.

Spaghetti
alla puttanesca

푸타네스카 스파게티

푸타네스카는 나폴리 지역에서
탄생한 파스타답게 나폴리를
대표하는 재료들이 듬뿍 들어간다.
올리브, 케이퍼, 토마토이다. 여기에는
종종 엔초비도 추가된다. 이 네 가지
재료는 모두 감칠맛과 짠맛이 넘치며,
값도 싸고 어디서나 구할 수 있다.
나폴리 피자하면 가장 먼저 떠오르는
마리나라 피자의 주재료이기도 하다.
이 각각의 재료를 조화롭게 버무려
굉장히 맛있는 파스타를 만들어낸
것에 경의를 표하며, 지금부터 나폴리
대표 파스타, 푸타네스카를 함께
만들어보자.

재료 2인분 기준

스파게티 200g
토마토소스 200g *p78 레시피 참고
방울토마토 10개
엔초비 필렛 2~3개
케이퍼 약 20알
올리브 15~18개
파슬리 약간
엑스트라버진 올리브유 5큰술
마늘 1쪽
건 페페론치노 1~2개
소금 적당량
후추 적당량

준비

1 방울토마토와 올리브는 모두 2등분하고, 케이퍼는 가볍게 다져둔다.

2 파슬리는 잎만 떼 잘게 다진다.

김탁영의 요리 TMI.

매춘부의 요리? 대충 만든 파스타?

——— '푸타나Puttana'는 이탈리아어로 매춘부를 뜻하는 속어이다.
일상에서 자주 사용되는 비속어인데, 어떻게 파스타의 이름이 된
걸까? 이에 관한 여러 이야기가 전해지지만 그중 흥미로운 한 가지
이야기를 소개하겠다.

1950년대 이탈리아 나폴리 이스키아섬에 산드로 페티Sandro Petti라는
사람이 운영하는 레스토랑이 있었다. 어느 날 가게 문을 닫을 무렵,
한 그룹의 손님들이 들이닥쳐 요리를 주문했다. 그가 "남은 재료가
없다"고 하자 그들은 "배가 너무 고프다. 버릴 것이라도 좋으니
무엇이든 만들어 달라Facci puttanata qualsiasi!" 말하며 버텼다. 여기에서
puttanata는 '값어치가 떨어지는'이란 뜻이 있는데, 말 그대로 있는
대로 요리해 달라는 요청이었다. 난감했던 산드로가 냉장고를
보니 토마토, 올리브, 케이퍼 같은 밑재료만 남아있었다. 하는 수
없이 이것들을 이용해 파스타를 해주었는데, 예상외로 반응이
좋아 이때부터 정식 메뉴 등록이 되었다. 이후 파스타의 이름을
푸타네스카라고 지었다고 한다.

1 팬을 중불에 올리고 엑스트라버진 올리브유 4큰술을
두른다. 대충 으깬 마늘과 가볍게 부순 건 페페론치노,
엔초비를 넣고 볶는다.

2 마늘과 페페론치노가 지글거리며 향이 올라오기 시작하면
약불로 줄이고, 엔초비가 잘 녹을 수 있게 숟가락이나 나무
주걱으로 으깨듯 볶는다.

3 엔초비가 어느 정도 풀어지면 방울토마토와 올리브,
케이퍼를 넣는다.

4 파스타는 봉투에 적힌 알 덴떼 시간보다 2~3분 덜 삶는다.

Pasta tradizionale

5 팬에 토마토소스를 붓고 파스타를 넣고 잘 섞는다. 불은
중불에서 강불 사이를 유지한다. 마지막으로 불을 끄고
엑스트라버진 올리브유 1큰술과 파슬리를 넣고 섞은 뒤
마무리한다.

TIP 소스가 부족하면 면수나 물 중 하나를 조금씩 부어가며 조리한다.
주재료가 모두 간이 센 편이니까 무작정 면수를 넣기보다는 간을 본 뒤에
어떤 것을 넣을지 결정하는 것이 좋다.

Spaghetti chitarra allo scoglio

스콜리오 키타라 스파게티

스콜리오Scoglio는 이탈리아어로 '절벽, 바위'를 뜻한다. 해산물 중에서도 바위에 붙어 자라는 갑각류와 조개류만을 이용한 파스타를 만들 때 스콜리오라고 부른다.

여기에서는 재료 구성을 단순화하고 구하기 쉬운 재료를 활용해 만들어보았다. 그러나 제대로 된 스콜리오의 맛을 즐기고 싶다면 일반 새우보다는 딱새우와 갯가재를 사용하고, 조개류를 풍성하게, 특히 가리비는 껍질째 넣자. 여기에서는 일반 파스타가 아닌 키타라Chitarra라는 파스타를 사용하는데, 기타처럼 생긴 이탈리아 전통 도구에 반죽을 눌러 만든 면이다. 일반적인 둥근 면이 아닌 정사각형 형태의 면이 주는 특별한 식감을 느껴보길 바란다.

재료 2인분 기준

키타라 스파게티 200g
바지락 50g(5~8개)
모시조개 50g(3~5개)
홍합 100g(6~10개)
새우 3~4마리
방울토마토 100g
화이트와인 100㎖
마늘 1쪽
건 페페론치노 1~2개
엑스트라버진 올리브유 6큰술
파슬리 적당량
소금 적당량
후추 적당량

✔ 생파스타를 사용했으나 구하기 힘들 경우 시중에 판매되는 건파스타를 사용해도 괜찮다. 봉지에 적힌 시간을 체크하여 삶고 요리에 활용하면 된다.

준비

1 조개는 각각 해감하고, 홍합은 수염을 제거한 뒤 세척한다.

2 새우는 머리를 제외한 부분의 껍질을 까고 등을 따 내장을 제거한다.

3 방울토마토는 2등분한다.

4 파슬리 잎은 잘게 다지고, 줄기는 조개 입을 벌릴 때 사용하게끔 남겨 둔다.

조리 방법

1 팬을 강불에 올리고 엑스트라버진 올리브유 5큰술을
   두른다. 으깬 마늘과 페페론치노, 파슬리 줄기를 넣고
   볶다가 마늘이 지글지글거리기 시작하면 홍합과 각종
   조개류, 화이트와인을 넣고 뚜껑을 덮어 조개가 전부 입을
   벌릴 때까지 기다린다.

2 입 벌린 홍합과 조개는 전부 건져내 한쪽 껍질을 제거해
   둔다.

3 2번 팬에 방울토마토를 넣고 중불에서 2분간 익힌 뒤 불을
   끄고 새우와 후추를 넣는다.

   TIP 새우를 오래 익히면 질기고 퍽퍽해진다. 새우의 크기에 따라
   조절이 필요하지만 1~3분 이상을 넘겨 조리하지 않는 것이 좋다.

4 끓는 소금물에 생파스타를 1분 정도 삶은 뒤 팬으로 옮기고 중강불로 약 2분간 소스와 함께 저어가며 익힌다. 소스가 약 10큰술 정도 남을 때까지 익히는 것이 좋다. 만약 소스가 부족하면 간을 본 뒤 면수나 물을 추가하면 된다.

5 다진 파슬리와 홍합, 조개류를 넣는다. 엑스트라버진 올리브유를 1큰술 두르고 불을 끈 뒤 가볍게 만테까레한다.

TIP 생파스타는 수분 흡수가 건파스타보다 월등히 빠르다. 면이 수분을 많이 빨아들이는 만큼 건파스타를 쓸 때보다 더 많은 소스를 남겨야 만테까레한 뒤에 파스타가 지나치게 건조하거나 뻑뻑해지지 않는다. 게다가 생파스타는 건파스타보다 전분이 훨씬 많이, 또 잘 나오므로 소스가 조금 흥건하더라도 만테까레를 통해 유화시키는 것이 파스타를 완성시키기에도 쉽다.

Lasagna alla bolognese

라자냐 볼로네제

라자냐는 이탈리아의 가장
흔한 가정식 중 하나이다.
이탈리아인이라면 누구나 일요일
점심, 할머니 댁에서 먹은 라자냐의
추억 하나쯤은 간직하고 있을
정도니까. 그만큼 대중적이고 친숙한
요리이다. 층층이 쌓인 파스타,
그 사이로 스며든 베샤멜소스와
라구소스까지…. 맛이 없으려야
없을 수 없는 조합이지 않은가! 나는
시금치를 활용해 라자냐 파스타를
만들었다. 귀찮다면 시중에 판매되는
것으로 대체해도 상관없다.

재료 4인분 기준

라구 볼로네제 적당량 *p106 레시피 참고
베샤멜소스 적당량 *p110 레시피 참고
시금치 라자냐 적당량 *p112 레시피 참고
간 파르미지아노 레지아노 치즈 적당량

✔ 뒤에 이어지는 라구 볼로네제, 베샤멜소스,
시금치 라자냐 레시피를 참고해 재료를 만
든 후 본 요리를 시작하면 된다. 넉넉히 준
비할 수 있도록 레시피를 계량하였으니 만
들고 남은 재료는 보관할 것.

준비

1 라구소스와 베샤멜소스를 준비한다.

너무 심심해 보여서 뭔가 자꾸 넣고 싶은 마음이 든다고?

──→ 라자냐라고 하면 층층이 라구소스가 넘칠 듯 채워져 있고 모차렐라 치즈가 듬뿍 얹어진 그런 모습이 익숙할지도 모르겠다. 하지만 실제 라자냐는 절제의 미가 잘 드러나는 요리다. 라구소스는 여러분의 생각보다 훨씬 적게 들어가며 모차렐라 치즈는 들어가지도 않는다. 언뜻 보기에 부실한, 바로 그 모습이 진짜 라자냐의 모습이다.

이걸 무슨 맛으로 먹나 싶다고? 파스타라는 요리는 어디까지나 파스타가 주재료이며, 본연의 형태와 맛에 집중하는 요리다. 이는 지나침을 경계하는 이탈리아 요리의 특성이기도 하다. 라자냐 역시 파스타일 뿐임을 상기한다면 듬뿍 얹은 재료로 파스타의 맛을 덮기보다는 각 재료의 맛을 최대로 살리는 레시피를 선택한 이유가 조금은 이해가 될 것이다.

102

1 그릇 바닥에 베샤멜소스를 얇게 펴 바른다.

2 라자냐 파스타를 그릇에 맞게 자른 뒤 바닥에 깔고, 그 위에
라구소스와 베샤멜소스를 1:1 비율로 잘 펴 바른다.

Pasta tradizionale

3 파르미지아노 레지아노 치즈를 골고루 뿌린다. 이어서
2~3번 과정을 반복하며 그릇 윗면까지 차곡차곡 채운다.

4 마지막 라자냐 파스타 위에 베샤멜소스와 라구소스를 얇게
펴 바른 뒤 파르미지아노 레지아노 치즈를 뿌리고 160도로
예열해 둔 오븐에 넣어 30분간 굽는다.

TIP 마지막 층에 소스를 제대로 펴 바르지 않으면 너무 바삭하게
구워져 맨 위에 올린 파스타의 형태가 뒤틀릴 수 있으니 유의하자.

5 완성된 라자냐를 오븐에서 꺼내 약 15분간 휴지시킨 뒤
원하는 크기로 자른다.

TIP 라자냐를 휴지시켜야 완성된 라자냐가 무너지거나 흐트러지지
않는다. 완성된 라자냐는 완전히 식힌 뒤 적당한 크기로 자르고 랩으로
감싸 냉동실에 보관한다. 한 달 정도 보관이 가능하며 먹고 싶을 때마다
꺼내 전자레인지에 데우면 언제든지 간편하게 즐길 수 있다. 냉장 보관
시에는 최대 3일까지 보관이 가능하다.

라구 볼로네제
Ragu bolognese

라구는 볼로냐식 라구인 라구 볼로네제와 나폴리식 라구인 라구 나폴레타노, 이렇게 두 가지 종류로 나눌 수 있다. 나폴리식 라구는 각종 돼지고기의 부속부위를 토마토소스에 통으로 넣고 뭉근하게 끓여낸 것이 특징인 반면, 볼로냐식 라구는 잘게 다진 고기를 각종 채소와 함께 토마토소스에 넣고 뭉근하게 끓여낸 것이 특징이다.

이후 이탈리아 이민자들이 미국으로 넘어가면서 라구 볼로네제는 미트소스라는 이름으로 알려지며 다양한 방식으로 전파되기 시작했다. 여기에서는 미트소스가 아닌, 전통 라구 볼로네제를 어떻게 만드는지 알아보자.

재료 8인분 이상

다진 돼지고기 200g
다진 소고기 400g
양파 1개
당근 1개
샐러리 1대
식용유 적당량
화이트와인 200ml
토마토 페이스트 120g
닭 육수 1L
로즈마리 4줄기
타임 4줄기
월계수 잎 2장
소금 적당량
후추 적당량

준비

1 채소를 깨끗이 손질한다. 당근, 샐러리, 양파를 잘게 다져둔다.

2 로즈마리와 타임은 줄기째로 명주실로 감아둔다.

Chapter 2

조리 방법

1 냄비를 강불로 뜨겁게 달군 뒤 식용유를 넉넉히 두르고,
   다진 돼지고기를 넣고 볶는다. 고기는 조금씩 볶다가
   갈색을 띠면 덜어놓는다. 이 작업을 반복한다. 바닥에 눌러
   붙은 찌꺼기는 고기를 넣을 때마다 고기의 수분으로 인해
   닦이니 신경 쓰지 않아도 된다.

   TIP 한 번에 많은 양을 넣으면 제대로 색이 나지 않고 마이야르*를
   일으킬 수 없으니 시간이 걸리더라도 소량씩 나눠서 골고루 볶는 것이
   좋다.

2 소고기도 위와 동일하게 작업한다. 모든 고기를 다 볶은 뒤
   팬에 남은 기름은 버린다.

3 냄비에 식용유를 약간 두르고 다진 채소를 전부 넣는다.
   강불로 색이 노릇하게 날 때까지 볶는다.

---

* 마이야르란?
  프랑스의 화학자 루이 카미유 마이야르Louis Camile Maillard에 의해 발견된 화학 반응이다. 환원당과 아미노 화합물(단백질)의 가열이
  나 조리, 저장 과정 중에 일어나는데, 이 반응이 갈변이나 향기 생성에 관여한다고 알려져 있다. 여기서 생성되는 대부분의 맛과 향
  은 인간이 맛있다고 느끼는 맛과 향이다.
  정리하자면 마이야르는 감칠맛을 일으키는 하나의 화학 반응으로, 저온에서도 일어나며 지나친 고온에선 오히려 마이야르 반응이
  일어나기도 전에 재료가 타버린다. 시작 온도는 상온보다 높은 온도이며 식품의 수분을 증발시키고 적절한 마이야르를 일으키기
  위해선 약 120도가 되어야 한다. 마이야르가 가장 활발하게 발생하는 온도는 약 170~180도이다. 그래서 대부분 오븐요리나 튀김
  요리의 온도가 160~180도로 정해진 것이다.

4 여기에 모든 고기와 토마토 페이스트를 넣고 1분간 볶는다.
이 과정에서 토마토 페이스트의 떫은맛을 날릴 수 있다.

> **TIP** 라구처럼 여러 재료를 단계별로 볶은 뒤 나중에 섞는 경우에는
> 각 재료를 볶을 때마다 소금, 후추로 밑간을 해주는 것이 좋다. 그래야
> 완성된 요리를 먹었을 때 맛이 겉돌지 않고 각 재료 본연의 맛을 온전히
> 끌어낼 수 있다.

5 화이트와인을 붓고 나무 주걱으로 냄비 바닥을 긁으면서
뒤적인 뒤 닭 육수(혹은 물)을 붓는다. 명주실로 감은
허브와 월계수 잎도 넣어준다. 한번 팔팔 끓인 뒤 약불로
줄이고 2~3시간가량 더 끓여 완성한다.

> **TIP** 냄비 바닥을 긁으며 뒤적이는 이유는 '디글레이징' 효과를 얻기
> 위해서이다. 디글레이징이란 바닥에 붙은 마이야르 생성물을 요리에
> 환원시키는 것을 말한다.

베샤멜소스

Besciamella

5대 모체 소스 중 하나로
서양요리에서 사용되는 가장
기본적인 소스의 형태이다.
동량의 버터와 밀가루 혹은 더 많은
버터를 넣고 용도에 맞게끔 색을 내며
볶아 루Roux를 만든다.
색에 따라 화이트, 블론드, 브라운
3종류의 루가 있다.

재료 8인분 이상

밀가루 25g
버터 25g
우유 400ml
넛맥 적당량
소금 적당량
후추 적당량
월계수 잎 약간

조리 방법

1 냄비에 버터를 넣고 타지 않게 잘 녹이다가 전부 녹으면
밀가루를 넣고 거품기로 잘 섞은 뒤 주걱으로 저어가며
약불에서 최소 2~4분가량 볶는다. 이때 내용물이 갈색으로
변하지 않게 유의하자.

2 우유를 3~4회에 걸쳐 나누어 넣는다. 계속해서 거품기로
충분히 저으며 골고루 섞는다.

3 소금, 후추, 넛맥으로 간을 한 뒤 월계수 잎을 넣고 가장
약한 불로 15~20분간 더 끓인다. 바닥에 눌러붙을 수
있으니 계속해서 저어주어야 한다.

4 완성된 소스는 체에 한 번 걸러 매끈하게 만든다. 만약
덩어리가 많다면 월계수 잎을 건진 뒤 핸드믹서로 곱게
갈아 체에 걸러주면 된다.

시금치 라자냐

Lasagna verde

라자냐는 전형적인 이탈리아식
가족 요리이다. 일요일 점심으로
대표되는 이탈리아 가족식은 가족을
중시하는 이탈리아인들의 경향을
대표하는 문화이기도 하다. 저마다
다양한 요리를 만들어 먹는데, 특히
라자냐는 가족식으로 즐기기에
가장 좋은 특징들을 가지고 있는
요리 중 하나이다. 대량으로
만들기 편하고, 식탁 가운데 놓고
나눠먹기에도 이만한 것이 없다.
라구의 중심지인 볼로냐의 방식을
그대로 따라, 시금치를 넣은 녹색
라자냐를 만들어보겠다. 맛도 영양도
예쁨까지도 놓치지 않는 멋진 요리가
될 것이다.

재료 8인분 이상

시금치 150g
노른자 100g
TIPO 00 밀가루 150g
세몰리나 리마치나타 50g

112

조리 방법

1 끓는 소금물에 시금치를 30초간 데친 뒤 얼음물에 담가
  식힌다.

2 열기가 빠진 시금치의 물기를 짠 뒤 믹서로 곱게 갈아
  시금치 퓨레를 만든다. 이때 물기를 지나치게 짜면 제대로
  갈리지 않고, 또 너무 대충 지나치게 덜 짜면 묽은 결과물이
  나오니 주의해야 한다.

3 진득한 시금치 퓨레 50g에 모든 밀가루와 노른자를
  넣고 반죽한다. 반죽은 랩으로 감싸 실온에서 30분간
  휴지시킨다.

4 밀대 혹은 파스타 반죽 기계로 두께 1mm, 직사각형 형태의
  라자냐 파스타를 만든다. 완성된 파스타는 끓는 소금물에
  30초간 데친 뒤 얼음물에 담가 식히고 깨끗한 천이나
  키친타월 위에 펼쳐 물기를 제거한다.

Trofie al pesto alla genovese

바질페스토 트로피에

이탈리아 요리에 조금이라도 관심이 있다면 바질페스토가 친숙할 것이다. 그만큼 바질페스토는 이탈리아 요리에서 빼놓을 수 없는 중요한 소스이다.

입 안 가득 퍼지는 신선한 재료의 맛과 향, 이를 뒷받침하는 뛰어난 감칠맛까지, 거의 완벽에 가깝다.

이번에는 생김새도 식감도 독특한 트로피에를 사용해 보았는데, 취향에 따라 다른 파스타로 대체해도 상관없다.

재료 2인분 기준

세몰리나 리마치나타 200g

물 90g

감자 30g

줄기콩 6개

바질페스토 100g *취향껏 조절하면 된다. *p120 레시피 참고

준비

1 세몰리나 밀가루와 물을 섞어 반죽을 만들고, 랩으로 싸 30분간 휴지시킨다.

2 감자는 껍질을 벗기고 사방 1cm 정사각형 모양으로 잘라 찬물에 담가 둔다.

3 줄기콩은 양쪽 꽁지를 칼로 잘라낸 뒤 약 4cm 길이로 자른다.

4 팔팔 끓는 소금물에 감자는 2분, 줄기콩은 4분간 각각 삶은 뒤 찬물에 담가 식혀둔다.

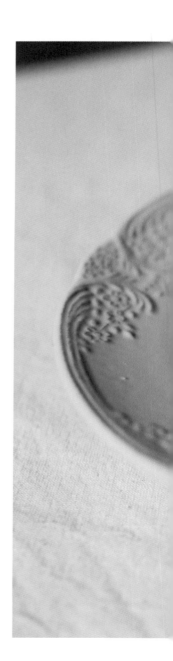

조리 방법

1 휴지가 끝난 파스타 반죽은 적당한 크기로 자르고,
   양손으로 밀어 길게 늘인 뒤 엄지손톱 크기로 잘라둔다.

2 잘라낸 반죽은 손으로 비벼 기다랗게 만든 뒤 스크래퍼를
   비스듬히 눕혀 위에서 아래, 사선으로 가볍게 누르듯 긁어
   트로피에 모양을 만든다.

   TIP 남은 파스타를 서늘한 곳에서 완전히 건조시키면 일반
   건파스타처럼 장기 보관이 가능해진다. 이후 다시 삶을 때는 생파스타
   삶는 시간의 대략 4배로 삶으면 된다.

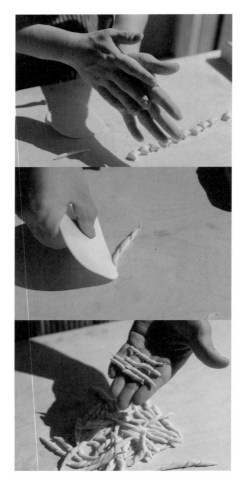

✓ 다른 파스타 면으로 대체 시에는 1~2번 과정은 생략
  해도 된다.

3 감자와 줄기콩, 트로피에 파스타 모두 끓는 소금물에 넣어
  2분간 삶은 뒤 체에 밭쳐 물기를 가볍게 털어낸다.

4 바질페스토와 함께 잘 섞는다.

바질페스토

Pesto al basilico

바질페스토는 이탈리아 북부 리구리아 Liguria 지역을 얘기할 때 절대 빼놓을 수 없는 것 중 하나이다. 리구리아 지역의 해풍을 맞으면서 자란 바질은 한국의 포항초 시금치처럼 이 지역의 특산품 중 하나로 자리 잡았다. 자연스럽게 바질을 이용한 여러 요리들이 탄생하였는데, 바질페스토가 대표적이다(다른 하나는 제노바식 포카치아이다).

전통적인 바질페스토는 대리석으로 만든 절구에 바질과 올리브, 파르미지아노 레지아노, 페코리노 사르도(사르데냐 페코리노 치즈), 잣, 마늘을 넣고 빻아서 만든다. 대리석 절구를 사용하게 된 배경은 리구리아 지역에서 대리석이 채굴되기 때문. 리구리아 제노바 지역에 가면 이 대리석으로 만든 절구가 기념품처럼 판매되는 것을 볼 수 있다.

재료 4인분 기준

바질 잎 100g

마늘 2쪽

잣 15g

파르미지아노 레지아노 치즈 70g

페코리노 사르도 치즈 30g *페코리노 로마노나 파르미지아노로만으로 대체 가능

엑스트라버진 올리브유 100g

얼음 2~3개

1 바질은 잎만 떼 찬물에 헹군 뒤 물기를 최대한 털어낸다.

2 마늘은 껍질을 깐 뒤 반을 갈라 안쪽 심지를 제거하고, 잣은 마른 팬에서 1분간 볶아 고소한 맛을 강화시킨다.

3 엑스트라버진 올리브유를 제외한 모든 재료를 믹서에 넣는다. 올리브유를 조금씩 나눠 흘리듯 부어가며 모든 재료를 곱게 간다. 완성된 페스토는 그릇에 옮겨 담고 랩을 씌워 냉장고에 넣어둔다.

<u>**TIP 1**</u> 페스토를 갈기 전 믹서 컵을 냉장고에 넣어 차갑게 만든 뒤 사용하면 더 선명한 녹색을 낼 수 있다. 재료를 가는 동안 온도가 올라가지 않도록 얼음을 하나씩 넣어주면 좋다.

<u>**TIP 2**</u> 바질페스토는 냉장 보관 시 4~7일까지 보관이 가능하다. 변색이 될 수는 있으나 먹는 데는 지장이 없다. 색을 유지하면서 더 오래 보관하고 싶다면 냉동 보관하는 것이 좋다. 가정용 얼음 틀에 나눠 담은 뒤 얼리면 사용하기도 편리하고 약 한 달간 보관이 가능하다.

Chapter 2

Gnocchi al burro e parmigiano reggiano

버터 파르미지아노 레지아노 소스 뇨끼

생파스타에 자주 사용되는, 가장 이탈리아스러운 버터소스를 활용한 파스타이다. 이 소스를 만드는 법은 간단하다. 넉넉한 양의 물에 적당량의 버터를 녹인 뒤 잘 섞어주면 끝! 파스타와 함께 버무리면 그 자체만으로도 맛있다. 여기에 좋아하는 허브와 치즈를 갈아 넣으면 풍미가 짙어진다.

이번에는 감자 뇨끼를 만들어 버터 소스와 함께 버무리려고 한다. 여기에 파르미지아노 레지아노 치즈와 버터, 세이지만 추가로 사용할 예정이다. 이번 레시피를 완벽히 익힌다면 생파스타와 버터소스를 충분히 이해하게 될 것이다.

재료 2인분 기준

감자 뇨끼 200g *p.26 레시피 참고
버터 50g
간 파르미지아노 레지아노 치즈 20g
세이지 3~4장
소금 적당량

조리 방법

1 끓는 소금물에 뇨끼를 넣고 2분간 삶는다. 면수에 소금
간을 하는 비율은 파스타와 동일하다.

   TIP 뇨끼를 삶을 때는 물이 지나치게 팔팔 끓어선 안 된다. 자칫하면
   뇨끼가 망가질 수 있기 때문이다. 물이 보글보글 끓는 정도에서 뇨끼를
   넣고 바닥에 붙지 않게 가볍게 저어준 뒤 그대로 두면 다 익은 뇨끼가
   물에 떠오른다.

2 팬을 중불에 올리고 버터와 세이지를 넣는다. 버터가 다
녹으면 잠시 불을 끈다.

   TIP 불이 너무 세면 수분이 빨리 증발할 수 있다. 그렇게 되면 수분과
   지방의 비율이 깨지고 소스에 기름만 남게 되므로 유의해야 한다.

3 뇨끼가 물에 둥둥 뜨면 건져 팬에 옮긴 뒤 면수를
150~200ml 정도 붓고 2분간 중불에서 졸이듯 마무리한다.

4 버터소스와 뇨끼가 잘 버무려지면 파르미지아노 레지아노
치즈를 넣고 불을 끈 뒤 가볍게 만테까레한다.

Chapter 2

TMI 코너

—→ 버터소스는 쉬운 편에 속하지만 의외로 소스 농도를 맞추는
것에서 어려움을 겪는 사람들이 많다. 포인트는 지방과 물의
비율이다. 지방과 물의 비율이 1:3 혹은 1:4가 되어야 파스타에서
나온 전분과 잘 섞여 소스화가 이루어진다.
소스를 조리할 때 불이 세면 수분이 증발하는 속도가 빨라져 물과
지방의 비율이 깨질 수 있다. 당황하지 말고 면수나 물을 추가해
수분의 비율을 맞춰주면 실패하지 않을 수 있다. 버터를 이용한
소스를 다룰 줄 알게 되면 이후 다양한 요리(버터+딸리올리니,
버터+라비올리 등)에 응용이 쉬워진다. 파스타를 좋아한다면
반드시 익혀두자. 요리의 폭이 한층 더 넓어질 것이다.

Pasta raffinata e rivisitata

김밀란 시그니처 파스타

Spaghetti alla rapa rossa con i gamberi

비트 새우 스파게티

비트의 붉은 컬러를 잘 활용하면
아름다운 빛깔의 요리를 만들 수
있다. 하지만 비트는 특유의 흙
맛, 영어로 표현하자면 'Earthy
flavor'라고 불리는 맛 때문에
호불호가 갈리는 재료이다. 비트는
단맛 또는 신맛과 조합했을 때 맛이
극대화되는데, 이번에는 신맛이 나는
재료와 조합해 비트의 단점을 가리고
장점을 끌어내 볼 계획이다. 주재료는
레몬그라스. 여기에 생강을 첨가해
요리에 독특한 향을 입힌다. 비트가
품은 단맛과 각종 향신료들의 조화를
즐겨보길 바란다.

재료 2인분 기준

스파게티 200g

비트 2개 *약 500g

레몬그라스 2~3대

생강 50g

화이트와인 식초 100ml *일반 식초로 대체 가능

물 2L

감베로 로쏘 4마리 *생으로 먹을 수 있는 새우로 대체 가능

딜 적당량

애플민트 적당량

소금 적당량

엑스트라버진 올리브유 적당량

준비

1 비트와 생강은 껍질을 벗긴 뒤 최대한 작고 얇게 썬다.

2 레몬그라스는 물로 한 번 헹군 뒤 잘게 자르고, 민트는 가늘게 썬다.

3 감베로 로쏘는 껍질을 전부 벗긴 뒤 내장을 제거하고 잘게 다져
타르타르Tartar 형태로 만든다. 약간의 소금, 엑스트라버진 올리브유, 다진
딜을 넣어 조물조물 양념한 뒤 랩을 씌워 냉장고에 넣어둔다.

조리 방법

1 냄비를 중불에 올리고 바닥이 살짝 덮일 만큼 엑스트라버진
 올리브유를 두른 뒤 생강, 비트, 레몬그라스를 넣는다.
 가볍게 소금으로 밑간하고 5분간 볶는다.

2 화이트와인 식초를 붓고 30초 정도 뒤적이며 빠르게 졸인
 뒤 물 2L를 붓고 강불에서 팔팔 끓인다.

3 한번 끓어오르고 나면 약불로 줄여 뭉근하게 최소 40분간
 끓인다. 비트가 완전히 익을 때까지 끓여야 한다.

4 비트가 다 익으면 건져서 믹서에 넣고 간다. 뻑뻑하면
농도를 봐가면서 비트 삶은 물을 추가하면 된다. 다 갈린
비트는 체에 거른다. 완성된 소스는 물처럼 묽어야 한다.

<u>**TIP**</u> 비트 삶은 물을 다 넣게 되면 지나치게 묽어지니 농도를
체크하면서 조금씩 추가하자. 비트의 양과 1:1 정도로 넣는 것이
적당하다.

조리 방법

5 스파게티는 알 덴떼 시간보다 2~3분 적게 삶고 팬에 옮겨
담는다. 비트소스 300~400ml를 붓고 중불과 강불 사이에서
면에 소스가 잘 배도록 뒤적이며 졸인다.

6 어느 정도 소스가 줄어들고 면이 다 익으면 불을 끈 뒤
엑스트라버진 올리브유와 민트를 넣고 만테까레한다.

7 완성된 파스타를 접시에 담고 그 위에 새우 타르타르를
얹는다.

——→ 비트소스를 믹서에 갈 때는 비트를 익혔던 물은 전부 넣지 말고 농도를 봐가면서 추가해야 한다. 완성된 비트소스의 농도는 어느 정도 묽은 상태여야 하는데, 그 이유는 비트가 당분이 많은 재료이기 때문이다. 팬에서 파스타와 마무리할 때는 소스가 묽은 것 같다가 아차 하는 순간 '떡진다'라고 표현될 정도로 되직하게 졸게 된다.
그렇기 때문에 약간 묽게 마무리를 한 뒤 만테까레를 해주면 딱 맞아떨어지는 소스 농도를 얻어낼 수 있다.

Ditalini di patate alla napoletana

로즈마리 향의 감자 디딸리니

이번 요리는 시골풍의 소박한 음식이다. 원래 전통 레시피에는 양파, 당근, 샐러리와 함께 토마토 페이스트가 들어가지만, 나는 감자의 맛에 온전하게 집중하고자 감자의 맛을 살릴 수 있는 재료만 남겨두고 나머지는 과감하게 제외했다. 감자의 고소함에 판체타와 시금치, 치즈 껍질이 은은하게 감칠맛을 더해주는, 추운 겨울날 먹기 좋은 음식이다.

재료 2인분 기준

디딸리니 파스타 150g *펜네 혹은 푸실리로 대체 가능
양파 1개
감자 2개
파르미지아노 레지아노 치즈 껍질 1덩이
시금치 40g
판체타 100g *훈제 베이컨으로 대체 가능
로즈마리 2줄기
엑스트라버진 올리브유 3~5큰술
물 1L
소금 적당량
후추 적당량

준비

1 감자는 껍질을 깎고 1개는 사방 1cm로 각둑썰기한 뒤 물에 담가둔다.
자투리 부분과 남은 감자 1개는 얇게 썰어 물에 담가둔다.

2 양파와 판체타는 0.5cm 두께로 얇게 썬다.

3 시금치는 잎만 떼 찬물에 깨끗하게 헹구고 체에 받쳐 물기를 뺀다.

1

셰프의 한 끗, TMI.

⟶ 무엇보다 이 요리는 판체타를 노릇하게 잘 구워 기름을 충분히 뽑아내야 전체적인 풍미가 올라간다. 또 추가로 판체타를 소량만 따로 볶은 뒤 마지막에 파스타 위에 뿌려주면 시각적으로나 맛으로나 한층 더 높은 완성도를 낼 수 있다. 그리고 감자를 사용하는 요리 특성상, 중간 중간 주걱으로 잘 저어야 바닥에 달라붙지 않는다는 것도 기억하자.

아, 마지막 파스타를 넣고 익히는 과정에서도 체크할 것이 있다. 파스타에서 나오는 전분과 감자가 합쳐지면 조리 중 굉장히 뻑뻑해질 수 있는데, 이때는 물을 추가해 농도를 조절해 주면 된다.

조리 방법

1 냄비에 엑스트라버진 올리브유를 두른 뒤 양파와 판체타를
  넣고 중불에서 볶는다.

2 양파가 반투명해지면서 숨이 죽으면 얇게 썬 감자를 넣고,
  모든 재료의 숨이 죽을 때까지 중불에서 볶는다.

3 감자에 판체타 기름이 스며들고 모든 재료의 숨이 죽으면서
  노릇해지기 시작하면 로즈마리와 파르미지아노 레지아노
  치즈 껍질, 물 1L를 넣고 소금, 후추로 간을 한다. 팔팔
  끓어오르면 약불로 줄여 감자가 완전히 익을 때까지 천천히
  끓인다. 이때 중간 중간 저어주어야 바닥에 눌어붙지
  않는다.

4 감자가 완전히 익으면 로즈마리 줄기만 건져 버리고 모든
  재료를 믹서에 넣고 곱게 갈아 감자소스를 완성한다.

5 파스타는 끓는 소금물에 3분만 삶고 건져내 감자 소스에
넣는다. 이때 깍둑썰기 한 감자도 함께 넣는다.

6 파스타가 충분히 익을 때까지 중불에서 끓인다. 물이
부족하다면 조금 보충해도 된다.

7 파스타가 다 익으면 마지막에 시금치를 넣고 저어 숨을
죽인다. 소금으로 간한 뒤 접시에 담고 취향에 따라
치즈가루를 뿌려 마무리한다.

Orecchiette di cime di rapa

오레끼에떼 치메 디 라파

치메 디 라파는 특유의 알싸하면서 톡 쏘는 맛이 일품인 식재료이다. 겨울 채소로 종종 한국의 무청과 비교되곤 한다. 하지만 실제로는 갓과 유채 나물, 순무의 줄기와 비슷한 맛과 식감을 지녔다. 그러니 국내에서 다른 재료로 대체해 비슷한 맛과 식감을 내고 싶다면, 무청보다는 유채 나물이나 갓을 선택하는 것이 낫다.

재료 2인분 기준

오레끼에떼 파스타 200g

치메 디 라파 500g *유채 나물 혹은 갓으로 대체 가능

홍합 8~10개

엔초비 필렛 1개

마늘 2쪽

화이트와인 50ml

파슬리 1줄기

빵가루 100g

파프리카 가루 20g

건 페페론치노 1개

엑스트라버진 올리브유 적당량

준비

1 치메 디 라파 가장 안쪽에 있는 여린 순은 모양을 살려 남겨두고, 나머지 부분은 듬성듬성 썬다.

2 냄비에 마늘 1쪽과 파슬리, 홍합을 넣고 화이트와인을 붓는다. 뚜껑을 덮고 끓이다가 홍합이 입을 벌리면 살을 전부 발라내고, 육수는 체에 걸러둔다.

3 팬에 빵가루, 파프리카 가루, 엑스트라버진 오일 소량을 넣고 약불에서 노릇하게 볶는다.

오레끼에떼 치메 디 라파는 어디에서부터 시작된 음식일까?

──→ 오레끼에떼 치메 디 라파는 '작은 귀'라는 오레끼에떼와 치메 디 라파라는 채소의 이름을 합친 요리로, 내가 개인적으로 가장 좋아하는 파스타 중 하나이다. 늦가을부터 겨울까지 즐겨먹는 파스타이며, 치메 디 라파의 은근하면서도 쌉싸름한 맛이 특징이다.

이 요리는 이탈리아 동남부에 위치한 풀리아 Puglia 지방의 전통 파스타로 굉장히 투박한 스타일의 시골 음식이다. 풀리아 지방은 타란토만과 맞닿아있어 해산물과 매우 친숙한 지역이라 이탈리아인 사이에서는 우스갯소리로 날생선 요리는 전부 풀리아의 살렌토 쪽에서 왔다는 말을 하곤 한다. 말 그대로 이곳은 해산물을 날것으로 먹는 것이 익숙한 지역이다.

조리 방법

1 치메 디 라파는 끓는 소금물에 완전히 푹 익을 때(1분 가량)까지 삶고 얼음물에 담가 차갑게 식힌다. 따로 빼놓은 어린 순은 끓는 물에 30초만 데쳤다가 찬물에 담가 식힌다.

2 치메 디 라파의 물기를 가볍게 짠 뒤 믹서에 곱게 갈아 체에 한 번 걸러 둔다.

TIP 치메 디 라파를 갈 때는 물을 최소로 넣어야 되직하면서 농도 짙은 소스 베이스가 완성된다. 믹서가 작동 가능한 수준으로만 조금씩 물을 부어가며 갈자. 가급적이면 핸드믹서보다는 일반 믹서를 사용하는 것이 좋다.

3 홍합 위에 파프리카 가루와 빵가루 볶은 것을 듬뿍 얹는다. 최고 온도에서 색이 노릇하게 날 때까지 굽는다. 오븐에 살라만더 기능이 있다면 그걸 사용하는 것이 편하다.

4 팬에 엑스트라버진 올리브유를 2큰술 정도 두른 뒤 으깬 마늘 1쪽과 손으로 부순 건 페페론치노, 엔초비를 넣고 엔초비가 잘 풀어질 때까지 중불로 볶는다.

Pasta raffinata e rivisitata

146

5 엔초비가 풀어지면 홍합 육수 200ml를 붓고 냄비를 잠시
   불에서 내린다. 동시에 오레끼에떼 파스타를 끓는 소금물에
   넣고 1분 정도 삶는다.

6 파스타를 건져 팬에 옮긴 뒤 소스가 4~5큰술 정도 남을
   때까지 중불에서 졸이듯 익히다가 갈아놓은 치메 디 라파
   소스와 치메 디 라파 순을 넣고 만테까레한다.

7 접시에 파스타를 담고 홍합을 얹어 낸다.

오레끼에떼

Orecchiette

오레끼에떼는 이름 뜻 그대로 '작은
귀' 모양과 비슷하다. 엄지손가락보다
작은 크기이며 가장자리와 중앙
부분은 얇고 표면은 거칠다.

재료 2인분 기준

세몰리나 리마치나타 200g

물 90ml

조리 방법

1 팬에 세몰리나 리마치나타 100g을 넣고 노릇노릇하게
　 볶는다.

> **TIP** 파스타를 만들 때 밀가루를 태우듯이 볶아주는 건 보편적인 방법
> 중 하나이다. 노릇하게 볶은 밀가루를 섞어 반죽을 만들면 파스타에서
> 고소한 누룽지 향이 나 새로움을 준다.

2 볶은 밀가루와 남은 밀가루 100g, 뜨거운 물을 전부 섞어
　 반죽한 뒤 30분간 휴지시킨다.

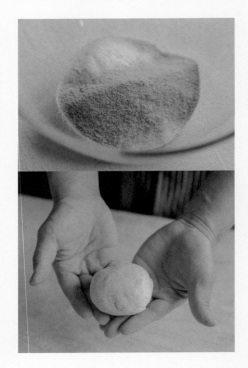

3 반죽을 길게 밀어 엄지손톱 크기로 자른다.

4 칼끝으로 긁어내듯 바깥쪽에서 안쪽으로 당기고 손으로
뒤집어 파스타 모양을 만든다.

<u>**TIP 1**</u> 오레게에떼 파스타 모양을 낼 때 사용하는 칼은 되도록 날카롭지
않은 것을 선택하자. 돈가스용 칼처럼 식사용 칼이 좋다.

<u>**TIP 2**</u> 완성된 파스타를 생파스타로 계속 사용할 예정이라면 냉동
보관하는 것이 좋다. 약 한 달간 보관이 가능하다. 건파스타로 만들어
보관하려면 햇빛에 1~2일 혹은 그늘진 곳에서 2~3일 정도 두고
건조시키면 된다. 이럴 경우 약 1년 이상 보관이 가능하다. 이렇게
건조시킨 건파스타를 요리에 사용할 때는 생파스타 삶는 시간(약 1분)의
4배 정도 시간 동안 삶으면 된다.

✔ 생파스타 1분 ⟶ 건파스타4~5분
  생파스타 2분 ⟶ 건파스타 8~9분
  생파스타 3분 ⟶ 건파스타 10~12분

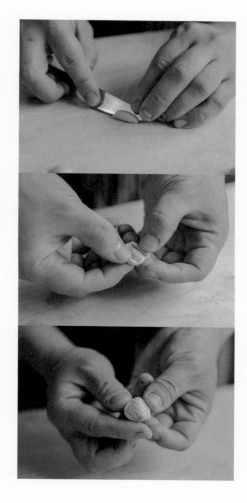

Spaghetti freddi con Gazpacho e gambero rosso

새우를 곁들인 가스파초 스타일의 차가운 스파게티

가스파초는 스페인 안달루시아 지방의 대표적인 전통 요리로 차갑게 먹는 냉수프이다. 기본적으로 토마토와 붉은 파프리카, 오이, 양파 등의 채소가 들어가며 여기에 빵과 식초, 올리브유, 레몬즙 등을 전부 넣고 갈아서 차갑게 먹는 요리인데, 최근 레스토랑에서는 여름 시즌용 전채 요리로 자리 잡는 추세이다. 이탈리아와 스페인은 지리적으로도 가깝고 역사적으로도 많은 교류가 있었던 만큼, 가스파초 역시 이탈리아 많은 레스토랑에서 다양한 형태로 응용되어 소비되고 있다. 지금부터 가스파초를 파스타와 접목시킨, 여름에 입맛을 돋우는 데 제격인 차가운 스파게티 요리를 소개하겠다.

재료 2인분 기준

스파게티 200g

가스파초 100g *p.156 레시피 참고

홍새우 2마리

레몬 ½개 *껍질과 즙 소량 필요

엑스트라버진 올리브유 적당량

소금 적당량

후추 적당량

준비

1 새우는 깨끗이 손질해 키친타월에 밭쳐둔다. 사용 전까지 냉장고에 보관하면 되는데, 만약 전날 손질할 예정이면 물에 적신 뒤 꽉 짜낸 키친타월로 덮고 랩 혹은 뚜껑을 얹어서 새우가 마르지 않게 한다.

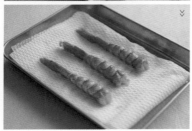

1 끓는 소금물에 스파게티를 넣고 알 덴떼로 삶은 뒤 찬물에
행궈 식힌다.

　TIP 스파게티 면은 추가적인 조리 과정이 더 이상 없다. 냄비에서 알
　덴떼로 완벽하게 삶아두자. 면을 덜 익히게 되면 식었을 때 부러질 수
　있다.

2 스파게티에 약간의 소금과 엑스트라버진 올리브유, 레몬즙,
레몬 껍질을 갈아 넣은 뒤 섞는다.

3 새우는 소금, 후추, 엑스트라버진 올리브유와 소량의
레몬제스트로 양념한다.

4 스파게티를 접시에 담은 뒤 양념한 새우를 얹고 가스파초를
두른다.

가스파초
Gazpacho

가스파초는 여러 채소와 식초,
올리브유, 빵을 함께 갈아서 먹는
채소 수프이다. 그 자체로도 요리가
된다. 하지만 이번 파스타에 소스로
응용하기 위해 스파게티와 잘
어울리는 방향으로 레시피를 조금
수정했다. 특히 탄수화물에 해당되는
빵을 재료에서 제외시켜 전체적으로
산미의 강도를 높였다. 만약 그렇게
하지 않으면 스파게티의 소스로
활용했을 때 이도 저도 아닌 밍밍한
맛이 날 수도 있다.

재료 4인분 기준
붉은 파프리카 1개
방울토마토 300g
오이 1개
양파 ½개
바질 잎 20g
쉐리식초 25g *레드와인식초 혹은 사과식초로 대체 가능
엑스트라버진 올리브유 20g
천일염 3g

조리 방법

1 파프리카는 씨를 제거하고, 오이는 껍질과 씨 부분을
  제거한다. 파프리카와 오이 모두 작은 크기로 자르고,
  방울토마토는 2등분한다.

2 파프리카, 오이, 방울토마토, 바질 잎, 쉐리식초,
  엑스트라버진 올리브유, 천일염을 넣고 섞은 뒤 진공
  포장하여 냉장고에서 하루 정도(약 24시간) 재운다.

  TIP 진공포장 기계가 없다면 밀봉이 잘 되는 통에 담고 뚜껑을 덮어
  냉장고에 넣어두면 된다.

3 모든 재료를 믹서로 곱게 갈아 체에 한 번 거른 뒤
  최종적으로 간을 확인한다. 취향에 맞게 식초나 소금으로
  간한다.

Pasta con 3 fagioli diversi

3가지 콩과 파스타

콩과 파스타는 고대 로마에서부터 기록을 찾아볼 수 있을 만큼 오랜 역사를 지닌 요리이다. 다른 파스타처럼 어느 한 지역에서부터 발달된 요리가 아닌, 이탈리아 전역에 걸쳐 전해 내려오는 대표적인 서민 음식 중 하나라고 할 수 있다. 콩과 파스타만 가지고 만든 요리가 맛있을 수 있을까? 놀랍게도 상상 이상으로 맛있어서 맛보는 순간 반해버릴지도 모른다.

다양한 레시피가 있지만 이번에는 3가지 다른 콩을 사용해 요리를 완성해 보았다. 속부터 든든해지는 콩과 파스타, 지금 만들어보자.

재료 2인분 기준

펜네 파스타 200g
병아리콩 200g
흰 강낭콩 100g
붉은 강낭콩 100g
파르미지아노 레지아노 치즈 껍질 1덩이
건 파르미지아노 레지아노 치즈 30g
월계수 잎 2장
양파 1개
간 페페론치노 1개
통 흑후추 8알
물 1L
엑스트라버진 올리브유 적당량
소금 적당량
후추 적당량

준비

1 모든 콩은 하루 전날 찬물에 담가 불린다.

2 양파는 가늘게 채 썬다.

김밀란의 요리 TMI.

──→ 전통 방식에 따르면 이 요리에는 프로슈토 자투리와 당근, 샐러리,
토마토가 추가로 들어간다. 하지만 이번엔 다른 재료들을 빼고 특유의 단맛과
감칠맛을 지닌 병아리콩을 주재료로 사용해 맛의 기본 토대를 쌓았다.
병아리콩은 다른 콩에 비해 삶았을 때 매우 뛰어난 감칠맛을 내기 때문이다.
여기에 추가로 사용한 파르미지아노 레지아노 치즈의 크러스트 껍질 부분은
본 요리에서 부족한 동물성 감칠맛을 보완해 주는 매우 중요한 재료다. 치즈
껍질은 냉동실에 보관했다가 육수가 없거나 채소 수프 같은 요리를 할 때 한
덩어리씩 넣어주면 은은한 감칠맛을 더해준다. 이 요리를 통해 재료가 지닌
본연의 감칠맛을 강화하는 법을 익힐 수 있게 되길 바란다.

조리 방법

1 불려놓은 모든 콩은 체에 밭쳐 물기를 뺀다.

2 냄비에 엑스트라버진 올리브유 5큰술을 두르고 양파,
월계수 잎, 건 페페론치노를 넣은 뒤 중불로 볶는다. 양파가
반투명해지면 병아리콩을 넣고 소금, 후추로 간한 뒤 3~4분
정도 더 볶는다.

3 물 1L를 붓고 파르미지아노 레지아노 치즈 껍질을 넣는다.
약불과 중불 사이에서 뭉근하게 40분~1시간 정도 콩이
완전히 익을 때까지 끓인다.

4 콩이 익는 동안 다른 냄비에 물을 넉넉히 채우고 굵은
소금을 3큰술 넣는다. 흰 강낭콩과 붉은 강낭콩, 월계수
잎, 통후추를 넣고, 중불에서 40분간 삶다가 콩이 완전히
익으면 건져내 식힌다. 이때 콩 삶은 물은 버리지 않는다.

5 삶은 병아리콩을 믹서로 곱게 간다. 뻑뻑하면 콩 삶았던
물을 매우 소량만 추가하면 된다. 체에 한 번 걸러서
병아리콩소스를 완성한다.

> **TIP** 완성된 병아리콩소스는 냉장고에서 3일간 보관이 가능하다. 냉동
> 보관 시에는 진공포장이나 지퍼백으로 밀봉하면 한 달까지도 보관할 수
> 있다.

6 끓는 소금물에 펜네를 넣고 4분간 삶는다. 5번 팬에 삶은
강낭콩과 펜네를 넣고 알 덴떼가 될 때까지 뭉근하게
삶는다.

> **TIP** 병아리콩소스가 지나치게 되직하다면 콩 삶은 물을 조금 추가해
> 농도를 맞춘다.

7 파스타가 다 삶아지면 불을 끄고 엑스트라버진 올리브유
소량, 파르미지아노 레지아노 치즈를 넣고 잘 섞어
마무리한다.

Gnocchi alla parigina con funghi misti

파리지앵 뇨끼와 버섯들

이번에 소개할 뇨끼는 조금 특별하다. 이탈리아가 아닌 프랑스에서 온 뇨끼랄까. 이탈리아의 뇨끼를 프랑스인들이 자신의 방식으로 재해석한 것으로 신기하게도 감자를 사용하지 않는 뇨끼이다. 뇨끼를 감자 없이 만들다니, 가능한 일인가? 이들은 감자 대신 슈 반죽을 베이스로 해 정말 만들기 쉬운 뇨끼를 탄생시켰다. 이렇게 만든 뇨끼는 슈의 부드러운 식감을 고스란히 지녔다는 것이 장점이다. 직접 따라해 본다면 의외로 쉬운 조리법에 놀라고, 부드러움과 그 맛에 한번 더 감탄을 금치 못하게 될 것이다.

재료 2인분 기준

파리지앵 뇨끼 적당량 *p.170 레시피 참고
양송이버섯 1개
포트벨리버섯 ½개
느타리버섯 6~8개
타임 적당량
파슬리 적당량
소금 적당량
후추 적당량
엑스트라버진 올리브유 적당량
버터 적당량

✔ 버섯은 취향대로 선택해도 된다.

준비

1 모든 버섯은 흐르는 물에 가볍게 헹군 뒤 물기를 제거해 둔다.

2 느타리버섯은 결대로 찢어두고, 양송이버섯처럼 둥근 갓을 지닌 버섯들은
약 1cm 정도의 두께로 두께감 있게 자른다.

3 타임과 파슬리는 각각 잘게 다진다.

조리 방법

1 끓는 소금물에 뇨끼를 넣고 끓이다가 뇨끼가 떠오르면
건져내 찬물에 담가둔다. 이때 면수는 버리지 않는다.

2 강불에 팬을 달구다가 팬에서 연기가 올라오기 시작하면
엑스트라버진 올리브유를 살짝 두르고 준비한 버섯을 모두
넣어 볶는다.

3 소금과 후추로 간을 한 뒤 버섯이 노릇해지면 버터 1작은술,
다진 타임과 파슬리를 넣고 볶아 마무리한다.

4 다른 팬을 중불에 올린 뒤 버터 1큰술을 넣고 녹인다.
버터가 다 녹으면 면수 200ml를 붓고 저어가며 끓인다.

5 뇨끼를 넣고 소스가 잘 배도록 1~2분간 뒤적인다. 소스가
 걸죽해지면 불을 끄고 만테까레한다.

6 완성된 버섯과 뇨끼를 접시에 옮겨 담는다.

파리지앵 뇨끼

Gnocchi alla parigina

파리지앵 뇨끼는 아마 처음 접하는
분들이 많아 다소 어렵게 느껴질
수도 있다. 하지만 슈 반죽과 만드는
방법이 동일하며, 여기에 치즈를
추가하고 물에 삶으면 끝나는
매우 단순한 조리법이다. 그럼에도
불구하고 완성된 뇨끼의 식감은 정말
부드럽다.
감자로 만든 뇨끼는 경험이 부족할
경우 실패 확률이 높다는 것에 비해
이 파리지앵 뇨끼는 누구나 실패 없이
쉽게 완성할 수 있다.

재료 2인분 기준

우유 65ml
버터 50g
물 60ml
소금 3g
밀가루 90g *중력분
간 파르미지아노 레지아노 치즈 20g
계란 2개

조리 방법

1 냄비에 우유, 버터, 물, 소금을 모두 넣고 중불로 끓인다. 가장자리가 끓어오르면 불을 끈다.

2 불을 끄자마자 밀가루를 모두 넣고 주걱으로 빠르게 젓는다. 모든 재료가 하나의 덩어리로 뭉쳐지면 냄비를 다시 강불에 올린다. 주걱으로 빠르게 저으며 반죽이 냄비 바닥에 눌어붙기 시작할 때까지 가열한다.

TIP 밀가루 반죽이 덜 익은 상태에 계란을 넣어 한번 묶어지면 반죽이 다시 쉽게 뻑뻑해지지 않는다. 밀가루를 충분히 가열해 전분을 호화시켜야 반죽이 묶어져도 다시 뻑뻑해지면서 뭉쳐질 수 있다. 이때 강불에서 빠르고 힘 있게 반죽을 저어 확실하게 익혀줘야 한다.

3 반죽 표면이 매끈해지면서 크러스트화되고 냄비 바닥에 눌어붙기 시작하면 불을 끄고 3~4분 정도 식힌다.

4 한 김 식힌 반죽에 간 파르미지아노 레지아노 치즈와
계란을 넣고 계속해서 젓는다. 처음엔 묽지만 계속 젓다
보면 반죽이 뻑뻑해지면서 적당히 끈적이는 정도로 변할
것이다.

5 완성된 반죽을 짤주머니에 넣고, 끝에서 약 2.5~3cm 정도
부분을 자른다.

6 냄비에 물을 넉넉히 채우고 소금 간을 한 뒤 명주실을
양쪽 냄비 손잡이에 묶는다. 이때 실이 냄비 한가운데를
지나도록 하고 팽팽하게끔 단단히 고정한 뒤에 냄비를
강불에 올린다.

7 물이 끓기 시작하면 반죽을 4cm 정도의 길이로 짠 뒤
냄비에 묶은 명주실을 이용해 끊어낸다. 뇨끼는 자연스럽게
물 속으로 빠지게 된다.

TIP 명주실이 없다면 끓는 물 위에서 반죽을 짠 뒤 물을 살짝 묻힌
칼이나 가위로 잘라주면 된다.

8 뇨끼가 물 위로 떠오르면 건져내 찬물에 담가 식힌다. 이
상태로 냉동해 두면 한 달까지도 보관이 가능하다.

Rigatoni
Farcita al ragù

라구로 속을 채운 리가토니 그라탕

이탈리아 파스타 중에
카넬로니Cannelloni 파스타가 있다.
파스타 반죽을 길게 밀어서 소를
가득 얹은 뒤 돌돌 말아 자르고,
토마토소스나 베샤멜소스를 듬뿍
얹어 오븐에 구워 먹는 파스타
요리이다. 지금 함께 만들어볼 요리가
바로 이 카넬로니 파스타를 응용한
것으로, 좀 더 쉽고 간편하게 즐길 수
있도록 변형했다.
리가토니 파스타 면 속을 라구소스로
채우고 베샤멜소스를 듬뿍 얹어
오븐에 그라탕하면 끝! 생파스타인
카넬로니와 달리 건파스타인
리가토니의 단단한 식감이 라구소스,
노릇하게 그라탕된 베샤멜소스와
어우러지면 훨씬 강한 맛을 낸다.
특히 이번 요리에서는 오븐에 구워진
베샤멜소스의 진가를 누릴 수 있으니
꼭 도전해 보길 바란다.

재료 2인분 기준

리가토니 파스타 20개
라구소스 300g *p.106 레시피 참고
간 파르미지아노 레지아노 치즈 적당량
파슬리 가루 약간
엑스트라버진 올리브유 적당량

베샤멜소스

버터 25g
밀가루 25g
우유 250ml
넛맥 적당량
소금 적당량
후추 적당량
간 파르미지아노 레지아노 치즈 50g

준비

1 라구소스를 차게 식힌 뒤 짤주머니에 넣는다.

2 리가토니는 알 덴떼 기준 시간만큼 삶은 뒤 엑스트라버진 올리브유를 살짝 둘러 식힌다.

3 베샤멜소스를 만든다. 냄비에 버터를 녹인 뒤 밀가루와 섞어 볶다가 우유를 붓고 끓인다.

> **TIP** 베샤멜소스를 기존 레시피(p.110 레시피 참고)와 달리 되직하게 만들었다. 그래야 그라탕한 후에 소스가 물처럼 녹아 흐르지 않고, 파스타 위에 잘 고정되기 때문이다.

조리 방법

1 알 덴떼로 삶은 리가토니에 라구소스를 가득 채운다.

2 그라탕용 용기나 쟁반에 유산지를 깔고 그 위에 리가토니를
가지런히 붙여놓은 뒤 파르미지아노 레지아노 치즈를
골고루 뿌린다.

3 그 위에 베샤멜소스를 넉넉하게 얹는다.

4 다시 한번 파르미지아노 레지아노 치즈를 넉넉하게 뿌린다.

Pasta raffinata e rivisitata

5 오븐의 브로일러(혹은 살라맨더) 기능을 켜고 온도를 220도로 맞춘 뒤 베샤멜소스와 치즈가 녹아 노릇해질 때까지 그라탕한다.

TIP 에어프라이어를 사용할 때는 가장 높은 온도에서 8~10분 정도 구워준다.

6 완성된 파스타를 꺼낸 뒤 파슬리 가루를 뿌려 장식한다.

Gnocchi di ricotta con crema di zucchine

리코타 뇨끼와 주키니소스

재료 4인분 기준

감자 약 500g
리코타 치즈 150g
밀가루 150g
소금 5g
주키니호박 2개(약 400g)
양파 ½개
민트 약 10g
식초 3~4방울
소금 적당량
후추 적당량
엑스트라버진 올리브유 적당량
버터 적당량

주키니 혹은 돼지 호박이라고 불리는 이 채소는 한국의 애호박과 굉장히 비슷하면서도 다른, 이색적인 식감과 맛을 지녔다. 애호박이 연한 식감과 감칠맛을 지니고 있다면 주키니는 그보다 좀 더 단단하고 씨가 적어 조리 후에도 형체를 잘 유지한다는 장점이 있다.

이번에는 리코타 치즈를 넉넉히 넣은 뇨끼와 주키니소스를 곁들인 요리를 소개하려고 한다. 특히 주키니를 얇게 썰어 카르파치오 형태로 곁들여 식감과 맛의 시너지를 극대화했다. 이처럼 단순한 재료를 활용한 요리를 계획할 때는 한 재료를 여러 형태로 조리해 보는 경험을 갖는 것이 좋다. 이렇게 다양한 맛과 식감을 내는 방법을 터득한다면 이후 요리를 하는 데 있어 큰 도움이 될 것이다.

1 감자는 완전히 푹 삶는다. 삶거나 찌거나 오븐에 구워도 되는데, 오븐에
구워야 수분이 날아가 이후 조리하기에 제일 좋다. 오븐이 없다면
간단하게 찌거나 삶아도 된다.

2 익힌 감자의 껍질을 벗긴 뒤 곱게 으깨고 리코타 치즈, 밀가루, 소금과 함께
반죽한다.
    <u>**TIP**</u> 리코타 치즈는 사용 전 소창 행주에 감싸 물기를 짠 뒤 사용하면 더 좋다.

3 반죽을 길게 밀어 사방 2.5cm 크기로 자른다.

4 주키니를 약 0.5mm의 두께로 3~5장 길게 썰고, 소금을 살짝 뿌려
카르파치오를 만든다.
    <u>**TIP**</u> 채소 슬라이서나 필러(감자 칼)를 이용하면 길고 얇게 썰 수 있다.

1 주키니와 양파는 0.5mm 두께로 얇게 썬다.

   TIP 카르파치오를 썰고 남은 주키니를 그대로 사용하면 된다.

2 냄비에 엑스트라버진 올리브유를 2~3큰술 두르고, 양파를
   넣는다. 양파가 살짝 투명해질 때까지 중불에서 약 2~3분간
   볶는다.

3 양파가 투명해지기 시작할 무렵 주키니를 넣고 소금과
   후추로 간한다. 마찬가지로 중불에서 2~3분간 볶는다.

4 뚜껑을 덮고 주키니와 양파가 완전히 물러터질 때까지
약불에서 찌듯이 익힌다. 이를 영어로는 Sweating,
이탈리아어로 스투파레Stufare라고 한다.

5 주키니가 다 익으면 민트와 함께 믹서로 곱게 간 뒤
체에 거른다. 식초 3~4방울을 넣고 섞어 주키니 크림을
완성한다.

  TIP 주키니 크림에 식초를 몇 방울 더 넣으면 단조로운 맛에 산미가
  더해져 다채로운 느낌을 주며, 전체적인 맛이 무겁지 않게 만들어준다.

6 뇨끼는 끓는 소금물에 2분간 삶는다. 뇨끼가 떠오르면 건져
낸다.

7 팬에 버터를 소량 녹이고 뇨끼와 면수 약 200ml를 넣는다. 중불에서 소스가 크리미해질 때까지 저어가며 끓인다.

8 접시에 주키니 크림과 뇨끼, 주키니 카르파치오를 예쁘게 담는다.

요리사의 TMI

——→ 호박, 오이, 멜론, 수박 같은 박과 식물을 먹었을 때 간혹 설익어서 나는 쓴맛을 맛본 적이 있을 것이다. 이들 식물은 해충으로부터 자신을 보호하기 위한 조치로 쿠쿠르비타신이라는 쓴맛을 내는 독소를 품고 있다. 주키니 역시 마찬가지다. 최근에는 품종 개량을 통해 쓴맛과 쿠쿠르비타신을 제거한 작물을 재배하고 있지만 간혹 아주 드물게, 꽃가루나 곤충에 의한 야생종과의 교배 혹은 물 부족이나 급격한 온도 변화 등이 요인이 되어 아주 낮은 확률로 쿠쿠르비타신을 포함한 채 재배되는 것들이 있다. 간혹 주키니를 먹었는데 강한 쓴맛이 느껴진다면 쿠쿠르비타신이 함유된 것이었을 수도 있다. 이를 잘못 섭취할 경우 구토, 설사 등의 증상이 나타날 수 있으니, 사용하는 주키니에서 쓴맛이 난다면 버리는 것을 추천한다.

Capelli d'angelo con consommé di crostacei

새우 콩소메와 엔젤헤어 파스타

요즘 유럽에서는 국가를 구분하지 않고 다양한 식재료와 조리법을 접목시켜 새로운 요리를 만듦과 동시에 기존의 요리를 다른 시각으로 변형시키는 작업이 한창이다. 이로 인해 국가 간 요리 경계가 많이 허물어지고 있는 추세다. 유럽의 많은 고급 레스토랑에서도 아시아 스타일의 국물을 이용한 여러 요리들을 선보이고 있는데, 이 요리 역시 비슷한 맥락에서 탄생했다. 새우를 이용한 콩소메와 파스타를 접목시켜 국수처럼 만들어보았다. 새우 자체의 감칠맛을 은은하게 끌어낸 육수에 국수처럼 얇은 엔젤헤어 파스타를 사용했는데, 여기에 신선한 생새우를 얹어 마무리했다. 이로써 새우의 단맛을 최대한으로 느껴볼 수 있다. 완성된 파스타는 굉장히 고급스럽고 우아한 느낌을 준다.

재료 4인분 기준

카펠리니 파스타 400g

딱새우 4마리 *다른 새우로 대체 가능

방울토마토 100g

레몬그라스 1줄기

생강 10g

물 1.5L

간장 약간

바질 적당량

딜 적당량

엑스트라버진 올리브유 적당량

소금 적당량

준비

1 새우는 몸통과 머리를 분리하고 껍질을 제거한다. 새우 속살은 내장을
제거한 뒤 랩을 씌워 냉장고에 넣어둔다.

2 새우의 머리와 껍질은 냄비 밑바닥으로 눌러 가볍게 으깨둔다.

3 방울토마토는 2등분, 레몬그라스와 껍질 벗긴 생강은 잘게 썬다.

4 바질과 딜은 찬물에 10분 정도 담갔다가 건진 뒤 키친타월에 받쳐
냉장고에 둔다.

1 냄비에 방울토마토, 레몬그라스, 생강, 새우 껍질과 물 1L를
   넣고 강불로 끓인다. 끓이는 동안에는 나무 주걱으로 모든
   재료를 짓눌러서 최대한 으깬다.

2 끓어오르기 시작하면 그대로 약 3~4분간 두었다가 약불로
   줄여 40분간 천천히 끓인다. 은근한 불로 오래 끓이는 것을
   시머링Simmering이라고 하는데, 이는 육수를 맑게 끓이기
   위한 가장 기초적인 방법이다.

   TIP 콩소메가 끓어오르는 순간 모든 재료들이 한데 뭉치는데, 이때
   가운데 재료를 살짝 들어내 도넛 형태로 만든 다음 약불로 줄여야 한다.
   그래야 끓어서 올라온 찌꺼기들이 흡착되어 밑으로 다시 섞이지 않아
   국물이 맑게 변한다.

3 완성된 육수는 소창 행주나 키친타월을 받친 체에 거르고,
매우 소량의 간장을 넣어 색을 낸 뒤 소금으로 간해
콩소메를 완성한다.

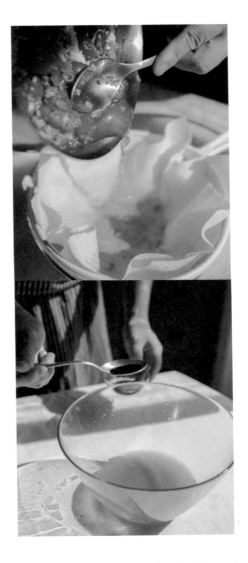

4 카펠리니 파스타는 알 덴떼로 삶은 뒤 건져내 소금,
엑스트라버진 올리브유, 채 썬 바질, 딜과 함께 잘 섞는다.

5 완성된 파스타를 접시 중앙에 담고 주변에 콩소메를 부은
  뒤 새우를 얹어 마무리한다.

——→ 콩소메는 클래식 프렌치 퀴진에서 가장 기초적이면서 중요한 육수다.
다른 육수와 다르게 고기 육수를 완성한 뒤에 다시 한 번 정화작업을 거쳐
맑고 투명하게 걸러 낸다. 콩소메를 끓일 때 가장 중요한 것은 절대 젓지 않는
것이다. 특히 도넛 모양으로 만든 건더기는 절대 건드리지 않는 것이 좋다. 한
번 끓으면서 떠오른 재료들을 도넛 모양으로 만들어 필터 역할로 사용하는
건데, 이를 건드리면 육수는 이전보다 훨씬 더 탁하고 지저분해진다.
그리고 사실, 정통 방식으로 콩소메를 끓일 때는 계란 흰자를 섞는다. 계란
흰자가 불순물 등을 흡착하여 걸러내는 일종의 필터 역할을 해주기 때문.
하지만 여기서는 계란 흰자 대신 토마토를 사용했다. 토마토는 계란 흰자의
역할뿐만 아니라 육수에 적당한 산미와 단맛을 더해주고, 레몬그라스, 생강과
함께 어우러져 새우의 비린 맛은 덮어주며 감칠맛을 증폭시키는 역할을 한다.

Lasagne al pesto genovese

바질페스토 라자냐

바질페스토와 라자냐, 언뜻 어울리지
않는 조합 같겠지만 사실 이
둘은 만나면 맛있을 수밖에 없는
운명이다. 상상해 보라. 바질페스토
파스타에 베샤멜소스와 마이야르가
일어나 크러스트화된 치즈의 맛이
결합되었다고! 맛이 없을 수 있을까?
페스토 라자냐는 맛이 가벼울 것
같지만 감자와 베샤멜소스가 제
몫을 해내며 맛의 균형을 잡는다.
감자의 경우 페스토의 강한 맛을
중화시켜 주고 부드러운 식감과
맛을 더하는 데 한몫한다. 먹는 내내
코끝을 떠나지 않으며 음식의 맛을
업그레이드시키는 바질의 향은
덤이다. 페스토는 바질뿐만 아니라
깻잎이나 루꼴라로 만든 페스토로
대체해도 된다.

재료 2인분 기준

라자냐 적당량 *p.112 레시피 참고

베샤멜소스 적당량 *p.110 레시피 참고 (재료에서 시금치만 제외)

감자 500g

바질페스토 200g *p.120 레시피 참고

바질 적당량

간 파르미지아노 레지아노 치즈 200g

엑스트라버진 올리브유 적당량

준비

1 감자는 껍질을 벗기고 적당한 크기로 잘라 소금물에 삶은 뒤 포크로
가볍게 으깬다.

2 바질은 넉넉히 준비해 굵직하게 썰어둔다.

1 으깬 감자가 완전히 식으면 바질페스토와 섞고 소금으로
간한다.

　TIP 페스토는 감자가 완전히 식은 뒤 섞어야 변색을 막을 수 있다.

2 라자냐는 끓는 소금물에 1분간 삶다가 찬물에 담가 식힌 뒤
키친타월이나 깨끗한 천에 밭쳐 물기를 뺀다.

3 그릇 바닥에 베샤멜소스를 펴 바르고 라자냐, 1번,
베샤멜소스, 바질, 파르미지아노 레지아노 치즈 순으로
차곡차곡 쌓는다.

4 마지막으로 라자냐를 얹고 베샤멜소스, 파르미지아노
레지아노 치즈, 엑스트라버진 올리브유를 둘러 덮은 뒤
180도 오븐에서 25분간 굽는다.

5 완성된 라자냐는 10분간 휴지시킨 뒤 원하는 크기로 잘라
그릇에 옮겨 담는다.

TIP 오래 두고 먹으려면 요리가 완전히 식은 뒤 랩으로 감싸 냉동
보관하면 된다.

Pasta incontra la cucina coreana

K-파스타

Linguine allo sgombro

고등어 링귀니

고등어는 한국에서 제일 많이 소비되는 생선 중 하나이다. 유럽에서도 마찬가지이다. 남부 유럽에서는 주로 숯불에 구운 뒤 레몬즙을 뿌려 먹거나 파니니 사이에 넣어 먹기도 한다. 터키에서는 케밥에 고등어를 넣어 만든 고등어케밥도 있다. 한편 이탈리아 사르데냐 Sardegna I.에는 정어리를 사용한 정어리 스파게티가 있다. 여기엔 펜넬 줄기와 샤프란, 잣, 건포도, 빵가루, 레몬 등 다양한 향신료가 들어간다. 같은 등푸른 생선의 종류인 고등어 역시 이와 같은 방법으로 응용해 볼 수 있다. 대신 한국 가정에서 상시 구비하고 있는 간단한 재료들을 곁들이려고 한다.

재료 4인분 기준

고등어소스

생물 고등어 1마리
양파 ½개(약 100g)
사과식초 50ml
물 50ml
화이트와인 100ml
소금 10g

고등어 링귀니

생물 고등어 1마리 *고등어 필렛 2장으로 대체 가능
링귀니 400g
생강 20g
고추 1개
딜 4g *깻잎으로 대체 가능
화이트와인 40ml
물 100ml
간장 1큰술
차이브 적당량 *쪽파로 대체 가능
엑스트라버진 올리브유 적당량
소금 적당량
후추 적당량

준비

1 고등어는 모두 머리와 내장을 제거한 뒤 포를 뜬다. 필렛Fillet을 뜰 때는 머리를 제거한 뒤 머리 쪽 뼈를 기준으로 하여 칼을 생선 등뼈에 밀착시킨 다음 뼈를 타고 일직선으로 쭉 내려오면 된다.

2 생선 갈비뼈 부분을 제거한 뒤 집게를 이용해 남은 가시를 뺀다. 가시는 생선 가운데를 지나는 혈선을 따라 머리부터 중심부까지 있는데, 집게로 가시를 잡고 역방향으로 살살 흔들어주면 살의 파괴 없이 가시만 뽑을 수 있다.

3 고등어의 피는 키친타월로 깨끗하게 닦고 냉장고에 넣어둔다.

4 양파는 최대한 가늘게 채 썰고, 딜과 차이브는 잘게 다진다. 생강은 껍질을 벗겨 다지고, 고추는 송송 썬다.

TIP 고등어 고르는 법

생물 고등어는 눈이 맑고 아가미가 붉은 선홍빛을 띠며 껍질에서 윤이 나야 한다. 또 표면에 주름이 없고 탱글탱글하며 손으로 살짝 눌렀을 때 탄력이 느껴지면 신선한 것이다. 손질된 고등어를 구입하는 것보다는 가급적 신선한 생물 고등어를 사 직접 손질하거나 가게에서 손질된 것을 받아오는 것이 제일 좋다.

너무 심심해 보여서 뭔가 자꾸 넣고 싶은 마음이 든다고?

——→ 이곳에서 유럽식 고급 요리를 약 7년 동안 만들면서 많은 것을 배웠는데, 그중에서도 색달랐던 것이 있다. 바로 식재료를 소스화하는 것이다. 다시 말하면 식재료 자체를 갈아서 소스를 만들고 요리에 사용하는 것이다. 이는 식재료 본연의 맛과 농축된 맛을 최대로 끌어내기 위한 가장 좋은 방법이다.

방법은 다양하다. 주로 세 가지 방법을 적극 활용하는데, 재료 자체를 말리고 삶은 뒤 믹서에 갈거나, 통째로 익혀서 갈거나, 생으로 가는 것이다. 어떤 방식을 사용할지는 각 식재료의 특성에 달려있으며, 전적으로 요리사가 식재료를 이해하는 수준에 달려있기도 하다.

이번 요리의 특징은 고등어를 갈아서 만든 소스에 있다. 일식에서 시메사바しめさば라고 불리는 고등어 초절임을 응용해 만든 것인데, 이렇게 만든 소스는 식초의 산미, 양파의 단맛과 향, 고등어 살에서 나오는 진한 맛이 어우러지면서 독특한 풍미를 가진다.

물론 소스만 따로 먹는다면 '이게 무슨 맛이야!' 하고 이해를 못할 수도, 비린 맛이 느껴질 수도 있다. 하지만 이 소스의 진정한 맛은 완성된 파스타와 함께 먹을 때 나온다. 파스타에 밴 생강 향과 간장의 감칠맛, 그리고 고등어소스에 담긴 진한 풍미가 잘 어우러진다. 이 소스는 파스타 위에 얹은 구운 고등어의 느끼함과 비린 맛을 잡아주는 동시에 촉촉함을 유지해 주는 역할도 한다. 고등어 손질이 번거로워서 그렇지, 사실 이 요리는 매우 간단하다. 기회가 된다면 꼭 도전해 보기를 권한다.

조리 방법

1 먼저 고등어소스를 만든다. 냄비에 식초, 물, 화이트와인,
   양파, 소금을 전부 넣고 강불에서 팔팔 끓인다. 끓어오르기
   시작하면 중불로 줄여 양파가 푹 익을 때까지 약 2~3분간
   더 끓인다.

2 양파가 투명해지면 다시 강불로 올린다. 끓어오르기
   시작하면 불을 끄고 고등어 필렛 2장(1마리 분량)을 넣은 뒤
   10분 동안 둔다.

3 고등어의 껍질을 벗기고 냄비 안의 모든 재료를 체에 거른
   뒤 건더기만 믹서에 간다. 이때 냄비에 남은 육수의 절반을
   함께 넣고 갈다가 뻑뻑하면 남겨둔 육수를 조금씩 넣어가며
   ·마저 갈아준다.

   TIP 고등어소스에 들어가는 고등어는 껍질을 미리 제거한 뒤 넣어도
   된다. 껍질을 제거하지 않고 넣었던 이유는 고등어가 익은 뒤에 껍질을
   벗기면 생선 살의 붉은 부분, 즉 피가 지나갔던 혈선 부분이 자연스럽게
   제거되기 때문이다.

Pasta incontra la cucina coreana

4 곱게 간 고등어소스는 체에 한 번 걸러둔다.

5 나머지 1마리 분량의 고등어 필렛은 소금과 후추로 간한 뒤 2등분한다.

6 끓는 소금물에 파스타를 삶기 시작한다. 알 덴떼 기준 3분 전으로 시간을 맞춘다.

7 팬에 엑스트라버진 올리브유를 약 4~5큰술 두르고 딜을 넣어 중불에서 볶다가 허브 향이 올라오기 시작하면 면수 200ml, 물 100ml를 붓고 약불에서 서서히 끓인다.

8 동시에 코팅팬을 강불에 올리고 엑스트라버진 올리브유를 가볍게 두른 뒤 팬이 가열되기 전 고등어를 껍질이 아래로 향하게 놓는다. 생선은 열을 받으면 뒤틀리는데, 이때 손이나 뒤집개로 가볍게 10초 정도 눌러주면 평평하게 구울 수 있다.

9 고등어의 껍질 쪽부터 열이 올라오면서 살 쪽이 연분홍빛을 띠고 동시에 반투명해지면 불을 끈 뒤 뒤집어둔다.

10 파스타가 다 삶아지면 7번 팬에 옮겨 담고 간장을 넣는다. 중불에서 소스가 6큰술 정도 남을 때까지 뒤적이며 익힌다.

11 팬의 불을 끄고 엑스트라버진 올리브유를 약 3~4큰술
두른 뒤 생강, 송송 썬 고추를 넣고 만테까레한다.

12 접시에 파스타를 옮겨 담고 고등어소스를 부은 뒤 구운
고등어를 올리고 다진 차이브를 뿌려 마무리한다.

Spaghetti alla chitarra alle vongole e Doenjang

된장 봉골레 스파게티 키타라

이탈리아의 바닷가 도시로 여행을 갈 때면 무조건 한 끼 이상은 먹었던 것이 바로 봉골레였다. 각 지역의 봉골레 파스타를 비교하는 것도, 그에 따른 맛의 차이를 직접 느끼는 것도 정말 재미있었기 때문이다.
그러다 문득 집에서 어머니가 해주시던 바지락 된장찌개가 생각났다. 애호박, 무, 바지락, 된장, 청양고추와 파를 송송 넣고 보글보글⋯ 마치 짜글이처럼 끓여주시던 된장찌개가 떠오르면서 이것을 봉골레 파스타에 응용해 보고 싶다는 생각이 들었다. 이것이 이 요리의 탄생 일화이다.
이 요리에는 사각형 모양의 스파게티인 키타라를 사용했다. 일반 스파게티와는 다르게 입 안에서 파스타의 형태가 잘 느껴진다고 해야 하나, 아무튼 씹는 재미가 남다르다.

재료 2인분 기준

봉골레 400g
된장 30g
마늘 1쪽
화이트와인 100ml
주키니호박 1개
무 1/4개
쪽파 1개
파슬리 적당량
차이브 적당량
엑스트라버진 올리브유 적당량
소금 적당량

키타라 스파게티

TIPO 00 밀가루 150g
세몰리나 리마치나타 50g
노른자 75g
물 적당량

준비

1 키타라 스파게티를 만든다. 모든 재료를 섞어 반죽한 뒤 30분가량
휴지시킨 뒤 길이 약 25cm, 사방 3mm 정도의 사각형 모양으로 자른다.

2 주키니는 4등분한 뒤 씨를 제거하고 사방 1.5cm 크기의 사각형으로
자른다. 무도 동일한 크기로 자른다.

3 쪽파와 파슬리, 차이브는 전부 잘게 다진다.

4 파슬리 줄기와 마늘, 화이트와인으로 봉골레의 입을 벌려 육수는 따로
보관하고 봉골레는 살만 발라낸다.

TIP 조개의 맛을 더 강하게 느끼고 싶다면 화이트와인 대신 물을 사용한다.
화이트와인은 없으면 생략해도 된다.

조리 방법

1 냄비에 조개 육수 전부(약 200ml)와 된장을 넣고 잘 풀어준
  뒤 강불로 끓인다.

2 육수가 끓어오르면 주키니와 무를 넣고 약 3~4분간 익힌 뒤
  건져 낸다. 남은 육수는 고운 체에 거른다.

Pasta incontra la cucina coreana

3 팬을 중불에 올린 뒤 엑스트라버진 올리브유 3~4큰술, 마늘을 넣고 볶는다.

4 약 1분 뒤 약불로 줄이고 팬의 온도가 떨어지면 된장 조개 육수 전부를 넣고 잘 섞는다.

5 끓는 소금물에 스파게티를 넣고 2분간 삶은 뒤 건져 팬으로 옮긴다.

TIP 생파스타가 없다면 시중에 판매하는 건파스타로 대체해도 된다.

6 팬에 면수 100ml와 미리 익혀둔 주키니, 무를 넣고 소스가
6~8큰술 정도 남을 때까지 뒤적이며 천천히 졸인다.
중불에서 약 2~3분이면 적당하다.

> **TIP** 생파스타는 건파스타에 비해 수분을 흡수하는 강도가 훨씬 세다.
> 소스를 넉넉히 남겨야 먹는 내내 촉촉함을 유지할 수 있다.

7 불을 끄고 조갯살, 엑스트라버진 올리브유, 파슬리를 넣고
만테까레한 뒤 접시에 담는다. 파스타 위에 차이브를
흩뿌려 마무리한다.

Gnocchi senza glutine con funghi e suo brodo

글루텐프리 감자 뇨끼와 버섯 수프

일반적으로 뇨끼를 만들 때는 계란과 밀가루가 필수이다. 하지만 이번에는 글루텐 알러지가 있거나 비건인 사람도 맛있게 즐길 수 있도록 재료에서 계란과 밀가루를 빼고 뇨끼를 만들어보았다. 누구나 좋아할 만한 굉장히 가볍고 깔끔한 맛의 뇨끼이다.

여기에 건조 포르치니와 다양한 제철 버섯을 이용한 수프를 만들어 소스처럼 곁들였다. 따뜻하게 끓여, 마치 밥에 국물을 곁들여 먹는 느낌으로 즐길 수 있다. 감자옹심이 또는 팥죽에 넣어 먹는 새알에서 아이디어를 얻었다.

재료 2인분 기준

그 외 제철 버섯 각 20g씩
차이브 적당량
타임 적당량
소금 적당량
후추 적당량
엑스트라버진 올리브유 적당량

버섯 육수

건조 포르치니 10g *건조 표고버섯으로 대체 가능
물 400ml
생강 2g
타임 2줄기
간장 1큰술
소금 적당량
후추 적당량

뇨끼

감자 250g
감자 전분 50g
소금 4g

준비

1 건조 포르치니는 하루 전날 물에 담가 불린다.

2 뇨끼 반죽을 만든다. 감자는 오븐에 굽거나 삶아 완전히 익히고 한 김 식힌
뒤 으깬다. 감자 전분과 소금을 넣고 섞어 반죽한다.

3 버섯은 모두 깨끗하게 세척 및 손질 후 적당한 크기로 잘라둔다.

4 차이브, 타임은 잘게 다지고, 생강은 껍질을 벗긴 뒤 작게 자른다.

⟶ 제철 버섯과 건조 버섯의 진한 향을 골고루 느낄 수 있도록
육수에 건조 포르치니를 사용했다. 없으면 건조 표고버섯을 사용해도
된다. 건조 표고버섯만의 독특하고 진한 향과 강한 감칠맛이 색다른
매력을 이끌어낼 것이다.

뇨끼는 반죽이나 조리 과정이 쉽고 간단하기 때문에 누구나 부담
없이 도전할 수 있다. 요리 초보자라도 실패 확률이 제로에 가까운
매우 쉬운 반죽법이니, 한번쯤은 도전해 봤으면 좋겠다.

조리 방법

1 버섯 육수를 만든다. 냄비에 불린 포르치니와 물 400ml,
생강, 타임, 간장을 넣고 강불에서 팔팔 끓인다. 육수가
끓어오르면 약불로 줄여 15분 정도 더 끓인다.

2 뇨끼 반죽은 적당한 크기로 잘라 새알 모양으로 동그랗게
빚어둔다.

3 육수를 강불에서 팔팔 끓인 뒤 뇨끼를 넣고 3~4분간
삶는다. 뇨끼가 떠오르면 불을 끈다.

4 냄비에서 포르치니만 건져 물기를 짜두고, 남은 육수의
맛을 본 뒤 부족한 간은 소금과 후추로 한다.

5 팬을 강불에 올리고 엑스트라버진 올리브유를 넉넉히 두른
   뒤 버섯을 모두 넣고 볶는다. 소금과 후추로 간하고 다진
   타임을 소량(약 1g) 넣은 뒤 불을 끈다.

6 접시에 볶은 버섯을 깔고 그 위에 뇨끼를 얹는다.
   육수는 체에 거른 뒤 버섯이 잠길 만큼 붓고, 차이브와
   엑스트라버진 올리브유를 뿌려 마무리한다.

Penne con patate,
cozze e Gochujang

고추장 감자 홍합 펜네

나는 고추장찌개를 꽤 좋아하는
편이다. 두툼한 고기와 감자가 넉넉히
들어간, 찐득하고 뜨끈한 국물에 밥을
말아 먹으면 속이 든든해진다. 하지만
이탈리아에 오래 살다 보니 점점 매운
음식에 대한 내성이 약해져 이제는
신라면만 먹어도 매워서 고생하는
지경에 이르렀다.

그래서 요즘에는 고추장찌개를
응용한 덜 매운 파스타를 만들곤
한다. 이탈리아 풀리아 지방의 요리,
티엘라의 스타일을 차용한 것이기도
하다. 티엘라는 감자, 홍합, 쌀을 섞어
오븐에서 오랜 시간 익힌 뒤 빵가루와
치즈를 뿌려 먹는 요리다. 하지만
나는 쌀 대신 펜네를 사용했다.
그리고 고추장까지!

재료 4인분 기준

홍합 500g

감자 3개

양파 ½개

토마토소스 200g *p.78 레시피 참고

고추장 50g

물 500ml

펜네 200g

타임 3~4줄기

파슬리 적당량

소금 적당량

엑스트라버진 올리브유 적당량

✔ 이탈리아의 쌀은 쌀알이 크고 단단해 오
래 익혀도 쉽게 뭉개지지 않는 특성이 있
다. 한국의 쌀을 사용하면 죽처럼 뭉개질
수 있어 파스타로 대신해 보았다.

준비

1 홍합은 수염을 떼고 깨끗이 손질한다.

2 감자는 껍질을 벗기고 2mm 두께로 썬다.

> **TIP** 감자는 가급적 중간 크기 이상의 것을 사용하는 것이 좋다. 감자가 너무 크면 결과물이 예쁘게 나오지 않기 때문. 만약 본인이 꼼꼼한 성격이라면 조금 작은 사이즈의 감자 여러 개를 이용하면 더 좋다.

3 양파는 껍질을 벗긴 뒤 감자와 비슷한 두께로 채 썬다.

4 파슬리는 곱게 다진다.

——→ 풀리아에는 '리조 파타테 에 코쩨Riso, patate e cozze'라는 요리가 있다.
풀리아의 시그니처 요리 중 하나인데, 쌀과 감자, 생 홍합을 차곡차곡 쌓은
뒤 오븐에 넣어 1시간가량 푹 익혀 먹는 가족식사용 요리다.
이 요리는 '티엘라 바레제'와 '리조 파타테 에 코쩨'를 혼합 및 응용한
것으로, 고추장을 활용해 고추장찌개의 맛을 재현해 보았다. 이탈리아식
해산물 고추장찌개라고 생각하면 비슷할 것 같다. 만테까레, 알 덴떼 같은
세심한 조리법은 필요 없다. 마치 집에서 엄마가 뚝딱 만들어주는 듯한,
세심함은 조금 떨어지지만 고향의 따뜻함이 묻어나는 요리니까.

조리 방법

1 팬에 엑스트라버진 올리브유를 7~8큰술 두르고, 타임
1줄기를 넣은 뒤 중불로 가열한다.

2 팬이 열을 내기 시작하면 홍합, 물 100ml를 붓고 뚜껑을
덮어 모든 홍합이 입을 벌릴 때까지 끓인다.

3 홍합이 입을 전부 벌리면 체에 걸러 육수는 따로 보관하고,
10개(장식용)를 제외한 나머지는 살을 전부 발라낸다.

> **TIP** 장식용으로 남겨둔 홍합의 한쪽 껍질을 떼면 좀 더 예쁘게 장식할
> 수 있다.

4 그라탕용 그릇을 엑스트라버진 올리브유로 꼼꼼히 코팅한
뒤 감자와 양파를 가지런히 얹는다. 그 위에 펜네와 홍합
살을 섞어 올리고, 타임 2~3줄기, 양파, 감자 순으로 쌓는다.

5 홍합 육수 전부와 물 400ml, 고추장, 토마토소스를 넣고
섞어 고추장소스를 만든다. 부족한 간은 소금으로 맞추되
고추장은 더 추가하지 않도록 하자.

TIP 고추장을 많이 사용하면 각 재료 본연의 맛은 묻히고 고추장 맛만
나는 요리가 된다. 간이 부족하면 소금으로 채우고, 매운맛이 부족하면
건 페페론치노나 청양고추를 잘게 썰어 보충하면 된다.

6 고추장소스를 그라탕 그릇에 조심스럽게 붓는다. 내용물이
자작하게 잠길 때까지 붓고 180도로 예열한 오븐에서
40분간 익힌다.

230

7 40분이 지나면 장식용으로 빼두었던 홍합을 올리고 5분간
    더 익힌 뒤 파슬리를 뿌려 마무리한다.

Capelli diangelo con zuppetta di ceci al rosmarino

로즈마리 향 병아리콩 카펠리니

콩국수는 꽤나 호불호가 갈리는 음식이다. 나 역시 콩국수를 좋아하지 않는다. 하지만 언제나 그렇듯 요리사로서 한 나라의 요리를 다른 나라 스타일로 재해석하는 것만큼 재미있는 작업은 없다.
이번에 만들 요리는 콩국수를 즐겨 먹지 않는 사람들의 입맛에도 잘 맞는, 색다른 느낌의 파스타이다. 병아리콩과 로즈마리, 소면처럼 가느다란 카펠리니를 이용해 시원하게 먹을 수 있는 파스타를 소개한다.

재료 4인분 기준

카펠리니 파스타 400g

로즈마리 오일

식용유 100ml
시금치 20g
로즈마리 잎 5g

콩국물

병아리콩 200g
로즈마리 2줄기
양파 ½개
물 4L
엑스트라버진 올리브유 적당량
소금 15g
후추 적당량

준비

1 병아리콩은 하루 전날 찬물에 담가 불린다. 콩을 불릴 때는 콩의 무게보다
최소 10배 이상의 물에 담가 불려야 한다. 나는 병아리콩 200g에 2L의 물을
부어 불렸다.

2 양파는 잘게 썬다.

콩쿡파 요리 TMI

⟶ 매우 단순한 재료로 만든 요리이다. 원래 콩국수가 그렇듯
이 요리 역시 콩의 단맛과 고소한 맛을 최대한 끌어내기 위해
고심했다. 무엇보다 콩국수를 좋아하지 않는 내 입맛에도 맛있게
만들기 위해 이것저것 시도해 보다가 최종적으로 선택한 콩이 바로
병아리콩이었다. 병아리콩은 자체의 비린 맛도 적을 뿐더러 완전히
익고난 뒤 콩 자체에서 나오는 단맛이 다른 콩과는 차원이 다르게
달콤하고 맛있었기 때문이다.

우리가 일반적으로 먹는 콩국수에는 소금 혹은 설탕을 넣곤 하는데,
여기에서는 콩 자체의 단맛이 굉장히 강하기 때문에 설탕을 추가로
넣을 필요는 없다. 그리고 맛이 지나치게 단순해지는 것을 피하기
위해 로즈마리 오일을 곁들였다. 먹는 내내 은은한 로즈마리의 향이
음식의 질을 높여줄 것이다.

단언컨데 이 파스타는 콩국수를 싫어하는 사람도 맛있게 먹을 수
있는 파스타일 것이다.

1 로즈마리 오일을 만든다. 끓는 물에 시금치를 살짝 데쳐
  찬물에 담가 식힌 뒤 물기를 최대한 꽉 짠다.

2 믹서에 식용유 100ml와 데친 시금치, 로즈마리 잎을 넣고
  곱게 간 다음 고운 체에 걸러 짤주머니에 옮겨 담는다.
  짤주머니는 실로 묶어서 주방에 걸어두면 된다. 하루 전날
  미리 작업해 두면 더 좋다.

3 냄비를 강불에 올리고 엑스트라버진 올리브유를 7~8큰술
두른 뒤 양파를 넣고 볶는다.

4 양파가 반투명해지면 불린 병아리콩을 넣고 2~3분간
볶는다.

5 소금과 후추로 간한 뒤 로즈마리 2줄기와 물 4L를 붓고
중불에서 40분가량 끓인다.

6 층이 분리된 로즈마리 오일을 거른다. 먼저 짤주머니 가장
아래 가라앉은 침전물이 오일에 섞이지 않도록 손으로 잡아
중간을 분리시킨다. 다음 침전물 부분은 잘라서 버리고,
위에 뜬 오일은 고운체에 한번 더 걸러 깨끗한 오일만
분리해 둔다.

TIP 남은 오일은 냉장 보관으로 5일간 보관이 가능하며, 냉동 보관
시에는 한 달 정도 보관이 가능하다.

7 병아리콩이 완전히 다 익으면 한번 걸러서 건더기를 믹서에
넣고 콩 삶은 물 400ml과 함께 간다. 갈다가 뻑뻑하면 콩
삶은 물을 조금씩 추가하면 된다.

8 곱게 간 콩국물을 소창 행주를 받친 체에 붓는다. 국자나
수저로 잘 눌러가며 콩물을 걸러낸다. 어느 정도 물이
빠지면 손에 쥐고 살살 짜준다. 터지지 않게 조심할 것.
완성된 콩물이 싱거우면 소금을 추가한다.

TIP 콩국물을 한번에 다 넣고 거르면 소창 행주가 찢어질 수 있으니
주의하자.

9 카펠리니를 알 덴떼로 삶고 찬물에 식힌 뒤 건져낸다.
물기를 털고 소금, 후추, 엑스트라버진 올리브유로 가볍게
양념한다.

10 접시에 파스타와 콩물을 담고 로즈마리 오일을 뿌려
마무리한다.

239

Lasagne al ragù di kimchi

김치라구 라자냐

한식과 이탈리아 요리는 의외로 궁합이 좋다. 특히 한식 재료 특유의 신맛, 발효음식이 지닌 독특한 풍미가 이탈리아 요리와 적절히 조합된다면 금상첨화다. 실제로 이러한 조합을 여러 번 시도해 보기도 했다. 그중에서도 가장 맛있었던 건 바로 김치라구였다. 김치찜, 김치찌개, 김치짜글이 등과 같이 김치를 고기와 함께 바짝 졸여서 먹는 요리들은 이탈리아의 라구와 일맥상통하는 부분이 있다. 바로 재료의 신선한 풍미를 즐기기보다는 오랜 시간 익혀 깊은 감칠맛을 끌어내는 데 집중한 요리라는 점이다. 이 점을 활용하여 김치와 돼지고기로 라구를 만들고, 그 라구를 이용해 라자냐를 완성했다.

재료 4인분 기준

베샤멜소스 적당량 *p.110 레시피 참고
라자냐 파스타 적당량 *p.112 레시피 참고(재료에서 시금치만 제외)

김치라구

돼지고기 목살 400g

김치 200g

닭 육수 1L

모차렐라 치즈 200g

다진 파슬리 20g

간 파르미지아노 레지아노 치즈 적당량

소금 적당량

후추 적당량

엑스트라버진 올리브유 적당량

식용유 적당량

준비

1 김치는 아주 잘게 다진다.

2 돼지 목살은 사방 5cm로 큼직하게 자른 뒤 소금과 후추로 간한다.

3 모차렐라 치즈는 0.5cm 두께로 자른다. 일반 피자 치즈로 대체해도 크게
상관없다.

김민우의 요리 TMI.

⟶ 돼지고기 목살을 선택한 이유는 부위 특성상 적절한 힘줄과 지방, 질기지 않은 고기가 잘
어우러져 있기 때문이다. 이러한 찜 스타일의 요리를 할 때는 힘줄과 지방이 잘 섞여있는 부위가
살코기만 있는 부위보다 훨씬 더 유리하다. 조리 과정에서 지방이 녹아 촉촉함을 주기 때문이다. 게다가
힘줄은 익으면 젤라틴으로 변하는데, 젤라틴은 주변 수분을 흡수하여 보존하는 성질이 있다. 살코기는
장시간 조리 시 수분을 전부 잃어버려 뻑뻑해지는데 중간중간 있는 지방과 힘줄이 잃어버린 수분을 상당
부분 보완해 주면서 촉촉함을 유지시켜 고기를 부드럽게 만들어준다.

또한 이 요리에서 다른 채소나 허브를 추가로 사용하지 않은 이유는 김치 자체에 마늘, 파, 생강 등 많은
양념이 되어있기 때문이다. 굳이 다른 허브나 채소로 김치의 맛을 죽이고 싶지 않았다. 그래서 김치와
고기, 닭 육수만을 이용해 마치 김치찌개, 김치찜을 하듯 라구를 만들었다. 이렇게 완성된 라구는 그
자체로도 굉장히 맛있다. 양식에 거부감을 느끼는 사람들도 김치라구만은 거부감 없이 즐길 수 있다고
보장한다.

1 라구를 만들 팬 혹은 냄비를 강불에 올려 예열한 뒤
식용유를 넉넉히 두르고, 고기를 올려 사방을 노릇노릇하게
굽는다.

2 다 구운 고기를 건지고 팬에 남은 기름은 버린다. 팬에
눌어붙은 것들은 그대로 둔 채 엑스트라버진 올리브유를
3~5큰술 두른 뒤 김치를 넣고 3~5분간 중약불로 볶는다.

TIP 고기를 구운 뒤 바닥에 눌어붙은 것을 그대로 두는 이유는
마이야르 효과를 얻기 위함이다. 김치를 볶는 과정에서 자연스럽게
바닥을 긁어내고, 김치에 그 맛이 전부 배도록 두면 이는 탄탄한 맛의
베이스가 된다.

3 김치가 다 볶아지면 구운 고기와 닭 육수를 붓고 강불에서
팔팔 끓인다. 끓어오르면 가장 약한 불로 줄여 1시간~1시간
30분가량 더 익힌다.

4 중간 중간 저어가며 끓이다가 고기가 스스로 풀어질
정도까지 완전히 푹 익고 육수도 걸죽하게 졸았을 때 불을
끈다. 숟가락으로 고기를 짓이기듯 풀어 라구를 완성한다.

Pasta incontra la cucina coreana

5 준비한 그릇 바닥에 베샤멜소스를 퍼 바르고 라자냐를
  얹는다. 그 위에 베샤멜소스, 김치라구, 모차렐라 치즈,
  파르미지아노 레지아노 치즈, 파슬리 순서로 쌓는다. 이
  과정을 반복해 최소 4층짜리 라자냐를 만든다.

6 가장 마지막 라자냐 위에 올리브유, 파르미지아노 레지아노
  치즈, 파슬리를 뿌린다. 180도 오븐에서 35분간 구운 뒤
  완성된 라자냐는 5~10분가량 휴지시킨 다음 원하는 크기로
  잘라 접시에 담는다.

감사합니다.
김밀란이었습니다.

이 책을 준비하는 데만 꼬박 1년이 걸렸다. 처음 책을 준비하던 때는
이탈리아에 막 팬데믹이 일어난 직후, 정부의 대대적인 락다운 조치로 모든
경제활동이 멈춘 시점이었다. 갑작스럽게 생긴 개인 시간을 책에 고스란히
투자하면 될 거라고 생각했는데, 본격적으로 촬영과 글쓰기에 몰두하려던
때에 락다운이 해제되었다. 그리고 얼마 안 가 상점과 식당들이 다시 문을 열기
시작하면서, 나 역시도 일상으로 돌아가야만 했다.
그 시점부터는 정말 죽을 만큼 힘든 나날이 반복되었다. 아침 9시부터 밤
12시까지 일하고 퇴근해서는 새벽 2~3시까지 원고를 썼다. 주말이나 쉬는
날에는 사진 작업과 동시에 유튜브 영상 작업까지… 지난 1년간, 말 그대로
쉬는 날 없이 지냈다.

책에는 유튜브에서 할 수 없던 이야기나 자세한 설명들을 최대한 많이 담기
위해 노력했다. 아무래도 활자 매체 특성상 천천히 생각하면서 글을 쓸 수
있었기에 나에게 조금 더 수월한 작업이지 않았나 싶다.

부족하지만 정말 혼신을 다해 열심히 쓴 책이다. 많은 분들에게 조금이나마 도움이 되길 진심으로 바란다. 내가 한 단계 더 성장할 수 있는 좋은 기회였던 만큼 여러분들에게도 똑같이 가닿기를 바라며….

2021년 12월 8일
밀라노에서

이탈리아에서 요리하는 셰프의 정통 파스타 레시피

김밀란 파스타

초판 1쇄 발행 2021년 12월 10일
초판 10쇄 발행 2024년 10월 29일

지은이 김밀란
펴낸이 김선식

부사장 김은영
콘텐츠사업본부장 박현미
기획편집 김민정 디자인 마가림 책임마케터 문서희
콘텐츠사업7팀장 김단비 콘텐츠사업7팀 권예경, 이한결, 남슬기
마케팅본부장 권장규 마케팅1팀 박태준, 오서영, 문서희 채널팀 권오권, 지석배
미디어홍보본부장 정명찬 브랜드관리팀 오수미, 김은지, 이소영, 박장미, 박주현, 서가을
뉴미디어팀 김민정, 이지은, 홍수경, 변승주 지식교양팀 이수인, 염아라, 석찬미, 김혜원
편집관리팀 조세현, 김호주, 백설희 저작권팀 이슬, 윤제희
재무관리팀 하미선, 임혜정, 이슬기, 김주영, 오지수
인사총무팀 강미숙, 김혜진, 황종원
제작관리팀 이소현, 김소영, 김진경, 최완규, 이지우, 박예찬
물류관리팀 김형기, 김선민, 주정훈, 김선진, 한유현, 전태연, 양문현, 이민운
외부스태프 사진 리사 안 본문디자인 정윤경

펴낸곳 다산북스 출판등록 2005년 12월 23일 제313-2005-00277호
주소 경기도 파주시 회동길 490
전화 02-704-1724 팩스 02-703-2219 이메일 dasanbooks@dasanbooks.com
홈페이지 dasan.group 블로그 blog.naver.com/dasan_books
종이 신승INC 인쇄 민언프린텍 제본 국일문화사 후가공 제이오엘앤피

ISBN 979-11-306-7905-1 (13590)

다산북스(DASANBOOKS)는 책에 관한 독자 여러분의 아이디어와 원고를 기쁜 마음으로 기다리고 있습니다.
출간을 원하는 분은 다산북스 홈페이지 '원고 투고' 항목에 출간 기획서와 원고 샘플 등을 보내주세요.
머뭇거리지 말고 문을 두드리세요.